TRUE COLOURS

DIE FARBE DES GLÜCKS

April
Joanna

N ach dem Brand 1849 wurde es von dem englischen Architekten Charles Barry, der unter anderem an der Gestaltung des Big Ben beteiligt war, 1851 neu errichtet. Seit 1890 befindet sich Cliveden im Besitz der Familie York und ist seit Anfang der 1980er-Jahre für Besucher geöffnet."

Ich lasse die Informationen auf mich wirken und bewege mich langsam in Richtung Ostflügel, in dem sich die Porträts der Familie York in der Ahnengalerie befinden. Neben der Tür hängt die Abbildung von König Richard IV. – dem Urvater der Familie. Wie immer rattere ich meinen seit bereits zwölf Jahren einstudierten Text herunter. In dem Saal, der für die Familienvorstellung ausgewählt wurde, fanden früher Bälle und Hochzeitsfeiern statt. Heute kann man dort auf eine Zeitreise gehen: von Richard IV. aus dem Jahr 1480 bis ins Heute zu Eleonora York, Duchess of Westmorland – meiner Arbeitgeberin.

Da ich den Touristen nicht alle Porträtierten vorstelle, gebe ich der Besuchergruppe aus Italien genügend Zeit, damit sie sich auf eigene Faust in den Räumlichkeiten umsehen können. Ich ziehe mich zurück in eine Ecke, blicke aus dem bodentiefen Sprossenfenster und bin mit meinen Gedanken eigentlich ganz woanders. Denn in meinem Kopf erstelle ich gerade einen Plan, wie ich mich dazu motivieren soll, diesen einen – letzten! – dämlichen Karton in meinem Büro im neuen Haus auszuräumen. Seit Tagen steht er dort als einziges Überbleibsel unseres Umzugs von London nach Hayes. Doch seitdem Kyle und ich umgezogen sind, hat eine ziemlich belastende Lethargie Besitz von mir ergriffen. Ich war noch nie in meinem ganzen Leben weg von London gewesen, von meiner Familie oder den mir so gut bekannten Häusern, Straßen und dem so typischen Gewusel der Stadt. Hayes ist dagegen ... darf ich „stinklangweilig" sagen? Denn ja, genau das ist es. Ich fühle mich, als würde ich schon durch mein zu lautes Atmen auf offener Straße negativ auffallen. Die Gegend dagegen aber ist wunderschön – das hatte ich auch Dad erzählt, als ich stolz verkündete, dass Kyle und ich uns ein Haus gekauft haben.

Mein Dad rümpfte die Nase, murmelte etwas Unverständliches in sein Glas – und ich wette mein letztes Hemd darauf, dass er in der Zwischenzeit einmal dort hingefahren und sich den Ort und die Umgebung mit eigenen Augen ansehen musste. So ist mein Dad. Aber hey, ich liebe den Kerl einfach.

Mein Gott, du Freak, musst du eine Träne zurückhalten, nur weil du an deinen Daddy denkst? Ich bin echt ein totales Baby. Ich mag eine große Klappe haben, zähle aber zu denjenigen, die mit Veränderungen oder unbekannten Situationen so überhaupt nicht umgehen können. Frei nach dem Motto „Was der Bauer nicht kennt, isst er nicht", bewege ich mich lieber in vertrauten Gewässern, anstatt jede noch so wilde Sache zumindest einmal zu probieren. Vermutlich wurde ich gleich nach meiner Geburt in eine Reha-Klinik für Burn-out-Gefährdete eingewiesen, weil mich die Veränderung, ab sofort nicht mehr im Mutterleib wohnen zu dürfen, total frustriert hat. Außerdem war ich ein Schreibaby, hat mir meine Mum einmal erzählt. Und dann wurde ich erst recht zu einer richtigen Göre, die nicht ganz normal schien.

So habe ich mich also seither durchs Leben gewurstelt. Jede Umstellung war bisher der blanke Horror für mich. Als ich nach der Grundschule auf die *Public School* kam, konnte ich nächtelang nicht schlafen. Ich aß nichts, trank nichts – und so fiel ich irgendwann einfach um. Es war wie bei einem dieser Kartoffelsäcke: Solange er eine stützende Wand hinter sich hat, steht er, doch ... Nein, ich bin zu müde, um irgendeine großartige Metapher zu entwickeln. Die vergangenen Tage waren total anstrengend. Susy und ich schrubbten das Haus von oben bis unten durch, während die Männer Möbel packten und in die jeweiligen Räume verteilten. Es gleicht einem Wunder, dass beide diese Tage überlebt haben. Denn beinahe wären sie von mir umgebracht worden, weil sie immer wieder mit ihren nassen, schmutzigen Schuhen durch die Räume latschten und meine und Susys Arbeit praktisch zunichtemachten. Ich gebärdete mich daheim wie eine Furie und hetzte jeden Tag frühmorgens in die Arbeit, wo es nicht minder stressig zuging. Ich kam erst spät zurück – nur um dann weiter zu putzen.

Mittlerweile wissen meine Mitarbeiter zum Glück, dass meine ausgesprochenen Morddrohungen nicht ernst zu nehmen sind und ich keinen ihrer Spinte, Autos oder Häuser abfackele, wenn sie einmal etwas falsch gemacht haben. Ich werde wohl auch niemals einen von ihnen einmauern oder in den Kerker werfen lassen. Und auch meine Chefin Ellie, der das Anwesen gehört, weiß, wie sie mit mir umgehen muss.

Trotzdem war ich ziemlich entnervt, als gleich mehrere Kollegen plötzlich krank wurden und ich nun zusätzlich zu meinen Aufgaben auch noch ein paar der Führungen übernehmen musste. Verkürzt bedeutet das: unzählige Überstunden – und das ausgerechnet während des Umzugs. Als unsere Couch letzte Woche vor meinen Augen in eine schlammige, schmierige Pfütze plumpste, war ein Punkt erreicht, an dem ich es für eine ausgezeichnete Idee hielt, mit dem Trinken anzufangen. Denn ich meine, wie verlockend klang in so einer Situation eine Flasche Whisky? Zumindest Kyle behielt die Ruhe, während ich ihn anschrie und fragte, ob ihm jemand ins Hirn geschissen habe, weil er es nicht mal schaffte, das Ding richtig zu tragen. Doch selbst nach dieser brutalen Verbalattacke sagte er nichts. Gar nichts. Das ist seine Art, mit einer Situation, die ihn überfordert, umzugehen – er zieht sich innerlich zurück und hält den Mund.

Außenstehende haben uns bestimmt längst den Titel als das ungleichste Paar der Welt verliehen: ich, die Quasselstrippe, und Kyle, der Schweigsame. Doch seltsamerweise funktioniert es zwischen uns ganz gut. Ich fühle mich an Kyles Seite wohl und angekommen. Sonst hätte ich ihn ja auch nicht geheiratet.

Nach etwa 15 Minuten trommele ich die Besuchergruppe wieder zusammen und führe sie auf die große Terrasse. Es ist kühl, obwohl die Sonne scheint – der kalte Wind bläst uns um die Ohren. Während ich den Besuchern erzähle, dass die Terrasse 1893 aus Italien importiert und hier wieder aufgebaut wurde, bemerke ich den Hauch, der beim Sprechen aus meinem Mund kommt. Ich ziehe den Gürtel meines Mantels enger zu und deute in Richtung des wundervoll angelegten Gartens, in dem es nun, im Vergleich zum Sommer, leider noch etwas düster aussieht. Ich liebe diesen Teil des Anwesens – den Garten mit dem Blumenmeer im Sommer, dem saftigen Grün der Wiesen, dem Plätschern der Springbrunnen und des kleinen Baches am Grundstücksrand.

Seit ich vor über zwölf Jahren das erste Mal hier war, um mich für den Job als Touristenguide zu bewerben – womit ich versuchte, mein bescheidenes Leben als Studentin etwas aufzupeppen –, habe ich mich regelrecht verliebt in diesen Ort. Ich mag dieses Flair, das Feeling, das mich hier umgibt. Ich mag das Haus, die Räume, die Einrichtung. Nicht zuletzt ist es Ellie zu verdanken, dass ich nach meinem Studium hierher zurückgekommen bin, um die Verwaltung des Anwesens zu übernehmen. Seither bin ich für das Marketing, die Planung sämtlicher Veranstaltungen, für die Einteilung der Mitarbeiter und die Betreuung des Museums verantwortlich. Ich bin im Laufe der Zeit zu Ellies rechter Hand mutiert, und sie wurde zu einer Art Ersatzmutter für mich, die mich mit ihrem losen Mundwerk, ihrer direkten Art und ihrer Herzlichkeit in null Komma nichts für sich gewonnen hatte.

Meine heutige Führung endet im ehemaligen Wintergarten, der heute ein Café beherbergt. Abermals gebe ich einige Fakten zum Besten, ehe ich mich für die Aufmerksamkeit bedanke und verabschiede, um die Reisegruppe in den Souvenirshop zu entlassen.

Es ist kurz vor elf, und ich mache mich daher auf den Weg in mein Büro, um die Arbeit des Vormittags nachzuholen. Der Sommer steht – auch wenn es heute nicht so wirkt – vor der Tür, was mich zwingt, mich fast jeden Tag mit irgendwelchen Frischverlobten zu treffen, die hier auf Cliveden ihre Hochzeit feiern wollen. Um Kosten für das Personal zu sparen, habe ich mich freiwillig zur Verfügung gestellt. Daher durchlebe ich jenen stressigen Alptraum, der vor knapp einem Jahr meiner war, immer und immer wieder. Ich werde gezwungenermaßen Zeugin von wilden Auseinandersetzungen und musste einmal sogar eine Handgreiflichkeit verhindern. Würden wir das Geld, das wir dank Hochzeiten einnehmen, nicht so dringend benötigen, hätte ich das Ganze längst abgeblasen. Aber Ellie liebt Romantik – und nebenbei gesagt, kann sie manchmal ganz schön stur sein. Außerdem ist sie ja die Chefin.

Noch während ich die Tür zu meinem Büro öffne, taucht besagte Person hinter mir auf. Ellie führt das Leben einer alten, zufriedenen Dame. Sie ist 71, liest für ihr Leben gerne kitschige Romane und reitet nach wie vor, auch wenn ihr Arzt es ihr mehrmals verboten hat. Noch immer ist sie ins Tagesgeschäft involviert, hat aber zumindest einige ihrer Aufgaben an mich abgetreten. Doch am liebsten redet sie einfach nur. Daher weiß ich, als sie mit mir in mein Büro kommt, dass ich wohl so schnell nicht dazukommen werde, dem blinkenden Symbol auf meinem Computerbildschirm nachzugehen.

„Du siehst müde aus, Josie. Liegt das an eurem Umzug, oder ist es vielmehr der Tatsache geschuldet, dass du dich eine frisch verheiratete Ehefrau nennen darfst?“ Sie schmunzelt, während sie einen Stapel meiner neu gedruckten Visitenkarten mit meinem neuen Namen darauf geraderückt. Aus Joanna Philips ist Joanna Douglas geworden.

Ich grinse, lasse mich auf meinen ledernen Schreibtischsessel sinken und rolle damit ein paar Zentimeter nach hinten. „Ich wusste, was auf mich zukommt, Ellie. Die Ehe ist nichts für Romantiker oder Träumer. Sie ist stahlharte Arbeit mit viel Stress und Staubwischen.“

„Genau darum bin ich nicht verheiratet. Nicht mehr“, fügt sie achselzuckend hinzu.

Irgendetwas ist heute anders an ihr. Seit ich sie kenne, war sie immer wunderschön und bezaubernd, und ich bin überzeugt, sie kann es locker mit jüngeren Frauen aufnehmen. Es ist wohl ihr Charme, der mit den Jahren an Intensivität gewonnen hat, der mich so fasziniert. Sie trägt ihr Haar bewusst länger als die meisten Frauen in ihrem Alter. Doch vorwiegend hat sie es zu einem akkuraten Knoten hochgesteckt. Ich habe Ellie noch nie in Hosen gesehen. Ihr Alltagsdress besteht aus einem Kleid. Farben liebt sie, ebenso wie Schuhe. Gott, wie sehr ich sie um ihre Sammlung beneide. Erst letzte Woche meinte sie, dass ich nach ihrem Tod all ihre Sachen erben würde. Andere würde so eine Aussage erschrecken, doch da ich schon so lange mit Ellie arbeite, habe ich gelernt, mit ihrer direkt-unverblümten Art umzugehen.

„Gibt es irgendetwas zu verkünden, Ellie? Sie strahlen heute so.“

Meine Frage zaubert ihr eine sanfte Röte auf die Wangen. „Als ich jünger war und mein Mann noch lebte, da habe ich mir geschworen, dass ich ganz anders als meine Schwiegereltern werden würde. Du erinnerst dich, was ich dir über sie erzählt habe?“

Und wie ich das tue. Ihr Schwiegervater war ein Tyrann gewesen, der auf ähnliche Weise wie seine Vorfahren vor 200 Jahren regiert hatte. Ihre Schwiegermutter war launisch, altbacken und konservativ gewesen. Ellie brachte viel Wirbel in den spröden Haushalt, als sie ihren Ehemann heiratete. Sie kämpfte eisern und entschlossen gegen die veralteten Gebräuche an und besserte daneben die Kasse der Familie auf, indem sie das Schloss für die Öffentlichkeit zugängig machte. Sie hat es ganz bestimmt nie einfach gehabt, und trotzdem hat sie nie vergessen, dass es im Leben nicht immer auf Regeln und Profit, sondern auf Menschlichkeit und Empathie ankommt. Diese Werte gibt sie auch noch heute an ihre Familie, ihre Mitarbeiter und natürlich auch an mich weiter. Von ihr habe ich bereits sehr viel gelernt.

Auf mein Nicken hin fährt sie fort. „Ich wollte niemals als altes Wrack durch die leeren Gänge huschen und die Mitarbeiter belästigen. Und schon gar nicht habe ich vor, irgendwo einmal als steife Leiche gefunden zu werden."

„Ellie", unterbreche ich sie mit mildem Tadel in der Stimme, weil sie, seit sie 70 geworden ist, glaubt, jeder Tag könnte ihr letzter sein. Von diesem Gedanken will ich sie abbringen. Nicht zuletzt, weil ich selbst ihren Verlust nicht ertragen könnte. Nach meiner Mum war sie die einzige Frau in meinem Leben gewesen, die ich aus ganzem Herzen lieben konnte, der ich vertraute, bei der ich mich verstanden und geborgen fühlte.

„Nein, nein Josie", beharrt sie und deutet mit dem Zeigefinger in meine Richtung. „Ich habe mir vorgenommen, dass ich spätestens mit 70 meinen Ruhestand genießen möchte. Manchmal, da kann ich mir nichts Schöneres vorstellen, als bis Mittag zu schlafen, etwas zu essen und dann im Garten spazieren zu gehen. Ohne all die Leute ringsum, ohne dieses miese, kalte, englische Wetter."

„Sie wollen wegziehen?", frage ich skeptisch, während ich die Sammlung an Kulis, von denen bestimmt die Hälfte nicht mehr schreibt, mitsamt dem Becher, in dem sie stecken – den der Winzling mir zu meinem letzten Geburtstag geschenkt hat, und über dessen aufgedruckten Spruch ich noch immer nicht schmunzeln kann, während Susy jedes Mal vor Lachen schier krepiert, wenn sie ihn zu Gesicht kriegt –, über die raue Oberfläche meines Schreibtisches schiebe.

Ellie beobachtet mein Treiben, holt dann einmal Luft und meint mit todernster Stimme: „Da du kein blaues Blut hast, Schätzchen, wirst du irgendeinen alten Aristokraten heiraten müssen – denn danach gehört der Laden dir. Und ich werde auf Mauritius Sangria schlürfen."

„Was? Nein, Moment: WAS?"

Mein Gesichtsausdruck muss zum Schreien komisch sein, da Ellie herzhaft zu lachen beginnt. „Meine Familie würde mich umbringen, Schätzchen. Sie hat längst mehr als ein Auge auf das Schloss geworfen."

„Das mag daran liegen, dass sie noch nie einen Blick in die Abrechnungen geworfen haben", behaupte ich, da ich ziemlich genau weiß, wie rot die Zahlen darin sind. Wäre ich irgendeine Investmenttussi, hätte ich mir bestimmt schon eine Flasche Whisky geschnappt und säße betrunken, heulend und schreiend in einer Ecke. Das Ding ist ein Fass ohne Boden. Und weder Ellie noch ich besitze so etwas wie Kalkulationstalent. Ellie noch weniger. Sie dreht schon total durch, wenn sie, wie letztes Jahr, Stoffe für Vorhänge aussuchen muss. Und dabei ist es jedes Mal, als würden sie die teuren Dinge sie magisch anziehen.

„Verzeih mir meinen kleinen Spaß, Josie", sagt sie jetzt, um mich zu beruhigen. „Aber ich werde definitiv etwas ändern. Noch bin ich annähernd richtig im Kopf. Aber Gott bewahre, ich habe schon Frauen gesehen, die mit dem Alter den Verstand verlieren. Und ist dann keiner hier, der mich bremst ... oh, oh, oh ..."

Kopfschüttelnd steht sie auf, rückt den Stuhl zurück und murmelt irgendetwas vor sich hin. „Und was bedeutet das jetzt genau?", frage ich ihr hinterher, als sie bereits den etwa vier Quadratmeter großen Teppich, auf dem mein Schreibtisch steht, verlassen hat.

Sie dreht sich um und grinst übers ganze Gesicht. „Ben."

„Affleck?"

„Wer soll das sein, Schätzchen?"

„Ein ... das ist ein Schauspieler. Ein ziemlich ansehnlicher. Zumindest war er das früher mal."

„Oh, du meinst ein scharfes Gerät?"

Mann, wie schräg ich das immer finde, wenn Ellie irgendwelche Wörter, die sie im Fernsehen aufgeschnappt hat, nachplappert, ohne wirklich zu wissen, was sie bedeuten. Das klingt total ... spooky. „Genau. Aber wer ist jetzt Ihr Ben?"

„Mein Enkel – du erinnerst dich doch, dass ich ab und an etwas von ihm erzäglt habe? Und ich denke mal, dass ihn manche Frauen, oder sogar die meisten, als ansehnlich bezeichnen würden. Ben wird mir helfen, das Unternehmen hier zu führen, weil ich fürchte, Josie, dass es irgendwann stetig bergab gehen wird mit mir." Ihr Blick verändert sich, sie wird fahler im Gesicht und kommt ein, zwei Schritte zurück zu mir. „Mein Arzt meinte, ich müsse auf mich aufpassen, mein Herz schonen und mein Engagement zurückschrauben. Ich will hier nicht weg, auch wenn es Tage gibt, an denen ich euch alle am liebsten verjagen und mich alleine hier verstecken möchte. Seit über 100 Jahren befindet sich dieser wundervolle Ort in Familienbesitz, und ich möchte nicht dafür verantwortlich sein, dass das in Zukunft anders wird. Benjamin wird mein Nachfolger werden. Er steht schon lange fest dass er das Anwesen erben wird. Jedoch haben sich ich und meine Familie dazu entschieden, Ben ab sofort in das Tagesgeschäft zu involvieren, um ihm den Einstieg und mir den Abschied so leicht wie möglich zu machen."

„Ich ...", beginne ich, springe auf und stolpere beinahe über das Telefonkabel, das, seit ich mich entschieden habe, meinen Schreibtisch mitten in den Raum zu stellen, lose auf dem Boden liegt und das Telefon mit der Wand verbindet. „Ellie, es geht mich zwar nichts an, aber irgendwie doch ... Sie hätten mit mir darüber sprechen sollen."

„Worüber? Über Ben? Meine Herzschwäche?"

„Über alles, Ellie. Ich dachte, Sie vertrauen mir." Ich klinge genauso enttäuscht, wie ich mich fühle. Ich war wohl so blauäugig, zu glauben, dass Ellie mich als Teil ihres inneren Kreises sieht. Ich mag ihr wichtig sein, aber trotzdem bin ich *nur* eine Angestellte. Es ist dumm von mir, dass ich jetzt deprimiert bin, weil sie die Fäden bereits im Hintergrund gezogen hat. Aber verdammt, es fühlt sich einfach nicht gut an.

Ellie scheint zu spüren, dass sie mich auf eine gewisse Art verletzt hat, da sie sanft lächelnd zu mir kommt und eine Hand auf meinen Oberarm legt. „Schätzchen, ich vertraue dir wie keinem anderen Menschen. Du hast mir in all den Jahren bewiesen, dass ich mich auf dich verlassen kann. Selbst wenn es hart auf hart kommt. Aber es gibt Dinge, die ich vor dir genauso wie vor allen anderen verheimliche, weil ich euch nicht beunruhigen möchte."

„Schon gut", meine ich und winke ab. „Das Wichtigste ist aber, dass Sie sich schonen. Das meine ich ernst."

Sie lächelt ihr locker-junges Lachen, und sofort weiß ich, dass sie die Situation nicht annähernd so ernst nimmt wie ihr Arzt oder ich. „Unkraut vergeht nicht. Aber da meine Tochter unglaublichen Druck macht, kann ich nicht mehr aus. Ich muss Benjamin herkommen, ihn die Tradition unserer Familie fortführen lassen und mich damit abfinden, seine Hilfe anzunehmen."

Ich kenne Ellies einzige Tochter nur sehr flüchtig. Sie wiederum wird wohl überhaupt keine Erinnerung an mich haben, wozu sie ja auch gar keinen Grund hat, bin ich ja doch *nur* eine Angestellte der Familie. Ich denke aber, dass jemand, der es wagt, Ellie in die Schranken zu weisen, ziemlich energisch und mit einer großen Durchsetzungskraft gesegnet sein muss. Laut Ellies Erzählungen ist die gesamte Familie eine einzige Brut von Dickköpfen und Schwachsinnigen – so behauptete sie es zumindest einmal. Mit der Beschreibung kommt sie jener meiner eigenen Familie im Übrigen auch sehr nahe.

„Und bei dir, Liebes? Ebbt der Umzugsstress langsam ab?"

Um mich vor einer Antwort zu drücken, ziehe ich an dem gestärkten Kragen meines weißen Hemdes, das ich unter dem grauen Wollkleid trage. Dabei fällt mir ein, dass ich unbedingt die Heizung zurückdrehen muss. Irgendjemand – entweder die Putzfrau oder der Hausmeister – dreht sie jeden Tag auf die höchste Stufe.

Doch da Ellie mit ihren Augenbrauen zu zucken anfängt, seufze ich schließlich und verschränke meine Hände vor meinem Bauch. „Jeder Umzug ist chaotisch, aber manchmal kommt es mir so vor, als hätte ich das Privileg, von nervigen Dingen am häufigsten heimgesucht zu werden, für mich gepachtet. Mein Mann hält sich sowieso aus allem raus und ist den ganzen Tag im Büro. Sie dürfen mich natürlich gerne einmal besuchen kommen, Ellie, aber damit müssen Sie bestimmt noch ein Jahr warten. Ich will nämlich nicht, dass Sie mich für einen Messie halten.“

Sie lächelt. Sie hat aber auch wirklich überhaupt keine Ahnung, wie es im Moment bei mir zu Hause aussieht. Hätte sie sich nämlich bereits ein Bild von meiner Küche oder von meinem Bad machen dürfen, hätte sie sofort die Hände über den Kopf zusammenschlagen.

„Ich werde mich wohl nach einer Haushaltshilfe umsehen müssen“, denke ich laut und versuche mich zu erinnern, wer von uns beiden – also Kyle oder ich – die Idee gehabt hat, in ein gottverdammtes Haus mit Garten zu ziehen.

„Du hast in den letzten Tagen sehr hart gearbeitet, Josie. Warum gehst du heute nicht früher nach Hause, überrascht deinen Mann mit einem guten Essen und gönnst dir einfach einmal etwas Ruhe?“

Der Vorschlag klingt ... verlockend. Doch beim Anblick der Arbeit, die sich auf meinem Schreibtisch türmt, bleibt es fraglich, ob es vernünftig ist, Ellies Angebot anzunehmen. „Ich fürchte, das geht nicht“, sage ich daher und lasse die Schultern hängen. „Ich habe zu viel zu tun.“

„Ach was“, widerspricht mir Ellie und schnappt sich meine Jacke, die ich über die Lehne meines Schreibtischsessels geworfen habe. „Wenn ich in meinem Leben eins gelernt habe, dann das: dass man ab und zu einfach mal Ruhe geben und die Arbeit Arbeit sein lassen muss.“

Nur eine Sekunde später hängt meine dünne dunkelblaue Wolljacke über meinen Schultern, und ich blicke in Ellies entschlossenes Gesicht. „Das ist eine überaus schlechte Idee.“

„Ja, ja. Geh jetzt. Ich will nichts mehr hören.“

Ganze 30 Minuten später parke ich meinen Audi in unserer Einfahrt. Wir haben zwar eine Garage, doch dort befindet sich momentan ein Möbellager, bestehend aus verschiedenen Stücken, für die Kyle und ich noch nicht den passenden Platz gefunden haben. Das wiederum hängt wohl auch damit zusammen, dass unser Geschmack mehr als unterschiedlich ist. Während ich es liebe, auf Flohmärkten nach alten Schränken und Stühlen zu stöbern, kann es Kyles Meinung nach nicht modern genug sein. Er meint, ich selbst sollte einen Flohmarkt in unserer Garage veranstalten, damit wir ein Problem weniger hätten.

Doch im Augenblick sind mir die Möbel egal, ich freue mich ganz einfach nur, daheim zu sein. Es ist gerade einmal zwei Uhr nachmittags, dank Sonne offenbart sich mir ein wundervoller Frühlingstag, und ich habe vor, mich mit einer Kanne Tee, meinem neuen Buch und einer Decke auf die Couch zu schmeißen. Kyle wird überrascht sein, mich zu Hause vorzufinden, wenn er später von der Arbeit kommt.

Während ich den Schlüssel zwischen Daumen und Zeigefinger drehe, hole ich die Post aus dem Briefkasten, klemme sie mir unter den Arm und schließe die Haustür auf. Noch immer riecht es nach frischer Farbe, neuen Möbeln, und ich fühle mich wie berauscht sicher zu wissen, dass – zumindest im Augenblick – hinter keinem Bett oder Sofa Wollmäuse leben. Das Haus wurde in den Fünfzigerjahren erbaut. Zu dieser Zeit wurde der gesamte Stadtteil modernisiert. Wo früher alte Fabriken standen, die dem Stadtbild einen schäbigen Touch verpassten, wurde also alles plattgemacht und neu aufgebaut. Unser Haus ist gemütlich, mit kleinen Räumen – es gibt also genügend Platz, um eine ganze Schar Kinder einzuquartieren. Der Flur wird im vorderen Eingangsbereich durch eine kleine Mauer zu jeweils beiden Seiten begrenzt. Weiße Säulen bilden die Ecken, und über drei Stufen gelangt man nach oben in den langen, hellen Gang. Von dort geht die Treppe ins obere Stockwerk ab. Rechts daneben befindet sich die Tür zum Büro – das ist der Raum, den ich zu meinem eigenen Wohlwollen nicht mehr betreten will.

Die erste Tür links ist die zur Küche, danach kommt jene zum Esszimmer, und am hinteren Ende befindet sich das Wohnzimmer. Ich steuere die erste Tür an, weil ich Durst habe und etwas trinken möchte, bevor ich mich umziehe, um meinen Allerwertesten auf die Couch zu pflanzen.

Gemeinhin sagt man ja, dass Menschen tief in sich drin spüren, wenn sie sich in einer Ausnahmesituation befinden. Irgendein Impuls in unserem Inneren muss dafür verantwortlich sein. Er hat die Funktion, uns innerhalb weniger Augenblicke, Millisekunden, tausende Gedanken fassen zu lassen; abzuwägen, was Einbildung, Täuschung oder Fehlinterpretation sein könnte. In Filmen erklingt dafür eine bedeutungsvolle Melodie, der Held oder die Heldin verweilt mit der Hand an der Türklinke, und alles spielt sich in Zeitlupe ab, während lediglich bestimmte Bilder von Gesichtspartien, den Augen oder zitternden Fingern gezeigt werden.

Während ich plötzlich aus meiner gemütlichen Wolke plumpse, scannt mein Verstand die Szene, die sich mir gerade bietet: Da steht Kyle, dessen oberste Knöpfe an seinem Hemd geöffnet sind, außerdem trägt er weder Sakko noch Krawatte; und da steht eine Frau neben ihm, mit dunkler Wallemähne, die ihren Mund seltsam verzogen geöffnet hat.

Wären das nicht meine Küche, mein Mann und mein Weinservice, würde ich mich wohl mit leiser Stimme entschuldigen und verschwinden. Doch dieses spezielle Gefühl in mir sagt, dass hier irgendetwas auf keinen Fall mit rechten Dingen zugeht.

Ich mache einen Schritt nach vorne, muss daher die Tür loslassen, und fühle, wie meine Knie kurz nachgeben. „Du bist heute schon da?“, ist das Einzige, was mir einfällt. Ich wage nicht einmal zu atmen, bin wie erstarrt.

Ich weiß, dass Kyle, wenn er anfängt, die Gründe zu erläutern, weshalb er eine für mich wildfremde Frau in unserer Küche geküsst hat, unserer Ehe mit einem Vorschlaghammer begegnen wird. Ich muss zugeben, dass der Kuss, den ich soeben beobachten musste, zwar zivilisiert war – kein stürmischer Überfall ihrerseits. Ich kenne Kyles Küsse, die sind immer vorsichtig, zurückhaltend. Nie hat er seiner Begierde deutlich nachgegeben. Das mag an seinem guten Elternhaus liegen. Seine Mutter hat immer mehr Wert auf Etikette als auf Gefühle gelegt. Er und sein Bruder wurden zu Gehorsam und Perfektion trainiert. Das Resultat dieser Erziehung ist, dass er bis heute nicht über seine Emotionen sprechen kann. Ich habe das nie als derart störend oder schlimm empfunden – immerhin habe ich ihn mir ja freiwillig ausgesucht; ich wusste sozusagen, auf welchen Typ Mann ich mich einlasse. Doch heute, da er diese Frau direkt vor meinen Augen geküsst hat und ich mich plötzlich unweigerlich mit der Frage nach seinem Charakter auseinandersetzen muss, ist wohl unsere Beziehung auf einen Schlag infrage gestellt.

„Ich ... Joanna-Schatz", beginnt er zu stottern und windet seine Hand aus ihrer. „Es ist nicht ... ich kann alles erklären."

„Ach ja?", fahre ich ihn an, da ich langsam meine Fassung wiedergewinne.

Die Frau, die mit ihrer bloßen Anwesenheit in unserem Haus nun den kümmerlichen Anfang von so etwas wie Heimatgefühl zerstört hat, blickt unsicher zu meinem Mann – ja, meinem Mann!! –, ehe sie ihre Handtasche an sich nimmt und dabei ist zu flüchten. Vermutlich will sie nicht Teil unserer Unterredung werden, obwohl sie der Auslöser dafür ist. Sie sieht blass aus, als sie näher kommt und mich vorsichtig ansieht, als sei ich ein wildes Tier, das man ablenken muss, um sich an ihm vorbeischleichen zu können. Und tatsächlich würde ich am liebsten die Zähne fletschen oder knurren, um ihr ein akustisches Echo meiner unglaublichen Wut zu geben. Doch kaum hat sie die Tür, die ich nun nicht mehr blockiere, im Visier, stürmt sie davon und hinterlässt lediglich eine süßlich duftende Parfumwolke.

Zurück bleiben Kyle und ich. Er ist mein Mann. Meine bessere Hälfte. Der Mensch, der mir am Tag unserer Trauung schwor, mich für immer und ewig zu lieben, mir treu zu sein und meine Sorgen zu seinen werden zu lassen. Kyle ist ... oder war, das trifft es wohl besser, der Mensch, der mich vollkommen gemacht hat. Er hat es geschafft, die Lücke, die meine Mum hinterlassen hat, zu füllen. Mein Leben war, bevor meine Mum so plötzlich verstorben ist, geregelt, erfüllt und glücklich. Ich hatte Träume und Ziele. Ich war ein Kind, vielmehr schon ein Teenager, und brauchte nichts so dringlich wie eine Mum, die für mich da ist, wenn sich die ersten körperlichen Veränderungen des Erwachsenwerdens bemerkbar machen. Aber gerade dann hat sie uns verlassen. Ich schäme mich das zu sagen, aber ich war in den Tagen nach ihrem Tod so furchtbar wütend auf sie. Ich erinnere mich noch, wie mein Dad sie, also vielmehr ihren Leichnam, aus der Klinik nach Hause bringen ließ. Sie lag in einem Sarg, trug ihr hübsches weißes Kleid, das sie nur wenige Tage zuvor zu Susys Geburtstag angehabt hatte. Ihr Haar, an dessen Geruch ich mich selbst heute noch erinnere, war offen und hing ihr in sanften Wellen über die Schultern. Ich stand also vor ihrem Sarg und betrachtete die Frau, die aussah wie die leere Hülle meiner Mutter. Der Frau, mit der ich nur vier Tage zuvor einen heftigen Streit gehabt hatte, in dem es darum gegangen war, wer für die Fütterung des Kaninchens verantwortlich war. Ich schrie sie an, tobte wie eine Wilde und knallte schlussendlich die Tür meines Zimmers zu. Ich habe sie eine dumme, engstirnige

Frau, die nichts zustande gebracht hatte, als drei Kinder zu kriegen, genannt. Das hat sie tief verletzt, und ich habe mich nie dafür entschuldigen können.

Aber als ich vier Tage später vor ihrem offenen Sarg stand, da war ich einfach nur wütend. Ich hätte mich entschuldigen, hätte schluchzen können, wie Martin es tat. Ich hätte vielleicht auch genauso steif wie Dad dastehen können. Susy verstand das alles gar nicht. Sie war viel zu klein. Doch während um mich herum die Welt aus den Fugen geriet, stand ich trotzig da und war nur stinksauer auf sie. Als wäre das ihre Retourkutsche für das von mir Gesagte gewesen. Ich erinnere mich, dass ich zu ihr, ihrem Leichnam sagte, ich würde genauso gut ohne sie zurechtkommen, und sie solle da oben im Himmel, oder wo auch immer sie ist, ihren verdammten Spaß haben.

Heute schäme ich mich dafür, aber ich war ein unreifer Teenager, der natürlich völlig unter Schock stand. An diesem Tag aber, da verlor ich schlagartig die Leichtigkeit in meinem Leben und fand sie, glaube ich, erst wieder, als ich Kyle Jahre später traf.

Doch nun, in meiner neuen Küche, gerät meine solide verankert geglaubte Welt erneut ins Wanken. Wie bei einem Gewitter erwarte ich, dass die Wände zu wackeln beginnen und der Putz herabfällt. Doch nichts passiert. Gar nichts.

Da steht nur Kyle, der mich mit angehaltenem Atem ansieht.

„Na gut", sagt er schließlich, steht auf und nestelt an seinem von mir so akkurat gebügelten Hemdärmel herum. „Es ist vorbei, Joanna. Ich will die Scheidung."

„Wie bitte?!" Ich bin völlig entrüstet, weil Kyle, seitdem ich ihn kenne, noch niemals etwas so bestimmt, mit solchem Nachdruck, gesagt hat wie gerade eben.

Er nickt, als brauche er diese Bestätigung selbst. „So ist es, ja. Ich empfinde nicht mehr dasselbe für dich wie früher. Es tut mir leid, dass es so brutal passieren muss, aber ich kann einfach nicht mehr so weitermachen."

„Wir haben vor *einem Jahr* geheiratet ... hast du den Verstand verloren?!"

Gut, ich brülle ihn an. Es geht in solchen Situationen einfach völlig mit mir durch, weil ich das Gefühl habe, durch meine freigelassene Wut eine Verletzung von mir selbst zu verhindern. Das ist so ein Tick, den ich an mir hasse, weil ich andere Menschen damit schier überfahre und eigentlich eh keinen Nutzen davon habe.

Kyle scheint das ähnlich zu sehen, denn er schließt die Augen, als ich nach Luft schnappend kurz innehalte und meint nur kühl: „*Du* wolltest die Hochzeit, vergiss das nicht."

„Du hast mir einen verdammten Antrag gemacht, Kyle."

„Ja, weil *du* es so wolltest. Genauso wie *du* in diesem kitschigen Schloss heiraten, ein Häuschen und darin grüne Wände haben wolltest. Alles dreht sich immer nur um dich, um deine Wünsche, deine Sorgen, deine Ängste. Joanna dies, Joanna das. Joanna und ihr Job, der sie so fertigmacht, dass sie es nicht schafft, für uns zumindest jeden zweiten Abend Essen zu machen. Joanna und ihre nervige Launenhaftigkeit – einmal will sie zurück nach London, dann wieder doch nicht. Ich habe es satt – habe dich satt, so leid es mir tut."

Völlig sprachlos und mit großen Augen starre ich ihn an. Für Kyles Verhältnisse war dies ein epochaler Gefühlsausbruch. So etwas erlebt man wohl nur einmal in seinem Leben mit – doch eigentlich wäre ich froh, hätte ich auf dieses Erlebnis verzichten dürfen.

„Oh, und aus diesem Grund dachtest du, es sei auch nur ein kleines bisschen hilfreich, mich mit irgendeiner blöden Schlampe in meinem Haus zu betrügen, anstatt einfach einmal, rechtzeitig deinen Mund aufzumachen. Wie unendlich weise von dir, du Mistkerl!"

„Ich weiß, es hätte alles anders laufen sollen", erklärt er zu meiner Überraschung und hebt beschwichtigend beide Hände, da ich tatsächlich kurz vorm Durchdrehen stehe. „Ich will mich auch gar nicht streiten oder meine Handlungen beschönigen. Es war falsch von mir, dich so zu hintergehen, aber ich brauchte wohl so etwas wie diesen Befreiungsschlag, um zu merken, dass ich nicht glücklich bin."

„Nicht glücklich?", wiederhole ich mit tonloser Stimme und fange an, meine Erinnerungen nach irgendwelchen prägnanten Ereignissen, die mich eigentlich in Alarmbereitschaft hätten versetzen sollen, abzusuchen. Man wird nicht von einem Tag auf den anderen unglücklich oder wacht morgens auf und denkt sich, dass man ausgerechnet heute, etwa an diesem warmen Frühlingstag, seine Frau betrügen will. Das alles entwickelt sich langsam, von Tag zu Tag. Doch Kyle und ich, so war zumindest meine Empfindung, haben nie schwerwiegende Probleme gehabt. Wir haben uns, so wie viele andere Paare, mit Kleinigkeit herumgeschlagen – der Unordnung des anderen, verpassten Terminen oder wenn einer von uns vergessen hatte, Milch zu kaufen. Alltäglicher Kram, der mich zumindest niemals veranlasst hätte, Kyle zu verteufeln oder gar zu betrügen.

Was also ist geschehen, dass Kyle diesen Weg eingeschlagen hat? Worin habe ich versagt?

Und als würde mir das Schicksal den Stinkefinger zeigen, schafft es Kyle selbst in dieser Situation höflich und sachlich zu bleiben, während ich ihn sogleich einen Mistkerl genannt und losgeschrien habe.

„Viele sagen, die Ehe sei ein Fluch", fährt er ziemlich kryptisch fort. „Ich habe mich mein Leben lang von Frauen unterdrücken lassen. Das ist mir jetzt auch bewusst."

Als er das sagt, beginne ich wie eine Verrückte zu lachen. Ich lache so stark, dass mir vereinzelt Tränen über die Wangen laufen und ich meinen Bauch halten muss. Kyle sieht mich fragend an.

„Was ist daran witzig?", kann ich ihn durch meinen Lachanfall fragen hören.

Ich wedele mit einer Hand ab und versuche mich irgendwie wieder zu beruhigen. „Nichts, Kyle. Gar nichts."

Er seufzt. „Sag schon. Warum lachst du?"

„Weil du der wohl größte Schlappschwanz aller Zeiten bist und es gerade laut und deutlich eingestanden hast."

„Ich verstehe nicht ...", spielt er den Unwissenden.

„Du hättest, wenn ich nicht gerade hier hereingeplatzt wäre, niemals die Eier gehabt, mich zu verlassen." Doch während meines nächsten Satzes wird meine Stimme wieder ernst. „Du bist jämmerlich, Kyle. Ein widerlicher, kleiner Spießer mit einem Stock im Arsch. Anstatt dich einmal mit mir über die Dinge, die dich ganz offensichtlich stören, zu unterhalten, gehst du einfach fremd. Für jemanden, der derart wohlerzogen zu sein scheint, hast du dich wie ein absolutes Arschloch verhalten."

„Gut", schnaubt er und klingt wie ein beleidigtes kleines Kind, das akzeptieren muss, doch nicht in den Wasserrutschenpark fahren zu dürfen.

Mein anfänglicher Schock ebbt schlagartig ab, als ich seinen Gesichtsausdruck sehe. „Du packst sofort deine verfickten Sachen, siehst zu, dass du so schnell wie möglich Land gewinnst, und Kyle: Ich schwöre dir, ich werde dich fertigmachen – jedes verdammte Mal, wenn wir uns sehen."

„Mir war klar, dass du austicken wirst. Das ist ja schließlich mehr oder minder immer deine Art gewesen, mit mir zu kommunizieren."

„Bist du noch bei Trost?", schnauze ich ihn unwirsch an und bestätige damit vermutlich nur seine Anschuldigung. Doch im Augenblick sind mir die und Kyles Meinung über mich herzlich egal. „Wie hätte ich mich denn sonst verhalten sollen?"

„Du könntest an dir arbeiten, Joanna."

„Danke, das habe ich auch vor, jetzt, da ich wieder Single bin. Ich werde mein Leben in vollen Zügen genießen – ohne dich."

Er schüttelt verächtlich den Kopf. „Du willst also nicht einmal versuchen, unsere Beziehung wieder zu kitten?"

„Nein", brülle ich und spüre regelrecht das Platzen feinster Äderchen in meinem Gehirn. „Ich bin womöglich offen und kann über gewisse Dinge hinwegsehen. Aber wenn ich eines gelernt habe, dann das: dass ich nicht mit hintertriebenen Menschen zusammen sein will. Es gibt nichts, gar nichts mehr, an dem wir arbeiten könnten. Wenn je etwas da war, dann hast du es in dem Moment, als du diese Tussi da in unsere Küche geschleppt hast, vernichtet."

Eine halbe Minute sehen wir uns gegenseitig an, während ich zunehmend fühle, wie mein Körper kribbelig wird. Als würden Beine und Arme ein Eigenleben entwickeln oder von winzig feinen Stromstößen durchzogen werden. Ich höre das Blut in meinen Ohren rauschen und das Ticken der Wanduhr hinter Kyle. Als er schließlich den Kopf senkt und die Fliesen unter seinen Füßen betrachtet, atme ich tief ein.

„Ich habe sie vor unserer Hochzeit kennengelernt", murmelt er in Richtung seiner Schuhe, die wie immer auf Hochglanz poliert sind. Wahrscheinlich kann er sich selbst darin sehen. Und für jemanden, der sogar bei einem simplen Schnupfen glaubt, er hätte Leukämie im Endstadium, muss sein Gesichtsausdruck fürchterlich mitleiderregend wirken. Vermutlich fragt er sich, warum ich, die böse, knallharte Joanna, ihn nicht schon längst in die Arme genommen und ihm dabei überschwänglich verziehen habe.

So denkt er wirklich. Das hat er schon immer getan. Er kann nicht mal etwas dafür, weil seine Eltern jeden seiner Wünsche erfüllt haben, um ihn bei Laune zu halten, während er dem straff getimten Wochenplan seiner Mutter verhaftet war. Er hatte andauernd Folge zu leisten, und wenn er einmal auszubrechen versuchte, bekam er etwas geschenkt, das ihn wieder zu „*Vernunft*" brachte, wie er mir einst erzählte.

Doch bei mir zieht die Masche nicht, und darum will er mir jetzt entweder endgültig das Herz brechen, indem er mir berichtet, dass er mit dieser Schnalle schon vor unserer Hochzeit was am

Laufen hatte, oder er will tatsächlich einfach nur reinen Tisch machen.

„Sie kam in unsere Kanzlei, weil sie jemanden brauchte, der sie im Streit mit ihrem Ex um ihren Sohn unterstützt. Ich habe sie vor Gericht vertreten, und wir haben gewonnen. Letzte Woche habe ich sie zufällig in der Bäckerei, in die ich morgens immer gehe, getroffen. Wir haben einen Kaffee getrunken und uns auf Anhieb gut verstanden ... es tut mir leid", schließt er seine Ausführung ab und erspart mir somit all die verletzenden, hässlichen Details.

Dennoch hilft mir das alles nicht wirklich, um zu begreifen, was im Laufe unserer Ehe/Beziehung passiert ist, damit eine Frau, die er in einer verschissenen Bäckerei trifft (was faktisch täglich vorkommt), sein sexuelles Interesse weckt. „Ich begreife es nicht", sage ich daher. „Ich begreife nicht, wie unser beider Auffassungsvermögen über die Gesundheit unserer Ehe so unterschiedlich sein kann. Denn ich war glücklich."

Langsam schüttelt er den Kopf. „Das warst du nicht, Joanna. Spätestens, wenn du alles einmal hast verarbeiten können und über uns nachgedacht haben wirst, wirst du das begreifen."

Und dann, zum ersten Mal seit Jahren, lässt Kyle mich nicht nur sprachlos, sondern auch alleine zurück. Mit Schrecken stelle ich fest, dass wir in der ganzen Zeit kaum je einen Abend getrennt voneinander verbracht haben. Er war immer da. Und jetzt ... ist er weg.

Für immer.

September
Joanna

Da ich wenig bis gar nichts von Frauenzeitschriften, aber noch sehr viel weniger von ewig dauernden Wartezeiten bei Fachärzten halte, kann man sich vorstellen, wie mies meine Laune ist, nachdem ich eine Stunde lang durch sämtliche Schmierfetzen blättern musste, um schlussendlich bei einer dieser feldstudienhaften Typbestimmungen zu landen. Alleine, um mir selbst zu beweisen, wie immun ich gegen solch *wohl gemeinte* Ratschläge bin, habe ich diesen Test gemacht, während Dr. Canto hinter der weißen Tür im Schneckentempo die Patienten abgefertigt hat. Wie sich herausstellt, bin ich eine mit Komplexen beladene Bitch – zumindest laut diesem Test und dank meiner Posttrennungsmelancholie.

Selbst nach der Untersuchung bei Dr. Canto und während ich nach Hause fahre, zermartere ich mir mein ach so gebildetes Gehirn darüber, wie viel Wahrheit wohl in diesem Testergebnis stecken mag. Ich mag schon fast glauben, eine, weltoffene und glückliche Persönlichkeit in der Blüte ihrer Jugend zu sein, als es, während ich eine Flasche Wein entkorke, an der Tür klingelt. Ich entscheide mich, schnell noch einen kräftigen Schluck zu nehmen, da Gespräche mit meiner Nachbarin, die seit der Trennung von Kyle epische Längen annehmen können und etwas Rotwein im Blut dabei bestimmt nicht schaden kann. Sie ist ja nett, aber ... ich mag nette Menschen nicht. Vor allem jene, die glauben, mich mit Apfelkuchen, Schokokuchen und selbst gebackenem Brot von ihrer Empathie gegenüber der ganzen verdammten Welt beglücken zu müssen. Mrs. O'Shannon versucht mich abhängig von ihren Backkünsten zu machen.

Als ich jedoch mit einer vorbereiteten Entschuldigung auf den Lippen, weshalb ich heute unmöglich auch nur länger als eine Millisekunde in der offenen Tür stehen kann, öffne, ist meine Reaktion in Anbetracht des Essens in weißen Taschen und des freudigen Grinsens auf dem Gesicht der mir gegenüberstehenden Personen die, dass ich einfach die Tür vor ihrer Nase zuschlage.

„Ich will nichts von euch. Verschwindet", schimpfe ich durch die geschlossene Tür hindurch.

„Wir haben asiatisches Essen. Ich weiß, dass du das magst."

Verdammt, und wie ich das tue. In mir drin findet ein epochaler Kampf statt – asiatisches Essen vs. diese Schachtel – meine Schwester –, die mich mit ihrem nervigen Smalltalk aufmuntern möchte und die ihren scheißmegaheißen Typen dabei hat, der höchstwahrscheinlich dazu gezwungen wurde, seiner verrückten Schwägerin Gesellschaft zu leisten.

Ich hake die Kette ein und öffne die Tür lediglich einen Spaltbreit. „Warum gerade heute?", frage ich mit spitzer Stimme und versuche in die Augen meiner Schwester anstatt in den weißen Papiersack zu blicken.

„Einfach so ... weil wir in der Gegend waren."

„Aha, wo denn bitte?"

„Ich dachte, wir sind hier, weil heute ihr Jahrestag wäre", meldet sich Dan an Susy gewandt, von einem Fuß auf den anderen tretend, zu Wort.

Prompt kassiert er einen Rippenboxer.

„Kommt gut nach Hause", wünsche ich ihnen und schließe die Tür wieder.

Während ich mich mit dem Rücken dagegen lehne, kann ich sie gedämpft diskutieren hören. Bestimmt bekommt Dan einen Vortrag von Susy, weil er ihren Plan durchkreuzt hat. Auf eine gewisse Art finde ich es ja sogar rührend – nicht nur die beiden zusammen, sondern ihre Fürsorge mir gegenüber. Nach unserem Hochzeitstag ist unser ehemaliger Jahrestag jener von mir mit größtem Schrecken erwartete Tag. Um nicht wie ein gruseliger Zombie durch die Gegend zu laufen, habe ich mir freigenommen, und es kann durchaus sein, dass ich Susy gegenüber ein- oder zweimal erwähnt habe, wie wenig Lust ich darauf habe, in das wohlbekannte schwarze Loch zu fallen. Genau aus diesem Grund ist sie wohl an diesem grausigen Mittwochabend extra von London hierhergekommen.

Sie tut es für mich, denke ich, und beschließe, mich nicht mehr länger wie ein Arsch zu verhalten. Ich ziehe die Kette aus der Verankerung und öffne die Tür gerade in dem Augenblick, als Dan meiner kleinen Schwester den Vogel zeigt. „Kommt rein, bevor meine Nachbarn euer präsexuelles Geplänkel miterleben und ich unweigerlich da mit reingezogen werde."

„Tut mir echt leid", meint Dan, als er an mir vorbei in mein Singlehaus tritt.

„Ach ..."

„Du brauchst dich überhaupt nicht zu entschuldigen, Daniel", unterbricht Susy uns aus der Küche. „Sie hat den Tisch immer noch nicht aufgestellt. Was ist mit dem Bett?"

Das Bett ... dieses blöde Bett. Wie sehr ich dieses Bettthema hasse. „Es ist ... nun ja." Meine Erklärungsversuche geraten ins Stocken, während ich, gefolgt von Daniel, die Küche, in der Susy das Essen auf Teller verteilt, betrete. Ich weiß, dass ich, seit Kyle weg ist (wobei ich ihn ja vor die Tür gesetzt habe), in einer Art tiefer Unausgeglichenheit feststecke. Ich bin lethargisch, unmotiviert, müde und antriebslos. Dinge, die mir früher Freude gemacht haben, interessieren mich nun kaum bis gar nicht. Dabei geht es nicht einmal so sehr um Kyle – klar vermisse ich ihn und die Zeit, die wir zusammen verbracht haben. Aber viel häufiger beginne ich mich zu fragen, ob ich nicht vielmehr meinen positiveren Allgemeinzustand, den ich mit Kyle an meiner Seite hatte, vermisse.

„Joanna, du schläfst seit Wochen auf einer ausklappbaren Couch im Gästezimmer."

Wie kleinkariert. „Du hast wochenlang im Gästezimmer unseres Bruders geschlafen."

„Ja, aber das hier ist *dein* Haus."

In mir drin murrt die dunkle, rechthaberische Stimme: ‚*Nicht mehr lange.*‘ Aber ich weiß mit einhundertprozentiger Sicherheit, dass ich das Haus, in das ich mich verliebt habe, nicht wegen Kyle oder unserer Trennung verkaufen werde.

„Wir müssen im Wohnzimmer essen", erkläre ich sinnloserweise, als wäre es nicht offensichtlich, dass anstelle eines intakten Tisches ein halb aufgerissener Karton vorzufinden ist. Ich habe alle Dinge, die unmittelbar mit Kyle und dieser Frau zu tun hatten, also den Tisch und mein verdammtes Weinservice, weggeworfen. Wobei zwischen dem allgemeinen Wegwerfen (also dem Abbau und Vor-die-Tür-Stellen) und meinem Wegwerfen (unter Tränen während eines Wutanfalls, der ziemlich schnell in pures Selbstmitleid überging, habe ich Dinge zertrümmert und vor die Tür geschleudert; verfehlte ich nur knapp die Nachbarin, die zu dieser Zeit dabei war, ihren verblühten Lavendel abzuschneiden) Welten liegen.

„Du musst auf die Beine kommen. Ich weiß, dass es schwer ist, Joanna, aber das Leben geht weiter“, plaudert meine Schwester munter fort, und ich frage mich, wieso sie plötzlich so tut, als sei sie im Besitz des verdammte Steins der Weisen. „Nicht wahr?!“

Dan bekommt, begleitet von einem unübersehbaren Augenrollen, einen leichten Stupser gegen die Schulter. „Genau.“

Ich sehe ihn stirnrunzelnd an, während Susy die Augen verdreht und seufzt. „Was er und ich sagen wollen: Wir werden immer für dich da sein, aber du musst anfangen, deine Wut und deine Trauer zu überwinden.“

„Ich kann dir, während ihr esst, den Tisch zusammenbauen“, schlägt Dan vor und sieht nun erstmals ehrlich motiviert aus.

Auch wenn ich mir das niemals eingestehen würde –sogar ich bin auf die Tatkraft eines Mannes angewiesen. Vor allem in meinem Haus. Es gibt so viele Dinge, die ich mich nicht traue oder die ich nicht kann. Dass Dan diesen Tisch nun zusammenbauen wird, ist tatsächlich befreiend. Ich sehe den Karton jeden Tag, doch immer wieder schiebe ich die Aufgabe vor mir her.

„Das wäre so toll“, antworte ich daher und lächele ihn gerührt an.

Er lächelt zurück. „Dafür sind wir ja da. Kapiert!“

Einmal mehr kann ich verstehen, weshalb Susy diesen Mann so sehr liebt. Ich habe ihre Liebesgeschichte zwar nicht von Anfang an bewusst miterlebt, weil sie ein derartiges Geheimnis draus gemacht haben. Aber ich weiß trotzdem, wie schwer es für beide war, Gefühle zuzulassen, die sie eigentlich nicht haben dürfen. Bei ihnen scheint die Mischung aus Freundschaft und Leidenschaft zu stimmen. Immer, wenn ich sie sehe, stelle ich fest, dass sie beste Freunde und doch auch ein Liebespaar sind. Wahrscheinlich hat Kyle und mir diese Essenz gefehlt.

Während Dan meinen neuen Tisch zusammenbaut, essen Susy und ich im Stehen das von ihnen mitgebrachte Essen. Dan stellt sich gar nicht einmal so ungeschickt an, muss sich aber dennoch die ein oder andere Bemerkung meiner Schwester gefallen lassen. Und anders als erwartet, lenkt mich die Anwesenheit der beiden tatsächlich ab. Ich vergesse zunehmend, dass heute dieser eine spezielle Tag ist. In den Jahren zuvor sind Kyle und ich an unserem Jahrestag immer ausgegangen. Wir waren essen, gingen ins Kino, und ganz am Anfang sind wir sogar für ein Wochenende weggefahren. Wir mieteten uns ein Ferienhäuschen, und obwohl wir fix vorhatten, wandern zu gehen, verbrachten wir die meiste Zeit im Bett. Mit einem wehmütigen Lächeln muss ich an diese

Leichtigkeit zurückdenken, die ich damals empfand. Während man in einer bestimmten Situation ist, scheint alles wie in einem Film abzulaufen, ganz problemlos. Doch erst, wenn man sich später darüber Gedanken macht, merkt man, wie perfekt alles damals war.

Als ich Dan dabei beobachte, wie er den Tisch auf die Beine stellt und den Stuhl, den Kyle und ich auf einem Flohmarkt in Notting Hill gekauft haben, näherrückt, bricht der Damm, den ich mir Stück für Stück aufgebaut habe. Ich stelle meinen Teller laut klirrend in die Spüle, schluchze einmal auf und flüchte aus der Küche, nicht wissend, wo ich mich verkriechen soll.

Denn alles, einfach alles erinnert mich an die wohl schönste Zeit meines Lebens, die endgültig vergangen ist. Ich stelle fest, dass es verdammt scheiße ist, verlassen zu werden. Es ist wie eine offene Wunde auf der Haut – kaum bildet sich eine Kruste, bricht sie bei der geringsten Bewegung wieder auf und blutet. Am Treppenabsatz holt Susy mich ein. Wie ein Sack Kartoffeln sinke ich zusammen, reiße meine Schwester dabei mit und beginne wie ein kleines Baby zu weinen.

Sie gibt mir Zeit und bleibt einfach bei mir sitzen, während in mir meine Gefühle eine rasante Achterbahnfahrt hinlegen. Irgendwann bricht es aus mir heraus. „Es ist falsch, alle Fehler bei mir zu suchen, das weiß ich. Aber ich tue es, weil ... weil ich nicht verstehe, wieso ich so blind sein konnte.“

Susy war in den letzten Monaten immer mit einem offenen Ohr und einer ehrlichen Meinung zur Stelle. Seit ich mich von Kyle getrennt habe, sehe ich sie in einem völlig anderen Licht. Vorher war sie meine kleine Schwester, die als Teenager ein totaler Nerd war, kaum Freunde hatte und dauernd Bücher las. Sie war wie ein Wesen von einem anderen Stern für mich. Ich habe sie immer schon geliebt und mich ihr verbunden gefühlt, weil ich früh für sie sorgen musste, doch mein Beziehungsende hat das Band zu meiner Schwester intensiviert. Vielleicht klammere ich mich zu sehr an sie. Doch sollte sie das stören, ist sie wenigstens so lieb und zeigt es zum Glück nicht.

„Menschen entwickeln sich“, höre ich sie sagen, während mein Kopf auf meinen Knien ruht. „Manchmal in unterschiedliche Richtungen. Kyle war immer still. Wenn ich ehrlich bin, hatte ich nie einen ganzen Satz von ihm gehört. Bis vor Kurzem hat er deine, na ja, Offenheit hingenommen ... und jetzt eben nicht mehr.“

Ich stöhne, weil mich ihre Worte beinahe erdrücken. „Es ist meine Schuld“, jammere ich wie ein kleines Kind.

„Erinnerst du dich an den Vorabend eurer Hochzeit? Ich war am Boden zerstört, weil mich dieser miese Scheißer Daniel abblitzen ließ. Ohne erfindlichen Grund. Aber tief in mir wusste ich, dass ich nicht ehrlich zu Daniel und mir gewesen war. Jedenfalls hast du in dem Augenblick das einzig Richtige getan.“

„Ich habe dir in den Arsch getreten und gedroht, dich umzubringen, wenn du meine Hochzeit versaust“, antworte ich, blicke Susy dabei an und kann mir den Zerknautschungsgrad meines Gesichtes deutlich vorstellen. „Hättest du es doch getan – meine Hochzeit manipuliert. Dann müsste ich mich jetzt nicht durch Scheidungspapiere quälen. Was nicht schlimm wäre, wäre mein Ex-Ehemann nicht Anwalt.“ Diese Tatsache ist so frappierend-witzig, tragisch und schräg, dass ich jedes Mal, wenn ich daran denke, lachen muss.

„Was ich sagen will“, fährt Susy ungerührt fort. „Dein Arschtritt hat mir geholfen, mehr, als wenn du mich bemitleidet hättest. Ich verstehe dich, Joanna, deinen Schmerz, deine Wut und deine Enttäuschung. Aber immer, wenn ich dich sehe, bekomme ich Aggressionen.“

„Im Ernst?“

„Ja. Ich würde am liebsten deinen Schädel gegen irgendetwas schlagen, damit du zur Vernunft kommst.“

„Das wäre eine Straftat – und denk daran, ich bin ... oh.“ Und so zieht meine alte Drohung, mit einem Anwalt verheiratet zu sein, nicht mehr. Wie oft habe ich das meiner Familie gegenüber erwähnt? Tausend Mal – zu wenig. *Ich will das letzte Stück Kuchen – denk daran, mein Mann ist Anwalt.*

„Willst du ihn denn zurück?“, möchte Susy nach einer längeren Pause wissen.

Wie oft habe ich mir diese Frage gestellt? Ich gelte als selbstbewusste Frau und dachte eigentlich, dass ich zu klug wäre, um mich an der Nase herumführen oder verarschen zu lassen. Doch in meinem jetzigen Zustand fürchte ich, dass ich Kyle, sollte er nur lieblich genug betteln, durchaus eine zweite Chance geben würde. „Ich weiß es nicht ... ja ... nein ... kommt darauf an.“

„Auf was?“, blafft sie. „Darauf, wie tief oder wie lange er vor dir kniet? Wie rührend seine Worte sind, wenn er denn welche rauskriegt? Er ist ein Arschloch, Joanna, das dich betrogen hat – im ersten Ehejahr. Würde mir das passieren, würdest du mir, sollte ich so etwas nur denken, ordentlich den Kopf waschen.“

„Es ist nur ... du bist jung! Selbst wenn du wieder Single bist, hast du mehr als nur eine Chance, jemand anderes zu finden, bevor du deine Menopause erreichst. Ich wollte Kinder, eine Familie – all das ist nun in solch weite Ferne gerückt, dass ich nicht einmal mehr daran glaube, diesen Wunsch irgendwann tatsächlich erleben zu dürfen."

„Du bist 30, Joanna."

„Ja", bestätige ich, auch wenn wir beide diese Tatsache unterschiedlich sehen. „Selbst wenn ich jetzt, hier und heute, einen Mann kennenlerne, dauert es Jahre, bis wir eine solide Beziehung aufgebaut haben, um Kinder zu haben. Dann bin ich 35 – Gott, ich werde eine dieser Schizo-Mütter, die wegen jeder Kleinigkeit in die Notaufnahme fahren, und deren Kinder Doppelnamen kriegen."

Susy runzelt die Stirn und wirkt mehr als verwirrt. „Ich habe das Gefühl, wir driften langsam, aber sich ab. Das Grundthema war, ob du Kyle eine Chance gibst, und plötzlich hängt hier das Wort Familiengründung im Raum. Mir scheint, als würdest du als Nächstes verkünden, dass du vorhast, ein Kind zu adoptieren."

Das wäre doch eine Möglichkeit, die ich ernsthaft überdenken sollte.

„Denk nicht mal daran", weist mich Susy zurecht und streckt ihren Zeigefinger in meine Richtung. „Da draußen gibt es zig Männer, die nur so auf scharfe 30-Jährige abfahren. Und selbst wenn du noch fünf Jahre Single bist – wen kümmert's?"

Ja, wen kümmert's? Während ich den Kopf drehe und an die Wand lehne, entfährt mit ein leiser, aber trotzdem undamenhafter Rülpser. „Vielleicht sollte ich mich echt mal betrinken."

„Wann, bitte, habe ich davon gesprochen, dass du dich betrinken sollst? Außerdem finde ich rülpsen in Gesellschaft mehr als unhöflich."

„Das stand doch zwischen den Zeilen."

„Ah, nein. Sich zu betrinken ist immer falsch. Im betrunkenen Zustand macht man Dinge, die man spätestens am nächsten Tag fürchterlich ber..."

„Dan", unterbreche ich die Weisheiten meiner Schwester mit lauter Stimme.

Als habe Dan die ganze Zeit nichts anderes getan, als auf irgendein Signal aus dem Flur zu warten, taucht er prompt auf. Aber nein, er hat inzwischen auch gegessen, wie ich feststelle, als er näherkommt und sich Reis vom Shirt wischt. „Ja?", fragt er mit angebrachter Vorsicht.

„Wollen wir uns besaufen?"

„Daniel muss morgen arbeiten", meint Susy und zieht die Augenbrauen hoch. Spießerin.

„Wer bist du, seine Mutter?" Und zu Dan gewandt: Wollen wir?
Bitte, bitte, bitte."

Ich habe den Kerl längst in meinem Boot sitzen, aber weil in
dem anderen seine Freundin das Ruder hält, tut er zumindest kurz-
zeitig so, als könne er sich nicht dafür entscheiden. *„Ein* Bier",
antwortet er zurückhaltend, doch weil ich sehr viel Zeit mit ihm
und meinem Bruder verbracht habe und somit den internationalen
Code der männlichen Sprache zu verstehen weiß, wird es nicht bei
diesem einen Bier bleiben.

Doch zumindest reicht es aus, um Susy milde den Kopf schütteln zu lassen. „Na gut", sagt sie, als würde ich einen Deut auf ihre
Erlaubnis geben. Dan steht vielleicht unter ihrem Pantoffel, aber
nicht ich. „Aber in einer Stunde seid ihr zurück."

„Wie *,zurück*'? Du kommst doch mit", stelle ich klar und erhebe mich.

„Nein", winkt Susy ab und zuckt die Schultern. „Ein Pub ist
wirklich nichts für mich. Nicht heute."

Dan und ich werfen uns einen kurzen, aber effektiven Blick zu.
Ohne noch ein Wort zu verschwenden, beugt sich Dan hinab, hebt
meine kleine Schwester hoch und wirft sie sich unter lautem Protest ihrerseits über die Schulter. In dieser Formation verlassen wir
mein Haus. Plötzlich sind mir nicht nur meine Nachbarn egal, sondern auch Kyle und die ganze verdammte Welt ... mit dieser Einstellung habe ich wenigstens schon einmal das perfekte Grundge-
rüst, um mich sinnlos und erfolgreich zu betrinken.

Um kurz vor elf setzen mich Dan und Susy bei mir zu Hause
ab. Mein Zustand kann allerhöchstens als angeheitert bezeichnet
werden. Da einer von den anderen beiden noch fahren muss, haben
wir in der Gruppe relativ schnell beschlossen, dass es viel lustiger
ist, Susy abzufüllen, um ihren betrunkenen Lebensweisheiten lau-
schen zu dürfen. Das Resultat war, dass sie die letzte halbe Stunde
nur noch lachte und auf dem Weg vom Pub zu meinem Haus drauf
und dran war, an jeder Haustür zu klingeln.

Spätestens als sie Dan an der Beifahrertür lehnend die Arme um
die Schultern warf und anfing, seinen Hals auf ziemlich perverse
Weise abzulecken, war es für mich an der Zeit, mein Gedächtnis
vor solchen Erlebnissen zu bewahren. Ich verabschiedete mich
daher von den beiden, umarmte sie im Doppelpack und ging – na
ja, aufgrund meines Zustands würde ein Außenstehender eher von
Torkeln sprechen – ins Haus.

Als nun, gefühlte zwei Stunden später, der Wecker klingelt, würde ich alles dafür geben, von irgendetwas erschlagen zu werden. Mein Schädel brummt auf bestialische Weise. Nachdem ich die Beine auf den kalten Holzboden neben meiner Schlafcouch gestellt habe, glaube ich eine winzige Sekunde lang, ich müsse mich übergeben. Doch als ich nur Augenblicke später unter der Dusche stehe, fühle ich mich ... zufrieden. Seit Langem hatte ich wieder mal so richtig Spaß – und hey, ich habe den ersten Jahrestag ohne Kyle überlebt.

Nachdem ich in mein übliches Business-Outfit – also Rock, blickdichte Strumpfhose, weiße Bluse und einen beigen Pulli – geschlüpft bin und nun an meinem neuen Tisch Kaffee trinke, frage ich mich, wie Kyles gestriger Tag wohl war.

Hat er überhaupt an unseren Jahrestag gedacht?

Hat er ihn alleine oder mit dieser Frau verbracht?

Alleine diese Gedanken verursachen heftige Kopfschmerzen, weshalb ich das Nachdenken lasse, meinen Kaffee austrinke und mich auf den Weg in die Arbeit mache.

Die Vororte von Hayes grenzen sich deutlich von der Landschaft ab, die, je näher ich Cliveden komme, eher trist und karg wirkt. Sobald ich die Landstraße erreicht habe und der Verkehr abnimmt, übermannt mich das typische Herbstgefühl – automatisch schmiege ich mein Kinn enger an den Schal, den ich mir umgeworfen habe. Ich mag die träge Gemütlichkeit nach einem hektischen Sommer: wenn es kälter und nebeliger wird, man sich in Decken gekuschelt auf der Couch rekelt und nach einem Spaziergang mit roten, eiskalten Wangen nach Hause kommt.

In der Stadt bekommt man von den Veränderungen der Natur zu dieser Jahreszeit kaum etwas mit – bis auf das frühmorgendliche Laubgebläse des Nachbars. Die Gehsteige sind außerdem von einer matschigen Schicht bedeckt, und die Menschen hetzen noch schneller durch die Gegend. Aber hier auf dem Land, wo die Natur noch einen solch immensen Einfluss auf die Leute und ihre Umgebung hat, ist es, als würden die Uhren langsamer ticken. Es ist noch früh, kein Besucher ist auf der langen Zufahrt von Cliveden zu finden. Der Nebel verliert gerade an Masse, trotzdem spüre ich die feinen Wassertröpfchen, als ich, nachdem ich mein Auto auf meinem Parkplatz geparkt habe und ausgestiegen bin, auf meiner Nase. Vor dem Eingang wechsele ich ein paar Worte mit Jack, der gerade dabei ist, die Treppe zu kehren. Ich erkundige mich nach seiner Frau, die letzte Woche eine Hüft-OP hatte, und betrete schließlich die Eingangshalle, in der das typische frühmorgendliche Gemurmel zu hören ist. Auf dem Weg zu meinem Büro halte ich weitere viermal an, um mit Mitarbeitern zu reden, mir ihre Sorgen anzuhören oder Termine mit ihnen in meinem Büro zu vereinbaren. Die Weihnachtsfeiertage stehen kurz bevor, und bestimmt wird sich der eine oder andere um Urlaub bemühen.

Nachdem ich meine Mails gecheckt habe, beschließe ich, Susy anzurufen, um mich über ihren Kater lustig zu machen. Ein wenig Schadenfreude gehört schließlich dazu, und was, bitte, gibt es Lustigeres, um mir meinen Morgen zu versüßen, als meine jammernde kleine Schwester?

Während es klingelt, ich mir den Hörer zwischen Schulter und Ohr klemme und mich in Richtung der Fenster, die zum Garten zeigen, umdrehe, versuche ich sie mir halb tot im Bett liegend vorzustellen. Bestimmt hat ihr Dan schon längst Kaffee gebracht, ihr eine Schmerztablette in den Mund gesteckt und bestritten, irgendetwas mit ihrem Zustand zu tun zu haben – dieser Mistkerl. Doch zu meiner Enttäuschung hebt sie nicht ab, weshalb ich ihr aufs Band spreche, was ich so gut wie nie mache. Aber weil ich sie heute einfach verarschen muss, beginne ich nach dem Signalton zu sprechen.

„Hey, Winzling. Schon wach? Danke für den netten Abend gestern. Ich muss wirklich sagen, dass du überhaupt nichts verträgst. Das ist total jämmerlich. Na ja, egal, wo du jetzt liegst, ich wünsche dir einen schönen Tag, versuch immer schön ins Töpfchen zu kotzen, und versprich mir, das nächste Mal nicht dauernd nach meinem Arsch zu grapschen. Ja, das hast du getan – warum auch immer. Du denkst wohl, ich fahre auf so etwas ab. Nein, tue ich nicht. Nur zur Info. Tschüss, und bleib geil!"

Über mich selbst grinsend nehme ich Schwung und drehe mich zurück zum Schreibtisch, um den Hörer aufzulegen, als ich jedoch mitten in der Bewegung einfriere und unweigerlich die Luft anhalte. Vor meinem Schreibtisch steht Ellie, die ihre Lippen, um nicht laut auflachen zu müssen, fest zu einer Linie zusammengepresst hat. Daneben steht ein Mann, der die ganze Situation nicht annähernd so unterhaltsam zu finden scheint wie Ellie. Er runzelt grimmig die Stirn, und selbst, wenn ich nicht sitzen, sondern ebenfalls stehen würde, würde sein Blick, den er mir von oben herab zuwirft, seine Wirkung nicht verfehlen. Er sieht mich abschätzig an, und seine Nase zuckt dabei auf seltsame Weise.

Ich frage mich, ob ich irgendeinen Termin vergessen habe. Der Kerl ist bestimmt ein hohes Tier. Sein ganzer Körper strotzt vor einer Arroganz, die selbst auf mich einschüchternd wirkt.

Ich lasse meinen Blick kurz über meinen Schreibtisch schweifen, der aussieht wie Sau. Links von mir steht meine Kaffeetasse sogar auf einem noch nicht geöffneten Brief, daneben liegen unzählige Kulis, die ich verteilt habe, weil ich der Meinung war, unter ihnen einen Haargummi zu finden. Selbst die beiden Stühle vor meinem Schreibtisch sind praktisch unbrauchbar, da auf ihnen eine Vielzahl Kataloge gestapelt liegt. Meine Jacke hängt über einem, und meine Handtasche klammert sich mit allerletzter Kraft an der Lehne fest .

Trotzdem stehe ich mit geradem Rücken und sanftem Lächeln auf. Während ich den Schreibtisch umrunde und meinen Rock glattstreiche, suche ich nach den richtigen Worten, wobei mir einfällt, wie meine Stimme nach all dem Lachen, Singen und Kreischen von gestern Abend klingen muss.

Himmel, kann es noch schlimmer werden? Aber ja, Joanna, stell dir nie, nie und nimmer diese Frage. Denn es kann schlimmer werden. Zum Beispiel könnte ich stolpern und auf dem Kerl mit gespreizten Beinen landen. Es geht immer schlimmer.

„Liebes, darf ich dir meinen Enkel, Ben, vorstellen?", meldet sich nun Ellie zu Wort und klärt die Situation zum Glück endlich auf.

Wobei ich nun nicht einmal weiß, ob ich erleichtert oder noch geschockter sein soll. Denn hallo, das ist *Ben!* Der Ben, den Ellie als netten jungen Mann mit einer hervorragenden Vita beschrieben hat. Der Ben, der, als er klein war, am liebsten Rumkugeln genascht hat, die Ellie ihm verständlicherweise gegeben hat. Der Ben, den ich mir als etwas pummeligen, Brille tragenden und vor allem schüchternen Aristokratenspross vorgestellt habe. Nicht so. Nicht ... düster, geheimnisvoll, und ja, ich kann es nicht bestreiten – er ist heiß!

Heiß im Sinne von: *‚Den will ich ablecken.'* Heiß im Sinne von: *‚Woooooow'*!

Ben.

Benjamin.

Benny.

Doch Benny runzelt nur die Stirn und streckt mir seine Hand entgegen, die ich für meine Verhältnisse äußerst zaghaft schüttele. „Ich bevorzuge Mr. York", befördert er mich mit einem Arschtritt zurück in die Reihen, in die ich gehöre.

Selbstverständlich werde ich ihn nicht Ben nennen. Denkt er, ich wäre so blöd und wüsste das nicht?

In den letzten Wochen war ich vielleicht nicht unbedingt geistig anwesend. Doch ich erinnere mich, dass ich eine Zusammenfassung seiner Person erhalten habe. Darauf standen Dinge, mit denen ich arbeiten konnte – andere Informationen als die, die ich von Ellie über ihren Lieblingsenkel erfahren hatte. Ich meine, was bringt es mir zu wissen, dass er, als er sieben oder so war, die Treppe runtergefallen ist? Na gut, er könnte bleibende Schäden davongetragen haben, was ich aber im Augenblick nicht erkennen kann. Ganz im Gegenteil – er ist groß, hat breite Schultern, dunkles Haar, ein ziemlich männliches Kinn und eine vielleicht etwas markantere Nase. Doch die ist erblich bedingt, ruft die freakige Ahnenforscherin in mir. Bis auf Bennys Gesicht kenne ich also all seine Eckdaten. Ich weiß daher, dass er mit vollem Namen Benjamin John Arthur York heißt, 32 Jahre alt ist und vor geraumer Zeit Finanzwissenschaften in den USA studierte. Er lebte dort eine Weile, arbeitete ganz ohne die Einflüsse seine Familie und auch ohne das Vermögen der Familie. Er kam später nach England zurück und ging nach London. Über ihn findet man so gut wie gar nichts in der Presse – weder Positives noch Negatives. Er grenzt sich bewusst vom Namen seiner Familie ab. Das rechne ich ihm irgendwie an. Ich weiß auch nicht, wieso. Vielleicht weil ich in den Jahren, seit denen ich auf Cliveden arbeite, schon mit einer Menge verwöhnter Erben zu tun hatte. Ich komme zwar selbst auch nicht unbedingt aus der Unterschicht, weil mein Dad genug Geld hat, um uns alle locker durchzubringen. Er hat mich aber gelehrt, dass es nicht darauf ankommt, *wer* man ist, sondern *wie* man ist. Schon immer war ihm wichtig, dass wir lernen, auf eigenen Beinen zu stehen. Und ich finde, das ist richtig und ist ihm gelungen.

Und auch Ben, also Mr. York, hat einen Mittelweg gefunden, um die Familie und seine eigenen Interessen zu vereinbaren.

Da mir auffällt, dass ich ihn immer noch stumm wie ein Fisch anstarre, räuspere ich mich und schüttele seine Hand eine Spur zu schnell. „Freut mich, Sie kennenzulernen, Mr. York. Ellie hat schon so viel von Ihnen erzählt. Ich wusste nur nicht, dass Sie heute kommen." Denn hätte ich das gewusst, hätte ich mich nicht wie die letzte Idiotin verhalten.

Was muss er nur von mir denken? Ein Kaugummi wäre nicht schlecht, da ich vermutlich noch eine ordentliche Alkoholfahne habe. Dann war da mein Spruch auf Susys AB. Wie viel er wohl davon mitbekommen hat? *Bleib geil* – das hat er sicher gehört.

Oh, Boden, tu dich auf, und lass mich in dir verschwinden!

„Ich war auch nur rein zufällig in der Nähe und wollte mich vorstellen, da wir uns persönlich noch gar nicht begegnet sind."

Gut, ich verstehe seine Andeutung – er will mich abchecken und einschätzen, ob ich für den Job auch die Richtige bin. Immerhin bin ich ja seine Angestellte; früher oder später zumindest.

Nervös fange ich an, die beiden Stühle vor meinem Schreibtisch leer zu räumen. Mit dem Stapel Kataloge, meiner Jacke und meiner Tasche in der Hand irre ich durchs Zimmer, nicht wissend, was ich unter Beobachtung beider nun damit anstellen soll. Schlussendlich landet mein ganzer Kram auf einer vereinsamten Kommode an der gegenüberliegenden Wand. Seufzend werfe ich dem Häufchen einen letzten Blick zu, um mich wieder um meine beiden Gäste zu kümmern.

„Bitte", sage ich und schiebe als Einladung einen Stuhl demonstrativ nach hinten.

Mr. York beäugt diesen, als würde er darauf gleich nach Flecken zu suchen beginnen. Ich bin vielleicht etwas chaotisch, aber kein Schweinchen, fauche ich ihm im Stillen zu, während ich hinter meinem Schreibtisch Platz nehme. Ellie sitzt neben ihrem Enkel, hält sich aber im Hintergrund, indem sie lediglich nickt, um mich ein bisschen zu bestärken.

„Also, Mrs. Douglas", beginnt er, während er sich geschmeidig wie eine Raubkatze hinsetzt, „wie lange arbeiten Sie schon für meine Großmutter?"

„Seit mehr als zehn Jahren. Zuerst war es nur an den Wochenenden und in den Ferien. Nach meinem Abschluss bin ich dann ganz hier geblieben." Ich lächele, um die Stimmung zu lockern. Doch Ben steigt darauf nicht ein, glättet mit seiner Handfläche seine senffarbene Seidenkrawatte und wirkt ohnehin, als hielte er mich für ein Insekt, das seine Großmutter nur um die Erbschaft erleichtern will.

Die Stimmung ist so stark angespannt, dass ich mich in meinem Sessel vergraben will, als er kurz über seine Lippen leckt, um die nächste Frage zu stellen. „Was gefällt Ihnen hier so sehr?"

„Wie meinen Sie das?"

„Na ja, ich habe mir Ihre Unterlagen angesehen, und bis auf eine Praktikumsstelle in einer Agentur für Werbeartikel haben Sie nie etwas anderes getan. Sie sind 30, da frage ich mich, was Ihre Ziele im Leben sind."

Arschloch! „Mir liegt sehr viel an Cliveden und an den Menschen, die hier arbeiten." Mein Blick wandert zu Ellie, die ihre Lippen fest aufeinandergepresst hat. „Der Job ist vielleicht nicht glamourös; ich kann, ganz ehrlich gesagt, nicht damit angeben, welch großartigen Deal ich eingesackt habe, aber es macht mir Spaß und erfüllt mich."

Zwar nickend, aber dennoch mit herunterhängenden Mundwinkeln zieht er ein Notizheft aus seiner Jackettasche. Zurückgelehnt schlägt er es über seinem rechten Bein auf und fängt an, irgendetwas hineinzukritzeln. Wäre Ellie nicht hier, würde ich ihn fragen, was zum Teufel das ganze Theater soll. Wenn er glaubt, er muss hier den großen Helden spielen, um sich Respekt zu verschaffen, hat er sich getäuscht. „Ich lege sehr viel Wert darauf, meinen Mitarbeitern gegenüber fair zu sein. Wir sind eine kleine Familie."

Jetzt runzelt er die Stirn, legt den Stift in die Mitte des Heftes und sieht er mich wie ein Therapeut an, der seinem Patienten empfiehlt: ‚*Suchen Sie sich jemanden, der Ihnen hilft. Wirklich hilft, Mrs. Douglas. Sie haben Wahnvorstellungen und ein völlig verzehrtes Weltbild.*' Stattdessen aber sagt er: „Eine Umschreibung dafür, dass Sie gewisse Dinge nicht so ernst nehmen." Seine Stimme senkt sich merklich. „Was wiederum heißt, dass es Sie nicht stört, wenn jemand zehn Minuten zu spät kommt, ein Termin vergessen wird oder jemand am Vorabend etwas zu tief ins Glas geschaut hat."

Sein Lächeln, das teuflischer und anmaßender nicht sein könnte, gilt mir. Ich tue zumindest so, als würde ich nicht wissen, was er andeutet. „Seitdem ich weiß, dass meine Großmutter Hilfe braucht, beschäftige ich mich aktiv mit diesem Anwesen. Ich habe Zahlen – Ausgaben und Einnahmen – prüfen lassen und sogar bereits über mögliche Lösungen nachgedacht."

„Über Lösungen nachgedacht?", entfährt es mir, und ich klinge ehrlich schockiert. Er hat sich also *aktiv* mit Cliveden beschäftigt. „Mr. York, *ich* beschäftige mich seit zehn Jahren mit diesem Gebäude und seinen Kosten. Wir haben in den letzten Jahren etliches umstrukturiert, Einsparungen vorgenommen und somit die Ausgaben deutlich gesenkt. Aber es ist ein altes Anwesen, da ist immer irgendetwas, das man nicht vorab miteingerechnet hat."

„Genau darin liegt das Problem."

„Worin?"

„Dieses letzte Quäntchen Blauäugigkeit, das ich in Ihnen zu erkennen glaube. Heutzutage braucht niemand mehr so zu tun, als würde er wegen irgendeiner Sache überrascht sein. Es gibt eine eigene Berufsgruppe, die sich mit möglichen bald auftretenden Schäden oder Mängeln auseinandersetzt. Nur weil Sie etwas immer auf eine bestimmte Weise gemacht haben, heißt das nicht, dass es die beste Variante ist."

Dieser feine Binkel stellt tatsächlich meine Kompetenz infrage. Klar, ich habe mich in den letzten zehn Minuten nicht unbedingt von meiner professionellen Seite gezeigt – aber bitte, ich weiß dennoch, was ich tue.

Ellie scheint zu spüren, dass meine Laune jenseits von Gut und Böse ist und ich mein imaginäres Taschenmesser bereits schleife, da sie sich nun auch zu Wort meldet. „Josie ist ein wahrer Engel. Ohne ihre Hilfe wäre das Haus längst eine Ruine. Wir sollten ihr dafür dankbar sein, Ben."

Es kostet mich viel Kraft, diesen Mistkerl ob dieser schmeichelnden Worte nicht hämisch anzugrinsen. Stattdessen aber fixiere ich ihn, ziehe meine linke Augenbraue hoch und warte ab, was er dazu zu sagen hat.

„Dankbar wäre ich, wenn Sie mir das Leben gerettet hätten. Wenn Sie mir am Montag die Zahlen und Fakten Ihrerseits vorgelegt haben werden, Mrs. Douglas, werde ich allerhöchstens erfreut sein, dass ich mich geirrt habe. Vorerst aber, das meine ich als freundschaftlichen Hinweis, werde ich Sie im Auge behalten, weil ich – anders als meine Großmutter – die Menschen nach ihrem Handeln und ihrer Kompetenz beurteile."

„Dann sind wir uns ja in dieser Hinsicht einig, Mr York", sekundiere ich. „Ich habe für Cliveden bisher alles getan, was in meiner Macht stand, und werde das auch in Zukunft mit Herzblut machen. Das alles hier ist mehr als bloß ein Job für mich."

„Das ist löblich", antwortet er, sein Mund aber zuckt, als würde er am liebsten laut auflachen. Während er tief ausatmet, sieht er auf seine Armbanduhr und wendet sich an Ellie. „Ich fürchte, ich muss wieder los. Aber es war schön, Sie kennenzulernen, Mrs. Douglas."

Mit einer fließenden Bewegung, die wohl nur einem so eingebildeten Kerl wie Ben gelingt, erhebt er sich und streckt mir seine Hand entgegen. Um nicht unnötig kleiner zu wirken, stehe auch ich auf, greife nach seiner Hand und ringe mir sogar ein kleines Lächeln ab. In meinem Kopf aber dröhnen die Worte ‚riesiges Arschloch‘, während ich ganz artig „Hat mich gefreut, Sie hier begrüßen zu dürfen" antworte.

Bevor er geht, beugt er sich zu Ellie, der er einen zurückhaltenden Kuss auf die rechte Wange gibt. Ellie lächelt und tätschelt seine Hand, wobei Ben, als er sich wieder aufgerichtet hat, einen prüfenden Blick in meine Richtung wirft. Ihm scheint diese öffentliche Bekundung seiner Liebe zu seiner Großmutter dann doch etwas peinlich zu sein. War mir ja gleich klar, dass er auch noch verklemmt ist, dieser Widerling.

Ich lasse mich tief ausatmend auf meinen Sessel sinken und lehne mich zurück, während ich Ellie ansehe.

„Ben ist ein notorischer Perfektionist, Liebes. Er kann manchmal etwas streng rüberkommen, aber tief in seinem Inneren ist er ein absolut feiner Kerl. Ihr werdet euch wunderbar verstehen."

Woher Ellie diese Zuversicht hat, möchte ich wissen. Wenn Ben und ich uns nicht in der ersten Woche, spätestens aber bei den Vorbereitungen des alljährlichen Frühlingsfests, die Schädel einschlagen, dann fresse ich einen Besen.

Eine zarter besaitete Seele würde jetzt möglicherweise heulen und meinen, von Ben gehasst zu werden. Doch ich ... mir ist es egal, ob Ben mich ausstehen kann oder nicht. Fakt ist: Ich liebe diesen Job so, wie er ist. Und ich weiß, dass Cliveden irgendwann mein Untergang werden wird, weil ich hier nicht nur all meine Zeit, sondern auch meine Kraft und Motivation reinstecke. Seit Kyle und ich getrennt sind, gibt es, bis auf meinen Job, keine weitere Konstante in meinem Leben. Und wenn ich mir nur vorstelle, jemand wie Ben könnte diesen letzten Brückenpfeiler, der mich stützt, zum Einsturz bringen, meldet sich in mir große Unmut.

Ellie legt den Kopf schief, wie sie es immer macht, wenn sie spürt, dass ich ihr nicht glaube. Sogleich versucht sie, wie immer, mich mit aller Macht von ihrer Meinung zu überzeugen. „Gib ihm eine Chance – und etwas mehr Zeit."

„Das Gleiche könnte ich von ihm ebenso verlangen", sage ich düster und merke, wie groß die Verunsicherung ist, die Ben in mir hinterlassen hat. Und das nach einer nur zehnminütigen Unterhaltung.

„Kopf hoch, Liebes. Du bist ja schließlich nicht auf den Mund gefallen, und mit Männern bist du immer schon gut zurechtgekommen", spricht sie mir Mut zu, während sie sich erhebt und mein Büro verlässt.

ZWEI

Benjamin

Was zum Teufel hat mich geritten, als ich dachte, nach Cliveden zu meiner Großmutter zu gehen wäre eine auch nur ansatzweise gute Idee?

Gut, bis gerade vorhin ist mir Cliveden als ein wahrer Ort der Ruhe vorgekommen. Es wäre der perfekte Ort, um mich selbst zu finden, zur Ruhe zu finden. Abzuschließen.

Und dann sah ich sie. Ein kurzer Augenblick, während sie sich umgedreht hat, in dem ich das Gefühl hatte, die Zeit würde stillstehen – und wieder war da dieser Kopfschmerz; ein drückendes Hämmern, das mich schier wahnsinnig zu machen schien. Ich wusste aber, dass ich einen klaren Kopf behalten und alles wie geplant durchziehen musste. Ich habe mich wie ein Mistkerl ihr gegenüber verhalten. Aber meine Vergangenheit hat mich nun einmal gelehrt, vorsichtig zu sein. Und immer, wenn man denkt, man hat alles im Griff, sollte man sich lieber noch einmal umdrehen und zurückblicken.

Während ich nun in meinem künftigen Büro auf und ab marschiere, versuche ich eine Lösung zu finden. Denn es gibt immer eine Lösung, nicht wahr?!

Ich habe ja schließlich auch eine Lösung gefunden, indem ich mir selbst erklären konnte, weshalb ich London den Rücken kehren sollte, um hier mitten ins Nirgendwo zu ziehen. Ich habe alle Brücken hinter mir abgefackelt. Alles aufgegeben. Doch damit hätte ich nicht gerechnet – mit ihr.

Neben den Leuten hier, die ich bis jetzt zu Gesicht bekommen habe – den Gärtner, den Hausmeister, einige Reinigungskräfte –, hätte ich niemals geglaubt, hier einer jungen Frau wie ihr zu begegnen. Doch obwohl sie im ersten Augenblick so vertraut wirkte, hatte ich nur eine Sekunde später meine Meinung geändert. Denn sie ist anders ... sie ist gefährlich für mich, weil sie locker, fröhlich und willensstark wirkt. Sie stellt meinen gesamten Lebensplan auf den Kopf, und das kann und will ich nicht akzeptieren. Deshalb war ich auch so ein Fiesling; richtig ekelig.

Um mit mir selbst im Reinen sein zu können, benötige ich die absolute Kontrolle und Sicherheit, und genau darin unterscheiden sich diese Mrs. Douglas und ich wohl voneinander. Sie scheint, als würde sie viele Dinge einfach mit einem Schulterzucken hinnehmen. Alleine, wenn ich mir die Sicherheitsvorrichtungen im Eingangsbereich ansehe, stellen sich mir die Nackenhaare auf, da diese quasi nicht existieren. Genauso wie eine grundlegende Idee dafür, wie die Zukunft von Cliveden aussehen soll. Ich war Mrs. Douglas gegenüber despektierlich, habe sie behandelt, als wäre sie meine Praktikantin und nicht die rechte Hand meiner Großmutter. Doch ich komme mit dieser Art der Arbeitsmoral einfach nicht klar.

Gott, alleine ihr Büro – wenn sie dieses unaufgeräumte Zimmer denn als solches bezeichnet – hat mich fast umgehauen. Ich finde, dieser Raum spiegelt deutlich ihren Führungsstil wider – lasch, chaotisch und intuitiv. So zumindest mutmaße ich vorerst einmal. Sie ist das komplette Gegenteil von mir. Denn ich will Präzision, Gewissenhaftigkeit, und vor allem möchte ich, dass nichts, rein gar nichts dem Zufall überlassen wird.

Als es an meiner Tür klopft, erwache ich wie aus einer Trance und lasse die klopfende Person eintreten. Es wundert mich nicht, dass es meine Großmutter ist, die nun dem einen oder anderen Karton einen interessierten Blick zuwirft. Als Kind habe ich fast immer meine gesamten Ferien hier bei ihr verbracht. Ich war ihr Liebling, und sie war meine Heroine. Und auch heute noch gibt es sehr wenige Menschen, auf deren Ratschläge ich auch nur annähernd so viel Wert lege wie auf ihre.

„Täusche ich mich, oder besitzt du eine seltsame Art, dich jemandem vorzustellen?", fragt sie und rückt eine Lampe auf einem Sideboard zurecht.

Dieser Raum war früher mal, also bevor ich ihn mir als Büroraum einzurichten begann, ein Lagerraum für die unzähligen Bücher meines Großvaters. Doch ich entschied mich jetzt dafür, ihn umzugestalten, weil ich den Lichteinfall und den Blick nach draußen so sehr mag.

„Es tut mir leid", sage ich und versuche gar nicht, mich in irgendwelche Ausflüchte zu retten, weil es bei ihr sowieso keinen Sinn hat.

„Das musst du mir nicht sagen, Benjamin", bestätigt sie prompt.

„Ich habe die Dinge nur auf den Punkt gebracht."

Meine Großmutter lacht humorlos. „Du hast einen fürchterlichen ersten Eindruck von dir vermittelt. Es mag sein, dass ich als deine Großmutter einen anderen Blick auf dich habe und du Fremden gegenüber oder Menschen, die für dich arbeiten, tatsächlich so ruppig bist, aber lass dir gesagt sein, Ben, dass ich fürchterlich enttäuscht von dir bin. Josie hat sehr viel für das Haus deiner Familie getan. Sie hat auch sehr viel für mich getan. Ich halte es dir und deinen Eltern nicht vor, dass ihr das Stadtleben dem Land vorzieht und jeder seine Wege geht – das ist der Lauf der Dinge. Aber ich war, nachdem dein Großvater gestorben ist, oft sehr einsam hier draußen. Josie war jedoch für mich da, sie hat mit mir, auch nach ihrer Arbeitszeit, geredet, eine Tasse Tee getrunken und sich die Sorgen einer alten Frau angehört, anstatt nach Hause zu ihrem Mann zu gehen."

Ich finde es lächerlich, dass meine Großmutter einen solchen Narren an einer Angestellten gefressen hat. Für sie mag es eine tiefe Verbundenheit sein, für Mrs. Douglas ist es wohl nur eine Möglichkeit, sich bei einer alten, vermögenden Dame einzuschleimen. Es ist wirklich höchste Zeit, dass meiner Großmutter jemand unter die Arme greift, der sich nicht von ein paar netten Worten einlullen lässt.

Sie scheint meine Verbissenheit in der Sache zu spüren, da sie näherkommt; zwar zögerlich, doch sie legt mir schließlich den Arm um die Schulter und zwingt mich so, sie anzusehen. „Du bist ein stolzer und tapferer Mann, Benjamin. Ich bin überglücklich, dich hier bei mir zu haben. Jedoch finde ich, dass du dich bei Joanna entschuldigen solltest."

Ich lache und schüttele den Kopf. „Das werde ich auf gar keinen Fall machen. Es würde meine gesamte Autorität untergraben. Davon verstehst du leider nichts."

„Wie anmaßend du klingst", sagt sie und runzelt die Stirn. „Du denkst, nur weil ich älter bin, bin ich auf den Kopf gefallen. Dabei habe ich schon, bevor du überhaupt geboren wurdest, dieses Haus geleitet – und heute steht es noch immer, wie du siehst. Ich scheine also nicht ganz so viel falsch gemacht zu haben."

Diese Verbissenheit ist wohl typisch für meine Familie. Nur so konnte sie über solch lange Zeit existieren. Ich kenne mich mit der

Geschichte unserer Vorfahren aus, weiß daher, wie viele Zeitgenossen ihre Ländereien, ihren Titel und schließlich sogar ihr Leben verloren haben. Die Yorks bestehen seit Jahrhunderten unverändert; kaum eine erhebliche Erschütterung, die das Fundament unserer Familie zum Wanken brachte. Und ich will verflucht sein, wenn es wegen mir oder dieser Mrs. Douglas dazu kommt.

„Versuch immer einen kühnen Kopf zu bewahren, und denk daran, dass jede Aktion eine Gegenaktion fordert. Was ich damit sagen will, ist: Wenn du so weitermachst wie jetzt, wird es irgendwann zwischen euch zwei eskalieren, und das möchte ich nicht."

Ich nicke, weil ich finde, dass wir für heute genug auf meinen Schwächen herumgeritten sind. „Schon gut, ich werde mich künftig zusammenreißen."

„Das freut mich, Benjamin", erwidert meine Großmutter erfreut grinsend und streicht über meine Wange, wie sie es seit jeher getan hat.

Trotz allem, was passiert ist, war meine Familie immer für mich da. Damals, nach dieser schrecklichen Zeit und auch noch währenddessen, haben wir zusammengehalten wie Pech und Schwefel. Ich gebe zu, dass ich mit einem solchen Rückhalt niemals gerechnet hätte. Zumindest nicht vonseiten meines Dads, der zwar ein guter Vater ist, aber kaum Gefühle zulassen kann. Diese Eigenschaft scheine ich von ihm zu haben. Doch während dieser Zeit waren uns plötzliche Gefühlsausbrüche egal. Rückblickend frage ich mich, wie ich all das überstehen konnte – trotz Unterstützung meiner Familie.

Als ich zwei Stunden später den alten Ballsaal, der nun eine Ansammlung historischer Gemälde beherbergt, durchquere, entdecke ich Mrs. Douglas mit einer Touristengruppe vor einem der Bilder, das meinen Ururgroßvater, Frederick York, darstellt. Er trägt eine gelockte Perücke, wie es im späten 18. Jahrhundert Mode war. Zwei junge Mädchen machen sich über dieses modische Accessoire hörbar lustig. Ich grinse, ob ihres kindischen Verhaltens und entschließe, mich der Gruppe zu folgen.

Ich verhalte mich ruhig, weil ich Mrs. Douglas' Redefluss nicht stören möchte, und lausche ihren Erzählungen. Sie hat eine angenehme Stimme, spricht klar und deutlich und betont die wichtigsten Daten hörbar. Als sie sich umdreht, um zum nächsten Bild zu gehen, entdeckt sie mich und bleibt plötzlich stehen. Ganz kurz zucken ihre Augenlider, doch sie strafft die Schultern und nickt mir kurz zu. „Mr. York", sagt sie, allerdings eine Spur zu bissig.

„Mrs. Douglas", mache es ihr gleich. „Es stört Sie doch nicht, wenn ich mich der Gruppe anschließe?"

Natürlich stört es sie, weil sie glaubt, ich schnüffele ihr hinterher. Doch eigentlich gebe ich bloß einer Laune nach.

„Keineswegs", antwortet sie, ganz so, wie es von ihr erwartet wird. Ich meine, wer wäre auch so dumm, seinem Boss eine Abfuhr zu erteilen? „Wir sind aber schon fast fertig."

„Kein Problem."

Sie nickt verhalten und wendet sich wieder an ihre Besuchergruppe. „Dann wird uns jetzt Mr. York, der Enkel von Eleonora, der derzeitigen Hausherrin, begleiten. Mr. York wird ab nächster Woche das Schloss bewohnen und sich mit neuen Ideen für das Anwesen aktiv einbringen", erklärt sie ziemlich erwartungsvollen Gesichtern, die sich nun um einiges mehr für mich interessieren, als mir lieb ist.

Für die nun folgenden 20 Minuten ordne ich mich artig in die Gruppe ein. Gemeinsam mit den anderen lausche ich Mrs. Douglas' Erzählungen, die mir zwar allesamt geläufig sind, doch sie aus ihrem Mund zu vernehmen macht die Sache viel interessanter. Häufig trifft ihr Blick meinen, und unter der scheinbar so gefestigten Oberfläche kann ich ihre Unsicherheit aufgrund meiner Anwesenheit deutlich spüren.

Sie kann jede Frage der Touristen problemlos beantworten und scheint damit in jeder Hinsicht bei den Besuchern zu punkten.

Im Flur, der zurück zum Eingangsbereich führt, verabschiedet sie sich mit einem herzlichen Lächeln von der Gruppe. Selbst mir gebührt die Ehre, von einigen die Hand geschüttelt und die besten Wünsche zugesprochen zu bekommen. Mein ganzes Leben lang habe ich mich nie mit der Tätigkeit als Repräsentant unserer Familie beschäftigt. Ich war beruflich immer ich selbst – nicht der Duke of Clarence. Diese Karte habe ich nie ausgespielt, weil es mir unehrenhaft und falsch vorkäme. Doch die Zeit der selbst geschaffenen Freiheit ist nun vorbei, da ich die Position, in die ich hineingeboren wurde, vollends annehme. Ein beängstigendes, wenn auch spannendes Gefühl.

Die Stimmen der Besucher verstummen, und erst da wird mir bewusst, dass Mrs. Douglas und ich alleine zurückgeblieben sind. Ihr linker Mundwinkel zuckt ganz leicht, als unsere Blicke sich treffen, und mir klar wird, wie schmal ein solcher Türrahmen, in dem wir nun gemeinsam stehen, sein kann. Ich war im Umgang mit Frauen nie wirklich unsicher, aber bei ihr ist es komischerweise anders. Sie irritiert mich, weil ich es nicht schaffe, in ihrer Mimik zu lesen. Das Zucken ihres Mundwinkels zum Beispiel könnte vieles bedeuten – Belustigung über mein plötzliches Interesse, Ratlosigkeit, die sie zu überspielen versucht, oder absolute Abneigung.

In jedem Fall sollte ich versuchen, zumindest dieses Mal höflich zu bleiben. „Sie machen das wirklich gut", entschließe ich mich zu sagen. „Sie beschreiben die Dinge lebhaft und ehrlich. Dadurch erlangen selbst die Menschen auf den Bildern ihren alten Geist zurück."

Skeptisch legt sie den Kopf schief, als traue sie meinem Kompliment nicht. „Danke."

Wir sehen einander für den Bruchteil einer Sekunde stumm an. Meine Augen ruhen auf den ihren, und ich frage mich, was hinter all dem stecken. Unsere geschäftliche Beziehung hat schlecht begonnen, und ich kann ihre Abneigung gegen mich spüren; ganz egal, wie ich mich ab nun verhalte.

Deshalb beschließe ich, ihr etwas von meiner wahren Persönlichkeit zu vermitteln. Zögerlich löse ich den Blick von ihren blauen Augen, drehe mich um und schlendere zurück in den Saal. „Früher mal, bevor dieser Run auf Cliveden anfing, fanden in diesem Saal viele Feste statt. Aber das wissen Sie ja längst."

„Genau", antwortet sie, nachdem sie ebenfalls den Saal betreten hat.

Vor den Bildern meiner Ahnen bleibe ich stehen und blicke hinauf zu der mit einer Malerei von David Wilkie verzierten Decke. Als Kind bin ich oft hier auf dem Fußboden gelegen und habe nach oben zu der detailreichen Darstellung eines Hafens mit seltsamen Figuren gestarrt. Heute würde ich das Gemälde mit einem dieser Wimmelbilder vergleichen.

„Mein Vater und meine Mutter haben hier ihre Hochzeit gefeiert. Der Saal war voll bis auf den letzten Platz, und meine Mutter meinte immer, dass es so fürchterlich stickig war an diesem Tag."

Mit vor der Brust verschränkten Armen vermittelt sie mir das Gefühl, hier mit mir ihre Zeit zu verschwenden. Und ich weiß selbst nicht einmal, wieso ich unbedingt mit ihr reden möchte. Auf keinen Fall habe ich vor, mich bei ihr für mein schlechtes Benehmen heute Morgen zu entschuldigen.

Aber seltsamerweise wirkt sich ihre Nähe positiv auf mich aus. Es liegt wohl an ihrem trotzigen Blick und dieser erzwungenen, von ihr erwarteten Höflichkeit. Ich gebe meiner sadistischen Ader nach und genieße es, sie noch ein wenig mehr mit meiner Präsenz zu quälen. „Sie sind auch verheiratet?", frage ich und blicke ihr geradewegs in die Augen.

Doch anstatt meinem Blick standzuhalten, sieht sie plötzlich zu Boden, atmet tief ein und nickt kurz. „Ja, das bin ich."

Nach dem, was mir widerfahren ist, habe ich meine Unbeschwertheit verloren. Ich habe gute Freunde, die sich um mich kümmerten, damit ich nicht alleine zu Hause versauerte. Sie schleppten mich vor die Tür, brachten mich unter Menschen, und vielleicht gab es da auch die ein oder andere Frau, die ich, rein um mir zu beweisen, dass ich nicht tot war, mit nach Hause nahm, um sie flachzulegen. Als der Rausch meiner Hormone und jener durch Alkohol langsam nachgelassen hatten, fühlte ich mich immer irgendwie schäbig und schmutzig. Ich stand stundenlang unter der Dusche und fragte mich, wie zur Hölle ich jemals wieder ein normales Leben führen könnte.

Ein Leben, wie Mrs. Douglas es zu haben scheint – verheiratet, ein fixer Job –, diesen Weg habe ich für mich noch nicht gefunden. Ich weiß, dass ich niemals mehr der Mann werden kann, der ich früher einmal war. Eben weil ich meine Unbeschwertheit verloren habe, mein Vertrauen in die Menschen und zuletzt sogar meine Selbstachtung. Ich hatte den Frauen abgeschworen, verkroch mich in Arbeit und tat alles, um meinen urmenschlichen Trieb zu unterdrücken. Seltsamerweise aber werden diese durch Mrs. Douglas wieder geweckt. Tief in meinem Inneren merke ich, wie sie sich rühren; zwar noch vorsichtig, doch immerhin deutlich genug.

Ein halbes Jahr Enthaltsamkeit fordert ihren Tribut, und vielleicht war ich heute Morgen deshalb so wütend auf Mrs. Douglas, weil sie mich und meine Ideale, die ich zu meinem eigenen Schutz geschaffen habe, auf eine harte Probe stellte. Ein einzelnes Lächeln reichte anscheinend schon aus, um mich in die Knie zu zwingen, weil mir bewusst wurde, wie sehr ich das alles doch brauche – den Kick, die Eroberung, Fleisch auf Fleisch, nackt und roh.

Ich habe sie nach ihrem Beziehungsstatus gefragt, um eine Mauer zu ihr zu bauen. Insgeheim habe ich nämlich gehofft, dass sie zumindest vergeben ist, damit ich die Finger von ihr lassen muss.

Ganz schön masochistisch, Ben. So kenne ich dich gar nicht!

„Und Sie, Mr. York?"

„Nein", erwidere ich hastig. „Das überlasse ich den anderen. Ihnen zum Beispiel."

Sie lächelt verschmitzt, als hätte ich etwas total Lächerliches über sie behauptet. „Werden Sie im Westflügel wohnen?", ignoriert sie meine Aussage zum Thema Ehe und betrachtet mich erwartungsvoll.

„Ja, dort standen einige Räume leer."

„Die alte Wohnung Ihrer Urgroßeltern – ziemlich dunkel und voll mit Stuck."

Ich grinse, weil ich ihre Art, wie sie sämtliche Dinge, die mich betreffen, schlechtzumachen versucht, amüsant finde – allerhöchstens. „Es wurden bereits bauliche Veränderungen vorgenommen. Soweit es natürlich der Denkmalschutz zulässt. Wenn die Wohnung fertig ist, können Sie ja gerne mal vorbeikommen und sie sich ansehen", schlage ich etwas übereifrig vor. Sollte ich nämlich tatsächlich mit Mrs. Douglas alleine in meiner Wohnung sein, könnte ich diese kleine Tatsache – dass sie verheiratet ist – durchaus vergessen.

„Das wäre mir eine Ehre", antwortet sie und hebt ihr Kinn hoheitsvoll an. „Werden Sie nun also ständig hier wohnen oder nur unter der Woche?"

„Ihre Fragen sind ziemlich ... konkret", meine ich und kann mich nicht erinnern, jemals eine solche Frau wie Mrs. Douglas getroffen zu haben. So ehrlich und überhaupt nicht hinterlistig, wie viele andere es versuchen. Eigentlich erfrischend, würde sie nicht in meinem Privatleben herumstöbern, welches ich wie nichts anderes unter Verschluss zu halten versuche.

„Tut mir leid. Stört Sie das? Ich meine, ich bin nun einmal ein offener Mensch und rede manchmal, bevor ich nachdenke."

Ihre Wangen werden tatsächlich einen Hauch dunkler, und ihr Brustkorb hebt und senkt sich in flachen Atemzügen, als wäre es wärmer im Raum geworden. Weil sie mir irgendwie leidtut, beschließe ich, ihr zu antworten – als Friedensangebot. „Vorerst werde ich wohl sieben Tage die Woche hier sein, um mich ganz und gar auf das Landleben einstellen zu können. Es ist ungewohnt für mich, und na ja, es wird nicht einfach werden."

„Ihre Großmutter wird sich über Ihre Gesellschaft sehr freuen, Mr. York."

„Das stimmt", murmele ich, drehe ihr den Rücken zu und schreite in diesem übermenschlich großen Raum herum. Kaum zu glauben, dass hier früher mal so viel los war und heute nur noch ein paar Besucher die Malereien, die aufwendigen Vertäfelungen der Wand oder den teuren Marmorboden zu Gesicht bekommen.

Ich bin mit großen Erwartungen hergekommen; glaubte wohl, alles auf den Kopf stellen und neu machen zu können. Doch nur ein einziger Tag auf Cliveden hat mir gezeigt, wie schwer es werden wird.

„Ron Holzmann? Sagt Ihnen der Name etwas?", frage ich sie aus einer plötzlichen Laune heraus.

„Nein, noch nie gehört."

„Er ist Künstler und ein guter Freund von mir. Er arbeitet gerade an einem Projekt, das ich schon in seiner Rohfassung sehen durfte. Er ist immer noch auf der Suche nach einem passenden Ort, an dem er seine Kunst präsentieren kann."

Da ich ihr immer noch den Rücken zugedreht habe, kann ich ihr Schnauben zwar hören, sehe ihren Gesichtsausdruck aber nicht. „Sie wollen hier eine Kunstausstellung veranstalten? Was ist das überhaupt für eine Art Kunst? Bilder? Skulpturen?"

Während ich mich an eines von Rons gewagteren Bildern erinnere, grinse ich die Fensterscheibe vor mir an. „Er malt, hat aber auch das Modellieren von Gipsskulpturen angefangen." Seine Bilder sind gut, aber leicht anstößig, weil er Menschen in eindeutigen Posen malt, alleine, zu zweit oder in Gruppen. Dafür bucht er Models, erstellt ein Szenario und schießt dabei Fotos, die er danach als optische Notiz für seine Bilder benutzt. Bei einem dieser Shootings war ich als Zaungast dabei, und ... na ja ... das Gemälde vermittelt einen sehr guten Eindruck von den Emotionen der Models.

Doch ich weiß nicht, ob Mrs. Douglas mit dieser Art der Kunst überhaupt klarkäme. Sie scheint zwar durchaus offen zu sein, ist aber viel zu sehr auf das Image des alten Hauses bedacht. Ihr selbst würden aber die Bilder bestimmt gefallen.

„Das müssten wir mit Ellie besprechen. Aber die Idee ist gut, Mr. York. Sie scheinen mit Ihrer Aufgabe langsam vertraut zu werden", meint sie hochmütig, als sei ich ein Lehrjunge und sie die Meisterin des Fachs.

„Nichts freut mich so sehr wie Ihr Lob, Mrs. Douglas." Ich grinse höflich, tippe mir an die Stirn und verlasse den Saal – nicht zuletzt, um die Kontrolle über meinen Verstand wiederzugewinnen.

DREI

Joanna

Eigentlich müsste das Wasser meiner Badewanne, in der ich liege, anfangen zu kochen, so sehr ärgere ich mich gerade über mich selbst, über meine Dummheit. Leute sagen immer, dass sie sich mit 30 reifer und weiser fühlten – tja, ich scheine aus dieser Fraktion zu fallen, weil ich mich in letzter Zeit irgendwie immer blöder benehme.

Wieder und wieder gehe ich die beiden Gespräche von heute mit Ben durch, aber es leuchtet mir einfach nicht ein, wieso ich auf die irrwitzige Idee gekommen bin, dass da auch nur ein Fünkchen aufgeflammt sein könnte. Er benimmt sich mir gegenüber höchstens neutral. Neutraler Boden, Joanna, und du tust, als sei er Mitglied der Chippendales, dem du liebend gerne mal an die Eier fassen würdest.

Fuck!

Ich hielt ein Bad für eine gute Idee, um zur Ruhe zu kommen, doch stattdessen brodelt mein Körper jetzt. Wer auch immer da oben dafür verantwortlich ist, dass Menschen aufeinander treffen, der hat verdammt miese Arbeit geleistet – wie ich es heute auch gemacht habe. Bestimmt liegt es an seiner Arroganz, weshalb er mich so sehr ... beschäftigt. Ganz klar hat es nichts, auch gar nichts mit seinem perfektem Gesicht zu tun. Einem Gesicht, dem ich am liebsten eine schallende Ohrfeige verpassen möchte, weil es mich schon jetzt, nach nur einem Tag aufgrund seiner Vollkommenheit, ankotzt. Es mag seltsam klingen: Seit Kyle und ich uns getrennt haben, ist Ben der erste Mann in meinem Alter, der weder mit mir verwandt noch verschwägert ist, mit dem ich Kontakt habe.

Ich erinnere mich an Daniels Ratschlag von gestern Abend – wenn man seine Ratschläge ernst nehmen darf –, dass ich endlich mal wieder jemanden daten solle, um von Kyle wegzukommen.

Schließlich wäre ich jetzt ja wieder Single und könne das so richtig ausnutzen.

Ja, kapiert. Aber warum kommen mein Beziehungsstand und mein neuer künftiger Boss in einem Satz vor? Als würden Benjamin York und mein Beziehungsstatus auch nur in irgendeiner Form zusammengehören.

Weil mir diese nicht zu beantwortenden Fragen gehörig auf den Geist gehen, sinke ich tiefer ins Wasser, bis ich mit meinem Mund laute Blubbergeräusche machen kann.

Gott, wenn ich mir nur vorstelle, wie arschbombig ich aus meiner heilen Ellie-Welt gerissen werde, sobald ihr Enkelchen mal seinen Posten bezogen hat. Unsere Zusammenarbeit ... Gott im Himmel. Mein Drang, immer meine Meinung zu sagen ... oje. Seine mich provozierende Art ... seine Haltung ... sein besserwisserisches Getue ... sein vornehmer Akzent ... das Behandeln von oben … Da kommt einiges auf mich zu.

Erneut wünsche ich mir plötzlich nichts sehnlicher zurück als mein altes, unkompliziertes Leben mit Kyle; auch wenn es bloß nur eine Illusion gewesen sein mag. Und obwohl ich weiß, dass es für mich nicht gut ist, wenn ich mich wieder so intensiv mit meiner gescheiterten Ehe befasse, fehlt mir unsere gemeinsamer Alltag heute besonders. Was Kyle wohl zu Benjamin York sagen würde?

„Wenig, du Idiotin", rüge ich mich seufzend und ziehe den Stöpsel der Badewanne. Mit einem lauten „Plopp" und einem plötzlichen Sog beginnt das Wasser aus der Wanne zu laufen. Ich steige hinaus und wickele mich in ein Badetuch, als es unverhofft an der Tür klingelt.

Für den Bruchteil weniger Sekunden bleibe ich völlig erstarrt stehen, als wäre es schier undenkbar, dass jemand bei mir anläutet. Wahrscheinlich ist es doch nur wieder meine Nachbarin, die mir ein Stückchen Kuchen vorbeibringt. Ich meine, ich liebe diese Frau für ihre Backkunst, die in manchen Ländern bestimmt verboten wäre. Aber sollte ihre Fürsorge mir gegenüber diese irrsinnigen Ausmaße behalten, werde ich irgendwann schlichtweg nicht mehr durch meine Eingangstür passen.

Während ich also in Erwartung meiner pensionierten Nachbarin barfuß, nur mit dem Badetuch umwickelt, nach unten gehe, beschäftige ich mich gedanklich bereits mit der heutigen möglichen Kuchenvariation. Erst letzte Woche habe ich ihr, als Dankeschön und wohl nicht ganz uneigennützig, ein Buch mit Kuchenrezepten geschenkt; daraus entsprangen die letzten wunderbaren Stücke, die ich serviert bekam.

Nachdem ich die Haustür geöffnet habe, stolpere ich zwangsläufig zwei Schritte zurück in den Flur. Mein Mund muss voller Entsetzen aufgerissen sein, und der Laut, den ich von mir gebe, ist wohl mit einem Grunzen zu vergleichen. Ich bin mindestens überrascht und allerhöchstens konfus, weswegen Kyle vor mir steht und mich ansieht, als hätte ich den Verstand verloren.

„Was machst du hier?“, frage ich mit krächzender Stimme und wünsche mir in diesem Moment nichts sehnlicher, als bekleidet zu sein.

Es ist ja nicht so, dass Kyle und ich uns seit unserer Trennung nicht mehr zu Gesicht bekommen haben. Die Treffen waren allerdings immer langfristig geplant – nicht zuletzt, um meinen und seinen Job unter einen Hut zu kriegen. Ihn heute aber derart spontan – was ja so gar nicht zu ihm passt – vor meiner Tür vorzufinden, übersteigt mein heutiges Verarbeitungspotenzal bei Weitem.

Beruhigend hebt er beide Hände und präsentiert mir seine makellosen Handflächen. „Ich war in der Nähe“, meint er, hält dann aber inne und atmet tief aus. „Ich hatte einen langen Tag, war beruflich unterwegs und hatte Hunger. Deswegen bin ich ins *Riciano* gegangen ...“

... unser ehemaliges Lieblingsrestaurant. Dort hat er mir auch damals den Antrag gemacht. Es war an meinem 29. Geburtstag. Damit hätte ich nie und nimmer gerechnet; gerade weil Kyle sonst immer derart reserviert und still war. Ich sah mich zu dieser Zeit sogar schon eines Tages alleine losziehen, um ihm einen Ring zu kaufen und das Ganze umzudrehen. Wir waren an dem Tag zum ersten Mal hier in Hayes, um uns unser künftiges Haus anzusehen. An diesem Tag hat es begonnen, und heute existiert all das nicht mehr.

„Ich musste an dich denken ... an uns“, fährt er unbeholfen fort. „Danach habe ich beschlossen herzukommen, um dich zu sehen.“

„Du hättest weder ins *Riciano* noch hierherkommen sollen, Kyle. Es ist einfacher, wenn man solche Erinnerungen beiseiteschiebt.“

Kyle verzieht das Gesicht. „Schatz, ich vermisse dich“, sagt er den wohl niederschmetterndsten Satz, den ich, besonders an einem Tag wie heute, kaum verkrafte. „Ich vermisse uns – Joanna und Kyle. Alles, was ich getan habe, war fürchterlich dumm, und ich weiß beim besten Willen nicht, was in mich gefahren ist; wie ich unsere Ehe so aufgeben konnte. Gib mir noch eine Chance, bitte.“

Mein Herz zieht sich zusammen; das spüre ich anhand des Stechens in meiner Brust ganz deutlich. Der erste Instinkt drängt mich, ihm um den Hals zu fallen. Doch ich zügele mich, betrachte ihn, will mich an das Gesicht der Frau, die damals in unserer Küche war, erinnern. Ich versuche alles, um die Wut tief in mir zu schüren, denn sie ist meine einzige Sicherheit, wenn es darum geht, keine unüberlegten Dinge zu tun – ihm zu vergeben zum Beispiel.

Ich muss mir selbst treu sein; auf mich achten.

Und obwohl er mir fürchterlich leidtut, wie er da mit hängenden Schultern und traurigem Blick in meiner Tür steht, darf ich nicht weich werden. Wenn Kyle damals dachte, dass wir in unserer Beziehung Probleme hatten, wieso hat er dann verdammt noch einmal nie mit mir darüber gesprochen?

„Nein, Kyle ...“

„Okay, dann vergib mir nicht sofort, sondern versprich mir, dass ich zumindest die Chance erhalte, dir beweisen zu können, wie sehr ich dich liebe.“

Eine solche Hartnäckigkeit hätte ich Kyle nie zugetraut. Ich bin völlig überrascht und regelrecht sprachlos wegen seiner ausdrucksstarken Miene und der Dringlichkeit in seiner Stimme.

Aufgebracht fährt er mit der Handfläche über den Türstock, als würde er alten Staub von der Schwelle zu seinem ehemaligen Zuhause wischen. „Die Papiere zur Scheidung sind vorbereitet, wir brauchen nur noch unterschreiben ... lass uns ... warten. Wenn wir einmal geschieden sind, ist alles verloren. Aber bevor es dazu kommt, möchte ich doch noch einmal versuchen, dich zurückzugewinnen.“

Ich könnte nun behaupten, dass ich noch nie darüber, die Unterzeichnung der Papiere hinauszuzögern, nachgedacht habe; das käme aber einer Lüge gleich. Dass man, bevor man wichtige Entscheidungen trifft, besser eine Nacht darüber schläft, ist wohl jedem bekannt. Wer also könnte meinen, dass es nicht die eine Chance noch gäbe, dass Kyle und ich uns langsam wieder annähern und den Zwischenfall als hässliches Kapitel unserer Ehe abtun? Als kurzen Durchhänger, den wir, weil wir uns schlussendlich lieben, überwunden haben.

Das klingt doch ... stark, ehrenhaft und erwachsen.

„Joanna, was sagst du dazu?“, reißt er mich aus meinen Gedanken und duckt sich ein wenig, um in mein Gesicht sehen zu können, das ich dem Boden zugewandt habe.

Ich zucke die Schultern und hasse mich selbst für meine dämliche Wortkargheit. „Ich hoffe, ich bereue es nicht, aber: in Ordnung. Lassen wir uns noch etwas Zeit. Ich will aber nicht, dass du denkst, jetzt ist alles einfach so wieder im Lot. Klar?“

„Das würde ich doch niemals erwarten", versichert er mir eilig.

„Gut. Denn ich bin mir sicher, dass ich in wenigen Sekunden meinen Schädel gegen die Wand schlage und mich frage, wie zum Teufel ich so dämlich sein konnte, dir, der du dich einen Scheißdreck um meine Gefühle geschert hast, eine mögliche zweite Chance zu geben. Also", fahre ich fort und stopfe das lose Ende meines Badetuches fester in die Mulde zwischen meinen Brüsten, „wird nach meinen Regeln gespielt, was bedeutet, dass du dir, solltest du mich wirklich zurückhaben wollen, deinen verdammten Arsch aufreißen musst. Verstanden?"

„Ja, das habe ich", erwidert er mit einem zerknirschten Lächeln.

„Gut. Und jetzt, Kyle, verschwinde. Husch!"

Mit einer Hand winkend und – für meinen Geschmack – viel zu optimistisch grinsend zieht er die Tür hinter sich zu, und ich starre dieselbe wütend an. Wütend auf mich, weil ich mich so einfach von meinen mädchenhaften Gefühlen leiten ließ. Wütend, weil ich so keinen Schritt weiterkomme. Das bedeutet nämlich, dass ich immer noch nicht anfangen kann, mit Kyle abzuschließen.

Das alles ist denkbar schlecht für mein Nervenkostüm. Aber in irgendeiner Form ist daran bestimmt die Begegnung Benjamin York schuld. Genau, ich tue einfach so, als hätte er Kyle hergeschickt. Gut, fühlt sich gut an. Ja.

Ich gebe ein kindlich-psychopathisches Quieken von mir, deute mit meinem Kinn einmal auf die Stelle, an der Kyle gerade noch stand, ehe ich nach oben flitze, um mir, bevor ich mir hier den Arsch endgültig abfriere, etwas anzuziehen.

Die restliche Woche über lässt sich Benjamin nicht mehr im Schloss blicken. Nicht, dass ich darüber äußerst traurig gewesen wäre. Aber ich muss zugeben, dass ich mich immer mal wieder dabei ertappe, wie ich den Kopf suchend in die Richtung strecke, in der sich seine künftige Wohnung befindet; doch bis auf einige mir mittlerweile ziemlich vertraute Handwerker und die neu dazugekommenen Möbelpacker kann ich sonst niemanden erspähen.

Am Freitag verlasse ich wehmütig mein Arbeitsbüro, in das ich, bevor ich die Tür schließe und ins Wochenende stürme, noch einmal einen traurigen Blick werfe. Ich weiß, dass das ein Abschied ist. Denn wenn ich am Montag wiederkomme, wird er auch hier sein und mir mein Arbeitsleben verdammt schwer machen – als wäre er einzig dazu geboren, meine gesamten Anstrengungen der letzten Jahre mit einer Handbewegung zunichte zu machen. Wie jeden Abend suche ich Ellie auf, um mich bei ihr zu verabschieden und ein paar Worte mit ihr zu wechseln. Ich finde sie in ihren privaten Räumen – zu denen ich als einzige der Angestellten Zutritt habe.

Ich weiß, dass sie um die Zeit immer in ihrer Bibliothek sitzt, liest und Tee trinkt. Auch diesmal ist es so – die Tür ist angelehnt, und nach einem kurzen, höflichen Anklopfen öffne ich sie.

„Oh, Liebes", sagt sie und hebt den Kopf auf eine Weise, als würde es ihr sehr viel Anstrengung bereiten.

Zu diesem Zeitpunkt bin ich zwar alarmiert, doch ich weiß, wie sehr Ellie Übertreibungen hasst. Darum trete ich näher an sie heran und betrachte sie von oben bis unten – über ihren Füßen liegt eine ausgebreitete Decke, sie trägt einen Schal, was sie sonst nie so macht. Sie wirkt blass und müde, und ihre Lippen sehen aus, als würden sie jeden Moment aufplatzen.

„Du siehst mich an, als hätte ich ein hässliches Geschwulst im Gesicht", meint sie milde tadelnd. „Ich fühle mich nur etwas erkältet; das ist alles."

„Brauchen Sie etwas? Tee? Etwas zu essen? Oder soll ich einen Arzt rufen?"

Obwohl es ihr sichtlich schwerfällt, ringt sie sich ein belustigtes Grinsen ab. „Bin ich es, die alt ist, oder du, Josie? Du übertreibst. Aber was ich brauchen könnte, wäre ein Schluck Whisky; der belebt schließlich."

„Das glaube ich Ihnen aufs Wort. Aber von mir werden Sie keinen Whisky kriegen. Nicht heute, wenn es Ihnen nicht gut geht."

Eine gefühlte Ewigkeit stehe ich vor ihr und überlege fieberhaft, welchen Arzt ich anrufen könnte, oder wer von den Angestellten ganz in der Nähe wohnt , um ab und an nach Ellie sehen zu können. Sie in diesem Zustand allein zu lassen fände ich nicht verantwortungsvoll; auch wenn sie ganz anderer Meinung ist.

„Mein Dad hat uns immer, wenn wir krank waren, Eigelb mit etwas Zucker gegeben. Schmeckt scheußlich, gibt einem aber einen richtigen Energieschub."

„Das klingt richtiggehend ekelerregend. Dein Vater schien sehr viel Ahnung von Medizin zu haben", zieht sie mich auf und räuspert sich anschließend mühsam.

„Seine Heilungskünste waren nicht unbedingt verlässlich. Eher war er für die intuitive Abänderung seiner Rezepturen bekannt – je nachdem, was die Küche gerade hergab." Lächelnd setze ich mich neben sie. „Ich werde ab und an jemanden zu Ihnen schicken, der nachsieht, wie es Ihnen geht. Außerdem haben Sie ja meine Nummer, und ich habe eh nichts Großartiges am Wochenende vor."

Das stimmt ja auch. Kyle hat sich zwar, seitdem er bei mir gewesen war, ein paar Mal gemeldet, doch ich finde im Augenblick einfach nicht die Kraft, mich mit ihm zu treffen. Deshalb werde ich dieses Wochenende zum Nachdenken nutzen, morgen nach London zu Susy und Dad fahren und mich am Sonntag auf der Couch ausbreiten. Meine Pläne könnten in ihrer Genialität nicht zu überbieten sein. Achtung, Ironie!

„Das solltest du aber, Liebes: dir etwas zu tun zu suchen", ergänzt sie aufgrund meines Stirnrunzelns. „Nachdem mein Mann gestorben war – nicht dass sich das direkt mit deiner Lage vergleichen ließe –, brauchte ich damals sehr lange, um mein Leben ohne ihn neu aufzubauen. Denn schließlich hatte es sehr lange nur ihn und mich gegeben. Doch als ich mich aufgerappelt, neue Menschen kennengelernt und beschlossen hatte, dass ich letztendlich nicht tot, sondern sogar putzmunter war, und mir sagte, dass er niemals gewollt hätte, dass ich so versauere, fand ich neue Kraft. Nur so als Tipp", meint sie, zieht ihre Hand unter der Decke hervor und fuchtelt damit vor sich herum.

Wie schwer das jedoch alles ist, lässt sich vermutlich nicht in Worte fassen. Doch Ellie und ich wissen aus Erfahrung, wie es ist, wenn man alleine ist. Bei mir und Kyle ist es so, dass unser alter Freundeskreis sich aufgespalten hat in Team Kyle und Team Joanna. Mit diesen Pärchen ihnen etwas zu unternehmen bedeutet, das fünfte Rad am Wagen zu sein. Kyle war mein Antrieb, und heute fällt es mir sogar schwer, ins Kino zu gehen. Ich meine, wie jämmerlich muss man doch sein, wenn man alleine ins Kino geht – ein totaler Loser. So habe ich mich zumindest gefühlt, als meine Verzweiflung eines Abends so groß war, dass ich selbst diese Hemmschwelle überwunden habe.

„Danke", erwidere ich und sehe in Ellies Gesicht, das nun total erschöpft wirkt. „Ich mache für heute Schluss, Ellie. Aber melden Sie sich bitte wirklich, wenn etwas ist. Versprochen?"

„Versprochen", sagt sie und lächelt sanft.

Am Samstag, bevor ich nach dem Mittagessen nach London fahre, beschließe ich, Ellie noch rasch einen Besuch abzustatten. Ich habe ihr frisches Obst, Klatschzeitungen, die sie so sehr liebt, und ein Päckchen Tee gekauft. Auf mein Klopfen zu Ellies privaten Räumen erhalte ich keine Antwort, weshalb ich auf gut Glück eintrete und hoffe, sie nicht zu erschrecken.

Doch es ist nicht Ellie, die erschrocken zusammenfährt, sondern das bin ich selbst. In Ellies Flur treffe ich auf Ben, der mich verdattert ansieht und abrupt stehen bleibt. Ich schließe die Eingangstür wieder, drücke mich von innen dagegen und presse die Tasche mit den Geschenken an meine Brust. Ich denke nicht, dass er und ich uns in unserer kurzen Bekanntschaft so oft so nahe sein sollten. Doch ist mir noch nie aufgefallen, wie gut er riecht. Aber verdammt, warum mache ich mir Gedanken über seinen Geruch?!

„Ich ... wollte zu Ellie", versuche ich mich zu erklären, als sei ich mitten in der Nacht in ihre Wohnung eingebrochen. „Nachsehen, wie es ihr geht."

Wieder runzelt er die Stirn auf jene Weise, die ich nicht richtig deuten kann. Es könnte alles zwischen Verachtung und Verständnis bedeutet.

„Sie schläft", antwortet er, meine Tasche, aus der die obere Hälfte einer Banane hervorlugt, betrachtend.

„Wie geht es ihr?", erkundige ich mich, während ich mit einer Hand die Banane zurück in den Sack zu schieben versuche.

Doch wie sich herausstellt, leistet die Banane jeden Widerstand, den sie aufbringen kann. Ich drücke fester; und zwar nur aus dem Grund, weil mich ihre Form und die Art, wie Ben sie angesehen hat, so sehr verunsichern. Als hätte ich seiner Oma einen Vibrator in Form einer Banane mitgebracht.

„Was tun Sie da?"

„Ellie besuchen. Ich dachte, das hätte ich gerade erklärt. Hören Sie mir überhaupt zu?"

„Das meinte ich nicht", erwidert er gereizt. „Langsam reinschieben; sie hat sich verkeilt."

„Ich versuche sie ja langsam reinzuschieben, aber das Ding ist zu groß."

„Lassen Sie ... ich helfe Ihnen", bietet er sich an und streckt die Hand nach der Banane aus. „Ich dachte, Sie wären verheiratet."

„Es ist ..." Mein waghalsiger Erklärungsversuch wird von Ben unterbrochen, indem seine Handfläche sich um meine schließt und wir das Ding gemeinsam zurück an ihren Platz schieben.

„Ihr Mann tut mir leid, wenn Sie schon mit einer Banane so brutal umgehen. Das kränkt meinen männlichen Stolz, und ich kann nicht behaupten, dass ich mich in Ihrer Gegenwart nun besonders wohl oder sicher fühle."

Meine Wangen glühen; das spüre ich überdeutlich. Ich schwitze wie ein Schwein, und noch nie war mir eine Unterhaltung so peinlich wie diese. „Künftig werde ich wohl einen weiten Bogen um Bananen machen.“

Er grinst etwas, auch wenn er mich vielmehr zu belächeln scheint. „Oder Sie sollten jemandem vertrauen, der besser weiß, wie man damit umgeht.“

Gott, das hat er jetzt doch nicht ernsthaft gesagt?! Damit zieht er unser gesamtes unprofessionelles Verhalten nur auf ein noch tieferes Niveau.

„Sie meinen den regionalen Obsthändler meines Vertrauens? Oder denken Sie an Ihren Freund, diesen Ron Holzmann? Er scheint auch zu wissen, was man mit Obst alles anstellen kann.“

Verwundert zieht Ben beide Augenbrauen hoch. „Sie haben sich seine Bilder angesehen?“

„Wie, bitte, können Sie ernsthaft denken, es wäre eine gute Idee, diese *Werke* im Haus ihrer Großmutter auszustellen?!“

Ich bin wirklich nicht prüde. Mich würde niemand in einem Satz gemeinsam mit diesem Wort nennen – aber ich war schockiert von den Bildern dieses Künstlers.

„Ich finde diese *Werke*, wie Sie die Bilder von Ron abschätzig nennen, modern, zeitgemäß und ästhetisch – eine gute Kombination mit den alten Gemäuern des Hauses.“

„In meinen Augen ist das pseudo-niveauvolle Pornografie. Alleine der Hintergrund, dass er Menschen beim ... fotografiert.“ Ich hole tief Luft, weil ich merke, wie der Wortschwall aus mir herausmöchte und wie beleidigend und wutgeschwängert dieser ist. Doch aufgrund von Bens selbstzufriedenem Lächeln ändere ich meine Taktik, die Zurückhaltung beinhaltet hätte. „Gefallen Ihnen solche Bilder wirklich, Mr. York? Bilder, die Menschen beim Ficken zeigen? Können Sie sich vielleicht vorstellen, dass diese Bilder kein gutes Licht auf ihre Familie werfen würden?“

Wenn ich mich nicht getäuscht habe, dann hat seine Oberlippe kurz gezuckt, als ich *Ficken* gesagt habe. Zumindest bedeutet das, dass er durchaus versteht, wie verwerflich der Hintergrund diese Bilder ist.

Doch anstatt meine Fragen mit vornehmer Höflichkeit, wie ich sie von einem Mann wie Ben erwartete hätte, zu ertragen und sich im besten Fall zu entschuldigen, kommt er sogar einen Schritt auf mich zu. Seine Brust berührt bereits die Tasche, und nur eine weitere Sekunde später hat sich deren Volumen deutlich minimiert.

„Ja, mir gefallen diese Bilder. Und wissen Sie weshalb, Mrs. Douglas?“

„Weil Sie abartig sind?“, kann ich mir nicht verkneifen zu erwidern.

Ben schüttelt böse grinsend den Kopf. „Weil es Momentaufnahmen von Menschen ohne jegliche schützende Hüllen sind. Echt. Nackt. Authentisch. Ursprünglich. Nennen Sie es, wie Sie wollen. Gestellte Bilder hingegen zeigen die Menschen niemals so lebendig, wie Rons Bilder das können.“ Meine Kehle ist bereits trocken; doch als er sich näher zu mir beugt und meine Lippen auf ziemlich eindeutige Weise begutachtet, fühle ich mich, als würde ich gleich ohnmächtig werden. „Aber wahrscheinlich verstehen Sie das nicht, Mrs. Douglas, weil Sie selbst noch nie so etwas erlebt haben.“

„Sie irren sich“, entgegne ich standhaft.

„Ach ja?“, meint er und fixiert die zerdrückte Banane.

„Außerdem wüsste ich nicht, was ich persönlich mit diesen Bilder zu tun habe. Ich will und kann mich damit nicht identifizieren“, verteidige ich mich.

Lange schweigt er. Viel zu lange, wie mir bewusst wird.

„Wissen Sie, Mrs. Douglas, dass ich, als wir uns das erste Mal begegnet sind, keine allzu große Meinung von Ihnen hatte? Das können Sie mir nach der Show, die Sie damals abgezogen haben, sicherlich nicht verdenken. Jedenfalls“, fährt er ungerührt fort, und tief in mir weiß ich, dass seine Worte bloß höfliches Geplänkel für eine Beleidigung oder etwas dergleichen sind, „habe ich festgestellt, dass Sie durchaus Ehrgeiz und Herzblut in die Erhaltung von Cliveden gesteckt haben.“

„Stecken“, säusele ich und vermeide es, meinen Blick auf die einzelnen Brusthaare zu richten, die aus seinem schwarzen Hemd ragen. „Meine Aufgabe hier ist noch nicht vorbei, deshalb werde ich alles in meiner Macht Stehende tun, um zu verhindern, dass diese abartigen Bilder ausgestellt werden.“

Er grinst diabolisch, und ich weiß, dass er *für* die Ausstellung der Bilder genauso kämpfen wird wie ich umgekehrt. „Bevor ich am Dienstag zu Ihnen ins Büro kam, hatte ich Sie am Morgen bereits in der Halle unten gesehen. Sie kamen durch den Seiteneingang geeilt, als wären Sie verspätet. Ich stand oben am Treppenabsatz und fragte mich, wer zur Hölle diese Frau war. Ich bekam Sie zwar nur für wenige Augenblicke zu Gesicht, doch mir war klar, dass ich, egal, wer Sie sind, oder was Sie hier machen ... ich ... – Da Sie vorhin ja bereits das Wort *Ficken* erwähnt haben, denke ich, es ist nicht länger nötig, um den heißen Brei zu reden.“

Was auch immer sein starrer Blick verheißt, es kann nichts Gutes sein, und ich sollte lieber zusehen, dass ich die Tür hinter meinem Rücken aufkriege und verschwinde. Ich bin regelrecht niedergefahren, von seinen Worten und frage mich, was zur Hölle er damit bewirken möchte. Es wäre auch hilfreich, wenn Ellie auftauchen und mit eigenen Augen sehen würde, wie respektlos sich ihr heißgeliebter Enkel mir gegenüber verhält.

Aber wie es im wahren Leben ist, tauchen eben keine edlen Ritter, oder in dem Fall: edle Fräulein, auf, um einen zu retten.

Deshalb bin ich Ben und seinen Worten ausgeliefert. Es interessiert mich zwar brennend, was in seinem Hohlschädel vorgegangen sein mag, als er mich – ja, weil ich zu spät war, und verkatert noch dazu – durch die Halle huschen sah. Doch angesichts der derzeitigen Stimmung zwischen uns würde es mich auch nicht stören, wenn er einfach die Klappe halten würde.

Aber daran scheint Benny-Boy nicht zu denken, da er seine rechte Hand an der Tasche vorbei zu meinem Becken schiebt. Er stülpt sie vorsichtig darum und sieht mich hoch konzentriert an. „Ich stand also da und wusste, dass ich die Kleine, die mit Abstand das Heißeste war, was ich an diesem Ort jemals zu Gesicht bekommen habe, nach allen Regeln der Kunst flachlegen wollte. Es ist mir egal, ob sie eine Reinigungskraft oder die verdammte rechte Hand meiner Großmutter ist. Ich wollte einfach auf das drängende Signal meines besten Stücks reagieren.“

„Mehr Entscheidungsvermögen darf man in Ihrem Fall auch nicht “, unterbreche ich Ben und entlocke ihm ein tiefes Geräusch, das wohl eine Mischung aus Knurren und Lachen sein soll.

„Wie dem auch sei“, flüstert er – *warum flüstert er!?* „Aber“, meint er nun mit unüberhörbarem Stolz in der Stimme, „als ich erfahren habe, wer und *wie* Sie wirklich sind, habe ich beschlossen, meine Professionalität über meinen Hunger zu stellen. Doch jetzt, nur wenige Tage später, machen Sie mir das ganz schön schwer, Joanna.“

Mein Vorname aus seinem Mund ist intimer, als eine Hand an meiner Hüfte es je sein könnte. Es ist, als würde seine Stimme, die meinen Namen eigentlich spöttisch ausspricht, über meine nackte Haut streichen – von meiner Wange bis direkt zwischen meine Beine. Egal, was auch immer noch passieren wird, diesen intimen Moment werde ich wohl nicht mehr vergessen.

„Sie dürfen mir gerne aus dem Weg gehen, wenn Ihnen meine Anwesenheit so sehr zusetzt, Mr. York.“

„Ich wünschte, das könnte ich. Aber seitdem Sie vorhin *Ficken* sagten, will ich Sie nur umso mehr“, gibt er mir in bedauerndem Ton zu verstehen. „Ich möchte, dass Sie erfahren, welche Bedeutung dieses Wort hat – scheinbar wissen Sie das noch nicht.“

Ich starre ihn wütend an. So wütend wie noch nie einen Menschen zuvor. Und wäre er Kyle, würde er längst bettelnd vor mir liegen und mich um Vergebung bitten. Doch in Bens Fall ist jegliche Liebesmüh vergebens. Wenn jemand mit mir konkurrieren kann, dann er.

„Mr. York“, versuche ich nun so verständnisvoll wie irgendwie möglich zu klingen. Als würde ich mit einem Menschen reden, der nicht klar bei Verstand ist – weswegen auch immer. Vielleicht ist Ben das ja auch: ein Verrückter. „Ich finde es schade, dass Sie sich nicht nur in beruflicher Hinsicht äußerst unprofessionell benehmen – was anschaulich beweist, weswegen ich Ihnen mehr als eine Nasenlänge voraus bin. Sie scheinen außerdem vergessen zu haben, dass die Frau, die vor Ihnen steht, mit einem anderen Mann verheiratet ist. Und glauben Sie mir, hätte ich jemals das Bedürfnis, meinen Mann zu betrügen, so wären Sie mit Abstand der Letzte, der mir in den Sinn käme.“

Mir ist klar, dass ich hoch pokere und er sich bei Ellie über mich erkundigt und erfahren haben könnte, dass Kyle und ich mehr oder minder geschieden sind. Doch nicht zuletzt, weil ich selbst mein eindeutiges Interesse an Ben erkannt habe, muss ich ihn einfach abwimmeln.

Anstatt einer Antwort grinst er mich an und verstärkt den Druck seiner Hand für einen kurzen Augenblick. „Sie haben recht, Mrs. Douglas“, sagt er schließlich und entfernt nicht nur seine Hand, sondern tritt auch einen Schritt zurück. „Wie konnte ich nur so egoistisch sein? Ihr Mann, genau. Entschuldigen Sie vielmals.“

Ich traue ihm nicht. Nicht so. Nicht wenn seine Stimme so spitz klingt, seine Augen die meinen derart fixieren und sein Körper sichtlich in Aufruhr ist.

„Ich fürchte, ich muss noch sehr viel lernen. Wissen Sie, das alles ist neu für mich – die Aufgaben, Verpflichtungen.“

Da mir schlichtweg die Worte fehlen, beschränkt sich meine Reaktion darauf, dass ich Ben die Tasche in die Arme drücke und einmal kurz nicke. „Wenn Sie die Sachen bitte Ihrer Großmutter geben und Ihr meine besten Grüße ausrichten. Danke.“

Skeptisch hält er die Tasche, als wäre sie tonnenschwer. Doch vielmehr ist es wohl die Hitze meines Körpers, die er darauf spürt. Deshalb wohl auch das berechnende Lächeln, das er mir zuwirft, ehe ich die Tür hinter meinem Rücken umständlich öffne, in den kühleren Flur trete und die Luft anhalte, als er mir folgt. Doch er bleibt nur wenige Schritte später stehen, nimmt den schier unendlich langen, geraden Flur vollständig ein und sieht mir, bis ich die Tür zur Eingangshalle erreicht habe hinterher.

Als ich wenig später panisch in meinem Auto sitze, bin ich mir hundertprozentig sicher, dass er einen Scheißdreck davon tun wird, was er mir zuletzt versprach. Ben ist kein Mann, der Dinge, die er beeinflussen kann, ruhen lässt. Ich meine, er ist ein verdammter Duke; er kann alles und jeden haben, wenn er will. Nicht nur, dass er eine scheißeinflussreiche Familie hat und daher mit einer ganz anderen Einstellung aufgewachsen ist als so manch einer. Er ist auch nicht gerade das, was ich oder viele andere Frauen als unattraktiv bezeichnen würden. Noch dazu befinde ich mich in einer äußerst verwundbaren seelischen Verfassung.

Ich bin einsam, traurig und – raus mit der Wahrheit – unbefriedigt. Und egal, wie unsittlich oder wie arschlochmäßig sein Verhalten war, es hat mich alles andere als kaltgelassen.

Mein gesamter Körper glüht, ist angespannt, und einen kurzen Moment, bevor er all das sagte, hatte ich inständig gehofft, er würde sich meiner erbarmen und mich küssen.

Mein Kopf schlägt gegen den kalten Gummibezug meines Lenkrads.

„Autsch!", jammere ich und reibe mir meine Stirn.

Dass ich mit mir selbst rede, finde ich, seit ich alleine wohne, nicht mal mehr so seltsam. Viel seltsamer finde ich, dass ich insgeheim hoffe, Ben möge mich angelogen haben, und er wolle weiterhin versuchen, mich zu verführen.

„Autsch!"

VIER

Benjamin

Mein oder vielmehr Mrs. Douglas' Schicksal ist besiegelt, als sie wie eine Wahnsinnige durch den Flur rauscht und dabei sogar mit der geschlossenen Glastür am Ende kollidiert. Ich sehe ihr nach und kann mir mein triumphierendes Lächeln nicht verkneifen.

Aus welchem Grund auch immer sie mich in Bezug auf ihre Ehe angelogen hat – erneut –, so habe ich aus meinen ganz eigenen Gründen die Klappe gehalten und sie mit einem laschen Versprechen, das weder ich selbst noch sie glaubte, nur noch mehr verunsichert.

Während ich wenig später die Tasche in der Küche ausräume und die völlig zerquetschte Banane in den Müll werfe, kann ich das Rascheln der Decke, in die meine Großmutter sich gewickelt hat, hinter mir vernehmen. Neugierig steckt sie ihren Kopf an meiner linken Seite vorbei, um sehen zu können, was ich da mache. Ich befördere gerade eines dieser ultraseriösen Schmierblätter ans Tageslicht, welches mir jedoch sofort entrissen wird.

„Ha, ich glaube es nicht!", ruft meine Großmutter amüsiert-entsetzt aus und blättert einige Seiten weiter. Während sie den Artikel über einen Mann, den sie offensichtlich zu kennen scheint, überfliegt, bewegen sich ihre Lippen als stumme Untermalung des Gelesenen.

„Wer ist das?", frage ich ungeduldig.

„Der Mann meiner Schwester. Ein richtiges Ekelpaket; genau wie sie selbst auch."

Wieder liest sie ein paar Minuten, ehe sie das Magazin seufzend zur Seite legt. „Sie wird toben, diese Schlange, weil Xanther ihr Ansehen mit seinen Handlungen deutlich geschmälert hat."

„Xanther?", frage ich und kann mein Erstaunen nicht verbergen. Nicht weil der Name an sich schon selten ist; es ist, weil ich ihn bestimmt schon einmal in einem anderen Zusammenhang gehört habe.

Meine Großmutter macht sich gerade über eine der Bananen her und beantwortet meine Frage mit hörbarer Gleichgültigkeit. „Xanther Maine. Ein widerlicher Kerl, das kann ich dir sagen. Er hat unserer Familie nichts Gutes gebracht."

„Inwiefern?"

„Nun ja, Charlotte war, bevor sie ihn kennenlernte, schon nicht unbedingt die Tochter, die sich meine Eltern oder irgendwelche anderen dieser Erde wünschten. Sie war furchtbar zickig, launenhaft, und alles musste nach ihrer Pfeife tanzen. Aber als sie Xanther heiratete, wussten wir, dass sie nun ganz verloren war." Sie legt eine Pause ein, in der sie ein Stückchen Banane isst. „Seine Familie war verarmt, weil sein Vater das Vermögen an der Börse verloren hatte. Wir waren uns sicher, dass er Charlotte nicht aus Liebe, sondern aus ganz pragmatischen Gründen geheiratet hatte."

Mein Gehirn durchforstet sämtliche Erinnerungen an Erzählungen über diesen einen Tag, und ich frage mich, ob ich den Namen Xanther Maine damals gehört habe.

„Und heute? Sind die beiden finanziell abgesichert?"

„Ach, was", schnaubt sie und schüttelt bedauernd den Kopf. „Xanther scheint das Gemüt seines Vaters geerbt zu haben und gibt das Geld schneller wieder aus, als es reinkommt. Er denkt immer, er macht wichtige Investitionen, dabei hat er keine Ahnung."

Mit zusammengekniffenen Augen greife ich nach dem Magazin, schlage die Seite, die meinen Verwandten zeigt, auf und betrachte das pausbäckige, rötliche Gesicht des Mannes. Das Bild zeigt ihn jovial winkend vor der Kulisse eines weißen Gebäudes. Seine Augen blitzen verschlagen. Er sieht zwar nicht direkt in die Kamera, doch insgeheim fühle ich, als würde er mich ansehen.

„Wer hat die Sachen eigentlich gebracht?", höre ich meine Großmutter neben mir fragen.

Ich fühle mich ertappt, schlage das Magazin zu und werfe es auf den Tisch. „Mrs. Douglas war vorhin hier. Ich soll dich von ihr grüßen. Du hast geschlafen, als sie da war", füge ich hinzu, weil sie mich tadelnd ansieht.

„Sie ist so ein liebes Mädchen, findest du nicht auch?"

„Hmm", erwidere ich und versuche die völlig unpassende in mir aufsteigende Erregung zu bekämpfen.

Augenblicklich breitet sich ein Lächeln auf dem Gesicht meiner Großmutter aus, das so warm und liebevoll ist, dass es mir, aufgrund meines eigenen ungebührlichen Verhaltens Mrs. Douglas gegenüber, einen Stich versetzt.

„Ben, ich werde mich wieder ein wenig hinlegen. Irgendwie wird diese böse Erkältung überhaupt nicht besser", sagt sie und reibt sich die Stelle über ihrem Herzen.

Ich beobachte diese Geste mit ein wenig Argwohn und Sorge, nicke dann aber. „Mach das. Ich bin hier, wenn du etwas brauchst."

„Danke, Liebster."

Als meine Großmutter sich schließlich entfernt hat, nehme ich auf einem der Stühle rund um den ovalen Tisch, der in der Mitte der Küche steht, Platz. Wie immer, wenn ich mir Einzelheiten dieses einen bestimmten Tages in Erinnerung zu rufen versuche, fangen meine Schläfen augenblicklich zu schmerzen an. Mit beiden Händen reibe ich jeweils eine Seite und spiele in Gedanken das Telefonat von damals durch.

„... Ben ... Ben! ... "

„Ich bin hier, Kleines. Hörst du mich? "

„Ja ... ich ... aua, nein bitte nicht. Ben! Unser Urlaub ... Ostern ... "

„Wovon redest du? Hör mir zu! Du musst mir sagen, wo du bist! Ich werde ... "

„Ostern, Ben! "

Danach war die Leitung tot, und bis heute weiß ich nicht, was ... K ... sie mit Ostern gemeint hat. Mir war klar, dass ihr ein Telefonat erlaubt worden war, weil es schließlich wichtig war zu wissen, dass sie noch sprechen konnte. Aber warum hat sie solchen unverständlichen Müll gefaselt, anstatt mir dienliche Hinweise zu geben?

Mir den Rest, also das, was in den Stunden und Tagen nach diesem ersten Telefonat passiert war, vorzustellen würde den Teil meiner Persönlichkeit, den ich in den letzten Monaten mühevoll wiederhergestellt habe, erneut zerstören. Deswegen zwinge ich mich zu akzeptieren, dass ich das Rätsel, das mein Leben so sehr verändert hat, eben einfach nicht lösen kann.

Als Mrs. Douglas am Montagmorgen in mein nigelnagelneues Büro kommt, kann ich die in mir aufsteigende Nervosität nicht verhindern. Denn normalerweise galt für mich stets der Vorsatz, Arbeit und Ficken zu trennen. Strikt zu trennen. Noch niemals habe ich mit einer Frau, mit der ich zusammengearbeitet habe, etwas angefangen. Schon alleine aus organisatorischen Gründen, um unangenehmen Situationen aus dem Weg zu gehen.

Aber das war auch früher, zu einem Zeitpunkt, als ich noch der alte Ben war; ich selbst, wenn man so sagen möchte. In Mrs. Douglas' Fall ist es wohl eher so, dass ich sie zu benutzen versuche, um mich selbst wiederzufinden.

Ich habe mich bis jetzt nie für einen Mann gehalten, der Freude daran finden könnte, eine Affäre mir einer verheirateten Frau anzufangen. Doch während Mrs. Douglas mit ihrem Ordner in der Hand vor meiner geschlossenen Tür steht und mich mit gekrauster Nase ansieht, frage ich mich, ob ich vielleicht nicht doch Freude daran fände, wenn sie mir sich zur Verfügung stellen würde.

Unwillkürlich drücke ich meinen Körper gegen die Fensterbank, an der ich lehne, um den Semi-Ständer in meiner Hose zu verbergen. Wieso auch immer ich diese Frau so verdammt anziehen finde – spätestens jetzt, da sie leibhaftig vor mir steht, erinnere ich mich doch wieder daran: an ihre zugeknöpft-herablassende Art, ihren Hals (Gott, wie ich auf ihren Hals abfahre), die Kurven ihrer Brüste, die sich heute deutlich unter der weißen Leinenbluse abzeichnen, ihre Beine (immer wieder tauchen Bilder davon auf, wie sie ihre Beine um mich geschlungen hat, während ich wild in sie stoße) ...

ICH BIN AM ARSCH!

Um sie nicht wegen meiner inneren Anspannung anzuschreien – ungerechtfertigt –, presse ich meine Lippen fest aufeinander, wende den Blick von ihr ab und sehe zu meinem Bücherregal. „Lesen Sie, Mrs. Douglas?", frage ich und runzele beim seltsam heiseren Klang meiner Stimme die Stirn.

„Ja, das tue ich", antwortet sie kurz und knapp.

Ich bilde mir ein, dass sie meinem Blick zwar folgt, den Ordner aber fester an ihre Brust drückt. „Wie war Ihr Wochenende?"

„Gut."

„Erholsam?"

„Könnte man sagen, ja."

Was tue ich hier nur? Warum kreise ich sie ein? Warum will ich sie in Verlegenheit bringen?

„Sie haben schon nach meiner Großmutter gesehen?", frage ich überflüssigerweise und strecke die Hand nach ihr aus, damit sie mir den Ordner reichen kann.

Missbilligend blickt sie auf meinen Arm. Und während mir auffällt, dass ich meine Uhr noch nicht trage, kommt sie zu mir, drückt mir den Ordner in die Hand und reckt anschließend das Kinn.

„Ich war vorhin bei ihr, um mich nach ihrem Gesundheitszustand zu erkundigen", antwortet sie, während ich Monat für Monat ihre Auflistungen durchblättere. „Haben Sie ihr die Sachen am Samstag gegeben?"

„Hm."

„Brauchen Sie mich, oder kann ich gehen?"

„Wie bitte?", frage ich nach, weil ich mich zu sehr auf das, was ich lese, konzentriert habe.

Sie seufzt, fängt sich dann aber wieder, und ihre Antwort klingt erstaunlich ruhig. „Ob Sie mich, während Sie sich die Zahlen ansehen, hier brauchen, oder ob ich mich *entfernen* darf."

Wie sie bestimmte Wörter betont, ist wirklich einmalig. „Sie nehmen Ihre Versprechen sehr ernst und versuchen mir wirklich aus dem Weg zu gehen", sage ich und blicke halbherzig zu ihr hoch. „Aber ich möchte gerne, dass Sie bleiben; falls ich Fragen habe."

„Selbstverständlich", erwidert sie durch zusammengebissene Zähne und schlendert in Richtung meines Bücherregals, auf dem neben unzähligen Nachschlagewerken und Biografien interessanter Persönlichkeiten auch ein paar Bilder zu finden sind.

Während ich weiter durch die Seiten blättere, hebe ich ab und an den Blick, um zu sehen, was sie macht. Ein Lächeln zuckt um meine Lippen, als sie den Nacken nach hinten streckt und von einem Bein aufs andere steigt. „Ab Oktober fallen sämtliche Zahlen rapide ab", sage ich dann, und meine Stimme klingt bedrohlich in der stillen Atmosphäre meines Büros.

„Ich weiß", erwidert sie spitz. „Das liegt daran, dass es im Herbst und im Winter nur sehr wenige Menschen aufs Land zieht, um sich ein altes, kaltes Haus anzusehen. Wir veranstalten aber Adventmärkte und bieten den Menschen in der Umgebung an, auf dem See im Park im Winter eiszulaufen."

Ein Adventmarkt – schon alleine das klingt eher nach einer zeit- und vor allem geldverschlingenden Angelegenheit. „Das ist ja alles recht und schön, scheint aber nicht effizient genug zu sein. Haben Sie über meinen Vorschlag noch einmal gründlich nachgedacht?"

„Sie meinen diese abstoßenden Bilder? Nein."

„‚Nein, haben Sie nicht' oder ‚Nein, Sie haben Ihre Meinung nicht geändert'?"

Ihre Augen funkeln, ob aus Belustigung oder Verärgerung über mich, ist nicht ganz klar. Ich weiß natürlich, dass ich mir weder Mrs. Douglas' Meinung oder Erlaubnis einholen noch mit ihr darüber sprechen müsste. Doch weil meine Großmutter so viel auf sie hält, stellt sie für die Durchführung meines Plans ein erhebliches Problem dar. Mit ihrer Unterstützung steht und fällt mein Versuch, Cliveden aus den roten Zahlen zu holen und dorthin zu bringen, wo es früher einmal war – bevor sich meine Familie gezwungen sah, unser Heim fremden Menschen zu öffnen, Hochzeiten zu veranstalten oder sogar Adventmärkte zu dulden. Vieles hat sich im Laufe der Zeit geändert – angefangen von den Pachtverträgen bis hin zu unserem drastisch reduzierten Vermögen.

Heute gibt es eine Mrs. Douglas, für die das alles nur ein Job ist, während ich für den positiven oder eben den negativen Eintrag in den Geschichtsbüchern werde geradestehen müssen. Schon immer gab es ringsum Ratgeber, die alles besser wussten, doch Mrs. Douglas ist stur und uneinsichtig.

„Warum ist Ihnen meine Meinung dazu überhaupt so wichtig?"

„Weil keiner der anderen Angestellten voll und ganz dahinterstehen würde, wenn Sie es nicht täten", entschließe ich mich ihr zumindest in dieser Sache Zugeständnisse zu machen.

Ihre Reaktion ist köstlich, weil sie mit aller Macht versucht, ein stolzes Lächeln zu unterdrücken. Wenn sie wüsste, welche Gelüste ich die letzten Tage über zu unterdrücken versuchte, wäre ihr das Lachen schon längst vergangen.

„Mein Freund hat mich eingeladen, nach London zu kommen, um mir einen Überblick über den Stand der neuen Serie geben zu können." Ich warte, beobachte sie und merke, wie sich ihre Schultern verspannen. „Es ist doch so, dass ich Sie, Mrs. Douglas, nicht zu den Leuten gezählt hätte, die darauf beharren, alles genau so zu machen, wie es schon seit Ewigkeiten Usus war. Sie kennen sich mit Marketing aus, wissen, wie schnelllebig und wandelbar unsere Zeit ist. Darum wundert es mich, dass sie keinen Millimeter über den Tellerrand hinausblicken möchten."

Tief Luft holend macht sie einen Schritt in meine Richtung. „Sie möchten, dass ich mitkomme und mir die Bilder ansehe?"

„Zumindest das, was davon fertig ist, ja."

„Na gut", sagt sie und klingt furchtbar aufmüpfig. „Ich werde mit nach London kommen, diesen Kaufmann kennenlernen, mir seine Bilder ansehen. Ich will nur vorab klarstellen, Mr. York, dass das noch nicht bedeutet, dass ich hinter Ihnen und Ihrem Plan stehe. Und unter Umständen müssten wir, wenn diese Bilder doch anders aussähen – man kann ja immer nur das Beste hoffen –, Ihre Großmutter überzeugen.“

Ich lächele übertrieben zufrieden über diese Reaktion. Nicht nur die Aussicht darauf, ein paar Stunden alleine mit ihr sein zu dürfen, erscheint mir fantastisch; ich bin auch auf ihre Reaktion auf Ron gespannt.

„Das freut mich sehr zu hören.“

FÜNF

Joanna

Wie sich herausstellt, kann ich Ben perfekt aus dem Weg gehen, indem ich mich für die stattfindenden Führungen zur Verfügung stelle oder mich in meinem Büro verkrieche. Mir ist natürlich klar, dass es so nicht auf Dauer weitergehen kann, immerhin bin ich eine erwachsene Frau und kein kleines Kind. Aber, ja, es ist so viel bequemer, Bens suchendem Blick, seinem frivolen Lächeln, das er mir, immer wenn wir uns zufällig auf dem Gang begegnen, zuwirft, zu entkommen. Die gesamte Aura, die von ihm ausgeht, scheint eigens dazu geschaffen, mich an den Rand der Verzweiflung zu treiben. Ich frage mich nur, wie lange ich mich dieser Anziehung noch widersetzen kann.

Oft sind es kleine Dinge, die mein dummes Herz schneller schlagen lassen: eben sein Lächeln, das in diesen Augenblicken nur mir gilt, und so dämlich das auch klingen mag, ich finde seine charmant-arrogante Art zunehmend verführerisch. Immer wenn ich in meinen Überlegungen zu dem Schluss komme, meinen Schädel auf die Tischplatte schlagen zu müssen, um mich zu beruhigen, rufe ich mir wieder in Erinnerung, dass es sich bei diesem Mann um meinen zukünftigen Arbeitgeber handelt.

Wie kann ich nur so primitiv sein? So notgeil?!

Wie einer dieser ekeligen Hunde, die es mit deinem Knie treiben, während du dasitzt und es geschehen lässt und dir dabei schäbig und benutzt vorkommst. Die Frage ist nur, ob ich der Hund oder das Knie bin. Knie? Hund?

Was mich zum Hund machen würde, wäre das dauernde Denken an Ben oder die klitzekleine Hoffnung tief in mir, dass er und ich ... ja was? Dass er mich flachlegt, wie er angekündigt hat?

An diesem Nachmittag aber beendet Ben unsere angenehme Funkstille, indem er in mein Büro kommt und sich vor meinem Schreibtisch in den Stuhl fallen lässt. Ich tippe ungeniert meine Mail weiter, bedenke ihn ab und an mit einem Seitenblick und frage schließlich, als er, bis auf dieses freche Grinsen, immer noch keine Regung gezeigt hat: „Kann ich Ihnen irgendwie helfen, Mr. York?“

Ich schicke die Mail an meinen Anwalt ab, und versuche mich von Bens Präsenz in diesem viel zu klein wirkenden Raum nicht verunsichern zu lassen.

„Gibt es irgendwelche Probleme mit Ihrem Computer?“

„Nein. Warum?“

„Weil ich Ihnen bereits drei Mails geschickt habe, Sie mir aber auf keine geantwortet haben.“

Verwirrt durchsuche ich meinen Ordner, kann aber von Bens Mails nichts finden. „Ich habe Sie auf meine Spamliste gesetzt“, sage ich, während ich weitersuche. „Das war ein Witz“, beeile ich mich klarzustellen, weil er mich plötzlich sehr böse ansieht. „Keine Ahnung, was damit passiert ist. Was wollten Sie denn von mir?“

„Es geht um eine Terminbestätigung; wegen des Treffens mit Ron. Ich wollte Sie fragen, ob Sie morgen Zeit haben.“

„Morgen?“, wiederhole ich und versuche rasch irgendeine plausible Ausrede zu finden. Ich werde an der Hüfte operiert. Könnte sein, dass sie mich in London wegen ein paar alter Sachen steckbrieflich suchen. „Muss ich denn da wirklich mit? Ich meine, ich weiß, ich habe es Ihnen versprochen, und Versprechen bricht man nicht. Aber ich fürchte, weil ich mich selbst sehr gut kenne, dass ich den armen Ron verbal niedermetzeln werde. Wenn Sie den Kerl wirklich als Ihren Freund erachten, würde ich Ihnen raten, mich hier zu lassen.“

Sein Lächeln, das mir nun entgegenblitzt, ist ansteckend und mit Abstand das Natürlichste, das ich je an ihm gesehen habe. „Ron hat ein dickes Fell; außerdem kann er mit Kritik gut umgehen.“

„Ein dickes Fell hat mich noch nie gehindert. Ganz im Gegenteil; ich fühle mich durch abwehrende Reaktionen erst recht angestachelt.“

„Klingt, als würden Sie dringend Hilfe benötigen.“

Ich seufze und schiebe meine Tastatur hin und her. „Okay, Sie wollen von mir, das ich mitkomme und meine Meinung wie durch ein Wunder ändere. Was springt für mich dabei heraus? Ich meine, immerhin opfere ich meine Zeit für etwas, für das ich absolut kein Verständnis habe."

Meine Frage bringt ihn zum Nachdenken. Vermutlich sucht er in seinem hübschen Schädel nach einem verlockenden Grund für mein Mitkommen. „Sie würden mit diesem Entgegenkommen die Basis für eine gute und vor allem erfolgreiche Zusammenarbeit schaffen", meint er hochtrabend. „Ich baue auf Sie, Mrs. Douglas", versucht er seine Psycho-Scheiße weiterzuführen und klingt dabei, als wolle er mir Aktien verkaufen.

Ich nicke, woraufhin Ben erklärt: „Sehr gut. Ich werde Sie morgen Früh um acht abholen. Seien Sie fertig, wenn ich komme. Und ich brauche noch Ihre Adresse." Mit der teuflischen Anmut eines Mannes, dem man, ohne mit der Wimper zu zucken, seine Seele verkaufen würde, erhebt er sich, betrachtet mich noch kurz und marschiert aus dem Zimmer.

Warum ich mit Kyle am Abend essen gehe, werde ich weder mir selbst noch meinen möglichen Enkelkindern je beantworten können. Vielleicht benutze ich den armen Kerl ja nur, um mich von Ben und seinem Verhalten mir gegenüber abzulenken. Vielleicht denke ich ja, dass mein Mann für mich wie der schönste und sicherste Ort der Welt wirken muss, jetzt, wo ich Bens Anmachversuchen ausgeliefert bin.

Aber – Fehlanzeige, wie ich, als Kyle mich nach Hause bringt und mit mir gemeinsam aussteigt, feststellen muss.

Ich kann dieses wohlige Gefühl an Kyles Seite zwar nicht leugnen, und es ist regelrecht zum Haareraufen, wie gut wir nach allem, was passiert ist, noch miteinander harmonieren. Das ist wohl etwas, das Menschen, die eine lange Zeit miteinander verbracht haben, eigen ist. Sie entwickeln eine Routine, ein gemeinsames Denken und Handeln. Alles an ihm ist mir noch so vertraut, und wenn es etwas gibt, das Kyle wie kaum ein anderer beherrscht, ist es, mich mit seiner ruhigen Art zu besänftigen. Nach den letzten aufwühlenden Tagen in der Arbeit kann ich so etwas natürlich sehr gut gebrauchen.

Womöglich habe ich nun doch eine Entschuldigung für mich gefunden, seiner Einladung heute zugestimmt zu haben. Nicht nur das, ich lasse auch zu, dass er mich zur Tür bringt, bevor ich den Schlüssel ins Schloss stecke und mit abwartendem Blick zu ihm hochsehe.

„Es hat mich sehr gefreut, heute mit dir zu essen, Joanna. Das ... es hat mir gefehlt. Findest du nicht, dass es sich irgendwie immer noch so normal anfühlt?" Ich höre die Hoffnung aus seiner Stimme, diese vorsichtige Freude darüber.

Doch ich hingegen bin viel zurückhaltender und lächele etwas gequält. „Es war schön", antworte ich daher, um Kyle nicht zu viel Hoffnungen zu machen.

„Ich werde dir beweisen, dass ich bereit bin, offener zu werden, mich zu verändern."

Innerlich verdrehe ich die Augen, weil er mir das heute bestimmt schon 300 Mal versprochen hat. Vielleicht denkt er, je öfter er es laut sagt, desto größer ist die Wahrscheinlichkeit, dass er es sich selbst glaubt.

„Es ist komisch, hier vor dieser Tür zu stehen", gesteht er und wirft besagter Tür einen bedeutungsvollen Blick zu.

„Der ganze Abend, Kyle, war doch von einer durchziehenden tragischen Komik begleitet, über die wir beide gründlich nachdenken sollten. Es hat mir gefallen, aber ich weiß nicht, ob wir den richtigen Weg einschlagen, wenn wir versuchen, irgendeine letztlich nur erzwungene Fröhlichkeit an den Tag zu legen. Das erscheint mir nicht authentisch oder fair zu sein."

Er kratzt sich an der Nase, scheint ganz offensichtlich überrascht zu sein, eine solch geringschätzige Bewertung des für ihn doch so gelungen erscheinenden Abends zu hören. „Und ich werde das Gefühl einfach nicht los, dass du dich weiterhin nur deshalb mit mir triffst, weil du die Gelegenheit nutzen willst, mich auf meine Defizite hinzuweisen. Worum geht es dir eigentlich, Joanna?"

„Um uns", sage ich nachdrücklich und mit fester Stimme. „Es geht darum, dass ich möchte, dass wir wieder zusammen sein können. Aber im Augenblick ist es ... seltsam. Weil du dich verstellst. Damit denkst du wohl, du würdest mir gefallen. Wir fangen jedoch nicht von vorne an; wir kennen uns seit Jahren, Kyle. Ich möchte, dass du du selbst bist."

Er schluckt sichtbar und spannt die Schultern an, als hätte ich ihm einen Schlag verpasst.

„Wir wollen unsere Probleme angehen und lösen und nicht eine heile Fake-Welt schaffen, in der es diese nicht gibt. Du hast mich betrogen, Kyle, doch trotzdem bin ich bereit, meinen Beitrag an allem, was geschehen ist, zu suchen, eine Lösung zu finden, um dann vielleicht einen weiteren Versuch zu wagen."

Es tut so verdammt gut, endlich mal vernünftig mit ihm reden zu können – das muss ich Kyle hoch anrechnen. Er ist ein gefasster, bodenständiger Typ, der mir nicht dauernd über den Mund fährt, ständig anderer Meinung ist und diese auf Biegen und Brechen vertritt – also das komplette Gegenteil von Ben York, diesem rechthaberischen Trottel.

Puh, ich merke schon, dass ich mich in einer ziemlich anstrengenden, ermüdenden Spirale befinde. Außerdem glaube ich nicht, dass ich irgendetwas zu Kyles und meiner Versöhnung beitrage, indem ich ihn mit Ben vergleiche oder auch nur an diesen Idioten denke. Das hier ist das wahre Leben; mein Leben. Kyle ist Bestandteil davon, ein wichtiger, mich erdender. Ben mag auch durchaus einen fixen Platz haben, weil er nun mein Vorgesetzter oder Kollege oder was auch immer ist. Ich möchte meine privaten Entscheidungen aber nicht von ihm abhängig machen. Punkt!

„Solange du dir über den Kern des Problems nicht im Klaren bist, kann es für mich nicht mehr funktionieren", beende ich dieses andauernde Im-Kreis-Drehen, beuge mich vor und gebe ihm einen vorsichtigen Kuss auf die linke Wange. Ich kann sehen, dass er die Augen schließt und tief Luft holt. Dann greift er nach meinem Oberarm fasst.

Wir sehen uns in die Augen, ohne ein Wort zu sagen, und ich bin drauf und dran, meine Regeln zu brechen und ihn zu küssen. Alles, was ich je wollte, war, eine Familie mit ihm zu haben; mit Kyle. Wahrscheinlich habe ich diesen Wunsch nur gehabt, weil meine durch den Tod meiner Mutter so früh an Vollständigkeit verloren hat. Für mich, Kyle und unsere möglichen gemeinsamen Kinder wollte ich etwas anderes. Ich hätte alles dafür gegeben, und trotzdem oder gerade deshalb habe ich Kyles Wünsche so häufig ignoriert. Das mag an meiner ausgeprägten Sturheit liegen. Doch ich muss und möchte daran arbeiten; möchte lernen, Kyle entgegenzukommen, nachzugeben oder einfach einmal die Klappe zu halten, um ihm die Chance zu geben, etwas zu sagen.

„Ich vermisse dich", flüstere ich mit brüchiger Stimme und spüre, wie die Tränen in meinen Augen brennen.

„Ich weiß. Ich vermisse dich auch, meine Kleine."

Gott, wie kann dieser Mann das alles nur getan haben? Wieso? Wenn man ihn jetzt sieht, denkt man, er könne kein Wässerchen trüben.

Aus einem reinen Impuls heraus küsse ich ihn; ganz sanft und beinahe verlegen. Ich nehme jede einzelne Millisekunde dieses Kusses in mich auf, konserviere sie, um mich später daran zu erinnern. Mein Puls schnellt nach oben, und ganz automatisch presst sich mein Körper gegen diesen so vertrauten mir gegenüber. Ich weiß, dass ich trotz aller Leidenschaft und Hingabe nicht die Kontrolle verlieren darf. Wir müssen es langsam angehen. Mit kühlem Kopf. Es würde rein gar nichts bringen, jetzt miteinander zu schlafen. Ganz im Gegenteil: Ich denke, dass unser Verhältnis dadurch nur noch komplizierter werden würde.

Daher löse ich mich von meinem Mann – fuck, mein Mann – dem, den ich liebe; immer noch. Wir bleiben Stirn an Stirn stehen, atmen den Geruch des anderen ein und aus, und erst, als das Licht vor der Haustür ausgeht, weil wir uns so lange nicht bewegt haben, erwache ich und befreie mich aus Kyles Umarmung.

„Es ist spät“, nuschele ich und wische mir eine Träne von der Wange. „Ich muss morgen früh raus. Du auch, Kyle. Wir sollten ... Gute Nacht.“

„Gute Nacht“, raunt er mir hinterher, als ich bereits im Flur stehe und die Tür vorsichtig hinter mir schließe.

Am nächsten Morgen wache ich völlig gerädert auf. Ich habe schlecht geschlafen, wirres Zeug geträumt und bin immer wieder aufgewacht, um über meine Beziehung zu Kyle nachzudenken. Wenn man überlegt, dass mir nach dieser Nacht nun auch noch ein ganzer Tag mit Ben bevorsteht, muss ich mir, bevor ich die Beine von meiner Schlafcouch schwinge, ehrlich die Frage stellen, ob es nicht besser wäre, einfach liegen zu bleiben.

Doch irgendwann gewinnt meine Disziplin über meine Niedergeschlagenheit, und ich rappele mich auf, um zumindest meinem Äußeren den Anschein von Ordnung und Vollständigkeit zu geben. Ich glaube, es war Einstein, der sagte, man solle nie mit derselben Denkweise an ein Problem herangehen, die das Problem verursacht hat. Ein guter Ansatz, über den ich grübele, während ich mich schminke und etwas Parfum auflege. Denn vielleicht sollte ich Ben und seinem irrwitzigen Plan eine Chance geben. Immerhin muss ich ihm anrechnen, dass er ziemlich schnell begriffen hat, in welcher finanziellen Lage sich Cliveden befindet. Anstelle sich erst einmal einzuleben, hat er sogleich gehandelt und neue Ideen vorgebracht. Egal, ob ich sie nun gut finde oder nicht, ich sollte offener an die Sache herangehen und mir die Bilder zumindest einmal ansehen.

Ein schnelles, aber kümmerliches Frühstück folgt, weil mein Magen auf Achterbahnfahrt ist. Ich bin wirklich nervös vor dem heutigen Tag. Nicht nur, weil ich sehr viel Zeit mit Ben verbringen muss, sondern auch wegen der Bilder. Aber viel mehr hat es etwas mit Bens Gegenwart zu tun. Wenn ich nur bedenke, auf welchem Fundament unsere berufliche Basis steht, könnte ich das fade Brötchen gleich wieder hochwürgen. Noch nie zuvor hat ein anderer Mensch solch widersprüchliche Gefühle in mir hervorgerufen und mich so ganz offensichtlich angemacht. Diese direkte Art kenne ich zwar durchaus von mir selbst, doch in Bens Fall schüchtert sie mich ein, verunsichert mich, und ich weiß nicht, wie ich ihm begegnen soll.

Wie soll ich meine Gedanken wieder in rein professionelle Bahnen lenken?

Um Kyles Whiskysammlung, die er immer noch hier bunkert, zu plündern, ist es zu spät oder zu früh – je nachdem, unter welchem Gesichtspunkt man die Situation betrachtet. Daher fülle ich meinen Thermobecher mit Kaffee voll, klemme ihn mir unter den Arm und warte im Flur auf seine Lordschaft. Ob er selbst fährt oder einen Fahrer hat, der den Hochwohlgeborenen von Ost nach West fährt? Bestimmt.

Ich könnte jetzt behaupten, ein verständnisvoller Mensch zu sein, der jeden so akzeptiert, wie er ist. Doch bin ich das einfach nicht. Ich habe gelernt, Menschen, die mir wertvolle Energie rauben, aus meinem Umfeld zu verbannen – meiner Gesundheit und meinen Nerven zuliebe. Ich bin keine von denen, die Hunderte Freunde hat, sich im Endeffekt aber auf niemanden so richtig verlassen kann. Mein Freundeskreis ist überschaubar, doch ich weiß, dass ich mich auf die Menschen, die ich dazu zähle, immer ganz bestimmt verlassen kann. Und gerade weil ich gelernt habe, Menschen richtig einzuschätzen, irritiert mich Ben so sehr.

Weil ich ihn nicht durchschaue. Er ist leider Gottes der Prototyp eines Arschlochs, wie man ihn aus Soaps oder Filmen kennt. Er ist ein selbstherrlicher, narzisstischer, mit einer ungeheuren Portion Sex ausgestatteter Idiot, der es wohl als sein momentanes Hauptziel sieht, mich fertigzumachen.

Als pünktlich um acht ein schwarzer Wagen in meiner Zufahrt hält, kneife ich die Arschbacken zusammen und versuche mir Mühe zu geben, so lässig wie irgendwie möglich vom Haus zum Auto zu schlendern. Doch kennt wohl jeder Mensch dieses unangenehme Gefühl, auf jemanden zugehen zu müssen. Ich weiß dann nie, wohin ich blicken soll – auf den Boden oder doch in die Augen der

Person, selbst bei Bekannten ist das komisch. Im Fall von Ben fühle ich mich tausend Mal unwohler.

Und dann entdecke ich ihn tatsächlich hinter dem Steuer des Coupés. Während ich den schwarzen Wagen umrunde, treffen sich unsere Blicke ganz kurz durch die Frontscheibe. Entweder bilde ich mir das bloß ein, oder seine Augen wirken noch dunkler und gefährlicher, sodass ich noch einmal tief Luft hole, bevor ich die Beifahrertür öffne und einsteige.

„Guten Morgen", versuche ich mit fester Stimme zu sagen, schließe die Tür und schnalle mich an.

Ben betrachtet indessen meinen Thermobecher, als würde er nuklearen Sprengstoff beinhalten. „Wenn Sie mir versprechen, keinen Tropfen auf den Sitz zu kippen, dürfen Sie ihn gerne hier lassen", brummt er, startet den Wagen und schiebt rückwärts aus meiner Einfahrt.

„Ich verspreche es Ihnen hoch und heilig."

Seine Finger schlingen sich enger um das lederne Lenkrad, sodass seine Knöchel weiß hervortreten. Auch Ben wirkt angespannt, richtet seinen Blick kontinuierlich geradeaus, als lauere irgendwo da draußen Gefahr.

„Sie sagten, Sie haben vorher in London gelebt", fange ich zu plaudern an, um die Stimmung irgendwie zu lockern. „Haben Sie die Wohnung denn noch?"

„Nein", antwortet er schlicht.

„Dann haben Sie alle Zelte abgebrochen – das ist bestimmt nicht einfach."

Seine Mimik verrät mir nicht wirklich, was er von meinem Gequatsche hält. So nüchtern wie heute habe ich ihn noch nie erlebt.

„Sie wohnen doch auch noch nicht allzu lange in diesem Kaff, Mrs. Douglas", bemerkt er.

„Das stimmt. Mein Mann hat in der Nähe als Anwalt gearbeitet, darum sind wir hergekommen."

„Hat? Tut er das denn nicht mehr?"

Scheiße. „Doch ... ahm ... das tut er, ja. Ich meine nur, das war der Hauptgrund."

Der eigentliche Frühverkehr ist zwar langsam am Abebben, doch die Hauptverkehrsadern in Richtung London sind wohl zu jeder Tageszeit ein Wespennest. Obwohl ich mein altes geschäftiges Leben, das ich in London führte, ab und an durchaus vermisse, weine ich dem Pendeln keine Träne nach. Wie viel Nerven mich das andauernde Hin- und Herfahren gekostet hat. Mann oh Mann.

„Woher kennen Sie diesen Ron überhaupt? Ich meine, ich würde Sie jetzt nicht unbedingt in der Kunstszene sehen.“

Ein feines Lächeln zuckt um seine Mundwinkel. „Durch eine gemeinsame Bekannte.“

„Eine, die sich von ihm fotografieren oder malen ließ?“

„Ja.“

Sein Ton ist scharf, und doch spüre ich, wie sich diese Anspannung in ihm weiter und weiter ausbreitet. Es steht mir wahrscheinlich nicht zu, noch weitere Fragen nach dieser Bekannten zu stellen, doch ich bin neugierig. Verdammt neugierig.

„Waren Sie schon einmal ... ähm ... dabei?“

Ealing und das Navi warnt uns vor Verkehrsbehinderungen in Form einiger Baustellen – das kann ja heiter werden.

„Sie erwarten von mir doch, dass ich dabei war“, sagt er und dreht den Kopf zu mir.

„Also ja – Sie waren es?“

„Warum ist das so wichtig?“

Ich zucke mit den Schultern und gebe mich gleichgültig. „Neugier? Keine Ahnung. Ich habe nur gedacht, dass ich das Ganze vielleicht besser verstehen würde, wenn ich alle Hintergründe kenne.“

„Deswegen fahren wir heute ja nach London, um Sie mit den Hintergründen vertraut zu machen.“

Gott, blitzartig tauchen Bilder von mir und Ben in einem Raum mit blankem, glänzendem Fußboden, blendenden Deckenleuchten, offen stehenden Fenstern und einem mit Tüchern drapierten Bett auf. Ich stelle mir vor, wie ich reagieren würde, wenn wir mitten in eine Aufnahme stolpern würden.

Ich will unter allen Umständen vermeiden, nackte Leute beim Vögeln sehen zu müssen. Bestimmt wäre es spannend, ja. Aber nicht, wenn jemand wie Ben neben mir steht und teuflisch grinst.

„Ich schätze Ron sehr, vor allem deshalb, weil er einer der wenigen Menschen ist, denen ich zu 100 Prozent trauen kann. In der Vergangenheit musste ich oft auf die harte Tour lernen, dass ein wohlklingender Name und Geld genauso gut Fluch wie Segen sein können. Viele Menschen haben mich fallen gelassen, hintergangen oder mich bloß ausgenutzt.“

Weise Worte, die ich auf der Stelle unterschreiben würde. Und nebenbei ist es so ziemlich das meiste und Ehrlichste, was ich ihn an einem Stück bisher reden hörte. „Das kenne ich“, erwidere ich und lasse mich tiefer in den Sitz sinken. „Meine Familie ist zwar meilenweit vom Adelsstand entfernt, was, so denke ich mal, einen gravierenden Unterschied macht. Aber mein Vater hat ein gut gehendes Geschäft aufgebaut, sodass es uns nie an etwas gefehlt hat. Trotzdem oder gerade auch deshalb wurden uns stets Bodenständigkeit und Empathie vermittelt."

Diese Tatsache kann ich gar nicht oft genug betonen, weil es so viele Menschen gibt, denen diese Eigenschaften fehlen, die total egoistisch oder selbstverliebt sind. Susy, Martin und mir aber haben unsere Eltern beigebracht, dass man helfen, nicht wegschauen und andere Menschen so behandeln soll, wie man selbst behandelt werden möchte.

Ich frage mich, welchen Charakter Bens Eltern wohl haben. Ich habe Ellies Tochter, also Bens Mutter, schon einmal gesehen. Doch diese Begegnung war zu kurz, um dadurch auf bestimmte Charaktereigenschaften schließen zu können. Wenn sie Ellie aber gleichkommt, würde ich sie bestimmt mögen.

„Das ist sehr wertvoll", höre ich ihn sagen und den Kopf ganz kurz in meine Richtung schwenken. „Es liegt aber auch daran, weil Ihr Vater sich sein Geld selbst erarbeitet hat. Die nächste Generation, sprich: Ihre, hat es dann schon wieder schwerer, dieses Gut weiterzugeben."

Er hat absolut recht. Weil mein Vater aus eher beschaulichen Verhältnissen stammt und sich seinen Arsch aufgerissen hat, um dorthin zu kommen, wo er heute ist, weiß er das Geld, den Luxus und die Privilegien, die er hat, zu schätzen. Er kennt es auch anders, da er in einer schäbigen Wohnung mit seinen fünf Geschwistern aufwuchs. Der Vater hatte die Familie früh verlassen und seine Mutter konnte sich und die Kinder kaum ernähren. Sie ging nähen, ließ die Kinder oft alleine zu Hause und, so hat er es mir mal erzählt, stahl oft Essen aus Läden. Einen Kohl soll sie sich mal unter die Bluse geschoben haben, damit es so aussah, als wäre sie schwanger. Bestimmt hätte ich diese mutige Frau gemocht, doch leider starb sie, noch bevor ich geboren wurde.

„Wie sind Sie aufgewachsen? Ich stelle mir die Kindheit eines künftigen Stammhalters eher langweilig vor mit viel Lernen, kaum Freizeit, weil sich Französisch, Spanisch, Deutsch und Latein ja schließlich nicht von selbst beibringen."

„Im Nachhinein betrachtet war meine Kindheit wirklich langweilig. Ich war faul. In dieser Hinsicht muss ich Sie also enttäuschen – und mein Nachhilfelehrer biss sich an mir die Zähne aus. Aber ich denke, dass ich die schönste Kindheit hatte, die ich mir wünschen konnte." Nun lächelt er tatsächlich ganz offensichtlich, und das Gefühl, das ich bei Ellie immer stark wahrnehme, nämlich, dass sie ihre Familie über alles liebt, kommt auch bei Ben durch. Sie scheinen wirklich viel füreinander zu empfinden.

Als sich kurz darauf erneut Schweigen zwischen uns breitmacht, wird mir klar, wie gefährlich es ist, Bens Panzer zu lüpfen. Mit jeder Schicht, die mehr von seiner Persönlichkeit und seinen Erinnerungen freigibt, wird er zu einem sympathischeren Menschen für mich. Immer mehr verliert er den Anschein des unguten, reichen Schnösels, der sich auf den Lorbeeren seiner Familie ausruhen und sich auf dem Land ein schönes Leben machen möchte. Er hat sein aktives Leben in einer Großstadt gegen eines auf dem Land getauscht. Seine Karriere aufgegeben, die Leute vor Ort verlassen, nur um seiner Familie zu helfen. Egal, wie respektlos er sich mir gegenüber bereits einige Male verhalten hat, im Endeffekt muss ich mir eingestehen, dass er vielleicht doch kein so mieser Typ ist, wie ich anfangs dachte.

SECHS

Joanna

Als Kind hat mich meine Mutter einmal zu einer befreundeten Künstlerin mitgenommen, um eine Skulptur für die Eingangshalle in Auftrag zu geben. Ich erinnere mich noch gut daran, wie ich mit meinen sechs oder sieben Jahren durch den kleinen Ausstellungsraum gestreift bin, auf der Suche nach etwas, das für mich interessant war. Natürlich fand ich nichts, und jedes Mal, wenn ich mich einer Vitrine, in der die Frau seltsamen Schmuck aufbewahrte, näherte, rief diese hysterisch, ich solle ja nichts anfassen. Die fein säuberlich aufgereihten Pinseln, Spachteln und Glasflaschen mit Farbe zogen mich magisch an. Doch auch diese Utensilien war absolut tabu, wie ich feststellen musste, als sie zu schreien begann, aufsprang und mir einen großen, beigen Block und Wachsmalfarben in die Hand drückte, damit ich endlich Ruhe gab.

Nicht nur dieser Schmuck, der, wie ich heute weiß, aus Menschenhaar gefertigt worden war, war eigen, sondern auch diese total abgedrehte Frau, die wenige Wochen später die von meiner Mutter bestellte Skulptur zu uns nach Hause brachte. Mein Vater hat beim ersten Anblick der Frau – wie auch später bei der Präsentation – die Augen verdreht und sich sofort ein Glas Scotch zur Beruhigung eingeschenkt. Heute steht die Skulptur im Keller meines Elternhauses, wo sie meine Mutter selbst noch hingebracht hat, weil sie das hässliche Ding irgendwann nicht mehr sehen konnte.

Jedenfalls hat diese hyperaktive Schlange das Bild des Künstlers in mir unwiderruflich geprägt. Jenes Bild wird aber schlagartig verändert, als ich an Bens Seite ein dreistöckiges Gebäude in Chelsea betrete und von Ron Holzmann, einem Anzug tragenden dunkelhäutigen Mann, in eine stylishe Zwei-Zimmer-Wohnung geführt werde. Ron würde, trifft man ihn irgendwo auf der Straße, glatt als Investmentbanker durchgehen, und damit er hat sehr wenig mit dem gemein, wie ich ihn mir vorgestellt habe. Die Wohnung ist toll; seine eigene, wie er erklärt, während er uns Getränke, Kaffee und ein Tablett Fingerfood anbietet.

Tatsächlich meldet sich mein Magen beim Anblick der kleinen Baguettescheiben, belegt mit Mozzarella, Tomate und Basilikum, zu Wort.

Während Ron und Ben plaudern und ich die halbe Platte Baguettes verschlinge, versuche ich diesen Mann – ein charismatischer, hübscher Mann Anfang 30 – mit den von ihm gemalten Bildern, die ich im Internet gesehen habe, in Einklang zu bringen. Klar fällt es einem vermutlich leichter, sich vor einem Mann wie Ron zu entblättern, ohne sich schmuddelig vorzukommen. Er wirkt professionell, und das ist wohl das Wichtigste bei der Entstehung solcher Bilder. Ganz ehrlich, ich bin gelinde gesagt erleichtert. Sogar mehr als das – denn zum ersten Mal, seit Ben mit seinem Vorschlag daherkam, habe ich das Gefühl, dass wir uns doch einigen könnten.

„So, Mrs. Douglas", wendet sich Ron an mich und betrachtet mich neugierig, „Ben erzählte mir, dass Sie meine Bilder obszön finden."

Toll, Ben! Ich kann ihn neben mir grinsen sehen, doch ich gebe mir alle Mühe, gleichgültig zu wirken. Auch wenn ich ihm am liebsten eine reingehaut hätte. „Ich hatte noch keine Möglichkeit, mir ein genaues Bild von Ihrer Arbeit zu machen. Was Mr. York und ich diskutiert haben, war, ob diese Art von Bildern zu Cliveden und Mr. Yorks Großmutter passen würden."

Punktlandung. Zumindest Ben kneift die Augen zusammen.

„Ich weiß, dass ich mit meinen Bildern eine winzige Nische bediene. Aber gerade dieses Randgebiet überlässt mir eine Vielzahl an Möglichkeiten, die ein, sagen wir ihn einmal, handelsüblicher Landschaftsmaler nicht hat."

Oh, jetzt wird es spannend. Übertriebene Selbsteinschätzung scheint ein typischer Charakterzug von Künstlern zu sein.

„Diese Momente, in denen meine Bilder entstehen, sind so einmalig, befreiend, und es gab bis jetzt nichts anderes in meinem Leben, wobei ich diese Art der Intensität erlebt hätte. Die Menschen, die ich male, oder besser: deren Abbild, ist frei von Konventionen, frei von selbst auferlegter Zurückhaltung, frei von ethischen oder gesellschaftlichen Einschränkungen." Ich sehe, wie sehr er für diese Sache brennt, wie seine Augen zu leuchten beginnen, während er wild mit seinen Händen gestikuliert.

Er mustert mich und lächelt lakonisch. „Diese Männer und Frauen, die zu mir kommen, um Teil meiner Werke zu sein, sind wie Sie und ich, Mrs. Douglas. Es sind Frauen wie Sie; jung, aufgeschlossen, neugierig. Sie sind am Anfang auch skeptisch. Es gab natürlich auch welche, die mittendrin aufgestanden und gegangen sind. Doch die meisten von ihnen entdecken eine völlig neue Seite an sich und finden somit eine gewisse Erfüllung, die sie nie für möglich gehalten hätten."

„Wenn meine einzige Selbstfindung darin besteht, mich ... Nein, ich denke einfach nicht, dass ihre Art der Kunst zu mir passt; das ist alles", lenke ich ein, da ich Ron nicht beleidigen möchte.

Es sind seine Bilder, ist sein Leben, und wer bitte bin ich schon, um mir das Recht herauszunehmen, über etwas, das für andere durchaus erfüllend sein mag, negativ zu urteilen?!

„Würden Sie sich selbst als gehemmt bezeichnen?", fragt er plötzlich und drängt mich unweigerlich in die Rolle eines potenziellen Studienobjekts.

„Nein", antworte ich mit Nachdruck.

„Ben, was sagst du dazu?"

Man muss ihm zumindest zugutehalten, dass er eine Sekunde lang zögert. „Ja, das ist sie."

Gerade noch rechtzeitig kann ich ein Knurren unterdrücken. Immerhin fallen mir tausend Situationen ein, bei denen ich alles andere als gehemmt war. Ich bin verdammt offen, Leute! Doch scheinbar kümmert das diese zwei Widerlinge nicht, die mich ja so gerne provozieren und aus der Reserve locken wollen.

„Woher wollen Sie das wissen?", fahre ich ihn an. Plötzlich ist es mir egal, ob er Ellies Enkel ist und dass Ron uns amüsiert zusieht. „Sie kennen mich doch nicht einmal. Gut, Sie tun so, als ob. Doch tief in Ihrem Inneren wissen Sie, dass Sie absoluten Müll von sich geben – von früh bis spät. Rund um die Uhr." Ich hole Luft, ergötze mich an Bens überraschter Miene und nehme mir vor, mich bis an mein Lebensende daran zu erinnern. „Ich bin hierher mitgekommen, um Ihnen einen Gefallen zu tun; um unserer geschäftlichen Beziehung einen neuen, fruchtbaren Boden zu ermöglichen."

„Ich bin mir sicher, die Menschen werden für diese edle Geste einen Platz in den Geschichtsbüchern reservieren", meint Ben darauf und kann sich ein Lachen nicht mehr verhalten.

„Stecken Sie sich ihren verdammten Sarkasmus sonst wohin", fauche ich und funkle ihn böse an.

Ron holt tief Luft und sieht betreten zu Boden. Ich mag aufbrausend sein, doch noch nie hat es jemand geschafft, mich in der Öffentlichkeit und vor allem vor einem Fremden derart die Fassung verlieren zu lassen. Doch egal, was Ben im Augenblick macht, es wird nur schlimmer und schlimmer. Alle guten Vorsätze von heute Morgen, die ich vor meinem Badezimmerspiegel geübt habe, sind vergessen, und das Einzige, das zählt, ist, ihm einfach mal ordentlich die Meinung zu sagen.

„Ich ... ich lasse euch einen Augenblick alleine. Wenn es okay ist, Ben, bringe ich schnell ein paar Briefe zur Post“, sagt Ron und wirkt sehr angespannt.

Ben nickt zustimmend, und während wir uns mit imaginärem Zähnefletschen bedenken, verschwindet Ron ziemlich lautlos für einen so großen Mann.

Mein Körper ist in höchster Alarmbereitschaft. Erst als Ben sich aus seiner Erstarrung löst und seufzend eine Runde durchs Zimmer geht, beginnt mein Verstand zu begreifen, was ich gerade für einen Mist gebaut habe. Ellie mag mich schätzen, doch bestimmt ist sie enttäuscht, wenn sie erfährt, wie ich mit ihrem Enkel gesprochen habe – ganz gleich, wie er sich zuvor mir gegenüber verhalten haben mag. Er sitzt am längeren Hebel.

Schadenbegrenzung ist also vonnöten, aber wie?

„Tut mir ...“

„Halten Sie den Mund“, faucht er und bleibt schlagartig und so plötzlich stehen, dass ich zusammenzucke. „Was glauben Sie eigentlich, wer Sie sind? Glauben Sie ernsthaft, ich bin auf Ihre Meinung angewiesen? Oder dass Sie sich auf mein Niveau herablassen und mir einen Gefallen tun müssen? Mir, dem Neuling? Denken Sie, ich sehe weiterhin zu, wie Sie mich ganz offensichtlich und auch vor anderen wie ein Arschloch behandeln?“

Ich schlucke, um nicht irgendetwas dazwischen zu brüllen. Eine Entschuldigung oder vielleicht ein Beispiel einer Situation, als ich mich ganz artig verhalten habe.

Während ich stur geradeaus blicke und bemerke, wie die Baguettes in meinem Magen nun Purzelbäume schlagen, kommt er näher. An meiner rechten Seite bezieht er Stellung, und ich kann die Wut, mit der er mich ansieht, praktisch auf meiner Haut kribbeln spüren.

„Kommen Sie“, fordert er mich auf, packt mich grob am Oberarm und zerrt mich neben sich her quer durchs Zimmer.

„Sie tun mir weh", keife ich ihn an und versuche meinen Arm zu befreien und gleichzeitig mit ihm Schritt zu halten, um nicht zu stolpern.

„Das ist mir scheißegal."

Um eine Bemerkung zu unterdrücken, beiße ich die Zähne so fest zusammen, dass mein Kiefer zu zittern beginnt. Ben scheint durchaus fähig, mehrere Dinge gleichzeitig zu machen, da er einen vernichtenden Seitenblick auf mein Kinn wirft. „Ja, genau so läuft das, Joanna. Sie halten die Klappe, wenn ich etwas sage und verkneifen sich Ihre Meinung."

„Das hätten Sie wohl gern", entgegne ich patzig, während wir über eine schmale Treppe nach oben gehen.

Am Ende der Treppe findet sich wieder eine Tür, die er mit seinem Ellenbogen öffnet, bevor er mich ins Zimmer stößt. Der Raum ist hell, weil eine Seite der Decke und die Wand davor vollständig aus Glas bestehen. Ich blinzle und werde von Ben etwa in die Mitte des Raumes gezogen, wo er mich umdreht und an meinem Arm zerrt. „Sie sehen sich jetzt diese verdammten Bilder an, erzählen Ron anschließend, wie gut sie Ihnen gefallen, entschuldigen sich – und danach will ich nie wieder mit Ihnen über meine Pläne, Neuerungen oder Entscheidungen diskutieren. Verstanden?"

Ich lehne mich abschätzig grinsend zurück. „Ich wusste doch, dass es bloß eine Kleinigkeit braucht, um Ihre scheinbar so gesittete Fassade bröckeln zu lassen."

„Und es braucht noch sehr viel weniger, um mich bald die Beherrschung verlieren zu lassen", wispert er. „Wenn Sie Ihren Job lieben, dann sehen Sie sich verdammt noch einmal um; und zwar schnell."

Ich will mir weder diese lächerlichen Bilder ansehen, noch möchte ich auch nur eine einzige Sekunde länger hier in diesem Haus sein. Doch nicht zuletzt, um aus Bens unmittelbarer Nähe zu fliehen, wage ich eine vorsichtige Runde in dem ziemlich chaotisch wirkenden Raum. Vor der Fensterfront steht ein Schreibtisch mit Laptop, unzähligen umherschwirrenden losen Zetteln und zerknitterten Bildern. Im Raum verteilt entdecke ich zwei Tische, die ebenfalls als Lager- beziehungsweise Arbeitsplatz dienen. Ich steuere einen der beiden Tische an und schiebe dort ein paar ausgelegte Bilder hin und her. Sie sind völlig harmlos. Sie zeigen das Gesicht einer Frau, wie auf einem Passfoto, daneben liegen noch einzelne Aufnahmen von Männern, weiteren Frauen, doch all diese Bilder sind züchtig. Vermutlich verwendet Ron sie als Anhaltspunkt, um das Verhältnis von Nase, Mund und Augen einzuhalten. So lautet zumindest mein Laienurteil.

Während ich weiter zum nächsten Tisch schleiche, bin ich mir Bens Aufmerksamkeit bewusst. Er steht immer noch in der Mitte des Raumes, und ein flüchtiger Blick auf ihn zeigt mir, dass er stinksauer ist. Sein Brustkorb hebt und senkt sich schnell, seine Hände sind zu Fäusten geballt.

Der zweite Tisch bietet deutlich anstößigere Bilder, die Menschen in verschieden Stufen der Entkleidung zeigen. Auf einem Bild sind ein Mann und zwei Frauen abgebildet. Ich schlucke den Kloß in meinem Hals nach unten, greife vorsichtig nach dem Bild und betrachte es so, dass Ben die Abbildung darauf nicht sehen kann. Gut, er hat nicht zu viel versprochen. Hier geht es ordentlich zur Sache. Die Aufnahme zeigt den Kerl auf dem Rücken liegend auf einem Bett. Auf seinem Schoß sitzt eine der beiden Frauen – eine hübsche, Brünette mit perfektem Körper. Ihr Gesicht ist nach oben gerichtet, ihre Augen sind vor Leidenschaft geschlossen. Sie hat schöne Brüste. Über das Geschehen zwischen ihren Beinen lässt sich nicht streiten. Eine solch genaue Abbildung dessen habe ich noch nie gesehen. Hinter ihr erkennt man die andere Frau, sie ist aber weniger deutlich zu sehen. Lediglich ihre Arme sind zu erkennen, die sie von hinten um die Brünette gelegt hat, um mit ihren Händen deren Brüste zu berühren.

Das darunter liegende Foto zeigt dieselben Personen in gleicher Pose mit minimalen Veränderungen in der Haltung. Die schwarzhaarige Frau hat die Position ihrer Hände geändert. Mit ihren Fingern reibt sie gezielt zwischen den Beinen der Brünetten. Ihr Gesicht ist noch stärker verzerrt aufgrund ihrer Lust; ihr Mund ist geöffnet, alle Muskeln sind angespannt. Zwischen meinen Beinen fängt es zu kribbeln an. Ich komme mir zwar schäbig vor, mich von diesen Bildern anmachen zu lassen; noch dazu, weil Ben hinter mir steht. Doch ich bewundere die Frauen auch. Frage mich, wie sie es schaffen trotz der Kamera, die auf sie gerichtet ist, loslassen zu können.

Minutenlang starre ich das Bild an, wobei es mir nicht mehr länger darum geht, den Penis, der zwischen ihren Beinen verschwindet, anzugaffen. Ich betrachte ihr Gesicht, ihre Haltung und stelle mir vor, wie es nach diesem Schnappschuss weitergegangen ist. Denn zweifelsohne steht sie kurz vor ihrem Höhepunkt, dem Moment, den Ron für die Ewigkeit festhalten möchte.

Jedoch endet der Stapel Bilder nach diesem. Entweder hat er das Bild vom Höhepunkt der Frau separat aufbewahrt, oder es befindet sich irgendwo in diesem Chaos.

Gerade als ich mich resigniert seufzend Ben zuwenden möchte, spüre ich ihn hinter mir stehen. Viel näher, als es für ein professionellen Verhalten geziemt. Seine breite Brust berührt beinahe meinen Rücken, seine Lippen streifen fast meinen Scheitel. Ich verkrampfe mich, straffe die Schultern und halte automatisch die Luft an.

„Er hat es schon gemalt“, höre ich seine tiefe Stimme, die vielmehr nach einem Brummen klingt. „Dort drüben. Sehen Sie?“

Ich blicke geradeaus, und tatsächlich entdecke ich eine fertige Malerei auf einer Staffelei. Ich kenne mich mit Stilrichtungen zwar nicht aus, aber dieses Gemälde hat nur mehr sehr wenig mit den Fotos gemein, die ich gerade noch mit großer Faszination betrachtet habe. Man erkennt zwar ganz klar, dass es sich um dieselbe Frau handelt. Doch das Hauptaugenmerkt liegt auf ihrem Gesicht, ihrem Ausdruck. Ron hat die lustvolle Spannung in ihrem gesamten Körper fantastisch wiedergegeben. Ganz automatisch werde ich davon angezogen – nicht zuletzt, um herauszufinden, wie sehr dieses Bild dem Foto gleicht.

Ich kehre Ben erneut den Rücken zu und nähere mich der Malerei mit einer seltsamen Neugier.

Bei den Farben hat sich Ron ganz auf Erdtöne beschränkt, nur die Lippen der Frau sind leuchtend rot. Ihr geöffneter Mund wirkt dadurch wie ein Tor, eine Warnung. Man kann ihre lustvollen Schreie beinahe fühlen. Ihre Brüste sind schemenhaft gezeichnet, genauso wie alles unterhalb ihres Bauchnabels. Und bis auf ihr Gesicht erscheint ihr gesamter Körper wie ein Nebel – zwar sichtbar und doch zu unscharf, um Genaueres erkennen zu können. Die Ränder ihres Körpers gehen fließend in die Umgebung über. Sie ist mit ihrer Umwelt verbunden, hat ihre Grenzen völlig verloren und lässt mich lediglich aufgrund ihres verzerrten Gesichts an ihrer Gefühlswelt teilhaben.

Langsam begreife ich, was Ben meinte, als er sagte, dass in diesen Momenten, die Ron bildlich festhält, jegliche Hüllen der Person fallen. Dass man so echt und man selbst ist wie sonst nie. Es erscheint mir, als würde ich anhand dieses Bildes alles über die Frau erfahren können. Als hätte ich dank des Bildes eine Macht über sie erlangt, die mir erlaubt, tief in ihre Gefühls- und Gedankenwelt zu blicken. Weil ihre Gefühle echt sind. Weil es sie ist. Ihre Existenz, die mir erlaubt, Teil dieser Lust zu werden.

„Ich habe Sie selten sprachlos erlebt, Mrs. Douglas."

Erschrocken zucke ich zusammen, und mir wird schlagartig bewusst, mit welcher unverhohlenen Faszination ich das Bild angestarrt habe. „Wie nennt man diesen Stil?", frage ich, doch meine Stimme kippt, als Ben erneut dicht hinter mich tritt.

Ich bilde mir ein, seine Schultern kurz zucken gespürt zu haben. „Ich erinnere mich, ihn mal etwas von abstrahierter Kunst reden gehört zu haben. Aber genau kann ich es auch nicht sagen."

„Es ist ... schön. Viel schöner und edler, als ich dachte. Das muss ich ehrlich zugeben."

„Ich weiß", erwidert er mit einer Spur Spott in der Stimme. „Genau deshalb wollte ich ja, dass Sie es hier sehen und spüren. Spüren Sie es also?"

Ich spüre es nicht nur. Die Lust der Frau greift regelrecht auf mich über. „Ja, ich spüre es", antworte ich und hoffe, dass er den Abstand zwischen uns vergrößert, anstatt gefühlt jeden Atemzug näherzukommen.

„Ich mag den Ausdruck der Frau; Ron hat ihn auf einmalige Weise eingefangen."

Vielleicht liegt es an meiner momentanen Lage, weswegen ich mich so gut in sie hineinversetzen kann und haargenau weiß, wovon Ben spricht. Wie lange ist es her, dass ich etwas Ähnliches erlebt habe? Ziemlich ernüchternder Gedanke.

Alleine dieser erscheint mir plausibel genug, um zu verstehen, weswegen Ben mich auf eine solch starke Art berührt. Ich bin schlichtweg einsam und unbefriedigt. Mein Körper ist schon so lange unfreiwillig auf Entzug, ihm scheint jeder Weg recht zu sein, um seine Gier irgendwie zu stillen.

Selbst ein Benjamin York landet da prompt auf der Liste der potenziellen Kandidaten – als einziger.

„Ich spüre, wie Sie sich zu wehren versuchen, Joanna", nähert er sich mit seinem Mund meinem verdammten Ohr und legt seine linke Handfläche ganz vorsichtig auf meine Hüfte. „Nicht nur gegen die Bilder, sondern gegen mich im Allgemeinen. Gegen das, was zwischen uns ist."

Ich drehe mich um. Nicht zuletzt, um, während ich mit ihm spreche, nicht auf das Bild einer Frau beim Orgasmus starren zu müssen. Doch mir war nicht klar, was ich mit meiner Drehung verursache. Nämlich dass ich mit meiner Nasenspitze praktisch Bens Brust berühre. Diese bisher verbotene körperliche Grenze ist damit also überschritten. Er rüttelt an meinen Moralwerten, die mich die letzten Jahre durchweg begleitet haben. Normalerweise würde ich mich nie auf solche Spielchen ein.

Normalerweise.

Denn im Normalfall ist die Versuchung auch nicht so groß, so nahe und so verdammt scharf, dass mir beinahe die Knie weich werden.

„Was wollen Sie von mir?", gehe ich in die Offensive und versuche mich von seiner unmittelbaren Nähe nicht beeinflussen zu lassen. „Sie wissen, dass ich verheiratet bin, daher dachte ich, Sie würden zumindest so viel Anstand besitzen, diesen Umstand zu respektieren."

Er lacht humorlos und blickt kurz zur Decke hoch. „Sie wissen genauso gut, was ich von Ihnen will, wie ich weiß, dass Sie geschieden sind. Glauben Sie, ich hätte nicht alles, was möglich war, über Sie in Erfahrung gebracht?"

„Es geht Sie zwar nichts an, aber mein Mann – mein Ehemann – und ich, wir leben zwar getrennt, wir sind jedoch nicht geschieden. Zumindest nicht auf dem Papier."

Ich bin wütend. Verdammt wütend. Aus dem Grund, weil Ben über meine Scheidung Bescheid weiß. Aber dabei würde das sowieso nichts ändern. Es ist doch logisch, dass Ellie ihm davon erzählt hat. Frei nach dem Motto: Sei lieb zu ihr, sie macht gerade eine schwere Zeit durch. Und Ben, anstatt etwas Feingefühl zu zeigen, muss sich über diese Information wohl ziemlich gefreut haben.

„Wenn Sie glauben, dass Sie mir, nur weil ich eine Angestellte Ihrer Familie bin, problemlos und einfach so nahekommen können, dann haben Sie sich geschnitten. Ich bin kein Flittchen, Mr. York, das Sie hierher mitgebracht haben, in der Hoffnung, vor Ihrem Freund gut dazustehen."

Ich lasse mich von seinem Grinsen nicht beeindrucken. Ihm scheint es ohnehin egal zu sein, was ich denke oder will.

„Ich habe es nicht nötig, mit Ihnen ins Bett zu steigen, Mr. York", bekräftige ich noch einmal deutlich.

„Ob Sie es nötig haben oder nicht, steht nicht zur Debatte", ringt er sich zu einer Erwiderung durch. „Fakt ist, dass Sie es wollen, Mrs Douglas. Mit jeder Faser Ihres Körpers. Sie wehren sich nur dagegen. Aber ich weiß, dass Sie früher oder später nachgeben werden." Abermals beugt er sich vor, und während er spricht, überzieht sein Atem meine Haut. „Ich verspreche Ihnen, auch ganz diskret zu sein. Danach können Sie zurück zu ihrem Ehemann gehen. Sie können tun, was Sie wollen; es kümmert mich nicht. Es geht nur um dieses eine Mal. Denn die ganze Zeit, seit Sie dieses Bild hier ansehen, frage ich mich schon, wie Sie aussehen würden. Und ich werde es noch herausfinden", schließt er und zeigt mir erneut dieses teuflisch-selbstsichere Grinsen.

Während ich auf seine Lippen starre, frage ich mich, wie es bloß nur so weit kommen konnte.

Wann, bitte, habe ich die Kontrolle über mein Verhältnis zu Ben verloren? Ich habe ihn zwar von Anfang an für etwas oberflächlich und schwer durchschaubar gehalten. Aber ich dachte, er wäre ganz der korrekte Businessmann, als den Ellie ihn mir beschrieben hat.

Doch ich habe mich getäuscht – gewaltig. Dass Ellie kein schlechtes Bild ihres Enkels hat, erscheint verständlich. Immerhin ist er laut ihren Aussagen ihr braver Liebling. Doch ich sollte vorsichtig sein. Denn ich kenne dieses verschlagene Grinsen und weiß, wie nahe dran ich bereits war, mich ihm an den Hals zu werfen. Er wird hart daran arbeiten, das zu bekommen, was er haben möchte, nämlich mich. Dabei scheint es ihm vollkommen egal zu sein, welche Konsequenzen damit einhergehen. Ich bin eine Herausforderung für ihn, und Ben ist ein Kerl, der jede einzelne davon annimmt.

„Machen Sie mit Ihren Bildern, was immer Sie wollen", fauche ich und schiebe ihn zur Seite. „Aber lassen Sie mich damit in Ruhe."

Zielsicher und ohne Ben weiter großartig zu beachten, steuere ich die ockerfarbene Couch am anderen Ende des Raumes an. Ich setze mich, nehme mir eins der Magazine, die auf dem Tisch, der eigentlich eine übergroße Bananenschachtel ist, liegen, und blättere darin. Ich kann ehrlich gesagt nur hoffen, dass auf dieser Couch keines der Bilder entstanden ist. Doch viel wichtiger erscheint mir, Ben im Auge zu behalten; also ihn mitsamt seiner plötzlichen Gier nach mir. Es ist bloß eine Phase, rede ich mir ein und tue so, als würde mich der Artikel zum Thema elektronisch betriebene Kettensägen extrem interessieren.

Doch vielleicht tut er das ja auch, weil mir alles, was nicht mit Ben zu tun hat, nur recht sein kann. Es ist verdammt still im Raum, und ich kann nur seine Schritte hören, wie er umhergeht. Hätte ich die Fähigkeit, die Aufmerksamkeit anderer Menschen zu spüren, könnte ich behaupten, er sehe mich fortwährend an.

Aber hey, scheiß drauf.

Ich habe ohnehin nicht vor, schwach zu werden.

Irgendwann siegt meine Ungeduld aber. Ich schlage die Zeitung zu und lege sie zurück auf den Tisch. „Können Sie Ihren Freund denn nicht anrufen und fragen, wann und ob er wiederkommt?"

Ben, der hinter Rons Schreibtisch Stellung bezogen hat, mustert mich, als wäre ich seine nervtötende kleine Schwester. „Er wird schon noch kommen."

„Jemand könnte ihn überfahren haben."

Auf meinen Einwand hin runzelt er lediglich die Stirn und blickt zurück auf sein Handy.

Ich seufze und lehne mich zurück. „Sie wissen hoffentlich, wie sehr unsere Zeit gerade verschwendet wird."

Dann legt er das Handy ganz langsam zur Seite und verzieht die Mundwinkel zu einem kleinen Lächeln. „Niemand hindert Sie daran zu gehen, Mrs. Douglas. Sie können gerne mit dem Zug oder dem Bus nach Hause fahren. Vielleicht holt Sie auch Ihr Mann ab. Was kümmert mich das schon alles."

Oh. Oh. Oh. Baby, das geht zu weit. „Kyle würde mich von überall abholen", erwidere ich und vergesse dabei, dass wir uns gerade wie Vierjährige verhalten.

„Oh, das glaube ich Ihnen sofort."

„Was soll das bitte heißen?"

„Dass ich Ihnen glaube."

„Ja, aber dieser Ton", beharre ich und deute auf ihn. „Der gefällt mir nicht."

„Ich wusste nicht, dass Sie so empfindlich sind." Kann er es bitte lassen!? Bitte. Bitte. Bitte.

Er hat überhaupt nicht das Recht dazu, die beleidigte Leberwurst zu spielen. Und überhaupt … „Ich bin nicht empfindlich." Oder? Hat schon mal jemand zu mir gesagt, dass ich besonders empfindlich wäre? Wohl eher gelte ich im Allgemeinen als unempfindlich. Ich bin manchmal viel zu schroff, habe ein loses Mundwerk und halte mit meiner Meinung nie hinter dem Berg.

Und genau aus diesem Grund findet diese Auseinandersetzung mit Ben nun statt. Gott, meine Analyse meiner selbst ist manchmal derart bahnbrechend, dass ich mich frage, ob ich nicht besser auf Psychologin umsatteln sollte.

„Ich werde es wohl fortan Ihrem Mann gleich machen und alles, was Sie sagen, zustimmend akzeptieren", meint Ben währenddessen und dreht sich mit dem Schreibtischstuhl von einer Seite zur anderen. „Damit scheint man bei Ihnen am besten zu fahren."

„Das tut er aber nicht."

„Sie haben so recht", zieht er die Sache beinhart durch.

Mein Seufzen mutiert zum unwilligen Stöhnen. „Ich habe vorhin vielleicht Ihr Ego verletzt, Mr. York. Aber das gibt Ihnen nicht das Recht, mich derart herablassend und unfreundlich zu behandeln."

Gut, ich wollte das Thema von vorhin sein lassen. Doch wie sich herausstellt, gehört dieses Problem auf den Tisch und diskutiert. So kann es nämlich nicht weitergehen. Zumindest in der Hinsicht scheinen wir uns einig, da Ben mit dem Wackeln aufhört und erwartungsvoll zu mir sieht.

„Alles, was ich möchte, ist eine gute Basis, auf der wir gemeinsam arbeiten können. Wir sind ein Team, Mr. York. Und ob Sie es glauben oder nicht, mir liegt sehr viel an Cliveden, Ihrer Großmutter und der gesamten Familie. Deshalb sind mir wohl auch Sie nicht egal. Die Wahrheit ist", läute ich das große Finale meiner Rede ein und stehe auf, um zu einem der Fenster zu gehen. „Die Wahrheit über meine Ehe ist, dass mich mein Mann sehr verletzt hat. Er hat mir mein Herz gebrochen, und alles, was mich im vergangenen halben Jahr am Leben gehalten hat, war wohl die Tatsache, dass ich Freude an meinem Job habe. Aber nur bis Sie kamen und anfingen, mich wie einen Menschen zweiter Klasse zu behandeln, der lediglich existiert, um Sie zu befriedigen. Denken Sie, ich habe nicht bemerkt, wie Sie mich die ganze Zeit ansehen; wie ich Sie ansehe? Aber das Überschreiten dieser Grenze ist der falsche Weg, um das Leben, das mir so viel bedeutet, zurückzubekommen."

Lange sieht er mich an, aber ich kann seine Mimik nicht deuten. Der Ärger jedoch scheint vorerst weg zu sein. Denn er wirkt viel sanfter, als er nun ebenfalls aufsteht und langsam zu mir kommt.

Ich weiche ein paar Schritte zurück; immerhin kann ich den Kerl überhaupt nicht einschätzen.

„Gut. Sie werden meinen Rat wahrscheinlich nicht hören wollen …"

„Nein, das möchte ich wirklich nicht", unterbreche ich ihn und nehme eine abwehrende Haltung ein.

„… aber Sie sollten jemandem, der Ihnen das Herz gebrochen hat, besser keine zweite Chance geben. Denn was, wenn er es wieder macht?"

„Wie ich schon sagte, ich möchte Ihren Rat nicht hören. Außerdem kennen Sie mich überhaupt nicht, Mr. York. Sie haben nicht das Recht dazu, über mein Leben oder meine Entscheidungen zu urteilen."

„Okay", höre ich ihn sagen. Offensichtlich tritt er den Rückzug an. Was ohnehin besser ist, da ich das Gefühl habe, mich im Kreis zu drehen.

Wenn dieser Ron nicht bald kommt, dann werde ich im Auto warten. Denn ich halte es keine einzige Minute mehr alleine mit Ben aus. Geschweige denn mich selbst in Bens Gegenwart. Ich bin wirklich unausstehlich und zickig.

Doch gerade, als ich mich durchringe, etwas Nettes zu ihm zu sagen wie ‚*War aber freundlich von Ihnen, so etwas zu sagen*‘, betritt Ron den Raum – und sämtliche Friedensverhandlungen brechen in sich zusammen.

SIEBEN

Benjamin

In mir drin brodelt es. Nicht mehr länger nur oberflächlich. Ich habe nicht damit gerechnet, eine solch harsche Abfuhr von Joanna zu erhalten. Ich kann nur hoffen, mit meinem ziemlich offensiven Schritt nicht noch mehr zwischen uns kaputt gemacht zu haben. Immerhin ist unser Verhältnis ohnehin schon schwierig genug.

Doch ich versuche ungerührt zu wirken. Nicht zuletzt, weil ich keine Ahnung habe, wie es nun weitergehen soll. Denn auch wenn Joanna standhaft bleibt, heißt das noch lange nicht, dass ich es ebenso bin.

„Ihr seid schon hier oben", meint Ron und fährt sich durchs Haar.

Ich kenne ihn lange genug, um gleich zu bemerken, wie aufgeregt er heute ist. Die Ausstellung bei uns im Schloss wäre ein großartiger Deal für ihn. Aber auch für uns, weil die gesamte Kunstszene nach Cliveden gelockt werden würde, Magazine ihre Bilder machen und wir wieder im Gespräch wären. Und egal, wie unkonventionell seine Werke auch sind, selbst auf Joanna haben sie, wie jetzt deutlich wurde, eine Wirkung, die sie nicht vor mir verstecken kann.

Schon alleine, um mich ihr gegenüber zu behaupten, trete ich einen Schritt vor und tippe auf Rons Schreibtisch. „Wir machen es, Ron", sage ich und beobachte ganz gezielt Joannas Reaktion. Diese fällt cooler, als ich angenommen hätte. „In den nächsten Tagen erwarte ich von dir eine detaillierte Auflistung und genaue Anzahl der Bilder sowie einen genauen zeitlichen Rahmen. Schaffst du das?"

„Klar", antwortet er mit strahlendem Gesicht wie aus der Pistole geschossen. „Haben Sie die Bilder also überzeugen können?"

Seine Frage ist klar an Joanna gerichtet, die mit den Achseln zuckt und ihre gewohnte Abwehrhaltung einnimmt. Ein kurzer Blick zu mir folgt, dann sagt sie: „Ihre Bilder sind ... speziell, Mr. Kaufmann."

Oh, sehr sachlich ausgewichen.

„Ich verstehe", nickt Ron. „Ich schicke dir die gewünschten Materialien sobald wie möglich."

„Mrs. Douglas wird dir ihre E-Mail-Adresse geben. Sie wird sich um die Planung kümmern." Ha, damit hat sie nicht gerechnet. Aber ich genieße dieses kurze Erstarren in ihrem Gesicht zu sehr, um mir ein kleines Lächeln verkneifen zu können.

Bestimmt kocht sie innerlich. Oh, ja, und wie sie das tut.

Während Ron und Joanna ihre Kontaktdaten austauschen, schlendere ich zu der Staffelei hinüber. Erneut betrachte ich das Bild, bin mit meinen Gedanken eigentlich aber ganz woanders.

Seit ich mich auf meine Aufgaben in Cliveden konzentriere, schweifen meine Gedanken viel seltener ab. Ich bin so fokussiert wie lange nicht mehr. Doch um endlich die Wahrheit zu erfahren, darf ich nicht aufhören, nach Antworten zu suchen. Solange ich keine Antworten bekomme, werde ich nicht abschließen können. Und solange ich nicht abschließen kann, solange werde ich nicht mehr der Ben sein, der ich sein möchte. Der alte Ben. Der unbeschwerte Ben. Der, der seinen Kumpel besuchen kann, ohne diese von Wut und Verzweiflung durchdrungene Lust nach einer Frau zu empfinden, die mich so sehr an diese eine erinnert.

„Hey, Mann." Rons Arm auf meiner Schulter lässt mich zusammenzucken. „Sorry, wollte dich nicht erschrecken", entschuldigt er sich.

„Kein Problem", sage ich und eise meinen Blick von dem Bild los. „Wo ist sie?"

„Auf der Toilette. Wie geht es dir?"

Mein erster Impuls besteht darin zu nicken, wie ich es immer mache. Doch das ist Ron, verdammt. Ihm muss und kann ich nichts vormachen. „Beschissen, um ehrlich zu sein."

„Das dachte ich mir", erklärt Ron zerknirscht.

„In Cliveden zu wohnen bedeutet nicht nur, meine eigene Sicherheit in Gefahr zu bringen, sondern auch meine Großmutter mit hineinzuziehen. Außerdem habe ich seit Ewigkeiten keine neue Nachricht mehr erhalten. Es kotzt mich an", beende ich frustriert und beiße mir frustriert auf die Lippe.

„Und wie ist es für dich, hier zu sein?“

Einen Augenblick lang starre ich Ron an. Ich habe mich mental auf den heutigen Termin eingestellt. Nicht nur wegen Joanna, sondern auch, um nicht durchzudrehen, sobald ich Rons Wohnung betrete. Denn hier sind zu viele Erinnerungen vorzufinden. Es war einfach zu schmerzhaft für mich in den letzten Monaten, meinen Freund zu besuchen. Doch heute fühle ich mich stark. Und tatsächlich habe ich bis gerade vorhin noch nicht einmal daran gedacht.

„Es erinnert mich an das, was passiert ist. Doch ich spüre auch den Drang weiterzusuchen. Ich darf nicht aufhören. Nicht, solange es eine Chance gibt.“

Ich klinge wie ein Psychopath, das weiß ich. Alles, was geschehen ist, ist der Grund meiner Besessenheit. Wenn ich sie schon nicht retten kann, dann wenigstens mich selbst. Ich war wirklich ganz unten. Doch dank Ron und meines Bruders fand ich aus dem Loch heraus und stehe heute nüchtern hier, anstatt in einem Sumpf aus Alkohol und Drogen zu enden. Die beiden haben mir mehr oder weniger das Leben gerettet. Dafür bin ich ihnen dankbar. Es macht mich aber auch wütend, weil es mir wiederum nicht selbst gelungen ist.

„Du kriegst das alles hin, das weiß ich, Mann. Aber die Kleine – Mr. Douglas“, sagt er und blickt sich prüfend um. „Sie fasziniert dich, das sehe ich. Pass auf, dass du sie nicht in irgendetwas hineinmanövrierst, das du nicht kontrollieren kannst. Du musst dich erst einmal wieder selbst kennenlernen, ehe du dich einer anderen Frau zumutest.“

„Ich habe mich unter Kontrolle“, behaupte ich, auch wenn das überhaupt nicht der Wahrheit entspricht. Wenn man bedenkt, wie kurz davor ich war, meine Beherrschung zu verlieren, und das vor nicht einmal zehn Minuten, dann sollte ich wohl besser die Klappe halten, anstatt Ron anzulügen.

Dieser wirkt auch nicht so, als ließe er sich von meiner gespielten Gelassenheit beeindrucken. „Kim...“

„Ich will nicht, dass du ihren Namen aussprichst“, schneide ich ihm das Wort ab und kneife die Augen zusammen. „Nicht hier, Ron. Bitte.“

Ein beißender Schmerz durchzuckt meinen Kopf und meine Brust. Als ich die Augen schließe und tief durchatme, wird mir klar, was ich mit meinem Verhalten Joanna gegenüber bezwecken wollte. Ich wollte von ihr ... Kim loskommen. Das will ich immer noch. Zumindest haben mir das die Leute, von denen ich betreut wurde, eingeredet. Hier und jetzt würde ich das nicht unterschreiben. Ich suche etwas in Joannas Nähe. Was das ist, kann ich nicht sagen. Doch ich weiß, dass ich sie in Gefahr bringe, solange ich keine Namen und keine Gewissheit habe.

„Du kannst mich jederzeit anrufen, Ben. Ich bin für dich da."

„Danke", sage ich und ringe mir ein Lächeln ab. „Das weiß ich zu schätzen."

„Dann nimm es auch in Anspruch und fall nicht wieder zurück in alte Muster. Denn diese Mrs. Douglas ist nicht bloß irgendeine Tussi, sie ist die Angestellte deiner Familie."

Als ob ich mich mit dieser Tatsache nicht bereits die vergangenen Tage beschäftigt hätte. Sie ist nicht nur bloß die Angestellte meiner Familie, sondern der Liebling meiner Großmutter.

Und diese würde es mir nie verzeihen, diese Frau bloß für mein sexuelles Vergnügen zu benutzen. Ganz egal, wie böse laut ihren Aussagen Joannas Mann gewesen sein mag.

Nachdem wir noch ein paar Details geklärt haben, verabschieden Joanna und ich uns von Ron. Mir graut etwas vor der Rückfahrt, doch ich überspiele dieses Gefühl wie so vieles in meinem Leben.

Joanna ist still und sieht aus dem Fenster, während ich mich auf meine Gedanken zu konzentrieren versuche. Ich versuche außerdem die Nähe ihres Körpers gedanklich zu verdrängen; ebenso ihren Duft.

Wie konnte ich nur glauben, sexuelle Abstinenz würde mir bei der Verarbeitung helfen?

Das Gegenteil ist der Fall. Ich reagiere viel heftiger auf äußerliche – vor allem weibliche – Reize, als es mir lieb ist.

„Da wären wir", verkünde ich nach einer gefühlten Ewigkeit das Offensichtliche, als ich in Joannas Einfahrt biege. „Ich ... danke für Ihre Aufgeschlossenheit. Und Ihr Vertrauen."

Sie wirkt etwas verblüfft, schnallt sich jedoch gleich ab und rückt ihre Handtasche zurecht. „Meine Kooperation hat wohl sehr wenig mit Vertrauen, sondern vielmehr mit stummer Resignation zu tun, Mr. York. Sie sind der Wortführer in dieser Sache, und ich bin die zuständige Angestellte. Scheinbar fahren Sie auf so etwas ja auch ab."

Bevor sie die Wagentür öffnet, blickt sie mich noch einmal direkt an.

„Sie verstehen mich falsch", erwidere ich sicher.

„Ich habe gelernt, Dinge so zu verstehen, wie ich sie für richtig erachte. Einen schönen Tag noch.“

Die Chance, auf ihre Anschuldigung zu antworten, verwehrt sie mir. Ebenso wie die Möglichkeit, die Situation noch einmal irgendwie positiv zu gestalten. Am liebsten würde ich ihr hinterhereilen, doch ich will es vermeiden, von ihren Nachbarn gesehen zu werden. Bestimmt hätte die bodenständige Joanna Douglas ein Problem damit.

Daher warte ich in meinem Wagen, bis sie die Haustür hinter sich geschlossen hat, ehe ich rückwärts aus der Einfahrt biege und in Richtung Cliveden fahre.

Ich habe heute zwar noch einige Aufgaben zu erledigen, doch ich sehne mich schon jetzt danach, endlich zur Ruhe zu kommen. Der Tag war in jeglicher Hinsicht anstrengend. Ich bekam erstmals wieder die Gelegenheit, mich mit den Dämonen meiner Vergangenheit zu befassen. Nebenbei habe ich aber auch das Gefühl, Joanna gegenüber einen Schritt nach hinten gemacht zu haben. Wir waren uns noch nie koscher, doch dank meiner Offensive wird sie mich wohl künftig meiden oder hat mich sogar schon als Lüstling abgestempelt.

Das Wetter hat sich deutlich verändert, seitdem ich Cliveden heute Morgen verlassen habe. Statt des vielversprechenden Sonnenscheins hängt da jetzt eine dicke Wolkendecke, die sich negativ auf meine Stimmung auswirkt. Ich werfe einen prüfenden Blick nach oben in den Himmel und frage mich, ob ich nicht lieber eine kleine Runde durch den Garten drehen sollte, anstatt mich in mein Büro zu verkriechen – Arbeit hin oder her. Doch dazu komme ich nicht, da ein paar dicke Tropfen auf meiner Nase landen und mich seufzend ins Haus zwingt.

Ich schäle mich im Flur aus meinem Sakko, lasse die Tür zu meinem Büro links liegen und begebe mich in meine neue Wohnung. Sie ist leider noch nicht perfekt und recht chaotisch. Ich bin ein wahrer Ordnungsfanatiker, da Ordnung Kontrolle bedeutet. Aus diesem Grund habe ich auch aus dem kaum gesicherten Gebäude einen Hochsicherheitstrakt machen lassen. Hinter dem Rücken meiner Großmutter, aber auch aller Angestellten. Mein Sicherheitsberater ist in akute Atemnot geraten, als er das billige handelsübliche Schloss am Haupteingang zu Gesicht bekam. Lediglich zwei Überwachungskameras konnten wir finden – eine davon im Ahnensaal, die andere über den Vitrinen mit dem Goldschmuck meiner Vorfahren. Die Bilder, die diese Kameras lieferten, waren einfach nur schlecht. Selbst wenn jemand sein Gesicht direkt vor die Linse gehalten hätte, würde man, bis auf ein paar verschwommene Pixel, nicht viel erkennen können. Mir sträubten sich die Haare, und um ehrlich zu sein, hätte ich die ganze Sache am liebsten gleich wieder abgeblasen und wäre zurück nach London gefahren. Doch ich behielt die Kontrolle über mich und wartete geduldig, bis alles neu installiert und programmiert wurde.

Meine ganze Beherrschtheit fällt jedoch in sich zusammen, als mich meine Beine ganz automatisch zu diesem einen Bild in meinem Wohnzimmer tragen. Ich habe lange überlegt, ob ich es hier auf Cliveden aufhänge – und es überhaupt hierher mitnehme. Doch dieses Bild gehört zu mir wie nichts anderes in meinem Leben. Meine Besessenheit davon hat ein beängstigendes Ausmaß angenommen. Doch dieser Anblick ist die letzte deutliche Erinnerung an eine Zeit, die unveränderbar vorbei ist. Und das Bild stellt den Ausgangspunkt dar. Den Zeitpunkt, als ich sie traf und …

Der breite Ledersessel gegenüber vom Bild steht nicht zufällig dort. Schon in meiner alten Wohnung war die Anordnung dieselbe. Ich saß stundenlang da und sah das Bild an. Betrachtete jeden Farbklecks, jeden Pinselstrich. Jedes noch so kleine Detail ist mir mittlerweile genauso vertraut wie die Person, die darauf abgebildet ist. Dass ausgerechnet neben dem Sessel meine Alkoholsammlung steht, ist ebenso kalkuliert wie der Lichteinfall, der ihr Gesicht vollkommen wirken lässt.

Ich schenke mir ein Glas Whisky ein – verdammt, es ist gerade einmal halb eins. Andere Leute essen zu Mittag, während ich dabei bin, mich in meinem Selbstmitleid zu suhlen.

Obwohl ich zig Bilder von ihr habe, zieht es mich immer wieder zu diesem einen Gemälde, das Ron von ihr angefertigt hat. Denn es ist genau so, wie ich es Joanna gegenüber beschrieben habe: echt, ungefiltert und so verlockend, dass ich fast schreiend zusammenbreche.

Das ist der Abdruck der Frau, die ich so sehr geliebt habe. Die ich immer noch liebe. Doch diese Liebe kann und wird nie wieder erwidert werden. Nie mehr. Und dieser Gedanke ist so verdammt vernichtend, dass ich drauf und dran bin, mein Glas gegen die Wand zu schleudern. Während mir ihr Anblick in all seiner Vollkommenheit täglich vor Augen geführt wird, ist der Klang ihrer Stimme langsam aus meinen Erinnerungen verschwunden. Alles, an das ich mich erinnere, ist der panische, flehende Ausdruck jenes letzten Telefonats, in dem sie immer wieder von Ostern sprach. Vermutlich war sie betäubt oder aufgrund des möglichen Nahrungs- und Wasserentzugs verwirrt. Doch ihre sanfte, liebliche

Stimme klang rau und verzweifelt. Und ich … ich konnte ihr nicht helfen.

Verdammt.

Ich habe es versucht, aber ich konnte nichts tun.

Die Zeit verstreicht um mich herum, doch ich merke es gar nicht. Ich sitze einfach nur da, trinke Schluck um Schluck und starre Löcher in das Bild. Ein Schatten, geworfen von einem Ast vor dem Fenster, wandert gemächlich über ihre Hand, hinauf über ihren Arm bis zu ihrem Gesicht. Ihre Augen werden nun auf eine Art beleuchtet, als würden sie mich tatsächlich ansehen. So intensiv ist dieses Blau; zum Greifen nahe.

Der Whisky hat ein fahles Gefühl in meinem Rachen verursacht, und ich frage mich, ob ich hier sitze, um auf irgendein göttliches Zeichen zu warten. Etwa ein Absegnen meines Verhaltens Joanna gegenüber.

Joanna – ich grinse und nuschele ihren Namen gegen mein Glas. Vermutlich spricht längst der Whisky aus mir. Doch ihr Name klingt verführerisch und verheißungsvoll. Doch ist es nicht verwerflich, solch schmutzige Gedanken hier vor meinem selbst errichteten Altar zu haben?

Sollte ich mich nicht schämen, ihr in die Augen zu blicken, während ich an Joanna denke?

Vermutlich sollte ich das, doch ich bin zu gierig nach ihr. Ich bin bereit, alles zu geben, um hinter die Fassade der kühl wirkenden Mrs. Douglas zu blicken. Scheiß auf ihren verdammten Noch-Ehemann. Scheiß auf meine Therapie, mein Zölibat und die Dunkelheit, die mich umgibt.

Am dringlichsten meldet sich aber jetzt meine Blase zu Wort. Diese hat Vorrang, Joanna kann warten. Vorerst. Ich erhebe mich. Erst jetzt wird mir klar, wie lange ich hier gesessen bin. Längst hat es zu dämmern begonnen, doch das Licht von draußen reicht aus, um mich den Weg in den Flur finden zu lassen. Ich stelle mein leeres Glas auf einen Beistelltisch und durchquere den langen, mit Fenstern gesäumten Flur. Eine Bewegung draußen erregt aber meine Aufmerksamkeit. Der Teil des Schlosses, den ich bewohne, ist der wohl ruhigere. Hierher verirren sich nur wenige Angestellte; die Touristen haben ohnehin keinen Zutritt. Der Garten, der die kleine Terrasse meiner Wohnung umgibt, ist üppig und spiegelt die Leidenschaft meiner Großmutter für allerhand exotische Pflanzen wider. Dieser Platz ist durchaus als idyllisch zu bezeichnen.

Was genau Joanna, die ich da draußen entdeckt habe, mit den beiden mir fremden Menschen – einer Frau und einem Mann – hier macht, kann ich nicht sagen. Ich beziehe daher Stellung neben dem bodentiefen Sprossenfenster und sehe ihnen – vordergründig Joanna – dabei zu, wie sie den schmalen Schotterweg überqueren und zu der Wand überwachsen mit rosa blühenden Azaleen wandern. Joanna trägt eine Mappe in der Hand, zeigt in eine bestimmte Richtung und fuchtelt dabei wild mit den Armen. Mir ist klar, dass mich keiner der drei sehen kann und dies mein verdammtes Privatreich ist, doch ich komme mir wie ein Spanner vor.

Mir war nicht klar, dass sie, nachdem ich sie zu Hause abgesetzt hatte – vor ... puh, vier Stunden –, noch nach Cliveden gefahren ist. Was auch immer sie hier zu suchen hat, es scheint ihr wichtig zu sein.

Sie hat wirklich etwas an sich, das mich verrückt macht. Verrückt nach ihr.

Irgendwann verlassen die drei den Weg und verschwinden aus meinem Blickfeld. Sie folgen scheinbar dem Pfad, der entlang des Hauses führt, was bedeutet, dass sie auf der großen Terrasse, sprich: direkt vor der Ahnengalerie, ankommen werden. Ich weiß auch nicht, weshalb, aber mir gefällt die Vorstellung, ihnen in der schützenden Atmosphäre des Hausinneren zu folgen und Joanna beobachten zu können. Ich erwarte mir wohl so etwas wie eine Veränderung ihres Verhaltens, die mir zeigt, wie sie das, was heute zwischen uns vorgefallen ist, verkraftet hat. Ha, als wäre sie derart unprofessionell! Sie ist die Korrektheit in Person und würde niemals etwas tun, das sie schlechter dastehen ließe.

Doch trotzdem schleiche ich nun wie ein Verrückter durch die dunklen Flure, auf der Suche nach Nähe zu einer Frau, – die mich weggeschubst hat, verständlicherweise. Ich weiß aber auch, dass es mir nicht so leicht fallen wird, die Finger von ihr zu lassen. Was auch immer sie für mich bedeutet, sie ist so ziemlich die erste Frau, die alles, wonach ich in den letzten Monaten gesucht habe, vereint. Als wolle ich mir durch Joanna die Erinnerung an jene Frau bewahren. Ja, sie sind sich ähnlich – rein optisch –, doch Joanna ist anders, das spüre ich. Ich setze mein in Joannas Augen nicht allzu hohes Ansehen aufs Spiel. Denn nicht nur, dass ich – sprechen wir es laut aus – betrunken bin. Ich stinke vermutlich auch wie ein Fass Whisky, sehe müde und verkatert aus und irre durchs Haus wie ein Geist. Aber als ich die Ahnengalerie erreiche und leises Murmeln von draußen höre, da lösen sich alle Skrupel wieder auf. Ich spüre auf einmal, wie lebendig ich mich fühle, wie kontrolliert.

Ja, das ist es wohl, weil ich versuche, die Kontrolle über sie zu erlangen, um zumindest sie zu beschützen. Was gleichzeitig völlig dämlich ist, denn wovor versuche ich sie zu schützen? Vor ihrem Mann? Vor mir? Wohl eher vor mir.

Das Grübeln darüber ist gelinde gesagt zermürbend, deshalb verdränge ich meine Gedanken und beobachte die drei in der schützenden Dunkelheit. Sie trägt immer noch das Gleiche wie heute Vormittag, doch anders als ich sieht sie erfrischt aus. Sie lächelt, wie ich sie noch nie zuvor lächeln gesehen habe. So ehrlich und frisch.

Was mache ich hier nur, verdammt?

Ich sollte gehen, meinen Therapeuten anrufen und ihm mitteilen, dass ich einen Rückfall hatte. Doch tief in mir weiß ich, dass ich das nicht tun werde. Noch nicht. Später vielleicht. Denn jetzt sehe ich der Frau zu, die ich wie nichts anders zuvor haben möchte.

Die Minuten verstreichen, und meine Beine werden langsam kalt und steif. Irgendwann schüttelt sie die Hände der beiden Fremden, lächelt ihnen zum Abschied noch einmal zu, und während der Mann und die Frau über die breite Steintreppe in Richtung Osten verschwinden, öffnet Joanna plötzlich eine der Terrassentüren und kommt ins Innere. Ich höre augenblicklich auf zu atmen und presse mich gegen die kalte holzvertäfelte Wand hinter mir. Sollte sie das Licht einschalten, sieht sie mich – und dann? Was gedenke ich zu sagen?

Doch sie bleibt vorerst stehen. Deutlich kann ich ihre Umrisse durch das Gegenlicht von draußen erkennen. Sie hat ihre Mappe unter einen Arm geklemmt und blickt sich seufzend im Raum um. Ob sie sich mit Schrecken vorstellt, wie in Kürze Rons Bilder hier hängen werden?

Doch es ist vielmehr ihr Seufzen, das mich interessiert. Es klingt so verdammt tief und so erotisch. Könnte durchaus sein, dass ich einen ähnlichen Laut von mir gegeben habe. Und unweigerlich stelle ich mir vor, wie sie klingen mag, wenn ich sie gegen die Wand, an der ich nun lehne, drücken und sie küssen würde. Ich würde wohl die Kontrolle über meine Hände verlieren, sie wild berühren und alles nehmen, was ich kriegen kann. Ich wäre grob und ungestüm. Ich würde die kühle Joanna wie eine Naturgewalt niederreißen. In dem Moment muss ich mich wirklich zusammenreißen, in meinem Versteck zu bleiben.

Halt durch, Mann.

Du kannst deinen Fehler nicht wiedergutmachen. Denk an deine Großmutter. An ihre Gunst. Ihre Liebe dir gegenüber. Denk an Kim und an das, was ihr hättet sein können.

ACHT

Joanna

Zu meinem Job gehört es fix dazu, mich mit den Heiratswütigen aus der Umgebung zu treffen und ihnen Cliveden als eventuelle Location für ihren besonderen Tag schmackhaft zu machen. Doch seitdem ich von Kyle getrennt lebe, habe ich so meine Schwierigkeiten, diese unsägliche Verliebtheit der Pärchen, mit denen ich es zu tun habe, zu ertragen. Nicht zum ersten Mal frage ich mich, ob ich damals auch so gewirkt habe.

Mann oh Mann, hoffentlich nicht.

Das dauernde Sprechen in der Wir-Form hatte dieses Pärchen – Anne und Matt – heute besonders gut drauf. Ich schwor mir innerlich, Anne eine reinzuhauen, würde sie noch ein einziges Mal „wir" sagen. Sie tat es natürlich, und ich kniff. Deshalb biss ich die Zähne zusammen und lächelte meine Aggressionen einfach weg.

Eigentlich war der Tag für mich heute so gut wie gelaufen. Ich wollte mich, nachdem Ben mich zu Hause abgesetzt hatte, in irgendeiner Ecke verkriechen und nicht so schnell wieder rauskommen. Doch da wartete noch der Termin mit Anne und Matt, den ich nicht verschieben konnte. Daher fuhr ich ziemlich unentspannt nach Cliveden. Und während die beiden Wir-Nervensägen mich mit ihren Vorstellungen, die wohl eher Annes Vorstellungen waren, fast in den Wahnsinn trieben, musste ich unentwegt an Ben denken. Daran, was alles hätte passieren können. Daran, was ich nicht zugelassen habe – und auch nie zulassen werde.

Mein Schicksal mag Bens Aussagen von heute Vormittag zufolge besiegelt sein, doch er täuscht sich. Ich habe mich sehr gut unter Kontrolle – zumindest rede ich mir das die ganze Zeit ein.

Ich habe mich nun ernsthaft zu fragen begonnen, wer Ben wirklich ist, und was er vor mir verheimlicht. Was er mit diesem Ron zu tun hat. Im Endeffekt aber geht es mich ja eigentlich nichts an.

Ich bin eine Angestellte der Familie, und dieser Kerl wird seinen Plan umsetzen, ganz egal, was ich zu sagen habe. Zu sagen hätte ich ja viel. Gott, wenn ich könnte, würde ich ihn anschreien. Aber ich werde mich künftig zügeln und ihm keine Gelegenheit dazu bieten, mich zu feuern. Ich reiße mich für Ellie zusammen, wie ich mir einrede.

Zum Abschluss meinte Anne, sie, also „wir", würden es sich noch einmal durch den Kopf gehen lassen, aber Cliveden würde sehr genau ihren Vorstellungen entsprechen. Ich bedankte mich für das Interesse der beiden und verabschiedete mich.

Nachdem ich zurück in den großen Saal gegangen bin, nutze ich die Stille, um meine Gedanken zu sortieren.

Vielleicht versuche ich auch nur den Moment hier zu genießen. Denn immerhin weiß ich, wie der Saal in Kürze aussehen – oder eben nicht mehr aussehen wird.

Seufz.

Doch als ich mir mit geschlossenen Augen meinen Nacken reibe, sind es nicht meine Gedanken, die mich aufwühlen, sondern das Geräusch von näherkommenden Schritten hinter mir. Ich verharre mitten in der Bewegung und starre in die Finsternis. Langsam drehe ich mich um, und schon jetzt bereue ich es, das Licht nicht eingeschaltet zu haben. Was, wenn mich irgendein Irrer verfolgt? Während ich innerlich die Zeit ausrechne, in der ich es aus dem Saal in den belebteren Teil des Schlosses schaffen könnte, erkenne ich breite Schultern, die sich deutlich in der Dunkelheit abzeichnen. Das weiße Hemd strahlt, als würde es indirekt beleuchtet werden. Er wirkt groß und bedrohlich, und ich frage mich sogleich, ob meine Erleichterung darüber, dass es sich um Ben handelt, nicht etwas voreilig war.

„Mr. York", flüstere ich und hoffe, dass meine Stimme nicht so zittrig klingt, wie ich mich fühle. „Spielen Sie seit Neuestem das Schlossgespenst und erschrecken Menschen?"

Anstatt einer Antwort kommt er noch näher, und ich bilde mir ein, den Geruch von Alkohol wahrzunehmen. „Sie machen mich wahnsinnig, Joanna", stöhnt er und hört sich an, als habe er tatsächlich zu viel getrunken.

„Das Gleiche kann ich nur zurückgeben, Mr. York." Ich betone die korrekte Anrede deshalb so stark, weil es mir viel zu intim erscheint, meinen Vornamen aus seinem Mund zu hören.

„Ich wünschte, ich wüsste, was Sie denken. Und worin der Unterschied liegt zwischen dem, was Sie zu mir sagen, und dem, was Sie wirklich meinen."

„Sprechen wir über die Bilder?", frage ich mit fester Stimme.

Er lacht etwas. „Nein, das tun wir nicht."

„Sondern?"

„Ich spreche über die Dinge, die ich mit Ihnen in meiner Fantasie anstelle."

„Ich weiß nicht, ob mir die Frage erlaubt ist – aber: Haben Sie getrunken, Mr. York?"

Wieder ist dieses locker-zerknirschte Auflachen zu hören. „Ja, das habe ich", antwortet er ehrlich.

„Und sollte ich daher Ihrem betrunkenen ich Glauben schenken?"

„Sie dürfen mir in jedem Zustand Glauben schenken", beteuert er.

Vermutlich fällt es mir dank der Dunkelheit viel leichter, mit Ben auf diese unterschwellige Art zu flirten. Es ist, als würde uns die Tatsache, dass wir uns kaum sehen können, vor den etwaigen Konsequenzen schützen. Doch nichts, wirklich rein gar nichts kann meinen Körper davor bewahren, so intensiv auf Bens Nähe zu reagieren. Tief in mir weiß ich, wie falsch das ist. Wie verdammt gefährlich. Als er mich jedoch Schritt um Schritt umrundet und hinter mir stehen bleibt, frage ich mich ernsthaft, wie falsch es schon sein kann, etwas Spaß zu haben. Sich ausnahmsweise einmal gehen zu lassen.

„Vor allem in meinem jetzigen Zustand", höre ich ihn dicht hinter mir sagen. Ich spüre seinen Körper ganz deutlich, und es ist, als würde meiner dadurch zu beben beginnen.

„Der da wäre?" Warum tue ich das? Warum in Gottes Namen steige ich auf seine Anspielungen ein?

„Das werden Sie schon noch früh genug herausfinden", verspricht er, greift an beide Seiten meiner Taille und senkt seine Lippen auf meinen Nacken.

Ich ziehe schlagartig die Luft ein und tue alles, wirklich alles, um nicht aufzustöhnen. Die Berührung seiner Lippen an einer Stelle, an der diese überhaupt nichts zu suchen haben, wirkt überraschenderweise erstaunlich befreiend für mich. Genauso wenig haben seine Hände etwas an der Stelle, an der meine Rippen beginnen, verloren. Doch genau dort berührt er mich, und vermutlich spürt er nun ziemlich genau, wie schnell und stoßweise ich nun atme. Damit aber nicht genug; denn er arbeitet sich nicht nur mit seinem Mund quer über meinen Nacken, sondern schiebt seine Hände zugleich nach oben zu den Rundungen meiner Brüste.

Automatisch richte ich mich auf und biete mich selbst auf eine Weise an, die ich unbedingt verwerflich finden sollte. Doch ich gehe sogar so weit, meinen Rücken gegen ihn zu drücken, als hätte ich nach ihm geschrien. Was ich vielleicht sogar auch getan habe.

Als stünde ich völlig neben mir, nehme ich nur ganz verschwommen wahr, wie er mich langsam umdreht, nach meinem Kinn fasst, es anhebt und seine Lippen auf meine legt. Ihn zu küssen bedeutet alles, wovor ich in den letzten Tagen gekämpft habe, zu verwerfen. Es ist aber schlichtweg auch das, was ich die ganze Zeit wollte.

Benjamin York zu küssen wäre so schon dumm genug, es aber hier auf Cliveden zu tun, untergräbt praktisch meine Autorität. Trotzdem erwische ich mich dabei, wie ich meine Hände um seinen Nacken lege und ihn näher an mich ziehe. Körper an Körper torkeln wir auf die Wand zu, gegen die ich etwas schneller pralle als angenommen.

Ich habe mir schon einmal vorgestellt, wie es wäre, Ben zu küssen. Ich hätte gedacht, er wäre der Ruhigere, Vorsichtigere von uns und ich die Wilde. Doch ich habe mich getäuscht, denn Ben ist ganz schön … wild. Heiß-wild. Die Art von wild, die mich erschaudern lässt. Und dieser Mann scheint zu spüren, was ich brauche. Denn seine Hände wandern über meinen Körper – zärtlich und besitzergreifend zugleich. Er knetet meine Brüste, zeichnet meine Rippen nach und presst seine Fingerkuppen gegen meine Pobacken. Dabei drückt er mich an sich, und ich kann deutlich seine Erektion spüren.

Ein paar winzige Sekunden lang reibe ich mein Becken gegen seines, bis ich abrupt die Augen öffne, mich von Ben löse und in sein von Dunkelheit umhülltes Gesicht blicke.

„Sie sind völlig … gestört", beleidige ich ihn aus dem einfachen Grund, weil ich mit der Situation derart überfordert bin. „Ich muss … den Verstand verloren haben. Ich muss weg. Ich muss wahnsinnig sein. Ich …" Schließlich verstumme ich und fühle mich, als würde ich jeden Augenblick vor Bens Füße reihern.

Vermutlich aus einem Impuls heraus greift er nach meiner Hand, die ich ihm aber sogleich fauchend entziehe. „Wenn Sie darüber jemals ein Wort verlieren – mir, oder schlimmer: anderen gegenüber –, dann schwöre ich Ihnen, Ben, dass ich es Ihnen niemals verzeihen kann."

Seine Reaktion ist mir egal. Mein größtes momentanes Problem besteht aktuell ohnehin darin, heil aus dem Raum zu gelangen. Zum Glück kenne ich mich auf Cliveden so gut aus.

Ich kann nur hoffen, dass er mir nicht folgt. Würde ich ihm eine knallen? Ähm, ja. Das Gleiche würde ich am liebsten auch mit mir selbst anstellen – nur mal so am Rande erwähnt.

Zu allem Überfluss brennen Tränen in meinen Augen. Was bin ich, ein Baby, das weint, weil es Scheiße gebaut hat? Ich sollte mich schämen; wegen allem, was ich heute getan habe. Ich habe nicht nur zwei Verliebten innerlich zerstückelt, sondern mit Ellies Enkel herumgemacht. Ich habe mich selbst und auch Kyle betrogen. Gott, ja. Kyle. Nie hätte ich gewollt, dass es so weit kommt.

Wie also konnte das passieren?

Ich will nach Hause, um diesem Dilemma zu entkommen. So schnell werde ich zwar keine Lösung finden, doch ich muss weg von Cliveden. Weg von ihm. Vorerst. Denn morgen werde ich wieder auftauchen. Ich werde Stärke beweisen und hoffen, dass auch Ben diese zeigt. Doch meine Flucht wird plötzlich gestoppt, da ich im Flur fast in Ellie hineinrenne.

„Du bist noch hier, Liebes?“

„Ja“, antworte ich etwas zu atemlos für jemanden, die bloß auf dem Weg zu ihrem Auto ist. „Da waren noch Leute … zwei Leute … sie haben sich umgesehen. Vielleicht heiraten sie hier. Ja, das war alles.“

„Gut“, sagt sie und runzelt die Stirn. „Ist auch alles in Ordnung? Du wirkst etwas durch den Wind.“

„Alles bestens. Und selbst?“

Von ihrer Erkältung hat sie sich inzwischen wieder vollständig erholt. Ich finde trotzdem, dass sie sich etwas mehr schonen sollte.

„Du kennst mich, Josie, mir geht es immer blendend.“ Sie lächelt ihr ansteckendes Lachen und schlingt ihre Strickjacke enger um ihre Taille. „Wir konnten uns schon länger nicht mehr in aller Ruhe unterhalten. Daher passt es mir ziemlich gut, dass wir uns hier treffen. Ich wollte dich nämlich fragen, wie du mit Ben klarkommst.“

Alle Farbe weicht aus meinem Gesicht – zumindest fühlt sich das so an. Was soll ich sagen, das in meinem Zustand nicht das Stigma ‚*Lüge*‘ trägt? Die Wahrheit ist, dass unsere Zusammenarbeit überhaupt nicht funktioniert. Früher oder später schlagen wir uns die Schädel ein – oder wir landen im Bett miteinander. Beides will ich vermeiden.

„Wir lernen uns erst kennen, aber er ist ganz … nett“, versuche ich es mit der halben Wahrheit und fahre damit hoffentlich halbwegs gut.

„Ich freue mich sehr, das zu hören, Liebes. Benjamin gibt sich redlich Mühe, sich in dieses seit Jahren gut laufende Uhrwerk zu integrieren. Er bringt frischen Wind hinein, und ich denke, dass er mit seiner Idee, diese Bilder hier auf Cliveden ausstellen zu lassen, den Nerv der Zeit trifft.“

„Die Bilder“, schnappe ich deutlich verunsichert den Faden auf. „Sie wissen also davon?“

Ellie vollführt eine wegwerfende Handbewegung. „Er hat mit mir darüber gesprochen und gemeint, dass er sich zuerst deinen Sanctus holt, bevor er irgendetwas in dieser Hinsicht fixiert. Ihr hattet heute doch den Termin bei Ron Kaufmann?“

„Ja, den hatten wir.“

„Und? Wie ist es gelaufen?“

Er hat also mit ihr darüber gesprochen und längst ihre Zustimmung erhalten. Warum hat er dann die ganze Zeit so getan, als müssten er und ich Ellie noch gemeinsam überzeugen? „Wir haben uns geeinigt, und die Ausstellung wird so bald wie möglich stattfinden.“

„Wie sich herausstellte, hat sich Mrs. Douglas beim Anblick der Bilder eindeutig überzeugen lassen.“

Ben scheint entweder große Auftritte zu lieben, oder er besitzt einfach die magische Fähigkeit, in den ungünstigsten Momenten genau dort auftauchen zu müssen, wo auch ich mich aufhalte. Ich will ihn gar nicht ansehen. Will mir nicht vorstellen, wie zerwühlt sein Haar sein muss, nachdem ich wie wild daran gezogen habe. Ich will nicht herausfinden, ob seine Lippen gerötet sind, seine Augen glänzen. Und erst recht nicht, ob er bei mir nach den gleichen Spuren sucht.

Das alles will ich nicht.

Und doch besitzt er die Dreistigkeit, direkt neben mir zu erscheinen und mich mit seinem wissenden Blick zu bedenken. Viel zu lange sehen wir uns gegenseitig an. Viel zu deutlich kann ich spüren, wie es knistert. Und selbst wenn ich nicht gleich einknicke, bin ich auf dem sicheren Weg in mein Verderben.

„So ist es doch, Mrs. Douglas?“

Wie schafft er es nur, so gelassen zu klingen? Ich meine, er hatte vor nicht einmal zehn Minuten einen Steifen, an dem ich mich zu allem Überfluss auch noch gerieben habe. Vermutlich sollte ich in diesem Moment nicht an Ständer, Küsse oder irgendwas in dieser Art denken. Doch sein Blick ist so provokativ, als wolle er, dass ich ihn an seine Großmutter verpetze.

„Überzeugt bin ich erst, wenn die Ausstellung vorüber ist und sämtliche Skandale ausgeblieben sind."

„Sie sind so kritisch, Mrs. Douglas", zieht er mich süffisant grinsend auf. „So schwer zufriedenzustellen."

Schon klar, was er da macht. „Sie nennen es kritisch, Mr. York. Ich würde sagen, dass ich einfach weiß, was ich will und was nicht."

„Tun Sie das?"

Erst als ich einen herausfordernden Schritt auf ihn zumache, fällt mir wieder ein, dass Ellie da ist. Die ganze Zeit über war sie so ruhig, dass ich sie regelrecht vergessen habe.

Was mag sie von diesem Schauspiel, das Ben und ich ihr hier bieten, denken?

„Am Ende des Tages wollen wir beide nur, dass Sie zufrieden sind, Ellie", weise ich Ben auf die Anwesenheit seiner Großmutter hin.

„Ach, Kinder", sagt diese seufzend. „Ihr werdet es nicht glauben, aber mir gefallen diese Bilder. Vielleicht gelte ich deswegen als verrückte alte Schachtel, aber ein Versuch, Cliveden wieder in neuen Schwung zu bringen, ist mir dieses Risiko allemal wert."

Selbst wenn ich Bens total selbstgefälliges Lächeln einmal ganz ausblende, kann nichts, rein gar nichts das strahlend-fröhliche Lachen in Ellies Gesicht verhindern. Und dieser Ausdruck gilt nicht den Bildern. Irgendetwas sagt mir, dass sie das, was Ben und ich zwischen den Zeilen zueinander gemeint haben, genau verstanden hat.

„Ich mag Ihre Lockerheit, Ellie."

Sie grinst und tätschelt meine Schulter. „Das weiß ich doch, Liebes."

Um dieser Situation so schnell wie möglich zu entkommen, blicke ich seufzend auf meine Uhr. „Ich muss nach Hause", erkläre ich und ziehe beide Augenbrauen hoch, als hätte ich irgendeinen extrem wichtigen Termin. Welcher das sein sollte, weiß ich selbst nicht genau, da zu Hause ohnehin niemand auf mich wartet.

„Einen schönen Abend allerseits", wünsche ich und schlängele mich an Ellie und Ben vorbei. Während Ellie mir ebenfalls einen schönen Abend wünscht, scheint Ben so etwas wie den Helden der Geschichte spielen zu wollen. Einer Geschichte, in der es einer erwachsenen Frau (sprich: mir) nicht gestattet ist, alleine zu ihrem Auto zu gehen. Der Weg dahin scheint so gefährlich zu sein, dass ich Ben an meiner Seite brauche, um zu überleben – so wirken zumindest seine Gedankengänge. Doch da ich mir keine Blöße geben und ihm nicht die Genugtuung lassen möchte, gehe ich einfach den Gang entlang und tue so, als wäre er nicht dicht auf meinen Fersen.

„Sie sind anstrengend und nervig, Mr. York. Hat Ihnen das schon mal jemand gesagt?"

Hinter mir kann ich seine Antwort, bestehend aus diesem für ihn so typischen schnaubend-lachenden Geräusch hören, während wir den Seiteneingang erreichen.

„Wahrscheinlich nicht. Immerhin sind Sie ja ein reicher, eingebildeter Schnösel, vor dessen Macht und Einfluss alle erzittern."

Ich schließe meinen Wagen auf, werfe meine Tasche auf den Beifahrersitz und lehne mich mit einem Arm gegen die nun geschlossene Tür.

Ben steht vor mir und wirkt deutlich gefasster, als ich mich fühle oder aussehen muss. „Alle außer dir."

„Mir wäre es ehrlich lieber, wenn wir wieder zum Sie wechseln, Mr. York", presse ich hervor.

„Das glaube ich dir aufs Wort, Joanna."

„Gut, Sie werden mir diesen einen winzigen Gefallen nicht tun, obwohl ich wiederum schon tausend Mal, und das nur in der kurzen Zeit, in der wir uns kennen, über meinen Schatten gesprungen bin. Schon gut."

Nicht nur, dass ich das Gefühl habe, mein Kopf würde jeden Augenblick zerschmettern; ich finde außerdem, für heute habe ich genug Zeit mit Ben verbracht. Ich sollte weg von hier, und zwar schnell.

„Du hast mich heute Vormittag gefragt, was ich von dir will", beginnt er. „Ich bin nicht dazu gekommen, dir zu erklären, was genau das ist, da du angefangen hast, über deinen Ex-Mann zu reden. Fakt ist aber, dass sich, was immer ich schon von dir wollte, soeben verstärkt hat."

Ich schnaube. „Sie haben den Verstand verloren."

„Das hast du heute auch schon mal gesagt, und trotzdem stehst du wieder hier vor mir. Langsam habe ich das Gefühl, Joanna, dass du selbst erst herausfinden musst, was *du* von mir möchtest. Komm gut nach Hause", beendet er unsere Unterhaltung plötzlich, dreht sich um und schlendert zurück zum Schloss.

Aufgrund der heutigen Gefühlsachterbahn sollte es mich eigentlich nicht wundern, dass ich eine gute halbe Stunde später vor

Kyles Wohnungstür stehe und mich frage, was zur Hölle ich hier mache.

Doch nachdem ich Cliveden verlassen hatte, zog es mich förmlich hier her. Zu meinem Ehemann, genau an dem Abend, an dem ich einen anderen geküsst habe.

Selten hat sich etwas gleichermaßen so falsch wie richtig angefühlt. Meine innere Verunsicherung mag wohl daher kommen, dass Kyle und ich noch nicht ganz miteinander abgeschlossen haben. Denn immerhin gilt es, keine dreimonatige Beziehung, sondern eine Ehe zu retten. Und ich kann mir beim besten Willen nicht vorstellen, dass Ben sich darüber im Klaren ist. Für ihn bin ich ein Abenteuer, während ich mein gewohntes Leben aufs Spiel setze.

Der wichtige andere Teil dieses meines Lebens öffnet mir nun in Shirt und Jeans die Tür und runzelt erstaunt die Stirn. Kyle war stets ein Mann, der selten über seine Gefühle sprach oder sie ausdrücken konnte. Doch heute kommt es mir vor, als wäre er verdammt froh, mich zu sehen.

Mal sehen, ob sich das nicht gleich ändert.

„Joanna", sagt er vorsichtig.

„Hey. Störe ich?"

„Nein … nein, überhaupt nicht. Komm rein."

Bis jetzt war ich ganze dreimal in seiner neuen Wohnung, die direkt über seinem Büro liegt. Früher hat hier mal sein Boss gelebt, bis dieser sich ein Haus kaufte. Das Mobiliar ist spartanisch. Das weist wohl darauf hin, dass Kyle nicht vorhat, hier länger als nötig zu leben. Doch mittlerweile sind es auch schon mehr als sechs Monate. Seine Küche, in die er mich bringt, ist klein – zwar praktisch, aber noch immer verdammt klein. Ein Herd, ein Spülbecken, ein Kühlschrank und zwei Hängeschränke sind alles, was reinpasst. Die Möbel sind alt. Sie wurden zwar gepflegt, doch sie haben ihre besten Tage längst hinter sich. Vor der Küche wurde eine hölzerne Bar eingebaut, die Kyle nicht nur als Essplatz, sondern als Arbeitsfläche benutzt. Darauf entdecke ich nun auch ein Brett, ein Messer und eine zerkleinerte Zucchini.

Obwohl Kyle noch immer mein Mann ist, komme ich mir wie ein Eindringlich vor. Es war verdammt egoistisch von mir hierherzukommen – weil ich dachte, meine Balance wiederzufinden, wenn ich meinen Ehemann sehe. Als würde Kyle es mit seiner alleinigen Anwesenheit schaffen, Bens Wirkung auf mich zu zerstören. Doch ich habe ihn geküsst, und es war … gut. Der beste Kuss seit Ewigkeiten. Und gleichzeitig ein Versprechen für mehr.

„Ich war in der Gegend", beginne ich eine an den Haaren herbeigezogene Erklärung. Ich klammere mich an meine Handtasche und betrachte Kyle, der hinter die Bar tritt und den Rest der Zucchini klein schneidet. „Das war eine Lüge."

„Ich weiß", sagt er verständnisvoll.

Ich seufze, drehe eine Runde im Raum und überlege, wie ich hier wieder wegkomme, ohne mich vollständig zur Idiotin zu machen. „Fühlst du dich hier wohl?", frage ich und streiche über die Buchrücken seiner Lieblingsromane, die er fein säuberlich in dem kleinen Regal neben dem Fenster aufbewahrt.

Kurz blickt er skeptisch von seiner Arbeit hoch. „Nein, das tue ich nicht."

„Würdest du also gerne wieder … zurückkommen?"

Untermalt durch einen Art Grunzlaut legt er das Messer wieder weg und kommt bis auf wenige Zentimeter an mich heran. „Was soll das, Joanna? Was hast du vor?"

„Keine Ahnung."

Er mustert mein Gesicht und will meine wahren Gedankengänge ergründen. „Es freut mich zwar, dass du hier bist, aber ich habe das Gefühl, dass irgendetwas nicht stimmt. Was ist es?"

In diesem Moment erinnere ich mich nur allzu gut daran, wie Kyle mich angesehen hat, während ich bei unserer Hochzeit den Mittelgang entlangging. Ich war so nervös, es war verdammt heiß, und ich hatte berechtigte Angst, auf meinem Weg zu ihm umzukippen. Doch ich fixierte seine Augen, die mir Kraft gaben und mich sicher zu ihm brachten. Mein Dad übergab mich ihm dann nach der alten Manier. Kyle nahm meine Hände, küsste zuerst meine Knöchel und dann meine Wange. Ich bin zwar kein theatralischer Mensch, aber in diesem Augenblick habe ich geweint, und es war mir egal, dass mich zig Augenpaare anstarrten. Damals, am Tag unserer Hochzeit, dachte ich noch, Kyle wäre der Mann, dem ich mein gesamtes Leben verbunden bleiben würde. Zu dieser Zeit schaffte er es noch, dass mir seine Nähe und seine Berührung Kraft gaben, mich erdeten.

Auf der Suche nach diesem Gefühl strecke ich nun im Hier und Jetzt meine Hände nach den seinen aus. Sie sind warm und weich. Kyle hatte immer schon weiche Hände. Doch heute erscheinen sie mir noch viel sanfter; vor allem im direkten Kontrast zu Bens bestimmter Art vorhin.

Ich hole einmal, zweimal tief Luft, nicht zuletzt, um meinen Kreislauf in Schwung zu bringen. Weder Kyle noch ich weiß, was ich vorhabe. Doch weil ich so verzweifelt bin und nichts unver sucht lassen möchte, um mein altes Leben zurückzubekommen, beuge ich mich vor und lege meine Lippen haltsuchend auf Kyles. Sein Geruch ist mir so vertraut.

Zögerlich, wie ich es von ihm gewohnt bin, legt er seine Hände um meine Taille. Seine Lippen werden fordernder. Ich vergesse, was passiert ist – die Trennung, Kyles Betrug und sogar Ben. Ich kann nicht sagen, dass es sich richtiger oder falscher anfühlt, Kyle zu küssen, als vorhin Ben. Was erschütternd ist, da Kyle mein Mann ist und ich niemanden außer ihn so nahe sein sollte. Doch obwohl es richtig ist, fühlt es sich falsch und verlogen an, weil ich Kyle benutze und ihn damit doppelt betrüge.

Noch während Kyle mich gegen das Fensterbrett drängt und sich zwischen meine Beine stellt, kommt mir in den Sinn, dass ich das, was gerade passiert, überhaupt nicht will.

Bens Worte tauchen in meinen Gedanken auf. *„Langsam habe ich das Gefühl, Joanna, dass du selbst erst herausfinden musst, was du von mir möchtest."*

Nicht nur das – ich sollte lernen, mit den Gefühlen anderer sorgfältiger umzugehen. „Kyle", spreche ich den Namen meines Mannes zitternd aus. Ich schiebe ihn zwar nicht so ruppig von mir wie Ben vorhin, doch ich mache durch mein Verhalten einen scharfen Cut. „Es tut mir leid, aber ich … das ist nicht richtig."

„Doch, das ist es", beharrt er. „Wir sind verheiratet, Joanna. Wir lieben uns. Wir gehören zusammen."

Das ist zu viel. Mit einer gewissen Bestimmtheit dränge ich mich an ihm vorbei und stemme meine Hände gegen die Arbeitsplatte der Bar. „Die Wahrheit, warum ich hier bin, ist, dass ich … ich habe einen anderen Mann geküsst. Heute. Vor nicht einmal zwei Stunden. Ich bin hergekommen, weil ich mich so dermaßen schlecht und verantwortungslos und leer gefühlt habe, dass ich gehofft habe, ich würde in deiner Nähe herausfinden, was richtig und was falsch ist. Aber das kann ich nicht, weil ich es nicht weiß."

Kyles Kiefer spannt sich an, jede Faser seines Körpers ist geladen. Ich kann nicht sagen, was mein Geständnis bei ihm auslöst oder was ich damit bezwecke. Doch ich will ihn damit definitiv nicht verletzen. So bin ich nicht.

„Du hast einen anderen Kerl geküsst?"

„Ich darf dich daran erinnern, dass du mit einer anderen Frau sehr viel weiter gegangen bist, Kyle. Noch dazu in unserem Haus."

„Ja, schon klar", spielt er den Beleidigten und macht eine wegwerfende Handbewegung. „Darüber haben wir schon tausend Mal gesprochen. Du dachtest wohl, dass du es mir heimzahlen könntest, oder wie?“

Seine offensichtliche Wut breitet sich auch auf mich aus. „Nein, das wollte ich nicht. Ich bin hergekommen, weil ich versuche, unsere scheißverdammte Ehe zu retten, Kyle.“

„Indem du es mit fremden Männern treibst.“

Wenn er so weitermacht, platzt mir der Kragen. Denn noch habe ich mich relativ gut unter Kontrolle. „Ich treibe es nicht mit ihm. Es war ein Kuss. Ein blöder, simpler Kuss, der nichts zu bedeuten hat.“

„Ach ja?“, faucht Kyle und streckt seinen Zeigefinger in meine Richtung. „Wenn er dir nichts bedeutet hat, wieso stehst du dann hier und bittest mich so erbärmlich unterschwellig um Rat? Soll ich dir die Entscheidung, zu wem du gehen sollst, abnehmen? Ich fasse es nicht, Joanna.“

Sämtliche Farbe weicht aus meinem Gesicht, und wäre es möglich, würde mein Kiefer auf dem Fußboden aufschlagen. Denn – im Ernst? Bin ich hier, um Kyle um einen Ratschlag zu bitten? Wollte ich mir seinen Segen holen? Wie krank ist das?!

„Du wirst tun müssen, was du, nur du alleine, für richtig hältst. Ich weiß nur eines ganz sicher, Joanna. Ich werde mich nicht mehr länger an der Nase herumführen lassen. Ja, ich bin bereit, für meine Sünden zu büßen, ich würde sogar auf allen vieren vor dir kriechen. Doch ich werde mich nicht mehr als Spielball benutzen lassen.“

Fassungslos starre ich Kyle an. Wenn er seit unserer Trennung eines gelernt hat, dann sich perfekt mit Worten auszudrücken. Und er trifft es auf den Punkt. Ich halte ihn nun schon ein halbes Jahr hin, gebe vor, mir weitere Gedanken machen zu müssen. Doch ist es nicht vielmehr so, dass ich meine Freiheit auf eine gewisse Art genieße? Wie eine Katze, die gerne umherstreift, aber ihr Zuhause immer im Blick hat. Und Kyle ist mein Zuhause; zumindest war er es sehr lange.

„Ich möchte, dass du jetzt gehst, Joanna“, erklingt Kyles feste Stimme.

Ich nicke, schnappe mir meine Handtasche, die ich auf den Stuhl bei der Bar gelegt habe, und versuche irgendetwas zu sagen. Doch Kyle bremst mich, indem er eine Hand hebt. Daher eile ich stumm aus seiner Wohnung, setze mich in meinen Wagen und fahre, völlig frei von Gedanken, Empfindungen und Wünschen, nach Hause.

NEUN

Joanna

Am nächsten Tag meidet mich Ben zum Glück. Er habe laut Ellies Angaben etwas Ultrawichtiges in London zu tun. Ja, schon klar.

Soll er mir doch ins Gesicht sagen, dass er seine Aktion, die er im besoffenen Zustand gestartet hat, mittlerweile bereut. Ich habe ihn eigentlich nicht für eine Pussy gehalten, doch diese Meinung sollte ich überdenken.

Was auch immer Ben in seiner Freizeit macht, es sollte mir egal sein. Ich sollte nicht in meinem Büro sitzen, meinen Bildschirm anstarren und mir Gedanken darüber machen. Er ist kein Teil von mir; egal, was mein Körper sagt. Er ist Ellies Enkel, der nun einmal da ist. Ob ich es möchte oder nicht. Das spielt keine Rolle. Viel wichtiger wäre es, mich bei Kyle zu entschuldigen. Ich habe ihn wirklich respektlos behandelt. Doch mir fehlt die Energie, ihm zu schreiben oder ihn gar anzurufen.

So ziehen die Tage also vorüber, und anstelle mich auf meine Arbeit oder die Erhaltung der Überreste meiner Ehe zu kümmern, informiere ich mich bei meinen Mitarbeitern – abermals erbärmlich – unterschwellig, ob einer von ihnen Ben zu Gesicht bekommen habe.

Gott, was bin ich nur für ein armseliger Würstchen.

Während all dieser Stalkingversuche korrespondiere ich fleißig mit Ron, der die Ausstellung bereits in zwei Wochen machen will. Das bedeutet sehr viel Arbeit. Wir müssen Einladungen ausschicken, Werbung machen, die Räumlichkeiten anpassen und nicht zuletzt einen anderen Platz für Ellies Ahnenporträts finden. Doch Arbeit bedeutet Ablenkung, und weil ich die gerade sehr gut gebrauchen kann, halse ich mir mehr davon auf, als nötig wäre. Die Bilder werden für die Dauer eines Jahres ausgestellt, danach können sie von interessierten Besuchern gekauft werden. Ein Teil des Erlöses geht an uns, ein Teil an Ron. So lautet der Plan. Und ich muss zugeben, dass er nun, in Anbetracht der möglichen Einnahmen, nicht mehr ganz so verrückt klingt wie am Anfang, als Ben mir erstmals davon erzählte.

Am Sonntag fahre ich nach London zu Susy und Daniel, um mir den Bauch mit Daniels Essen vollzuschlagen. Und das sollte noch mal betont werden: Der Kerl kann verdammt gut kochen. Wenn man bedenkt, wie scharf ich als Teenager auf ihn war, ist es geradezu frappierend, dass sich ihn ausgerechnet meine kleine, nervige Schwester gekrallt hat und nun in den Genuss all seiner Künste kommt. Doch da Daniel wie ein Bruder für mich ist, kann ich Susy diesen Fauxpas verzeihen. Und mal im Ernst: Ich liebe die beiden abgöttisch.

„Haben wir uns schon jemals darüber unterhalten, ob es eigentlich fair ist, dass du so gut kochen kannst, Dan?", frage ich in die Runde, bestehend aus Daniel, Susy, Martin und mir. Ich habe noch immer den guten Geschmack des Huhns auf meinen Lippen.

Generell wundert es mich, dass meine Schwester nicht schon 50 Kilo zugenommen hat, seit sie bei Daniel eingezogen ist. Aber vermutlich verbrennt sie die Kalorien nach dem Essen auf ziemlich schmutzige Art sofort wieder.

Würg!

„Also ich finde es fair", meldet sich Susy auch prompt zu Wort und strahlt wie verrückt.

„Dich habe ich aber auch nicht gefragt, Winzling."

Die beiden Männer grinsen und scheinen ihren Spaß daran zu haben, Susy und mich zu beobachten.

„Kann es sein, dass du heute etwas gereizt bist? Nicht nur heute im Speziellen, sondern schon die ganze Woche?"

Gereizt ist gar kein Ausdruck.

„Du hast ja vorhin gesagt, als ich dich anrief, um dich einzuladen, dass es mal wieder Zeit wäre – und das in einem Ton, den ich selbst von dir nicht gewohnt bin", plappert sie weiter und nimmt mit jedem Wort ein Stück meiner Würde.

„Ich hatte eine stressige Woche. Tut mir leid, wenn ich ungut war." Das sollte als Erklärung doch reichen.

Leider meldet sich jetzt Martin zu Wort. „Susy erzählte mir, dass ihr in Cliveden Unterstützung von Benjamin York bekommen habt."

Kurzes, aber effektives Augenzusammenkneifen in Richtung meiner Schwester, die zumindest entschuldigend mit den Achseln zuckt. Danach eine nichtssagende Antwort für meinen Bruder. „Ja, der hängt jetzt auf Cliveden ab. Er ist Ellies Enkel."

„Kommst du mit ihm klar?"

Was zur Hölle wird das?! „Ja, das tue ich."

„Tut sie nicht", mischt Susy sich ein und grinst, als male sie sich die verschiedensten Gelegenheiten, in denen sie mit ihrer Behauptung recht haben könnte, geistig aus.

Wie, bitte, konnte das Gespräch von Grillhähnchen zu Ben York umschwenken – und das so schnell?! Sonst war ich immer die auf der Seite der Fragenden, und plötzlich sitze ich mitten in einem Verhör.

„Kennst du ihn denn, Martin?", will ich wissen, um Susys Getue so wenig Platz wie möglich zu bieten.

„Flüchtig. Als er noch in London lebte, habe ich seine Wohnung mit allem möglichen technischen Sicherheitsschnickschnack ausgestattet. Selbst ein Sondereinsatzkommando hätte das Ding nicht mehr stürmen können."

Das passt zu ihm. Hat er ja auch am Anfang die Sicherheitsmaßnahmen auf Cliveden bemängelt. Was erwartet der Kerl von mir, dass ich Scharfschützen aufs Dach stelle, die den Touristen die Kameras aus der Hand schießen, nur weil einer verdächtig aussieht? Ich sagte ihm, dass wir auf dem Land seien, woraufhin Ben irgendetwas Unverständliches murmelte und das Thema vorerst fallen ließ. Selbst als ich ihm erzählte, dass ich mein Auto nie verschließe, weil es hier so sicher ist, war er nicht überzeugt. Vielmehr hatte ich das Gefühl, er sah mich nun endgültig als Wahnsinnige an.

„Aber wieso sollte ein Mensch sich in seinem eigenen Zuhause derart einschließen?", fragt Susy mit gekrauster Nase und spricht damit gleichermaßen meine eigenen Gedanken aus.

„Weil er Angst hat, zum Beispiel."

„Oder einen Knall", ergänze ich Daniels Erklärung um einen ziemlich vorstellbaren Punkt. „Mal im Ernst, der Typ ist wirklich unausstehlich."

„Findest du Männer im Allgemeinen seit Kurzem nicht unausstehlich?", zieht Daniel mich auf und scheint wohl zu glauben, er habe damit nun den Witz des Jahres gerissen. Dieser kleine Scheißer hat ja gar keine Ahnung.

„Stimmt. Vor allem jene, die Daniel Page heißen und Schuld an meinen letzten fiesen Kater tragen."

„Das war deine Idee, wenn ich dich erinnern darf." Ja, die war es tatsächlich. Aber Daniel war so was von fix mit von der Partie. Egal, wichtig ist, dass es mir nun gelungen ist, weg vom Thema Ben York zu kommen. Eine wahrliche Meisterleistung.

Doch Martin durchkreuzt meinen schier endlos genialen Plan damit, dass er sich besserwisserisch vorbeugt und leicht mit dem Kopf wackelt. „Übrigens, York scheint da eine hässliche Sache miterlebt zu haben. Zumindest lassen mich das seine Aussagen, die er mir gegenüber getätigt hat, vermuten. Seither ist er wie besessen von der Idee, in völliger Sicherheit zu leben."

„Wow", nuschele ich und merke, wie schwer sich mein gesamter Körper anfühlt. Auch wenn der Begriff *hässliche Sache* dehnbar ist, muss das Erlebnis einschneidend für Ben gewesen sein. Hässlich genug zumindest, um eine derart große Angst zu fühlen.

Da alle Augen auf mich gerichtet sind, versuche ich mein ganz persönliches Interesse an der Story hinter freundlichem Zuhören zu verstecken. „Was meinst du mit *hässlich*?", frage ich.

„Das hat er mir nicht gesagt. Bei dem Treffen mit uns waren aber eine Frau, sein Vater und sein Sicherheitschef anwesend. Die Frau wirkte auf mich, als wäre sie seine Freundin, hielt sich aber die ganze Zeit im Hintergrund und war wohl nur da, weil York es so wollte."

Und da diese Freundin heute nicht mehr existiert, scheint sie ganz offensichtlich Probleme mit seinem Kontrollzwang gehabt zu haben.

„Das ist gruselig", meint Susy und schüttelt sich dabei.

„Ja, und wie", stimme ich ihr zu, bin aber gedanklich dabei, mir eine Erklärung zusammenzureimen.

Ben ist mir in beruflicher Hinsicht zwar keinerlei Einblicke in seine Vergangenheit oder seine Gedankenwelt schuldig. Doch da wir … uns geküsst haben – ja verdammt, wir haben uns geküsst, und irgendwie fühlt es sich nun so an, als wüsste ich nicht einmal, mit wem ich da rumgemacht habe. Er ist ein völlig Fremder, der nebenbei bemerkt eine angsteinflößende Vergangenheit mit sich herumschleppt. Sollte ich jemals zuvor gedacht haben, ich hätte mich knietief in die Scheiße gefahren, dann war das nichts, aber auch rein gar nichts gegen meinen jetzigen Zustand.

Was habe ich nur getan?!

Ich habe schlafende Hunde geweckt, indem ich nicht nur mit dem Enkel meiner Chefin geknutscht, sondern mich in die nähere Umgebung eines Menschen begeben habe, der es offensichtlich nötig hat, enorme Schutzwälle um sich herum zu errichten. Wegen welch illegaler Spiele auch immer. Ben ist gefährlich, das sollte mir spätestens jetzt bewusst geworden sein. Er ist nicht der liebe Enkel, als den Ellie ihn sieht, sondern er ist ein zwielichtiger, wenn natürlich auch heißer Typ, vor dem ich aber dringend Abstand halten sollte.

Wie sich jedoch herausstellt, gibt es bedeutende Unterschiede zwischen meiner Wunschvorstellung und der Realität. Denn schon am nächsten Tag in Cliveden ist Ben allgegenwärtig. Während ich die ersten Vorbereitungen für die Ausstellung starte, taucht er den ganzen Tag immer irgendwo auf. Vermutlich aber ohnehin nur, um mich mit seinen Blicken zu quälen.

Ich kann mich so nicht konzentrieren, verdammt.

Der Umstand, dass wir uns in dem Raum aufhalten, in dem wir uns geküsst haben, macht es auch nicht gerade einfacher. Es ist, als wären unsere Umrisse in die Wand neben der Tür eingemeißelt worden; für jeden sichtbar.

Doch irgendetwas sagt mir, dass er gar nicht so sehr an der Umgestaltung des Saals interessiert ist, weshalb er dauernd aufkreuzt, sondern einen anderen Plan hegt. Er ist heute sehr viel im Haus unterwegs, das ist ungewöhnlich – sonst sitzt er oft stundenlang in seinem Büro und lässt sich von mir Berichte schicken. Heute aber hastet er umher, und das macht mich stutzig.

Ich lehne gerade an der Fensterbank und blicke auf mein Handy, um eine Mail des Caterers zu lesen, als jemand vor mich tritt.

„Joanna." Er spricht mich sanft, beinahe versöhnlich an. Doch als ich hochblicke und sehe, dass er nicht alleine ist, sondern ein Mann mit tiefschwarzem Haar und Dreitagebart neben ihm steht, finde ich seine Anrede einfach nur respektlos. „Das ist Mr. Grassi. Er und sein Team werden von nun an den Eingangsbereich sichern."

Gott im Himmel. Das darf doch wohl nicht wahr sein.

„Das bedeutet ...?", frage ich und lege keinen Wert auf Höflichkeit. Weder diesem Mr. Grassi noch Ben reiche ich die Hand.

„Es bedeutet, dass ich dem praktisch nicht vorhandenen Sicherheitskonzept auf die Beine geholfen habe. Aufgrund der baldigen Ausstellung empfinde ich es als besonders wichtig, ein funktionierendes System im Haus zu haben.", fährt er fort und reckt sein Kinn, wie er es häufig macht – vermutlich um seine Position zu verdeutlichen. „Ich möchte wissen, wer hier arbeitet, wer zu Besuch kommt, und vor allem möchte ich wissen, was diese Leute reinbringen und wieder mit hinausnehmen."

„Oh, also wie in einem Gefängnis?", verpasse ich ihm eine Spitze und stelle mich absichtlich naiv.

Ben seufzt und weist Mr. Grassi mit einem Seitenblick an, das Wort zu übernehmen.

„Mrs. Douglas, meine Männer werden kaum sichtbar sein", beginnt Grassi mit italienischem Akzent seinen Vortrag. „Aber bei allem Respekt, ich muss Mr. York zustimmen. Ein derart ungesichertes historisch wichtiges Haus habe ich in meiner gesamten Laufbahn noch nicht zu Gesicht bekommen. Jeder könnte hier, wann immer er will, reinspazieren. Das geht nicht."

Okay, dann werde ich also jetzt von dem Italiener zusammengestaucht. Damit kann ich leben. Was ich aber nicht erlaube, ist, mich als den letzten Deppen hinstellen zu lassen. „Es ist nie etwas passiert, und ich möchte Sie daran erinnern, dass wir uns nicht auf Windsor Castle, sondern auf Cliveden befinden."

„Damit hat es doch gar nichts zu tun", mischt Ben sich ein.

„Schon gut. Ich weiß, womit es etwas zu tun hat. Aber Sie können doch ohnehin machen, was Sie wollen, Mr. York."

„Joanna …"

„Mrs. Douglas", unterbinde ich das, was auch immer er sagen wollte, und erhebe meine linke Hand. „Lösen Sie Ihr Sicherheitsproblem wie auch immer Sie möchten, Mr. York. Ich will damit überhaupt nichts zu tun haben. Aber denken Sie daran, dass die Besucher vordergründig Touristen und keine Kriminellen sind. Ich muss mich jetzt wieder den Vorbereitungen für die Ausstellung widmen. Mr. Grassi …" Ich strecke die Hand nach der seinen aus und ringe mir ein höfliches Lächeln ab. „Ich bin mir sicher, dass Sie Ihre Aufgabe einwandfrei erledigen werden. Entschuldigen Sie mich jetzt aber bitte."

Wow … das war die wohl unhöflichste, diplomatisch-arrogante Rede, mit der ich mich jemals aus einer Angelegenheit gewunden habe. Grassi wirkt etwas niedergefahren; er scheint offensichtlich eine etwas enthusiastischere, ergebenere Frau erwartet zu haben. Ben sieht mich auf einer Art an, die mich fluchtartig zurück zu den Handwerken stürmen lässt. Aber was erwartet er von mir? Ich meine, ich habe ihm mehr als bereitwillig zugehört. Ich habe seine Veränderungen bezüglich der Sicherheitsvorkehrungen akzeptiert – mehr Toleranz kann ich unter gegebenen Umständen nicht aufbringen. Tut mir leid.

Doch wie auch immer Ben meine Abfuhr verstanden hat, er ist zumindest insofern betroffen, als er abermals zu mir kommt – diesmal ohne Grassi – und mich kurz am Arm packt.

„Ich möchte dich später sprechen", sagt er mit gedämpfter Stimme und sieht mich eindringlich an.

„Ich habe hier zu tun."

„Dann danach. Das war keine Bitte, Joanna."

Ich schlucke einmal kräftig. „Sie sind unhöflich, Mr. York."

„Das hast du mir schon mal gesagt", erwidert er spöttisch. „Es gibt ein paar Dinge, die wir besprechen müssen. Dieses Sicherheitsthema inbegriffen. Es … es gab ein paar persönliche Ereignisse, weswegen ich gezwungen bin, so schnell wie möglich zu handeln. Darum habe ich Grassi noch vergangenes Wochenende herbestellt, um mit ihm erste Details zu besprechen. Ich wollte dich nicht hintergehen."

Ich lächele zwar, fühle mich aber völlig fehl am Platz. „Ich wüsste nicht, weshalb Sie sich bezüglich dieser Entscheidung mit mir absprechen müssten. Es ist nicht mein Anwesen."

Er nickt zwar, knetet aber unablässig seine Hände, als wäre er innerlich total aufgewühlt. „Es war mir persönlich wichtig. Ich wollte dich nicht respektlos behandeln."

„Keine Angst", tue ich seine Entschuldigung ab, weil ich nicht verstehe, weshalb er deswegen so aufgewühlt ist. „Ich bin nicht beleidigt."

Zumindest denke ich das.

„Trotzdem möchte ich dich später kurz sehen."

Ich sehe ihn an und frage mich, welcher Natur sein Wunsch sein mag. Irgendwie habe ich das Gefühl, dass sich hier etwas anbahnt, das jenseits unserer Kontrolle liegt.

So gut es die Anwesenheit der Handwerker zulässt, kommt er noch näher. Ich weiß, dass es besser wäre wegzulaufen. Doch ich bleibe stehen und beobachte seinen nächsten Schritt. „Ich bin drüben in meiner Wohnung; du kannst klopfen."

Gott, nein. „Ben", entschließe ich mich das höfliche Geplänkel, an dem ich die ganze Zeit zur Sicherheit festgehalten habe, an diesem Punkt zu beenden. „Das ist keine gute Idee."

Bin ich denn hier die Einzige, die noch bei Verstand ist?!

„Joanna, du wirst doch keine Angst vor mir haben?!", provoziert er ganz bewusst eine Reaktion von mir.

Ich grinse etwas und blicke mich kurz um. „Nein, die habe ich nicht. Es ist … bloß eine schlechte Idee."

„Vertrau mir, ich werde dich vom Gegenteil überzeugen."

„Das glaube ich sofort“, nuschele ich vor mich hin, während Ben sich grinsend entfernt.

Was auch immer er vorhat, ich sollte auf der Hut sein. Doch vor allem sollte ich an meiner Ehe arbeiten, einen Termin bei einer Paartherapeutin vereinbaren und beginnen, meine Psyche nach Schwachstellen zu durchforsten. Stattdessen aber lasse ich mich auf Spielchen mit einem fast fremden Mann ein, der überhaupt nichts in meiner Welt verloren hat.

Ben ist nicht die Lösung meiner Probleme, sondern ein weiteres, immens großes Problem.

Dank seines Verhaltens fühle ich mich wie eine Ehebrecherin, obwohl ich nichts Falsches getan habe. Es war ein Kuss, Himmel noch mal. Ein einfacher Kuss. Und doch hat er Spuren hinterlassen. Er hat meine Sinne zum Leben erweckt; er hat mich animiert, und egal, was ich nun vorhabe – dank dieses Kusses kann ich Ben nicht mehr länger ansehen, ohne mehr von ihm zu wollen. Ehebruch hin oder her.

ZEHN

Benjamin

Ich bin kein Mensch, der für Schlafentzug und/oder – wobei es die Kombination noch viel schlimmer macht – Aufregung geschaffen wurde. Doch mein Wochenende bestand faktisch aus diesen beiden Dingen. Es war aufschlussreich, keine Frage.

Hat es mich weitergebracht? Ja.

Aber was bedeuten diese Informationen für mich? Für meinen Seelenfrieden? Für die Gerechtigkeit, die ich hoffe zu finden? Wobei es diese wohl nie auf zufriedenstellende Art geben kann, da ich nicht vorhabe, über irgendjemanden zu richten. Ich muss aber auch zugeben, dass meine Ruhe, die ich mir antrainiert habe, ins Straucheln geriet, als ich über die neu entdeckten Details unterrichtet wurde. Fakten und Namen sind die eine Geschichte, an die ich mich gewöhnt habe. Bilder zu sehen … Ich fühle mich, als wäre ich in meiner seelischen Genesung um Monate zurückgefallen. Und das nur, weil ich das verschwommene Handybild eines verwaisten Kellerraumes zu Gesicht bekommen habe.

Von Neuem wurde mir klar, dass diese Monster, die mir und Kim, vor allem Kim, das angetan haben, tatsächlich existieren. Irgendwo da draußen laufen sie in diesem Moment unbehelligt herum. Sie sind real, und doch versuche ich mich noch immer vor der Wahrheit zu verstecken.

Doch sie ist so real, so greifbar wie noch nie zuvor.

Und während ich viele Stunden damit verbracht habe, dieses unscharfe Bild anzusehen, mir dabei Kim vorgestellt habe, ist in mir der Drang entstanden, jemandem nahe zu sein. Eine Stütze zu haben. Und dieser besondere Jemand ist Joanna; auch wenn sie von alldem nichts wissen darf, wirkt sich ihre Anwesenheit beruhigend auf mich aus.

Dank der verschärften Sicherheitsvorkehrungen fühle ich mich wenigstens wieder etwas gelassener. Denn auch wenn ich nicht auf Rache aus bin, könnten es diese Monster definitiv sein. Ein Gedanke, der mich Tag für Tag auf Schritt und Tritt begleitet. Der mir Sorgen macht. Und auch wenn ich vor einiger Zeit nichts dagegen gehabt hätte, von einer Kugel niedergestreckt zu werden, so ist diese Gleichgültigkeit mittlerweile verschwunden.

Ich habe bereits viele dieser Phasen erlebt, wie ich sie im Augenblick durchmache. Sogenannte Tiefs, die mich ganz zufällig und oft ohne Grund packen. Meist aber sind sie verbunden mit emotionalen Rückschlägen oder Erinnerungen. Und während meine Nachforschungen bereits einigen Erfolg brachten, ist es zugleich, als würde jemand tief in meiner Wunde bohren.

In der Vergangenheit gab es nur eine verlässliche Methode, die es mir erlaubte, diese Schmerzphase zu durchbrechen – und die bestand in wilden Exzessen. Alkohol ist ein treuer Helfer, was seine Eigenschaft anbelangt, Erinnerungen und Gefühle auszuradieren. Sex ein weiterer, der schier Wunder wirken kann. In London bin ich während einer solchen Phase, wie ich sie gerade durchlebe, in eine Bar gegangen, habe mich volllaufen lassen und irgendeine x-beliebige Frau abgeschleppt. Auf Cliveden stellt sich die Sache schwerer dar. Aber vor allem ist es wohl dem Verlangen nach nur einer einzigen Person geschuldet, weshalb ich in meiner Wohnung verharre, anstelle mich ins Auto zu setzen und ein Pub oder Bordell anzusteuern.

Ich will sie, verdammt.

Aber ich darf sie nicht haben.

Diese beiden Gedanken sausen fortwährend durch meinen Kopf. Noch nie zuvor hat mich eine Frau so gereizt. Noch nie war ich jemandem so verfallen. Und wohl noch nie zuvor war eine Sache derart brandheiß.

Ich bin wohl kaum in der Lage, noch in diesem Leben eine kluge Entscheidung zu treffen. Doch es ist ohnehin egal, was ich für richtig oder falsch halte, da mein Begehren übermenschliche Ausmaße annimmt.

Das Klopfen an meiner Wohnungstür sowie der Sprint, den ich daraufhin in Richtung Tür zurücklege, erübrigen die Frage. Spätestens, als ich die Tür öffne und Joanna vor mir stehen sehe, wird mir klar, dass ich haushoch verloren habe. Wie immer sieht sie mich an, als würde ich bloß ihre Zeit verschwenden – was ich genau genommen auch tue. Denn ich habe nichts mit ihr zu besprechen; nichts, das etwas mit ihren Aufgaben auf Cliveden zu tun hätte.

Doch ich lasse sie eintreten, weise sie stumm an, mir zu folgen, und führe sie ins Esszimmer.

„Hübsche Wohnung“, sagt sie in ihrem typisch höflich-arroganten Ton, während sie eine Runde durchs Zimmer dreht.

„Danke“, erwidere ich, entkorke eine Flasche Wein und fülle zwei Gläser.

Ich sollte nicht auf ihre Brüste starren, während ich ihr ein Glas reiche, sondern mich auf ihren herausfordernden Blick konzentrieren. Doch seit ich weiß, wie sich ihre Titten anfühlen, kann ich kaum noch an etwas anderes denken.

„Wein?“, fragt sie mit hochgezogenen Augenbrauen. „Wollen Sie mich abfüllen?“

„Wenn dieser Umstand irgendwelche Vorteile für mich bringt, dann ja.“

Das Zucken um ihre Mundwinkel erachte ich als großen Fortschritt.

Gut. Das heißt, dass ich sie zumindest nicht ganz kaltlasse.

„Vielmehr als dich abzufüllen, möchte ich auf unseren ersten, gemeinsamen beruflichen Erfolg anstoßen. Danke“, setze ich nach.

Unsere Gläser berühren sich, untermalt durch ein leises Klirren. Ich sehe Joanna dabei zu, wie sie einen vorsichtigen Schluck nimmt. Als sie mit ihrer Zunge über ihre Lippen fährt, glaube ich, auf der Stelle über sie herfallen zu müssen.

„Ob es ein Erfolg ist, wird sich erst zeigen.“

Was für eine furchtbare Realistin sie doch ist. „Das stimmt. Aber es ist wohl schon als große Leistung zu betrachten, dass wir uns wegen der Ausstellung einig werden konnten.“

Sie spart sich irgendeine Bemerkung, die zweifelsohne zum Inhalt hätte, dass wir uns nicht einig wurden, sondern sie nachgab. Sie lächelt etwas. Ihre Augen ruhen auf den meinen, und zwar auf eine Art, die mich so sehr fesselt wie schon lange zuvor nichts mehr.

„Darf ich dich etwas fragen?“

Sie zögert kurz, zuckt dann aber mit einer Schulter, was ich als Zustimmung betrachte.

„Wie lange seid ihr schon verheiratet?“

Ihre Augen weiten sich erstaunt. „Ein Jahr.“

Das ist nicht viel. „Wie lange lebt ihr nun schon getrennt?“

„Ein halbes Jahr.“

Entweder ist der Kerl ein Feigling oder ein totaler Schlappschwanz. Wie kann ich meine Frau, vor allem eine wie Joanna, ein halbes Jahr so hinhalten? Das ist absurd. Zweifelsohne liegt die

Entscheidung bei ihr. Obwohl ich weiß, dass es zwischen uns eigentlich tabu sein sollte, solche Fragen zu stellen, will ich wissen, was dieser Kerl, mit dem sie verheiratet ist, hat, dass es ihm möglich ist, Joanna derart an sich zu binden. Denn sie ist eine starke und selbstbewusste Frau. Was ist zwischen ihnen passiert?

Hat er sie geschlagen? Säuft er? Haben sie sich auseinandergelebt? Aber doch nicht nach *einem* Ehejahr.

Die Fragen brennen mir seit Tagen unter den Nägeln, und vielleicht brauche ich erst einmal diese Antworten. Denn egal, wie verwerflich meine Begierde ihr gegenüber aufgrund unserer beruflichen Verbindung schon ist; dass sie verheiratet ist, macht die Sache noch heikler.

„Möchtest du mit mir darüber sprechen?"

Gott, wie dämlich ich klinge.

Joannas Reaktion folgt auch prompt. „Warum sollte ich?"

„Weil … ich versuche, das alles zu verstehen. Dich zu verstehen."

Sie nimmt einen Schluck, nickt dann aber und stellt sich aufrechter hin. „Er hat mich betrogen. Er sagt, es sei ein Ausrutscher gewesen, aber sie waren in unserer Küche. Bei uns zu Hause."

Wow, damit hätte ich nicht gerechnet. Die Sachlichkeit, mit der sie darüber spricht, ist wohl genauso heftig wie die Information.

„Kyle und ich hatten … haben eine sehr – sagen wir ‚*nüchterne Beziehung*'. Er ist nicht der Typ, der einem die Sterne vom Himmel holt, und ich denke, dass ich so etwas auch nicht brauche. Aber wir waren immer ein gutes Team und ehrlich zueinander. Ich konnte mich auf ihn verlassen. Doch alles stürzte in sich zusammen, als ich ihn mit dieser Frau sah. Es wurde mir klar, dass sie ihm etwas bedeutet."

Ihre Ehrlichkeit bewegt mich. Zum ersten Mal habe ich das Gefühl, hinter die Fassade der starken Frau blicken zu können.

„Und du willst ihm eine Chance geben? Dem Mann, der dich betrogen hat? Kratzt das nicht an deinem Stolz?"

Es sollte nicht anklagend klingen, vermutlich tat es das aber. Doch ich komme nicht mehr dazu, mich zu korrigieren, da Joanna zu einer Erwiderung ansetzt. „Ich glaube an die Institution Ehe. Sie ist ein wertvolles Gut, und ich weiß, dass ich dafür kämpfen werde, egal, wie sehr mein Stolz darunter leidet."

„Sollte nicht er derjenige sein, der kämpft?"

„Das tut er", verteidigt sie ihn. Dieser Wichser hat es wirklich gut erwischt.

„Wo?", frage ich und klinge gemein. „Ich habe noch nichts von ihm gesehen. Weder heute noch vergangene Woche und auch nicht, als ich seine Frau geküsst habe. Meiner Meinung nach, Joanna, ist dein Mann ein kleines, ängstliches Weichei, das sich feige aus der Affäre zieht. Und da du dir das alles gefallen lässt, kann man von Stolz nicht mehr sprechen. Der wurde längst von ihm zertrampelt."

Ihre Augen blitzen – ob vor Tränen oder Wut, kann ich nicht sagen. „Du kennst ihn überhaupt nicht", faucht sie, und ich habe einen Moment lang Angst, dass sie mir an die Gurgel springt.

Doch ich provoziere sie bewusst. Es ist ganz klar, dass sie mit sich hadert. Doch solange wir uns in diesem paradoxen Teufelskreis bestehend aus gegenseitiger Abneigung, Sympathie und Begehren befinden, werden wir nicht vorwärtskommen. Was bedeutet, dass ich, egoistisch gedacht, nicht wieder aus dem Loch, in das ich gefallen bin, herauskommen werde. Ich brauche daher eine Reaktion – und die erhalte ich nur durch einen deutlichen Anreiz.

„Das stimmt, ja. Aber ich weiß, wie ich mich in seinem Fall dir gegenüber verhalten würde."

Ich würde niemals kampflos aufgeben. Ja, auch ich habe meine Fehler, und diese kamen in der Beziehung mit Kim auch zum Vorschein. Doch egal, was zwischen uns passiert ist, ich habe immer die Verantwortung übernommen. Ich habe von Anfang an um sie gekämpft und tue es selbst jetzt noch.

Joanna mag einen solchen Typen wie mich nicht verdient haben. Sie sollte aber auch mit keinem Mann wie diesem Kyle verheiratet sein, nur weil sie an die Institution, die Idee Ehe glaubt. Aber ich werde ihr das kaum begreiflich machen können.

„Das freut mich für dich", meint sie zynisch, stellt ihr Glas lautstark auf den Tisch und ist drauf und dran zu gehen.

Doch ich reagiere in Sekundenschnelle und greife nach ihrer Hand. „Nicht, Joanna", sage ich sanft. „Ich wollte dich nicht verletzen. Ich finde einfach nicht, dass du dich dermaßen erniedrigen solltest. Egal von wem."

Ihre Augen untersuchen mein Gesicht, als versuche sie zu verstehen, was ich von ihr will. Dabei kenne ich meine Motivation selbst nicht so genau.

„Nachdem …" Sie bricht ab und kneift ganz kurz die Augen zusammen. „Ich war bei ihm, nachdem wir uns geküsst haben. Ich habe wohl gedacht, dass ich in Kyles Nähe zurück zu mir selbst finde, aber so war es nicht. Ich fühle mich zerrissen, und ich weiß nicht, ob ich diesem Abenteuer mit uns beiden gewachsen bin. Zumindest in meiner jetzigen Verfassung.“

„Joanna“, sage ich sanft und streiche mit meinem Daumen über ihr Kinn, „ich möchte nicht, dass du irgendetwas tust, dass du nicht für richtig hältst. Die Sache mit deinem Mann geht mich nichts an; du sollst dich entscheiden, wie du möchtest. Alles andere wäre nicht okay.“

„Gut“, sagt sie und sieht mich abwartend an.

Als ich mich vorbeuge und ihre Lippen ganz langsam und zart in Besitz nehme, spüre ich keinerlei Abwehr ihrerseits. Sie ist so viel offener als zuletzt. Und das wirkt sich verheerend auf meine Gier aus.

Normalerweise bin ich nicht so zurückhaltend, wenn ich eine Frau haben möchte. Ich komme klar zum Punkt. Doch bei Joanna genieße ich die Zeit der Annäherung.

Ich genieße ihre Wärme und das Gefühl, sie so nahe zu spüren. Sie ist leidenschaftlich, auch wenn sie diese Eigenschaft gerne zu verstecken versucht. Sie macht mich wild, auf eine Art, die mich selbst wundert. Ich will sie besitzen, gleichzeitig will aber auch so sanft sein wie nur möglich. Alles zwischen uns ist geprägt durch Widersprüche, und das spiegelt sich auch in unseren Berührungen deutlich wider.

Ich lege meine Arme um sie und küsse mich von ihrem Mund über ihren Hals abwärts zu den beiden Bändern an ihrer Bluse. Sie gibt einen Laut, der den Übergang von lautem Atmen zu Stöhnen ankündigt, von sich, während ich die drei Knöpfe öffne und den aufklaffenden Stoff zur Seite ziehe. Sie sieht mich direkt an, als ich sie gegen den Tisch drücke und ihr nun hervorblitzendes Dekolleté küsse.

Als ich ihr die Bluse über den Kopf ziehe und sie in ihrem dunkelroten BH vor mir steht, wird mir klar, dass ich mich nicht mit halben Sachen zufriedengeben kann und werde. Ich will alles. Ich will sie.

„Ich will dich in meinem Bett“, raune ich und knabbere an ihrem Ohrläppchen.

Ich kann sie deutlich schlucken sehen, doch schlussendlich hebe ich sie hoch und trage sie in mein Schlafzimmer. Hier ist es viel kühler als in den anderen Räumen, weil ich bei niedrigeren Temperaturen besser schlafen kann. Als Reaktion auf die kühlere Temperatur breitet sich über ihre freigelegten Hautstellen eine Gänsehaut aus, und ihre Nippel richten sich unter dem Stoff ihres BHs auf.

Ich umrunde sie, küsse im Vorbeigehen ihre nackte Schulter und halte hinter ihr. Ich kann mich nicht daran erinnern, dass mich ein Nacken je so angemacht hat wie Joannas. Doch es sind wohl ihr gesamter Körper und ihre Haltung, die sie an den Tag legt, die mich schier verrückt machen. Ich will so viel wie möglich von ihr berühren, weil ich das Gefühl habe, das irgendjemand von uns beiden jeden Augenblick zurück in die Realität gleitet und bemerkt, was für eine große Dummheit wir hier machen. Doch solange es geht, genieße ich die Situation. Der Laut, den sie von sich gibt, als ich den Verschluss ihres BHs öffne, lässt mich schmunzeln. Was auch immer sie sich in Bezug auf mich gedacht hat – bestimmt wollte sie nicht so schnell in meinem Bett landen.

Mit meinen Fingerspitzen schiebe ich die Träger über ihre Schultern und begleite sie auf dem Weg über ihre Arme. Erst als der BH vor ihr auf dem Boden landet, wage ich einen Blick auf ihre Brüste. Nun bin ich es, der seufzt. Ich muss mich sammeln und meine Beherrschung wiederfinden. Als wolle ich sie für die Wirkung, die ihre Titten auf mich haben, bestrafen, beiße ich fester in die Haut in ihrem Nacken. Stellenweise kann ich deutlich die Abdrücke meiner Zähne sehen, doch Joanna legt den Kopf als Einladung ein Stück zur Seite.

Sie will mehr, gar keine Frage.

Und ich gebe ihr mehr. Ich lasse meine Hände an ihren Armen zurück nach oben gleiten, massiere kurz ihre Schultern, ehe ich sie ganz langsam um ihre Brüste stülpe. Ihr Körper zuckt kurz zusammen, und erneut grinse ich. Wegen ihrer Leidenschaft, die ich in diesem Ausmaß nicht vermutet hätte. Wegen des Vergnügens, das ich dabei empfinde.

Sie schmiegt sich an mich, während ich an ihren Nippeln ziehe. Ich bin so hart, dass ich an der Kippe zur Qual stehe. In mir meldet sich das Bedürfnis, sie hart und schnell zu nehmen. Doch ich unterdrücke diesen Wunsch und widme mich weiter diesen verdammt geilen Brüsten, an denen Joanna so empfindlich zu sein scheint. Wenn es irgendetwas mit der Härte meines Schwanzes aufnehmen kann, dann ihre Nippel. Meine rechte Hand wandert über ihren Bauch zu ihrem Hosenbund. Ich nehme mir nicht die Zeit, diese zu öffnen, sondern schiebe meine Hand darunter und taste nach ihrem Slip vor. Eine winzige Schleife weist mir den Weg. Auch diese umgehe ich und begebe mich auf direkter Strecke zu ihrem Kitzler.

Sie ist feucht; und wie.

Ich knurre leise in ihr Ohr, während ich mit jeweils einer Hand ihren Nippel und mit der anderen ihren Kitzler berühre. Meine

Berührungen werden fester. Ich will unbedingt herausfinden, wie diese Frau klingt, wenn sie kommt.

Joannas Körper hat sich längst meinem Streicheln angepasst. Ihre Wangen sind gerötet, ihre Lippen rot und geschwollen – das Resultat ihrer Zähne, die sie darin vergräbt.

„Willst du mich in dir spüren?", brumme ich in ihr Ohr, während ich abermals an ihrem Nippel ziehe.

Joanna zieht die Luft ein und drückt ihr Becken als Antwort auf meine Frage gegen meine Erektion. „Gott, ja."

Ich grinse und übe noch ein wenig mehr Druck auf ihren überempfindlichen Kitzler aus. „Du hast immer noch deine Hose an", stelle ich klar, als bestünde auch nur die geringste Möglichkeit, dass einem von uns beiden das entgangen ist.

„Ich ziehe sie aus", erwidert sie und fängt an, am Reißverschluss zu nesteln.

Ich ziehe meine Hand aus ihrem Höschen zurück, was mir ein unzufriedenes Seufzen einbringt. Gemeinsam schaffen wir es erstaunlich schnell, sie von ihrer Hose und ihren Schuhen zu befreien. Sie selbst zieht sich den Slip –ebenfalls dunkelrot, mit zwei kleinen Schleifen genau oberhalb ihrer Leiste – die Beine hinab. Ich verstehe das als sehr gutes Zeichen, es verdeutlicht mir aber auch, dass Joanna eine Frau ist, die genau weiß, was sie möchte. Sie mag mir zwar anfangs die Oberhand lassen, doch nur bis zu einem gewissen Punkt. Im Gegensatz dazu erscheinen mir die Frauen, mit denen ich vor Joanna im Bett war, farblos und kalt. Sie stellten vielleicht genau das dar, was ich zu dieser Zeit brauchte – willenloses Fleisch, mit dem ich machen konnte, was ich wollte. Heute bin ich aber über solche Frauen hinweg; sie würden mich langweilen – vor allem verglichen mit Joanna, die mich prüfend über ihre Schulter mustert.

„Jetzt du", sagt sie und dreht sich zu mir um.

Ich bin zu sehr auf ihre völlig nackte Erscheinung fixiert, als dass ich mich auf ihre Hände konzentrieren könnte, die bereits die Knöpfe meines Hemdes öffnen, einen nach dem anderen. Meine Hände streichen währenddessen über Joannas Hüften, ihren Hintern und erneut über ihre Brüste.

„Du bist wunderschön", höre ich mich sagen und ernte einen fragenden Blick von ihr. Es erscheint mir fast, als halte sie die ganze Zeit die Luft an; aus Angst oder Selbstschutz. Ich weiß es nicht.

„Gibt es irgendeine bestimmte Dosis, mit der du Komplimente und Kritik verteilst?", fragt sie, als mein Hemd geöffnet ist und von meinen Schultern geschoben wird.

Ich lächele, wenn auch etwas zurückhaltend. „Ich bemühe mich stets um Undurchschaubarkeit."

„Das gelingt dir."

„Ich weiß", erwidere ich ebenso vielsagend wie Joanna, verstumme aber augenblicklich, als sie sich vorbeugt und die Haut am Übergang zu meinem Brustbein küsst.

Ihre Lippen sind weich, und der Blick, den sie mir während einzelner Küsse zuwirft, ist genauso intim, als würde sie mir einen blasen.

„Ich mag, wie du dich anfühlst", bekennt sie.

Gott, wie diese Frau etwas Harmloses so verdammt scharf klingen lassen kann. Aus einem Impuls heraus ziehe ich sie so nahe an mich, wie es geht, und küsse sie wild und fordernd.

Wir torkeln rückwärts auf mein Bett zu. Mein Versuch, sie darauf zu werfen, wird von Joanna vereitelt. Stattdessen lande ich selbst rücklings darauf. Sie zeigt ihr triumphierendes Grinsen, das ich in anderer Weise schon so viele Male bei ihr gesehen habe. Diesmal aber wirkt es nicht nur überheblich, sondern auch dreckig. Und ich liebe es dreckig. Am liebsten würde ich ihr das sagen, doch ich begnüge mich mit meiner Rolle als Joannas Opfer und warte. Sie kommt zu mir, klettert aufs Bett und setzt sich auf meine Beine. Ich kann die Hitze, die von ihrer Pussy ausgeht, selbst durch meine Hose spüren, und nichts würde ich nun lieber machen, als mir jene vom Leib zu reißen.

„Willst du mich auf dir?", übernimmt sie meine Frage von gerade.

„Nichts lieber als das", antworte ich.

Ihr Kinn ist in die Höhe gereckt, als sie anfängt, ihre Hüften in einem herrlichen Rhythmus kreisen zu lassen. Seit ich mich selbst als erwachsenen Mann sehe, ist es mir nicht mehr passiert, dass ich in meiner Hose komme. Doch diesmal bin ich sehr kurz davor. Die halbjährige Auszeit und die Lust, die ich Joanna gegenüber entwickelt habe, vereinen sich zu einer gefährlichen Mischung. Es geht mir gar nicht so sehr darum, die Führung zu behalten, sondern eine große Peinlichkeit zu vermeiden, weshalb ich mich aufsetze, sie an ihrer Hüfte packe und ihre Bewegungen somit beende.

„Wie steht es um deine Disziplin?", neckt sie mich und grinst teuflisch.

„Diese wird gerade großen Strapazen unterzogen."

„Dann wird es Zeit, dass du anfängst, locker zu werden", flüstert sie in mein Ohr und öffnet gleichzeitig meine Hose.

Ich hebe meine Hüften an, um ihr beim Ausziehen behilflich zu sein. Doch für meinen Geschmack lässt sie das Entkleiden viel zu sehr zu einer Qual verkommen, weshalb ich den Bund meiner Shorts packe und meinen Schwanz selbst befreie. Joanna greift nach meinem Penis und sieht ihn an wie eine Frau, die weiß, was sie damit alles anstellen kann.

Ich bin gespannt darauf, es herauszufinden.

„Ich nehme die Pille", erklärt sie und massiert meinen Schwanz auf eine Weise, wodurch sie so ziemlich alles von mir verlangen könnte, ohne auf Widerstand zu stoßen. „Kyle und ich wollten noch keine Kinder. Wir … tut mir leid. Ich sollte nicht über ihn reden. Nicht jetzt."

„Das solltest du vielleicht wirklich nicht. Auch wenn es mich freut."

Das Letzte, das ich jetzt will, ist, dass sie an diesen Trottel denkt oder gar über ihn spricht. Ich werde nicht zulassen, dass sie dank ihm Reißaus nimmt, nur weil ihr klar wird, dass sie im Prinzip Ehebruch begeht – auch wenn diese Ehe nur noch auf dem Papier existiert.

Deshalb strecke ich meine Hände nach ihrem Gesicht aus und ziehe sie zu mir herab. „Du brauchst dich mir gegenüber nicht zu rechtfertigen, Joanna. Ich werfe es dir nicht vor, dass du andere Wege versuchst, ehe du eine Entscheidung fällst."

Selbst wenn sie nur spontanen Sex will und schon morgen wieder bei ihrem Mann ist, sollte es mir recht sein. Wir wissen beide, dass das hier eine einmalige Sache bleiben wird. Ein Techtelmechtel, über das wir hoffentlich bald hinweg sein werden. Wenn sich der Hormonhaushalt in mir wieder normalisiert hat, kann ich mich auf meine neuen Aufgaben konzentrieren; ich kann Gerechtigkeit für Kim einfordern. So lautet der Plan. Und doch fürchte ich, dass ich nach Joanna süchtig werden könnte.

Die Gefahr bestünde durchaus. Denn Joanna ist wunderbar; wenn auch nicht gerade handzahm. Doch genau das ist es doch, das mich an ihr so sehr reizt. Die Mischung aus Explosivität und ihre verschlossene Zurückhaltung.

„Es ist nur alles so schwer", seufzt sie und küsst mich kurz. „Ich bin so fürchterlich durcheinander … lass mich dich einfach spüren, Ben."

Einen Augenblick lang genieße ich das gute Gefühl, das sich in mir ausbreitet, als sie meinen Namen ausspricht. Es macht mir aber auch Angst, dass ich auf Abwegen wandle, die ich gar nicht betreten wollte.

Während wir uns in die Augen sehen, greife ich hinter ihr nach meiner Erektion. Ich lege meine Hand um ihre, und gemeinsam führen wir meinen Schwanz Stück für Stück ein. Mit jedem Millimeter verändert sich nicht nur meine gesamte Gefühlswelt, sondern auch ihr Gesichtsausdruck – ihr Mund öffnet sich, und sie gibt ein irrsinnig erotisches Seufzen von sich.

Fuck, diese Frau fühlt sich so gut an.

Als sie ihre Hüfte kreisen lässt, glaube ich fast, mein Kopf explodiert. Sie vollführt diese langsamen Bewegungen aus abwechselnd Stoßen und Kreisen, wie es wohl nur Frauen können. Ich hingegen hebe sie an ihrem Becken etwas an und stoße immer wieder in sie, bis sie sich zurückbeugt und um immer mehr bettelt.

Vom ersten Augenblick an, als ich Joanna sah, wollte ich genau das mit ihr haben. Ich wollte es dreckig, hart und schnell. Doch nun, da sie tatsächlich nackt auf mir sitzt, ich meinen Mund um eine ihrer schier perfekten Titten stülpe und an ihrer Brustwarze sauge, ist alles nur noch viel intensiver, als ich erwartet habe. Einfach alles an Joanna ist absolut verführerisch. Immerhin hat sie mich ja auch dazu gebracht, meine eigenen Prinzipien über Bord zu werfen. Im Normalfall wäre das die völlig falsche Basis für eine weitere berufliche Zusammenarbeit, doch es fühlt sich überraschend gut an, so unvernünftig zu agieren.

Mir wird nebenbei klar, dass ich zum ersten Mal Sex mit einer Frau habe, ohne mir dabei einzureden, Kim zu verraten. Ich bin auch nicht wütend auf mich. Nein, vielmehr habe ich zum ersten Mal seit Langem das Gefühl, das Richtige zu tun.

Ich drücke ihr Becken gegen meines, dringe dadurch bei jedem Stoß noch tiefer in sie ein und erzeuge eine Reibung zwischen uns, die mich fast um den Verstand bringt. Doch ich will mehr. Ich will nicht nur fühlen, wie sich ihr Körper um meinen anfühlt, sondern wie sie nachgibt, wie ich sie besitze – so kalt das auch klingen mag. Aber diesmal ergibt sie sich; nicht nur weil wir beide dasselbe wollen, sondern auch wegen meines Körpers. Ich spüre, ich darf machen, was ich möchte. Und fuck, das werde ich tun.

Daher stehe ich auf, hebe sie mit mir hinauf und werfe sie in die Position aufs Bett, in der ich mich selbst gerade befand. Sie quietscht etwas erschrocken auf, lächelt dann aber, als ich mich über sie beuge und küsse.

„Ich habe dich gerne unter mir", nuschele ich und küsse mich an ihrem Hals abwärts.

Mein Blick gleitet zu ihrer Pussy, und ich kann nicht anders, als einen Seufzer von mir zu geben, der all meine Besessenheit von ihr verrät. Ich möchte sie für die Lust, die sie in mir weckt, bestrafen. Dabei bin ich nicht einmal der Typ, der auf Schläge oder etwas in der Art steht. Ich ficke manchmal etwas härter, ja, aber ich schlage keine Frauen.

Doch bei Joanna erwacht in mir plötzlich der Wunsch, ihr einen gezielten Hieb auf den Arsch zu verpassen, um ihr zu zeigen, wer das Sagen hat – zumindest im Bett.

„Ich habe dich gerne über mir", erwidert sie und greift nach meinem Kinn, an dem sie mich zu sich zieht.

Joanna erwartet einen weiteren Kuss, doch ich nehme lediglich ihre Unterlippe zwischen meine Schneidezähne und ziehe daran. Zwar nur so weit und so fest, dass es ihr nicht wehtut, doch ich kann sie tief einatmen hören und nutze den Moment ihres Erstaunens, um ihre Schenkel mit einer Hand zu spreizen und fest in sie zu stoßen.

„Gott, Ben", stöhnt sie, nachdem ich ihre Lippe losgelassen habe. Sie wirft den Kopf zurück auf die Matratze und quittiert jeden Stoß mit absolutem Entzücken. Das spornt mich zutiefst an. Ich gerate in einen regelrechten Sturm, bestehend aus Lust, Egoismus und Spannung.

Ich ficke sie schneller, härter und unnachgiebiger als zuvor. Dabei knete ich ihre Brust, sauge an ihrem Hals und flüstere ihr all meine schmutzigen Gedanken ins Ohr – alles, was ich mit ihr machen möchte. Wie sich ihr Körper, besonders ihre Muschi, anfühlt. Wie geil ihr Stöhnen klingt. „Möchtest du mehr davon, Joanna?", frage ich schließlich und lasse meinen Daumen über ihren geschwollenen Kitzler gleiten.

„Ja. Bitte, Ben, lass mich kommen", jammert sie auf eine Weise, die es mir schwer macht, mich unter Kontrolle zu behalten.

Doch ich lege mich ins Zeug und gebe alles, was ich zu bieten habe. Nicht, um Joanna zu beeindrucken oder mir selbst zu beweisen, dass ich es noch draufhab. Nein, ich will ihr zeigen, was sie haben kann; wie gut wir zusammenpassen. Es ist die einzige Möglichkeit. Und während ich mit langsamer werdenden, aber tiefen Stößen in sie vordringe und ihren Kitzler mit meinem Finger bearbeite, baut sich in Joanna ein Orgasmus auf. Als deutlichstes Zeichen richten sich ihre Nippel noch mehr auf, ihre Wangen röten sich, und ihr Gesicht verspannt sich schließlich zum krönenden Abschluss zu einer lustverzerrten Maske, an die ich mich wohl sehr lange erinnern werde.

Mit ihren letzten Kontraktionen reißt sie mich mit über die Schwelle. Meine Lust entlädt sich in einem gigantischen Höhepunkt, der mich fast zerfetzt. Ich bette meine Stirn zwischen ihren Brüsten und atme tief ein und aus. Meine Gliedmaßen fühlen sich schwer an; mir ist fast schwarz vor Augen.

Mein Leben lang war ich im Berufsleben äußerst zielorientiert. Ich wusste immer, was ich wollte, und habe ehrgeizig neue Herausforderungen angenommen. Und auch wenn mich meine Arbeit in Cliveden karrieretechnisch nicht großartig weiterbringen wird, stehe ich hinter meinen Prinzipien und auch jenen meiner Familie. Diese Werte hat man mir von Kindesbeinen an eingetrichtert.

Mein Fehler wird mir so richtig klar, als ich meine Wange an Joannas Brust drücke und den Duft aus Schweiß, Sex und Frau inhaliere.

Was habe ich nur getan? Im Ernst: Was habe ich getan?!

Vergisst man für einen Augenblick einmal mein ganz persönliches Desaster, so gilt es trotz allem immer noch meine Verantwortung meiner Familie gegenüber zu berücksichtigen. Skandale gibt es in jeder Familie. Doch will ich wirklich der Skandalträger der meinigen werden? Der, der seine Begierde mit einer Angestellten stillte? Einer Frau, die ich überhaupt nicht kenne. Die Macht und Zugänge zu Informationen hat, die mir das Genick brechen könnten. Ich mag verrückt sein, aber Joanna kann mir gefährlicher werden als in jeder anderen Frau zuvor. Nicht nur, weil sie auf mich besonders anziehend wirkt, sondern weil ihre Persönlichkeit für mich völlig im Schatten liegt.

Ich weiß absolut nichts über sie, außer dass sie momentan von ihrem Mann getrennt lebt, ihre Familie wohl etwas betuchter ist und sie seit mehreren Jahren hier arbeitet. Aber was, wenn sie eine dunkle Seite hat? Eine, die mir nachhaltig schaden könnte und all die Geheimnisse rund um mich ans Licht bringt?

Doch was jetzt? Ich kann sie nicht einfach gleich, nachdem ich sie gevögelt habe, vor die Tür setzen. Ich will sie nicht einmal vor die Tür setzen, sondern viel lieber noch länger entspannt auf ihren Brüsten liegen und so tun, als wäre alles in Ordnung. Es ist Joanna, die das Schweigen zuerst bricht – diese Kraft hätte ich im Augenblick nicht. „Wir haben in professioneller Hinsicht ganz schön verkackt, oder?“

„Kann man so sagen“, antworte ich und hebe den Kopf, um sie anzusehen.

Sie lächelt mir zwar zu, wirkt aber trotzdem etwas gehemmt. Fuck, aber sie sieht wunderschön aus, so postorgastisch.

Schade, dass ich diesen Anblick nie wieder zu Gesicht bekommen werde.

„Weißt du, ich habe eine sehr gestörte, oder nennen wir es seltsame, ja, eine seltsame Einstellung zu anderen Frauen. Ich bin
keine, die mit 100 Cliquen unterwegs ist, weil ich das oberflächliche Getue dieser Frauen nicht leiden kann. Dazu ihre ständigen
Behauptungen, dass sie es bereuen würden, mit diesem und jenen
Mann ins Bett gestiegen zu sein. Der Punkt ist“, sagt sie und kneift
ihre Augen zusammen, „dass ich genau dasselbe in genau diesem
Moment sagen würde. Ich habe versagt. Gott, Ben, ich habe völlig
versagt.“

Ich weiß zwar nicht, was ich erwartet habe – aber auf keinen
Fall so was. Plötzlich stellt sich mir nicht mehr die Frage, wie ich
sie nach ein wenig Smalltalk aus meiner Wohnung komplimentieren soll, sondern wie lange es dauert, bis sie mich zerfleischt hat.

„Wenn es darum geht, haben wir beide versagt“, komme ich ihr
zu Hilfe und fahre mir durch die Haare.

„Ich bin verheiratet, Ben.“

Denkt sie, ich bin senil? Als hätte ich mir diesen Umstand nicht
schon an die tausend Mal in Erinnerung gerufen. „Immer noch, ja“,
antworte ich etwas zu genervt.

„Ich weiß, dass Kyle für dich wirken muss, als wäre er ein
Arschloch. Doch der Kyle, den ich geheiratet habe, ist ein netter,
liebenswürdiger Mensch.“

Zum Glück hört sie mit dem Geschwafel über ihren Mann
gleich wieder auf. Trotzdem stemme ich mich unter Aufbietung all
meiner letzten Kräfte hoch und stehe auf.

„Was tust du?“, fragt sie.

„Ich kann nicht auf dir liegen, wenn du über deinen Mann
sprichst.“ Ganz absichtlich verhunze ich das Wort Mann abfällig
und rümpfe die Nase.

„Tut mir leid“, meint sie ehrlich, setzt sich aufrecht hin und wickelt sich umständlich in die Bettdecke. „Kannst du nicht verstehen, wie es mir geht? Ich meine, was hast *du* schon zu verlieren?“

Ja, was denn schon? Für diese Frechheit sollte ich sie eigentlich
nackt vor die Tür setzen, damit sie herausfindet, dass man immer
noch etwas mehr zu verlieren hat, als man denkt. Doch ich atme
anstelle dessen tief durch und ziehe mir Boxershorts und Hose an.

„Ich habe ihn geheiratet, weil ich ihn liebe. Und das tue ich
immer noch, Ben. Vermutlich habe ich dich benutzt, um herauszufinden, was ich wirklich möchte.“

Ich kann nicht einmal sagen, was in mir überwiegt – ob Wut
oder Scham. Noch nie hat mich jemand so behandelt. Ich gestehe
aber, ich hingegen habe das schon zu oft getan. Eigentlich habe ich

es verdient, auch einmal auf dieser Seite der Geschichte zu stehen und mich mit all der Verzweiflung konfrontiert zu sehen. Doch ich will nicht, dass dieser Wahnsinnssex mit einer exakten Schilderung ihrer Ehe endet. Sie kann mich verteufeln, mir die Schuld in die Schuhe schieben, aber ich werde nicht zulassen, dass sie mich benutzt, um sich ihren Typen schönzureden.

„Vielleicht solltest du jetzt gehen", sage ich und ärgere mich, weil ich wie ein kleines verletztes Mädchen klinge.

Gott, wie kann ich nur so tief sinken?!

Doch anstatt sich auch nur einen Millimeter zu bewegen, sieht sie mich perplex an. „Du wirfst mich raus? Vermutlich habe ich das verdient, ja. Aber …" Ihre Erklärung endet aber plötzlich, und sie kramt seufzend ihre Kleidung zusammen.

Ich besitze immer noch genügend Anstand, um mich umzudrehen, während sie sich anzieht. Auch wenn ich sie gerade noch nackt und in Ekstase gesehen habe, erscheint mir dieses Minimum an Respekt und Intimsphäre essenziell.

Als das Rascheln langsam abnimmt, drehe ich mich wieder um und entdecke sie vor dem Bett stehend. Sie schlüpft gerade in ihren rechte Schuh und sieht dann betreten zu mir. Ich wollte wirklich nicht, dass diese kurze Entgleisung meiner Geilheit in so einem Drama endet. Einem Drama deshalb, weil unsere gemeinsame Zusammenarbeit nun noch schwieriger sein wird. Ich bin ehrlich gespannt, wer von uns zuerst das Handtuch wirft.

„Unabhängig davon, was wir gerade getan haben, möchte ich nicht, dass das hier …", ich schlucke, weil ich es schwer finde, die richtigen Worte zu wählen. „Ich möchte nicht, dass etwas zwischen uns steht, und du sollst wissen, dass ich immer fair bleibe."

Joanna gibt einen Ton von sich, der zwischen Belustigung und Unglauben liegt. „Ich weiß zwar nicht, was genau du mir damit sagen möchtest. Ich denke aber nicht, dass unsere künftige Zusammenarbeit am Thema Fairness scheitern wird."

„Ja, da hast du verdammt noch einmal Recht", verpasse ich ihr aufgrund ihrer Nüchternheit eine verbale Ohrfeige.

Sie reckt das Kinn und kommt zu mir. Ihr Blick spiegelt alles, was sie vehement zu verstecken versucht, wider. Ihre Selbstzweifel, ihre Sorgen rund um ihren verfickten Mann. Aber da sind auch dieser Hauch von Befriedigung und die Reste der Lust, die sie gerade noch empfunden hat. „Von einem Mann wie dir, Ben, hätte ich mir sehr viel mehr Größe erwartet. Du benimmst dich so verdammt dämlich. Merkst du das nicht? Du wusstest, dass ich verheiratet bin und dass wir, Kyle und ich, um unsere Ehe kämpfen. Es hätte nie so weit kommen dürfen, das ist klar, aber nun ist es passiert, und alles, was ich mir erwarte, ist, respektvoll von dir behandelt zu werden."

Ich lasse sie etwas schmoren und betrachte ihr Gesicht mit diesen klaren Augen, die einem das Gefühl geben, alles zu wissen; mit ihrem Mund, den sie nun zu einer straffen Linie zusammengepresst hat. Bestimmt hatte Joanna schon immer viel Verantwortung zu tragen, denn sie wirkt nicht wie eine Person, die blauäugig durchs Leben geht. Und genau deshalb scheint sie von sich selbst so enttäuscht zu sein, dass sie ausgerechnet bei mir ihre Selbstkontrolle verloren hat, noch dazu, da sie an der Versöhnung mit ihrem Mann arbeitet. Ich spare mir weitere Kommentare dazu, was ihr Handeln über ihre Gefühle aussagt, und benehme mich, wie sie es bereits ausdrückte: dämlich. Mit Absicht, versteht sich.

„Ich muss mir darüber Gedanken machen", sage ich und versuche so herablassend wie möglich zu klingen. „Über die Konsequenzen für dich und auch mich. Außerdem muss ich entscheiden, welche Lösung die beste für Cliveden ist."

Könnte ich, würde ich meinen Schädel gegen die nächstbeste Wand knallen. Doch ich überlasse das Entgleisen sämtlicher Gesichtszüge Joanna, der erst jetzt so richtig klar zu werden scheint, was ihr Fauxpas eigentlich nach sich ziehen könnte.

„Du ... du willst mich feuern?"

Wenigstens kapiert sie die Dinge schnell. Ein Pluspunkt. „Wie gesagt, darüber muss ich mir Gedanken machen."

„Wenn du das machst, Ben", sagt sie mit stockender Stimme und kommt noch einen Schritt näher. Ihre Augen durchbohren mich, doch ich halte ihrem Blick stand. „Dann bist du noch ein mieserer Feigling, als ich ohnehin schon dachte."

Ich grinse, als würde mich ihre berufliche Situation so was von überhaupt nicht kümmern. „Denkst du, Beleidigungen sind der richtige Weg, um seinen Job zu behalten?"

„Sie sind der einzige Weg, der mir in deinem Fall vertretbar erscheint. Wenn du glaubst, dass ich meine Beine ein weiteres Mal breitmache, nur damit ich meinen Job nicht verliere, dann hast du dich geschnitten", faucht sie.

„Bring mich nicht auf reizvolle Ideen", setze ich nach und beobachte, wie Joanna noch eine Spur blasser wird.

Oh, damit kann man sie also aus der Bahn werfen? Gut zu wissen.

Sie kneift ganz kurz ihre Augen zusammen, atmet einmal tief ein und stapft aus dem Zimmer. Zuerst knallt meine Schlafzimmertür hinter ihr zu, nur wenige Augenblicke später die Wohnungstür. Ich weiß nicht, ob ich schreien, lachen oder weinen soll. Denn was auch immer das zwischen uns war, die Folgen scheinen fataler und unkontrollierbarer zu sein, als ich dachte, so viel ist jetzt schon klar.

ELF

Joanna

Ich sitze minutenlang in meinem Auto und versuche mich nicht an das Gefühl von Bens Händen auf meinen Brüsten zu erinnern. Wie rau und sanft sie zugleich waren; wie nachgiebig ich wurde.

Ich starte den Motor, weil ich nicht mehr länger auf Cliveden bleiben kann und darf. Ich sollte die Sache mit Ben abhaken und mich auf Kyle konzentrieren. Immerhin habe ich Ben ja vorhin noch vorgeschwärmt, wie toll mein Ehemann wäre. Ich Idiotin hatte nach dem Sex nichts Besseres zu tun, als über meine Ehe zu reden.

Wie erbärmlich ist das, bitte?!

Kein Wunder, dass Ben mich rausgeworfen hat. Und während ich aus der Zufahrt biege, mache ich eine schnelle Inventur meiner derzeitigen Probleme. Gut, da wäre mal meine scheiternde Ehe, mein Job, den ich gerade dabei bin zu verlieren, und ein weiterer Mann in meinem Leben, für den ich eigentlich überhaupt keinen Platz habe.

„Ich bin so was von am Arsch", jammere ich vor mich hin und wünschte, irgendwo in der Nähe wäre so ein Park, in dem man Autos mit Äxten zertrümmern könnte. Denn eine kontrollierte Eskalation meiner aufgestauten Gefühle wäre jetzt genau das Richtige.

Aber es ist nicht meine Art, den Kopf in den Sand zu stecken. Denn auch, wenn Ben sich wie der letzte Volltrottel benommen hat – ich meine, hat er ernsthaft gemeint, er wollte, dass ich wegen meines Jobs noch mal mit ihm schlafe? Geht's noch?! –, na ja, was erwarte ich auch schon von einem Mann wie ihm? Was erwarte ich in Anbetracht der letzten Monate von Männern allgemein denn noch?! Eine Gattung, der ich mehr und mehr ihre Ausrottung wünsche.

Ich brauche dringendst eine Dusche. Am besten, ich weiche mich die Nacht über in meiner Badewanne ein, um ja sicherzugehen, dass alle Spuren von Ben beseitigt sind.

Doch ungeachtet der tragischen Komik, die dieser Situation anhaftet, bin ich ehrlich verzweifelt. Noch nie war ich so am Ende mit meiner sonst so unerschöpflichen Weisheit. Martin hat mir immer vorgehalten, die Weisheit mit dem Löffel gefressen zu haben. Wenn das stimmt – was, bitte, ist dann davon übrig geblieben? Und was soll ich machen? Hat Ben vielleicht sogar recht, und es wäre besser, wenn ich den Job hinschmeiße und neu anfange – ohne ihn, ohne Kyle und ohne einen Großteil meiner Probleme?

Mich aus dem Staub zu machen ist aber so gar nicht meine Art, mit Schwierigkeiten umzugehen. Ich bin stark und habe schon so viel gemeistert. Trotzdem habe ich mir noch nie solch grobe Schnitzer erlaubt. Mein Gott, wenn Ellie davon erfährt – was mag sie von mir denken? Was, wenn ich zu einer dieser gefrusteten Ü30-Singles werde, die Dildopartys veranstalten, sich auf Tinder anmelden und Wasser mit Limetten und Minze trinken (frisch, versteht sich). Was, wenn ich dabei bin, meinen Verstand zu verlieren? Wenn vielleicht meine Familie sogar schon den Rat einberufen hat, wie wir ihn damals nach Susys Umzug nach London abgehalten haben!? Gott, ich würde sie töten. Allesamt.

Weil ich schließlich eine spießige Ü30erin bin, fahre ich, um zu telefonieren, rechts an den Fahrbahnrand – wie erbärmlich. Hätte ich Eier in der Hose, würde ich mich verhaften lassen, um dem Tag die Krone aufzusetzen. Doch ich bin vorbildlich und rede mir ein, die Natur besser auf mich wirken zu lassen. Klar, der abgefuckte Strauch, in dem zwei Socken, ein Taschentuch und etwas, das wie ein Gummi aussieht, hängen, lockt ja auch täglich die Landschaftsgärtner aus aller Herren Länder an.

„Habt ihr den Rat einberufen?", frage ich sofort, nachdem meine Schwester abgehoben und bevor sie noch ein Wort gesagt hat.

„Was?", fragt sie, und ich sehe bildlich vor mir, wie sie ihre Stirn runzelt.

„Ihr habt. Wann?"

Sie zögert – ein klares Zeichen dafür, dass sie mich gleich belügen wird. „Wir haben keinen Rat einberufen."

„Ich sitze im Auto und werde zu dir fahren, Winzling, wenn du mich anlügst. Also: Habt ihr euch getroffen, um über mich zu diskutieren?"

„Dad wollte es; du kennst ihn ja“, höre ich sie sagen.

Ich atme mehrmals tief durch. Eigentlich finde ich es ja rührend, dass sie sich Sorgen um mich machen. Aber nur eigentlich. „Und zu welchem Schluss seid ihr gekommen? Steckt ihr mich in irgendeine Therapie, oder unternimmt Dad einer seiner unterschwelligen Tagesausflüge mit mir. So wie er es damals auch bei dir gemacht hat, als Daniel dich abserviert hat?“

„Was ist überhaupt los mit dir?“, höre ich Susy sagen. „Seit wann regst du dich über Dads Methoden zur Problembeseitigung auf?“

Während ich eine Stelle an meinem Lenkrad mit meinem Zeigefinger poliere, merke ich, dass mir der Nährboden für meine Wut gegenüber meiner Familie langsam ausgeht. Und irgendwie rutscht es mir raus. Und noch während ich anfange zu reden, fasse ich mir an die Stirn. „Es ist … ich habe eine riesengroße Dummheit gemacht. Vielleicht habe ich den Rest meiner Ehe damit ruiniert, vielleicht sogar mich selbst; was weiß ich.“

Auf Susys Seite klingt es so, als würde sie ein Stück gehen. Ein kurzer Blick auf die Uhr sagt mir, dass sie wohl gerade nach Hause gekommen ist. Normalerweise kochen Dan und sie dann, wie es eben normale Leute machen. Leute, die nach ihrer Arbeit heimfahren und nicht mit ihrem indirekten Vorgesetzten schlafen.

„Was meinst du damit? Habt Kyle und du euch gestritten?“

„Nein“, antworte ich und kann mir ein verzweifeltes Auflachen nicht verkneifen. „Ich habe mit Kyle heute kein Wort gesprochen. Es ist eher das, was ich heute getan habe, was mir Sorgen bereitet.“

„Okay. Wie wäre es, Joanna, wenn du mir sagst, was du getan hast? Daniel hat nämlich diesen Auflauf seiner Oma nachgekocht, und der riecht so verdammt gut, dass ich mich nur schwer auf dein Ratespiel einlassen kann.“

Wenn ich jetzt einfach auflege, schürt das die Sorge meiner Familie nur noch mehr. Ich habe angerufen – das heißt, ich muss da jetzt durch. Und immerhin ist es Susy, auf sie kann ich mich verlassen. „Du erinnerst dich doch, dass wir letztens vom Enkel meiner Chefin gesprochen haben?“

„Mhm. Der mit dem ausgeprägten Kontrollzwang, ja.“

„Unser Verhältnis war von Anfang an schwierig. Es hat sich da nämlich permanent etwas angebahnt zwischen uns. Verstehst du?“

„Ahm … ich … na ja.“

Ich seufze. „Er hat mir ganz offenkundig mitgeteilt, dass er mich attraktiv findet und sein Ziel praktisch von Anfang an darin bestand, mich flachzulegen. Heute hat er es geschafft.“

Am anderen Ende der Leitung herrscht Totenstille. Ich nehme das Handy vom Ohr, um mich zu vergewissern, dass Susy nicht tatsächlich aufgelegt hat. Doch sie ist noch dran. „Lebst du noch?", frage ich in die Stille hinein.

„Ja, ich lebe noch. Ich bin nur etwas baff."

„Verständlicherweise."

„Okay", sagt sie und scheint sich mit meinem Problem auseinanderzusetzen. „Was bedeutet das dann jetzt für Kyle und dich?"

„Keine Ahnung", antworte ich ehrlich und versuche zu eruieren, was mein größtes Problem von allen ist.

„Empfindest du etwas für diesen anderen Mann?"

„Gott, nein", erwidere ich und ziehe beide Augenbrauen hoch. „Zwischen ihm und Kyle liegen Welten, Susy. Er ist ein Ausrutscher. Vielleicht soll mir mein Verhalten ja zeigen, dass ich … keine Ahnung. Das ist ja die Schwierigkeit an dem Ganzen."

Sie scheint nachzudenken, da sie einen einheitlichen Brummton von sich gibt. „Es ist überhaupt nicht schwierig, du Dummkopf. Bei Daniel und mir war es doch genau gleich. Ich dachte die ganze Zeit, dass ich das Gefühl habe, totalen Mist zu bauen. Dabei war es genau umgekehrt – ich redete mir ein, Mist zu bauen, und habe währenddessen das Beste getan, was ich tun konnte. Ich meine ja nicht, dass du diesem Typen eine Liebeserklärung machen sollst – du solltest dich vielmehr fragen, was dein Ausrutscher dir tatsächlich über deine Ehe verrät."

Brillant. Einfach brillant. „Hast du mich gerade Dummkopf genannt?", frage ich, weil ich Susy diesen Triumph nicht zugestehen möchte. Nicht solange ich mir nicht selbst gründlich Gedanken darüber gemacht habe.

„Das ist das Einzige, das dich von meinem Gesagten beschäftigt? Warte mal."

Ich kann es rascheln hören, und es klingt, als würde Susy mit jemandem reden. Ich verdrehe die Augen, lege den Kopf auf meine Kopfstütze und frage mich, wie dämlich ich sein konnte, meiner Schwester von einem One-Night-Stand mit Ellies Enkel, der eigentlich ja ein One-Day-Stand war, zu erzählen.

„So, da bin ich wieder", reißt mich die Stimme meiner Schwester aus meinen Gedanken. „Ich habe Daniel die Geschichte mal erklärt, um seinen männlichen Rat einzuholen."

„Nein, das hast du nicht", fauche ich und nehme das Handy vom Ohr, um es untermalt von einem stummen Aufschrei durch die Windschutzscheibe zu schleudern.

„Was war das denn?"

„Mir ist das Handy runtergefallen“, lüge ich und kann es schlichtweg immer noch nicht fassen, dass sie Dan in die Sache mit reinzieht.

„Ich habe dich auf laut gestellt“, redet sie weiter und tut so, als hätte ich eine Leiche im Kofferraum, über deren Verschwinden wir nun zu dritt diskutieren müssten. Als wäre Dan geübt darin, Leichen verschwinden zu lassen.

„Ich werde jetzt auflegen“, sage ich, zögere aber, es zu tun.

„Sag was.“

„Hey, Joanna“, erklingt Daniels Stimme, die sich anhört, als würde Susy ihn mit einem Elektroschocker bedrohen, um ihn am Handy zu behalten.

„Hey.“

„Wie ich schon vorhin erklärt habe“, fährt meine Schwester fort – und in diesem Moment bereue ich es, keinen Flachmann im Wagen zu haben. „Du weißt, dass ich Kyle immer mochte; aber er war ein absoluter Schlappschwanz. Tut mir leid. Er hat so gar nicht zu dir gepasst.“

Ich gebe mich entrüstet, auch wenn ich so etwas in der Art bereits erwartet habe. „Wir sind verheiratet, Susy, da springt man nicht eben von heute auf morgen ab und wirft alles hin.“

„Er hat es aber getan. Und Daniel und ich haben schon oft darüber gesprochen, dass wir nicht verstehen können, dass du dich auf seine Betteleien überhaupt einlässt. Das ist so gar nicht Joanna-Style.“

Oh, Daniel und sie haben also über uns gesprochen. Wer seid ihr, meine verdammten Eltern? Daniel, der bis vor Kurzem sein jämmerliches Leben nicht auf die Reihe brachte und dachte, an der Schwelle zur Himmelspforte würde man ihn nach der Anzahl an Muschis fragen, in die er sein Ding gesteckt hat. Im Gegensatz dazu meine kleine Schwester, die froh sein muss, dass sie sich die Schuhe alleine zubinden kann. Könnte ich ein einziges Mal in der Zeit zurückreisen, würde ich die kleine Mistgöre mal so richtig hernehmen. Das ist also der Lohn, ihr gute Manieren und alles Lebensnotwendige beigebracht zu haben. Undankbare Kinder.

„Ich meine, das ist jetzt ein halbes Jahr aus – ein halbes Jahr, Joanna! –, und habe ich ihn ein einziges Mal um dich kämpfen sehen? Überleg dir das mal, bevor du dich selbst für etwas, das du erlaubterweise getan hast, verurteilst.“

„Ähm, ja … Kyle hat dich betrogen und belogen. Ein absolutes Abschusskriterium für eine solide Ehe; egal, wie sehr du daran glaubst." Daniel scheint zu dieser Aussage zwar gezwungen worden zu sein, doch im Kern stimmt sie durchaus.

Ich glaube an die Ehe; habe das schon immer getan, weil ich für eine bestimmte Dauer miterleben durfte, wie glücklich meine Eltern waren. Und genau nach so etwas habe auch ich immer gesucht. Und ich dachte, ich wäre bei Kyle fündig geworden. Vielleicht sollte ich, anstelle mir Vorwürfe zu machen, lernen, dass ein Scheitern einer Ehe kein Todesurteil für einen selbst ist. Dass ich dadurch die Chance bekomme, etwas Besseres zu finden. Jemand Besseres. Und damit meine ich nicht Ben. Der fällt wohl eher in die Kategorie ungeeignet.

„Und dieser Kerl – wie heißt er noch mal?", bringt sich Susy erneut ein und klingt wie die geborene Nervensäge.

„Er heißt Herwald."

„Oh, das ist … ein seltener Name."

„So sind die Adeligen eben", verarsche ich sie weiter.

Wenn ich mich nicht täusche, habe ich Daniel im Hintergrund lachen gehört. Vermutlich hat er längst verstanden, dass ich seine Freundin auf die Schippe nehme.

„Dann ist dieser Herwald also ganz nett – und damit meine ich heiß?", flüstert sie doch tatsächlich das letzte Wort, nur weil ihr Freund neben ihr steht.

„Er heißt nicht Herwald; das kann er gar nicht leiden. Herwald ist keine unbedingte Augenweide. Tut mir leid. Er ist ein toller Mensch, mit einigen äußerlichen Mankos, über die ich gerne hinwegsehe. Seine Zähne gehören in nächster Zeit korrigiert, doch er hat fürchterliche Angst vor dem Zahnarzt; außerdem drängt ihn seine Großmutter dauernd, dass er Sport machen soll – er hat einen ordentlichen Bauch. Er stottert etwas und humpelt, aufgrund eines Autounfalls. Aber das stört mich alles nicht, weil er ein total herzensguter Mensch ist."

Gott, das Bild, das ich von Ben erschaffen habe, in Kombination mit diesem Namen, ist erschreckend real und beängstigend zugleich.

Lange sagt keiner der beiden etwas, und ich würde fast mein Pensionsvorsorgesparbuch dafür geben, ihre beiden Gesichter zu sehen. „Das … ähm … hört sich doch nett an."

„Ja, total."

Warum checken die beiden nicht, dass ich sie verarsche?

„Na dann, viel Glück", meint Dan, und ich kann hören, wie schwer es ihm fällt, sein Lachen zu unterdrücken.

„Danke."

„Es freut mich, dass du mich angerufen und um Rat gefragt hast, Joanna. Ganz ehrlich. Du weißt, dass ich dich sehr, sehr lieb habe und du mich jederzeit um Hilfe bitten kannst."

Kotz. Dieser Schmachtkram ist wirklich abartig. „Ja, ja", meckere ich deshalb. „War nett, mit euch zwei Freaks zu plaudern. Ich hoffe, euer Auflauf ist angebrannt. Dan, war toll, dich zu hören. Winzling, du bist für mich gestorben, weil du mich gezwungen hast, vor deinem Freund über mein Sexleben zu sprechen."

Nachdem ich aufgelegt habe und nun wirklich endlich nach Hause fahre, fühle ich mich tatsächlich etwas besser als zuvor. Es war falsch von mir, Ben mit dem Scheitern meiner Ehe zu konfrontieren; was hat er damit zu tun? Das ist mein Kram, um den ich mich ganz allein kümmern muss. Ich habe mich ganz schön zickig verhalten. Ben ist vielleicht in manchen Dingen ein Arsch, doch er hat ja nichts falsch gemacht – zumindest nicht allein. Ich werde wohl oder übel mit ihm reden müssen, um ihm begreiflich zu machen, dass ich nur plötzlich Panik hatte.

Für den nächsten Tag nehme ich mir fix vor, mit Ben zu sprechen. Denn nicht nur, dass ich diese Anspannung zwischen uns nicht leiden kann; wir können sie so kurz vor der Ausstellungseröffnung auch nicht gebrauchen. Doch bevor ich anfange, mein Leben wieder zu ordnen, sehe ich mich gezwungen, stinklangweiliger Büroarbeit nachzugehen. Ich beantworte Mails, die in den letzten Tagen liegen geblieben sind. Ich genehmige Urlaube für meine Mitarbeiter und organisiere den Dienstplan für den kommenden Monat. Es ist fast elf, als eine Mail von Ben reinkommt. Alleine der Betreff lässt mich zusammenzucken.

Bevorstehende Terminvereinbarung

Angesichts unseres letzten gemeinsamen Termins, der gestern Abend in Bens Schlafzimmer stattfand, macht mich der Betreff durchaus neugierig. Doch wie sich herausstellt, will Ben nur, dass ich dabei bin, wenn Ron die ersten Bilder vorbeibringt. Was soll ich dort?

Die Art, wie er sich seit gestern verhält, erscheint mir seltsam – selbst für Bens Verhältnisse.

Mir liegt sehr viel an meinem Job, und auch wenn ich kurz einmal daran gedacht habe, selbst zu kündigen, ist das nach genauerer Betrachtung keine Option für mich.

Und weil es jetzt einfach nicht so weitergehen kann, stehe ich auf und verlasse mein Büro. Bens Büro befindet sich ein paar Gänge von meinem entfernt. Mit jedem Schritt wird mein Verstand klarer. Ich sehe plötzlich ein, dass es nur halb so katastrophal ist, mit Ben Sex gehabt zu haben, wie ich die ganze Zeit dachte. Ich erinnere mich an Dans und Susys Worte; an das Gefühl, das ich hatte, als ich mit Ben zusammen war. Ich versuche zu begreifen, was ich wirklich – *wirklich* – möchte. Was ich von Ben erwarte, aber auch von mir selbst. Ich stelle mir die Frage, ob ich tatsächlich bereit wäre, eine Affäre mit einem Mann wie Ben zu beginnen. Nichts Festes, nur ein wenig Spaß zwischendurch.

Wäre Ben denn bereit dazu?

Wahrscheinlich.

Wenn ich mal unsere berufliche Basis beiseiteschiebe und mich ganz auf das konzentriere, was zwischen uns läuft, dann scheint es mir nur logisch zu sein, diesem Drang nachzugeben. Aber was mag der Preis dafür sein? Mein Job? Meine Ehre? Mein Ansehen auf Cliveden? Was habe ich im Gegensatz zu Ben zu verlieren? Aber was kann ich dadurch gewinnen?

Scheint sich so ziemlich die Waage zu halten.

Da es mir klüger erscheint, situationsbedingt zu handeln, klopfe ich mit vorgegebener Coolness an Bens Bürotür. Ich trete ein. Ich bemerke zwar, dass Bens Augenbrauen kurz in die Höhe schnellen, er sich aber rasch fängt und mir den Stuhl vor seinem Schreibtisch anbietet. Ich setze mich und streiche davor meinen schwarzen Plisseerock glatt.

Für den Bruchteil einer Sekunde sehen wir uns an, und es ist, als würde sich alles, was gestern zwischen uns stattgefunden hat, gedanklich erneut abspielen. Ich bilde mir sogar ein, seine Berührungen zu spüren, seine Lippen; Gott, wie gern würde ich ihn einfach küssen. Das wäre viel leichter, als zu versuchen, etwas, für das es keine richtigen Worte gibt, zu diskutieren, zu erklären und zu behandeln, als wäre es bloß eine dämliche Akte, die es abzuarbeiten gilt.

„Aufgrund deiner Mail nehme ich an, dass meine Kündigung nicht sofort in Kraft tritt?!", setze ich an und merke, wie anklagend, ja verletzlich ich klinge.

„Es war falsch von mir, so etwas zu sagen. Tut mir leid."

„Es war falsch von mir, dich wegen meines missratenen Ehemannes anzukeifen."

Er lehnt sich zurück, als gefalle ihm, was er hört. „Akzeptiert."

Gott, wie verdammt wortkarg er heute ist. Er glaubt wohl, ich würde in einen Redeschwall verfallen und ihm mein Herz ausschütten.

„Weißt du, Ben, ich habe begriffen, dass es keinen Sinn hat, dich einem Vergleich mit meinem Mann auszusetzen; genau das Gleiche gilt auch umgekehrt. Das zwischen dir und mir geht auch nur uns beide etwas an, und wir entscheiden, was richtig und falsch ist. Genauso möchte ich aber, dass du verstehst, dass Kyle mein Mann ist und ich nicht vorhabe, unsere Ehe einfach so wegzuwerfen; egal, wie unlogisch das für Außenstehende auch wirken mag.“

Er nickt kurz, macht dann aber ein Gesicht, als hätte er in eine Zitrone gebissen. „Dein Mann ist mir egal, Joanna. Ich wünsche mir nur, dass du ehrlich und fair bist – dir und mir gegenüber. Das ist alles. Mehr erwarte ich nicht.“

Ich betrachte ein verwelktes Blatt, das auf Bens Schreibtisch liegt und vermutlich von der Pflanze daneben stammt. „Mein Dad sagt immer, das ein richtig guter Streit zielführender ist, als stundenlang über etwas allein nachzudenken. In unserem Fall scheint er damit voll ins Schwarze getroffen zu haben.“

Er lächelt und betrachtet mich eingehend. „Vor allem aber muss Sex nicht immer kompliziert sein.“

„Sprichst du aus Erfahrung?“, frage ich und überlege, wie Bens Leben wohl in London ausgesehen hat. Ob er die Frauen dauernd wechselte, oder ob er eher züchtig lebte? „Du bist so schwer einzuschätzen.“

„Du auch“, antwortet er und übergeht meine Frage.

„Ich kann fremde Menschen nur schwer an mich ranlassen und Gefühle im Allgemeinen schlecht zeigen. Aber ich mag es, Verantwortung zu übernehmen. Was wohl daran liegt, weil ich mich relativ früh um meine Schwester kümmern musste. Diese sagt, ich bin eine herrische Diktatorin.“

Bens Mundwinkel zuckt, doch er scheint gemerkt zu haben, dass ich in Redelaune bin. „Es ist seltsam, dass du fremde Menschen nur schwer an dich ranlassen kannst, während man deine Gedanken aus 100 Metern Entfernung errät. Eine außergewöhnliche Kombination.“

„Ich kann meine Gedanken sehr gut für mich behalten“, versichere ich ihm und betrachte ihn mit gesenktem Blick.

„Kannst du nicht.“

„Willst du dich auf eine Diskussion einlassen?“

„Wenn es sein muss, dann ja.“

„Okay, was habe ich denn gerade gedacht?“, frage ich und bin wirklich gespannt, mit welchem Zeug er daherkommt.

Er beugt sich, auf seine Ellenbogen gestützt, auf seinem Schreibtisch vor und mustert mich vom Scheitel bis zu meinen übereinandergeschlagenen Beinen. „Du denkst an Sex."

Ich gebe einen entrüstet-ertappten Laut von mir. „Tue ich überhaupt nicht."

„Soll ich die Tür abschließen?", fährt er fort und zieht einen Schlüssel aus einer Schublade, den er zwischen Daumen und Mittelfinger hin und her baumeln lässt.

Gut, ich habe tatsächlich an Sex gedacht. Sex mit Ben auf seinem verdammten Schreibtisch zu haben, um vielleicht eine Begründung zu finden, was genau ich so toll an ihm finde.

„Nicht hier", flüstere ich, weil mich sein Blick total aus der Ruhe bringt. „Nicht während meiner Arbeitszeit. Hast du den Verstand verloren?!"

„Meine Arbeitszeit ist mir ziemlich egal, wenn ich mir vorstelle, wie ich sie mit dir zusammen viel sinnvoller nutzen könnte. Ich wäre dabei, wenn du es auch bist."

„Nein", beharre, wirke aber selbst für mich so, als könnte ich jeden Moment einknicken. Denn wir reden hier von dem Mann, der mich nun tatsächlich alleine mit einem Zwinkern in die Knie zwingt. Der nur zu schmunzeln braucht, um in meinem Bauch Schmetterlinge aufsteigen zu lassen.

Ich bin wohl ziemlich am Arsch, doch es ist ein tolles Am-Arsch-Sein, wenn es sich so anfühlt.

Ich stehe auf und knete nervös meine Hände. „Ich weiß auch nicht – vielleicht wieder heute Abend?"

Warum zur Hölle bin ich so jämmerlich und wirke so bedürftig? Kann ich nicht zumindest ein paar Tage warten?!

Doch natürlich springt der Mistkerl sofort auf meinen Vorschlag an. War ja auch klar. Er steht ebenfalls auf, lächelt dabei, als hätte er einen Lottosechser errungen, und drückt mir völlig unvermittelt einen Kuss auf die Lippen. „Heute Abend klingt grandios", verkündet er und küsst mich noch einmal.

„Gut. Es wird aber nicht kompliziert!"

„Nein, das wird es nicht."

Ich seufze und lasse meine Hände über seine Brust, oder eher das graue Hemd, das eine deutliche Barriere darstellt, gleiten. „Wir sind erwachsen und stehen zu unseren Entscheidungen. Wir können damit umgehen."

„Sind das Fragen, oder redest du dir das gerade ein? Ich komme da jetzt nicht so richtig mit."

„Ich bekräftige unsere Entscheidung", erkläre ich ihm.

Ich küsse ihn noch schnell auf die Lippen, erinnere mich dann aber, warum ich eigentlich hergekommen bin. „Wegen deiner Mail – wann wird Ron denn kommen?"

Sofort verändert sich Bens Haltung – er wirkt geschäftiger und ernster. „Morgen so gegen fünf. Bist du da noch hier?"

„Das werde ich dann wohl so einrichten. Du willst ja schließlich, dass ich dabei bin. Oder war das bloß ein Trick, um ein Gespräch auf Männerart anzufangen?" Das ihm ja praktisch auch gelungen ist, füge ich gedanklich hinzu.

Mit leicht schiefgelegtem Kopf betrachte ich ihn genau. Mal sehen, ob auch er seine Gedanken offenbart. Wohl eher nicht, wie mir klar wird, als er ziemlich ungerührt den Kopf schüttelt.

„Gott, du hast mich durchschaut. Natürlich besitze ich nicht die Eier, zu dir rüberzugehen und dich mal ordentlich zusammenzustauchen."

„Ich weiß, dass du Eier besitzt", stelle ich klar. „Die Frage ist, ob du auch weißt, wie du sie einsetzt, während sie noch in deiner Hose stecken."

Seine Augen funkeln vor Belustigung. „Dann passt das mit morgen?", wiederholt er seine Frage.

Gehen ihm die Argumente aus, oder wie?

„Passt."

„Wir werden das schnell beenden, weil ich um sieben in London bei meinen Eltern sein muss. Meine Mum hat Geburtstag, und ich bin dieses Jahr für die Besorgung der Geschenke zuständig."

Ich mache ein übertriebenes Quietschgeräusch und presse meine Fäuste gegen meinen Mund. „Wie süß", ziehe ich ihn zynisch auf. „Ich bin ganz gerührt."

„Du bist ein jämmerlicher Eisklotz", erwidert er, bleibt aber ziemlich sachlich.

„Dafür bin ich bekannt", kontere ich und löse mich von ihm.

Ich blicke ihn einmal kurz an und verlasse dann sein Büro so locker wie nur möglich.

„Niemals. Verarsch mich nicht", sprudelt es nur so aus mir heraus, untermalt von einem Geräusch, das wohl Gelächter darstellen soll – und zwar aufgrund der Tatsache, dass ich mich gerade durch die Auswahl an Tapas-Variationen durchfuttere.

„Wenn ich es dir sage", beharrt Ben und macht ein unverbindliches Gesicht. „Sie war damals noch längst nicht so entspannt, wie sie es heute ist."

„Mein Gott, ich versuche mir nur gerade vorzustellen, wie sie dir … ich kann nicht mehr."

Als ich um fünf vor Bens Wohnung stand, überraschte er mich mit einem tollen Essen. Gut, das hat zwar seine Haushälterin zubereitet, doch ich war ehrlich begeistert. Und an diesem Zustand hat sich in der letzten Dreiviertelstunde nichts verändert, während Ben mich mit Geschichten aus seinem Leben bei Laune hält. Wie sich herausstellt, scheinen Ben und sein jüngerer Bruder richtige Draufgänger gewesen zu sein, die ihren Eltern wie auch Ellie eine Menge Sorgen bereitet haben. In diesem Moment versuche ich gerade das Bild von Ellie, das ich von ihr habe, und jenes, als sie ihre beiden wild gewordenen Enkelsöhne sämtliche Treppen im Gebäude mit Schwämmen schruppen ließ, unter einen Hut zu bringen.

„Aber die Bilder. Die sind ja teilweise locker 300, manche sogar 400 Jahre alt."

„Eben."

„Ich hätte euch erwürgt, glaube ich."

„Ich denke", fährt er fort und kratzt sich an der Schläfe, „dass meine Großmutter genau denselben Gedanken hatte. Doch nicht nur, dass es strafbar war und sie mit meinen Eltern Schwierigkeiten bekommen hätte. Sie dachte wohl, uns leiden zu lassen wäre effektiver."

Kinder können manchmal wirkliche Plagen sein. Meine Schwester war zwar ein ruhiges Kind, das vor so ziemlich allem Angst hatte. Doch selbst Susy brachte mich und meinen Dad manchmal auf die Palme, wenn sie sich weigerte, mitten im Winter ihre Mütze aufzusetzen, und sie daher eine halbe Stunde auf der Treppe saß und schrie und tobte. Nicht zum ersten Mal frage ich mich, ob ich für eigene Kinder überhaupt bereit bin. Wäre ich nicht vielleicht sogar eine der Mütter, die ihre Kinder an einer Bushaltestelle vergisst? Wer weiß.

„Und dann? Hat Ellie die Schnauzer wieder runterbekommen?" Ich fasse es immer noch nicht, dass Ben und sein Bruder ihren Ahnen damals Schnauzer aufgemalt haben. Selbst die Damen blieben nicht verschont.

„Sie haben die Bilder, glaube ich, einigen Fachleuten gezeigt – einer hat es dann aber tatsächlich geschafft. Deshalb sieht man davon zum Glück nichts mehr. Aber glaub mir, immer wenn ich eine Treppe raufsteige, und mich erinnere, wie Jason und ich sie geschrubbt haben, verspüre sogar kurz ein schlechtes Gewissen."

„Dann scheint Ellies Erziehungsmaßnahme ja zielführend gewesen zu sein", erwidere ich und kaue auf einem Stück Serrano-Schinken.

Seine Miene wird ernster, als er schließlich den Kopf hebt und mich vorsichtig betrachtet. „Du sagtest letztens, du hättest dich früh um deine Schwester kümmern müssen. Warum, wenn ich fragen darf?"

„Du darfst fragen", erkläre ich schnell und wische mir ein paar Krümel von den Fingern. „Meine Mum starb, als ich 14 war. Es passierte ganz plötzlich und unerwartet für uns alle. Meine Schwester war gerade mal sechs, und obwohl ich mich immer um sie gekümmert habe, sie nach draußen mitnahm und so, wusste ich damals, dass ich ab sofort ganz für Susy da sein musste. Mein Dad konnte es nicht; er war völlig fertig. Da kam wohl schon meine erwachsenere Seite zum Vorschein."

Ich rede eigentlich sehr selten über meine Mum, obwohl ich jeden Tag mindestens 100 Mal an sie denke. Es sind oft Kleinigkeiten, die mich an sie erinnern. Ein bestimmtes Lied, ein Essen, das sie mochte, oder irgendein Geruch. Sie ist so präsent, als wäre sie bloß weggezogen und immer noch für mich und meine Sorgen erreichbar. Ich denke, dieses Empfinden können nur Leute verspüren, die einen Elternteil verloren haben. Vor allem so früh wie ich; in einer solch prägenden Phase meines Lebens.

„Das tut mir leid", höre ich Ben sagen. „Das muss hart sein."

„Ja, das ist es. Aber ich habe mich damit abgefunden und gelernt, dass der Tod meiner Mutter Teil meines Schicksals ist. Ich muss es akzeptieren. So ist das nun einmal."

In der Praxis fällt es mir oft sehr schwer, diesen weisen Gedanken zu akzeptieren. Vor allem in der Zeit nach Kyles und meiner Trennung war es schlimm für mich. Was hätte ich dafür gegeben, den Zuspruch meiner Mutter zu hören.

„Möchtest du eine Nachspeise?", will Ben, der deutlich verunsichert ist, wie wir von diesem Thema wieder wegkommen können, wissen.

Ich grinse ihn an. „Sehr gerne. Was gibt es denn?"

„Keine Ahnung, da muss ich erst nachsehen."

„Wir hatten früher auch eine Köchin", erzähle ich, während wir gemeinsam den Tisch abräumen. „Dad hat sie aber gefeuert, nachdem sie mich und meine Geschwister über Monate hinweg wie die Schweinchen gefüttert hatte. Wir bekamen alles, was wir wollten. Für uns war das ja toll, nur wurden wir dicker und dicker, doch die Dame begriff nicht, was daran so schlecht war."

Wir lachen und verstauen die Reste des Essens im Kühlschrank. Es macht plötzlich Spaß, mit Ben zusammen zu sein. Seine beiläufigen Berührungen, während wir die Teller wegräumen an meiner Hüfte oder meinem Rücken, machen mich ganz nervös. Und selbst wenn ich normalerweise nicht so empfindlich bin, beginne ich mich zu fragen, ob wir nicht lieber auf die Nachspeise verzichten sollen.

Doch gerade, als ich diesen Vorschlag machen will, klingelt sein Handy. Er entschuldigt sich, hebt aber ab und verlässt die Küche. Ich seufze etwas. Ich bin zwar nicht beleidigt, aber ich bin wegen der Unterbrechung ein wenig genervt.

Da der Tisch sauber und das schmutzige Geschirr eingeräumt ist, sehe ich mich ungeniert in Bens Wohnung um. Küche und Esszimmer kenne ich ja bereits. Ebenso sein Schlafzimmer – hüstel. Vom Esszimmer geht eine Schiebetür zum Wohnzimmer. Diese ist zwar geschlossen, doch Ben hat bestimmt nichts dagegen, wenn ich seine Couch kurz auf ihren Komfort teste. Wie überall in der Wohnung entdecke ich auch hier den modern-minimalistischen Einrichtungsstil, der sich jedoch sehr gut in das alte Gebäude einfügt. Die Couch ist groß, dunkelgrau und steht mitten im Raum. Darunter befindet sich ein flauschiger Teppich. Ein Tisch aus Nussbaumholz steht davor. An der Wand gegenüber der Fensterfront, die in den Garten zeigt, hängt das Bild einer Frau, das eindeutig von Ron gemalt wurde. Mittlerweile erkenne ich seinen Stil, und da Ben ein Freund und Fan von ihm ist, scheint es nicht weit her zu sein, dass in seinem Wohnzimmer ein solches Bild zu finden ist.

Ich nehme auf dem Sessel gegenüber vom Bild Platz und betrachte es; gebe mich der ganz speziellen Wirkung bewusst hin.

Die Frau ist in ihren Konturen gezeichnet. Ihr Mund und ihre Augen sind aber deutlich herausgearbeitet. Der Rest ihres Körpers ist nur schemenhaft zu erkennen. Ich kann erkennen, dass ihre Haare eine ähnliche Farbe wie meine haben – vielleicht eine Spur heller sogar; was wiederum natürlich auch Rons Farbgebung geschuldet sein kann. Doch sie sieht hübsch aus und frei. Verdammt faszinierend.

Ich weiß nicht, wie lange ich hier sitze und das Bild ansehe. Doch irgendwann taucht Ben im Wohnzimmer auf. Er wirkt etwas durch den Wind, was ich auf das Telefonat zurückführe. Schnell kommt er näher, verstaut dabei sein Handy in der Tasche seines Sakkos und sieht prüfend auf das Bild, das ich mir soeben so genau angeschaut habe.

„Ich wollte mich nur etwas umsehen, bin dann aber auf das Bild gestoßen. Es ist von Ron, oder?", frage ich und hoffe, anhand seiner Antwort seine Stimmung besser einschätzen zu können.

„Ja, das ist es." Er klingt gehetzt, und mir kommt vor, als wolle er nicht, dass ich hier sitze.

Aber warum? Was für einen speziellen Wert hat dieses Bild für ihn? Es hat ihn ja auch nicht gestört, mich in Rons Wohnung mitzunehmen. Mal ganz abgesehen davon, dass in Kürze unzählige Bilder drüben im großen Saal hängen werden.

„Ich finde es sehr stark", rede ich mit rauer Stimme weiter, während Ben sein Sakko auszieht und es rüber auf die Couch wirft.

Meine Augen weiten sich, und alles, was ich sagen und denken wollte, ist weg, als Ben vor den Sessel tritt und mich von oben herab mustert. Er wirkt so gar nicht mehr zu Scherzen aufgelegt, sondern wie jemand, der sich seiner Sache sehr sicher ist. Er scheint aber auch plötzlich gereizt und angespannt zu sein. Ich habe wohl doch einen Fehler begangen, indem ich eigenständig in Bens Wohnung herumgelaufen bin. Warum, das wird sich wohl nicht mehr klären lassen.

Trotzdem rattert mein Hirn auf der Suche nach möglichen Begründungen auf Hochtouren. Wenn hier ein Sessel davor steht — ein recht bequemer noch dazu —, sitzt Ben vielleicht oft da und sieht sich das Bild an. Das heißt … „Kennst du die Frau auf dem Bild?", stelle ich die Frage einfach sehr direkt.

Er lächelt zwar etwas, doch es wirkt nicht unbedingt humorvoll, sondern eher so, als würde er dadurch irgendetwas verdrängen. „Setz dich aufrecht hin", fordert er, anstatt mir zu antworten, und packt mich bei meinen Schultern.

Natürlich kennt er sie. Seine Ex? Aber warum sollte sich jemand ein übergroßes Bild seiner Ex ins Wohnzimmer hängen und einen Sessel davorstellen?

Und obwohl es nicht meine Art ist, gebe ich nach und halte den Mund. Ich spüre, wie es tief in mir zu kribbeln beginnt und mir die Fragen rund um die Frau auf dem Bild plötzlich egal sind. Denn wer immer sie auch sein mag, ich bin diejenige, die hier bei ihm ist.

Ich rutsche mit meinem Hintern bis an den Rand der Sitzfläche vor und lege meine Finger auf Bens Gürtel. „Willst du, dass ich dir einen blase?", frage ich, während ich fragend zu ihm hochblicke.

Sein linker Mundwinkel zuckt etwas, als er nach meinem Kinn fasst und mein Gesicht anhebt. „Ja, das will ich", sagt er, schiebt meine Hand von seinem Gürtel und öffnet ihn selbst. Er atmet schneller und tiefer, während er seine Hose öffnet und schließlich seinen Schwanz herausholt. Er ist noch nicht vollständig hart, als er mit der Hand an meinem Kinn meinen Mund öffnet und seine Eichel hineinschiebt.

Er stöhnt, als ich meine Zunge über sie gleiten lasse. Schließlich drängt er seinen Penis tiefer in meinen Mund, so weit, bis sich ein Würgereflex einstellt. Das bringt ihn zum Grinsen. Er zieht ihn heraus und macht das Gleiche gleich noch einmal.

„Du machst das gut, du schmutziges Mädchen", meint er lobend und wirft sogleich stöhnend den Kopf in den Nacken.

Sein Penis ist nun vollständig hart, und als er seine Hand von meinem Kinn und die andere von seinem Steifen nimmt, stülpe ich meine Lippen fest um den Penis. Ich greife nach seinem Schwanz, massiere ihn im Rhythmus meiner Lippen und liebe es, Ben dabei zuzusehen, wie er die Kontrolle immer mehr verliert. Ich lutsche seinen Schwanz, auch wenn es sich irgendwie seltsam anfühlt, das alles vor dem Porträt seiner möglichen Ex zu machen.

Was will Ben damit bezwecken?

„Lass mich dich ficken", unterbricht er mich da, zieht seinen Schwanz aus meinem Mund und sieht etwas benebelt zu mir herab.

Ich mag es, ihn so schmutzig reden zu hören. Kyle war nie so. Er wurde zu strikter Höflichkeit erzogen, und so hat er sich in allen Lebenslagen immer verhalten. Kyle hat niemals gesagt, dass er mich ficken will. Er hat nur immer höflich gefragt, ob er mit mir schlafen darf.

Genau deswegen – um Kyle eins auszuwischen – stehe ich schnell auf, gebe Ben einen wilden Kuss und krabbele auf meinen Knien zum Sessel. Sofort wandern Bens Hände zu meinem Hintern. Er schiebt den Rock hoch, zerrt an meiner Strumpfhose und scheint auf einmal zu beschließen, dass ihm ein großzügiges Loch in selbiger auszureichen scheint. Ich wimmere, als er durch das Loch hindurch nach meinem Slip greift, diesen zur Seite und einen Finger in mich schiebt.

„So schön feucht", raunt er hinter mir und bückt sich etwas über mich, um meinen Nacken zu küssen. „Zeig mir, wie du es möchtest."

Ich stemme beide Arme gegen die Lehne des Sessels, drücke meine Beine durch und fange an, mein Becken immer wieder gegen Bens Hand zu pressen. Mein erstes Aufstöhnen klingt verhältnismäßig laut in meinen Ohren. Es durchschneidet die bis dahin so keusche Stille und versetzt mich selbst in ungeheure Lust. Ich ficke Bens Finger, als wäre er sein Schwanz und empfinde dabei nichts als Verlangen. Als er seinen Finger aus mir zieht und meine Oberschenkel küsst, flehe ich nur noch an, nicht aufzuhören.

Er pustet gegen meine Pussy, sodass ich meinen Rücken lustvoll jammernd durchbiege. Als er sich aufrichtet und seinen Penis in mich steckt, habe ich das Gefühl, keinem Menschen je näher gewesen zu sein als Ben in diesem Moment. Nicht einmal Kyle war ich je so nahe, da er ja für seine Distanziertheit und nicht für seine Aufgeschlossenheit bekannt ist.

Ben fickt mich hart, und ich spüre all seine Empfindungen, die meine Anwesenheit in seinem Wohnzimmer bei ihm ausgelöst haben. Er ist zwar nicht brutaler als gestern, doch er verdeutlicht mir, worauf ich mich einlasse mit ihm. Und noch ehe ich die Gelegenheit dazu habe, ihn um noch viel mehr zu bitten, komme ich – so verdammt schnell und so verdammt gut, dass mir ganz anders wird.

Was auch immer mich so scharf gemacht hat – ob es Bens Verhalten oder bloß der befreiende Sex war –, ich erinnere mich nicht daran, in meinem Leben jemals so schnell gekommen zu sein.

Meine Beine geben nach, und ich sinke mit dem Gesicht gegen die gepolsterte Lehne des dunkelgrauen Sessels. Ben hebt mein Hinterteil an, stößt weiter in mich und verpasst mir ein, zwei Schläge mit der flachen Hand.

„Das war es doch nicht schon, Baby. Machst du schon schlapp? Komm, nimm dir noch einen.“

Ich möchte bereits protestieren und ihm mitteilen, dass ich umfalle, sollte ich noch ein weiteres Mal kommen. Doch Ben scheint sich wenig darum zu kümmern, was ich denke oder was mit mir passiert.

„Wie brauchst du es? Härter? Langsamer?“, fragt er, schiebt eine Hand vor mich und fängt an, meinen Kitzler mit zwei Finger zu reiben.

„Härter. Oh Gott, ja.“

Ich presse die Augen aufeinander, stöhne jedes Mal, wenn er in mich stößt, ein gequält klingendes „Oh, ja“ und erreiche ein weiteres Mal den Gipfel – diesmal gemeinsam mit Ben, der mir mit rauer Stimme seinen Höhepunkt ankündigt.

Mein Körper braucht lange, um sich von diesem Orgasmus-Trip zu erholen. Selbst als Ben sich aus mir zurückzieht und ich mich auf den Sessel niederlasse, habe ich das Gefühl, ein einzelner Lufthauch könnte ausreichen, um mich noch einmal kommen zu lassen. Ich bezweifele jedoch, dass ich das überleben würde. Also beobachte ich Ben in meinem friedlich-erschöpften Zustand, wie er sich die Hose raufzieht, sie schließt und dem Bild einen letzten Blick zuwirft – der wie eine Entschuldigung wirkt.

Obwohl es mir so sehr unter den Fingernägeln brennt, stelle ich keine weiteren Fragen. Es gibt wohl gewisse Grenzen, die ich nicht überschreiten darf. Wir sind kein Paar, sondern Fickpartner. Wir dürfen uns nackt sehen, uns küssen und gemeinsam lachen. Aber wir reden über keine versteckten Erinnerungen oder Ex-Freundinnen, die verewigt in Bildern an der Wohnzimmerwand hängen.

„Hast du Durst?", fragt er und streicht über meinen Kopf.

„Ja", seufze ich und hebe unter Beanspruchung meiner letzten Energiereserven mein Handgelenk, um nachzusehen, wie spät es ist.

Ich sollte langsam nach Hause. Nicht, weil dort jemand auf mich wartet, sondern weil ich auf dem Weg zu meinem Auto jemandem – Ellie zum Beispiel – begegnen könnte. Und Ellie würde bestimmt Fragen stellen, warum ich so lange nach Dienstschluss noch hier bin. Vor allem wenn sie nur einen kurzen Blick auf mich wirft und merkt, dass meine Strumpfhose zerrissen und mein Haar ziemlich zerzaust ist.

Deshalb stehe ich auf, streiche meinen Rock glatt und folge Ben in die Küche. Auf halber Strecke kommt er mir mit einem Glas Wasser entgegen, das ich in nur einem Zug leere. „Danke", sage ich und grinse etwas verunsichert.

„Du gehst?", fragt Ben, der wohl tatsächlich meine Gedanken zu lesen imstande ist. Oder er ist einfach ein peniblerer Beobachter als ich.

Ich nicke kurz, reiche Ben das Glas und schnappe mir Handtasche und Jacke, die ich vorhin auf dem Stuhl im Esszimmer verstaut habe. „Es ist spät, und ich will vermeiden, irgendjemandem zu begegnen."

„Hmm", meint er und runzelt die Stirn. „So läuft das also ab: Wir haben Sex, und du gehst danach sofort wieder. Soll ich dir, um alles korrekt zu machen, einen Zwanziger auf den Tisch legen?"

Ich lächele zwar, auch wenn ich Bens Laune im Augenblick nicht richtig einschätzen kann. Er ist doch nicht einer jener Männer, die auf seliges Kuscheln danach stehen. Oder täusche ich mich? „Ein Zwanziger wäre bedeutend zu wenig – zumindest für unseren Breitengrad. Aber ich denke, dass wir mit Sex und danach getrennte Wege auf der richtigen Spur sind. Wir sehen uns ohnehin den ganzen Tag", füge ich schnell noch hinzu.

„Ja, wie schrecklich jede einzelne Sekunde davon ist."

„Absoluter Horror“, bestätige ich. „Gute Nacht, Ben. Danke für das tolle Essen.“

Er grinst und nickt. „Gute Nacht. Komm gut nach Hause.“

„Ich werd's versuchen.“

Er folgt mir bis zur Wohnungstür und zwinkert mir, bevor ich gehe, noch kurz zu.

Was soll ich sagen?

Nach Ben könnte ich wirklich süchtig werden.

ZWÖLF

Benjamin

Es gibt wohl nur einen Ort dieser Erde, an dem ich alles um mich herum vergesse und zu dem alten Ben werde, der ich noch immer so gern wäre. Es ist mein Zuhause, das Haus meiner Eltern in einer stillen Ecke in Kensington. Hier in diesem Haus bin ich aufgewachsen. Hier habe ich Gehen und Sprechen gelernt. Es existieren Bilder von mir und der Treppe im Flur, wie ich dort an meinem ersten Schultag sitze und warte, dass mein Dad mit dem Wagen vorfährt. Später, als ich älter war, schlich ich mich durch die Garage ins Haus, um meine Eltern nicht zu wecken. Dieser Ort fühlt sich an, als wäre hier mein Leben auf eine beruhigende Art konserviert worden. Immer, wenn ich herkomme, sauge ich ein Stückchen davon in mich auf.

Heute ist Mums Geburtstag, und die ganze Truppe ist versammelt. Nur meine Großmutter ist in Cliveden geblieben, weil es ihr nicht allzu gut ging. Also bin ich alleine hergefahren und höre mir nun die Witze meines Bruders Jason an. Ich lache jedes Mal, wenn Mum ihn bittet, bei seinen Erzählungen keine vulgären Ausdrücke zu verwenden.

„Ich bin doch nicht blöd und gebe für etwas, das mich null Komma Nüsse interessiert, einen Hunderter aus. Habe ich einen Vogel?", keift mein Bruder, und ich weiß natürlich, dass seine Frage rhetorisch gemeint ist.

Trotzdem … „Kommt ganz darauf an, was du dir davon erhoffst", erwidere ich und spieße eine halbierte geröstete Zucchinischeibe auf.

„Dein Ernst, Mann?"

„Nein."

„Aber Jason“, mischt sich meine Mutter ein, und mein Bruder und ich verdrehen gedanklich gleichzeitig unsere Augen. Was jetzt kommt, hat sich diese Lusche mit seinem Gejammer selbst eingebrockt. Ich lehne mich lediglich zurück und sehe mir den Untergang seiner Männlichkeit an. „Du triffst dich mit diesem Mädchen jetzt schon eine Weile. Habe ich recht?“

„Kann man so sagen“, bestätigt mein Bruder, wobei wahrscheinlich nur ich, Dad und er wissen, dass *Treffen* im Leben meines Bruders nur bedeutet: *Er treibt es mit dem Mädchen schon eine Weile.*

Mum aber nickt und legt ihre Gabel an den Rand ihres Tellers. „Siehst du? Sie erwartet sich mehr von dir, und du solltest in dich gehen, um herauszufinden, ob du das Gleiche fühlst.“

Ich gebe einen Würgelaut von mir, und selbst Dad nimmt einen kräftigen Schluck Bier. Dass Mum ihm Bier an ihrer Geburtstagstafel überhaupt durchgehen lässt, wundert mich.

„Sie will mich in eine ver… in eine Oper schleppen. Da stellt sich mir nicht mehr länger die Frage, was ich für sie fühle, sondern wie ich so schw… blind sein konnte.“ Er sieht zu mir, doch ich tue so, als würde ich heulen und mir die Tränen aus den Augenwinkeln wischen. „Findest du nicht, Mum, dass sie auch das respektieren sollte, was ich möchte? Meine Interessen? Ich zwinge sie ja auch nicht, mit mir zu einem Motorcrossrennen zu kommen.“

„Weil du dir so etwas normalerweise auch nicht ansiehst“, stelle ich klar und zeige mit der Gabel in Jasons Richtung.

„Benjamin, zeig nicht mit der Gabel auf deinen Bruder.“

„Gott, ja, ich könnte schließlich die Kontrolle darüber verlieren und ihm unabsichtlich ein Auge ausstechen.“

Mum seufzt, wendet sich jedoch gleich wieder an Jason. „Denk darüber nach, Jason, denn Kelly ist ein wirklich nettes Mädchen, die mir deutlich erwachsener erscheint als diese Mia letztens.“

Oh, oh, oh. Heikles Thema. Wenn meine Mum wüsste, was sie damit losgetreten hat, wäre es besser, sie hätte nach dem Nachtisch damit angefangen. Dann würde ich nämlich gehen. Denn ich habe echt keine Lust, das Mia-Thema wieder und wieder durchzukauen.

„Ähm, Mum, haben wir noch ein wenig Gemüse?“, rette ich meinem Bruder den Arsch. Wie verdammt edelmütig von mir.

Meine Mum verschwindet kurz in der Küche, um mir Nachschlag zu holen. Ich nutze die Gelegenheit, erwartungsvoll zu Jason zu blicken. Ich wackele mit meinen Augenbrauen und warte auf ein *‚Danke, Mann, du bist echt der Hammer‘*. Doch – nichts passiert. Er starrt auf sein Glas, und es kotzt mich an, wie er vermutlich innerlich wie ein kleines Baby wegen dieser Mia heult.

„Du schuldest mir etwas", erkläre ich Jason daher ohne Umschweife.

„Niemals. Ich habe ja kein Problem, über Mia zu sprechen."

„Ach, ja. Seit wann?"

„Jungs", mischt sich Dad ein und hebt eine Hand. „Tut mir den Gefallen, und lasst eure Mutter in dem Glauben, dass ihr noch nicht wisst, wie ihr eure besten Stücke bestmöglich einsetzt."

Ich schließe die Augen und stelle mir vor, ich wäre jetzt ganz woanders. Egal, wo – zumindest aber nicht hier, um mit meinem Dad über unsere Schwänze zu reden.

„Apropos beste Stücke: Wie läuft es denn auf Cliveden?", dreht Jason den Spieß um. Ich wusste, dass ich es irgendwann bereuen würde, ihm von Joanna erzählt zu haben.

Natürlich wählt meine Mutter genau diesen Moment, um mit meinem Nachschlag aufzutauchen. War ja klar. „Ja, Benjamin, erzähl einmal, wie du dich eingelebt hast."

„Ja, erzähl mal. Hast du vielleicht schon jemanden kennengelernt?", heuchelt mein Bruder Interesse an etwas, was er ohnehin schon weiß, und ich schwöre hiermit hoch und heilig, dass ich ihn später dafür eine verpassen werde.

„Läuft gut. Hervorragend", nuschele und stopfe mir den Mund mit Essen voll.

Meine Mutter setzt sich gerade hin, was bedeutet, dass sie noch nicht ausreichend informiert wurde. „Vermisst du London?"

„Nein."

„Deinen alten Job?"

„Kein bisschen." Was ja nicht mal gelogen ist, weil mir die Ruhe dort draußen echt guttut.

Alle gaffen mich an; meine Mum abwartend, mein Dad auf die Art, als erwarte er, darüber zu erfahren, dass ich irgendeine Scheiße gebaut habe, und Jason grinst bloß blöd, weil er genau weiß, das ich Scheiße gebaut habe. Auch wenn er bloß weiß, dass ich auf Joanna scharf bin, reicht dieser Wissensstand aus, um eine mittlere Katastrophe heraufzubeschwören.

„Kommst du mit den Leuten gut klar?"

„Warum fühle ich mich, als würde ich vor euch drei um meine Glaubhaftigkeit kämpfen müssen? Habe ich was verpasst?"

Ich sehe meiner Mum an, dass ihr irgendetwas unter den Nägeln brennt. Alleine schon die Art, wie sie tief Luft holt und sich zwingen muss, weiter zu essen. Und Jason wirkt, als habe er bereits

irgendetwas verraten. Mein kleiner Bruder war schon immer der
Liebling unserer Eltern. Selbst jetzt verbringt er noch so viel Zeit
mit unserer Mutter, dass er in meinen Augen schon an die Grenze
zur Schwuchtel stößt. Nicht, dass ich etwas gegen Schwule hätte.
Jason schafft es immer, sich mit dem, was er labert, so richtig in
die Scheiße zu manövrieren. Meistens zieht er mich auch noch mit
rein; das war schon früher so und wird sich Zeit unseres Lebens
wohl auch nicht ändern.

Fakt ist also, dass ich schon den ganzen Abend über das Gefühl
habe, als würde irgendetwas Ungutes im Raum schweben. Nur
was?

„Ben, wir wissen, dass du eine schwere Zeit hinter dir hast, und
wir finden es toll, was du aus deinem Leben gemacht hast." Meine
Mutter gerät ins Stocken und ringt ganz offensichtlich um die richtigen Worte.

„Aber ...?", führe ich fort und warte ziemlich geduldig für jemanden, der auf Nadeln sitzt.

Sie blickt kurz zu Dad, der seine Nasenspitze zwischen Daumen
und Zeigefinger hält und wie verrückt darauf herumknetet. Ein
deutliches Indiz dafür, dass er überhaupt nicht begeistert ist über
das, was meine Mum da gleich loswerden möchte. „Ich hoffe, wir
tun dir nicht unrecht. Aber deine Großmutter meinte, dass du einige Differenzen mit der Assistentin Mrs. Douglas hattest. Ganz
offensichtlich habt ihr sie nun aber überwunden, und ... sie, nun ja,
... sie ..."

Fuck, nein.

„Was Mum sagen möchte", meldet sich Jason zu Wort. „Kann
es sein, dass du ein schlimmer Finger warst?"

Ich gebe mir alle Mühe, nicht offensichtlich zusammenzuzu-
cken, als mein dämlicher Bruder den Verdacht meiner gesamten
Familie laut ausspricht. Aber wie kommen sie darauf? Ist meine
Großmutter tatsächlich noch so auf der Höhe, dass sie bemerkt hat,
was zwischen Joanna und mir läuft? Oder hat gestern jemand Joanna aus meiner Wohnung verschwinden sehen?

Vermutlich bin ich ganz schön blass um die Nasenspitze geworden, weil meine Mum die Hand nach meiner ausstreckt und
sanft lächelt. „Ich kenne Mrs. Douglas nur aus den Erzählungen
meiner Mutter, aber diese sagte, sie wäre ein tolles Mädchen. Was
auch immer zwischen euch läuft, Ben – nutz die Chance für einen
Neuanfang. Du brauchst den."

Ich muss beinahe lachen, weil das zwischen Joanna und mir
rein gar nichts mit einem Neuanfang zu tun hat, sondern bloß

hemmungsloses Ficken ist. Doch auch das kann ich hier am Tisch sitzend nicht anbringen. Sie scheinen sich ohnehin längst ihre eigene Meinung gebildet zu haben. Meine Mutter wünscht sich nichts sehnlicher, als dass ich glücklich werde. Doch in Joannas Fall braucht sie sich keine falschen Hoffnungen zu machen. Es erscheint mir daher wichtig, die Sache so weit wie möglich klarzustellen. „Sie ist verheiratet, Mum. Das ist überhaupt nicht meine Art.“

„Ich dachte, sie lässt sich scheiden“, wirft mein Bruder ein und ahnt nicht, was er mit seiner Anmerkung, die er einfach so während zwei Bissen vom Filet fallen lässt, anrichtet. Denn ich kann vom Gesicht meiner Mum ablesen, dass sie denkt: *Oh, ihr habt also bereits über sie gesprochen. Das heißt dann ja wohl, dass ich mit meiner Vermutung gar nicht mal so falsch liege.*‘

„Es ist nicht meine Art. Okay? Und jetzt Schluss damit.“ Sie können tun, was sie wollen, wenn sie bloß aufhören, über Joanna und mich zu sprechen. Und das auch noch auf eine Art, als würden sie sich ernsthaft Hoffnung machen.

Verrückt. Total verrückt.

Mein Leben steht im Augenblick total kopf, wie mir abermals klar wird, als mein Dad mich misstrauisch ansieht. Meine Mum war schon früher immer für den ersten Schritt zuständig; sie war es stets, die mich bat, am Tisch Platz zu nehmen, damit wir reden konnten, wenn ihrer Meinung ein Problem vorlag. Mein Dad war dann meist derjenige, der sich lediglich die Fakten anhörte und entschied, ob sie beide – Mum und Dad – eine Situation für gut oder schlecht befanden. Heute kann ich ihm ansehen, dass er von Bedenken geplagt wird.

Mein Dad ist ein kühler Typ. Bei ihm gab es nie Ausbrüche, nicht einmal während eines Fußballspiels im Fernsehen. Er arbeitet an der Börse und ist es von Berufs wegen vermutlich gewohnt, dass nicht alles so läuft, wie man möchte; und außerdem weiß er, wie schnell sich die Dinge im Laufe eines Tages ändern können. Diese Einstellung gilt für sein ganzes Leben. Und nein, die habe ich nicht von ihm übernommen. Jason und ich sind wohl das komplette Gegenteil der soliden Persönlichkeiten unserer Eltern.

„Ich finde es gut, dass du weißt, wie du dich verhalten sollst, mein Junge“, hebt er nun an, und alle am Tisch verstummen, um ihn anzusehen. „Deine Mutter hat wohl die romantische Vorstellung, dass du wieder eine Frau findest, die du magst. Aber in Anbetracht der Umstände ist es wohl besser, einen kühlen Kopf zu bewahren und die berufliche Professionalität an erste Stelle zu stellen. Ich bin stolz auf dich."

Oh ja, er ist stolz auf mich. Wenn er nur wüsste, wie sehr ich meine berufliche Professionalität in letzter Zeit schleifen ließ.

Sein anerkennender Blick trifft mich mehr, als es eine Ohrfeige geschafft hätte. Ich seufze innerlich und widme mich wieder meinem Essen, ausdrücklich darauf bedacht, keinem der drei zu offensichtlich in die Augen zu blicken. Denn bestimmt erkennt man in meinen sofort, dass ich Dreck am Stecken habe.

Mein Bruder und ich gehen gemeinsam zu unseren Autos, die hintereinander vor dem Haus unserer Eltern stehen. Jason lebt nach wie vor in London. Er hat einen völlig anderen Weg eingeschlagen als ich und aus einer Idee heraus nach seinem Studium ein innovatives Barkonzept auf die Beine gestellt, das mittlerweile eine Kette von Bars nach sich gezogen hat. Gerade ist er dabei, dieses Konzept auch in andere Länder zu verkaufen.

„War ein netter Abend", sage ich und spiele mit dem Autoschlüssel in meiner Hand. „Lass dich mal bei mir blicken. Großmutter würde sich bestimmt auch freuen."

Jason nickt und blickt zur Seite. „Ich weiß. Ich war schon ewig nicht mehr bei ihr, aber im Augenblick habe ich so viel zu tun."

„Wer hat das nicht", grummele ich etwas gereizt für jemanden, der unter einer totalen Überdosis Landluft leidet und deshalb immer und überall gelassen sein sollte.

Jason kratzt sich unter der Nase und steckt seine Hände in seine Hosentaschen. „Tut mir ehrlich leid, wenn ich dich vorhin in eine Zwickmühle gebracht habe. Wegen dieser Angestellten von Großmutter."

„Sie ..." Ich schlucke meine Verteidigung hinunter und atme tief durch. „Kein Problem. Ich lasse mich schon nicht von Mums Röntgenblick aus der Ruhe bringen."

„Den hat sie echt drauf. Wir werden wohl früh an einer Strahlenüberdosis sterben, Kumpel."

Ich lache. „Besser das, als von Dads Psycho-Stirnrunzeln aufgerieben zu werden."

„Du meinst, du würdest einen langsamen Tod einem schnellen vorziehen? Wie schräg bist du denn drauf?"

Da Jasons Frage nicht ehrlich gemeint ist, kann ich mir eine Antwort sparen. Trotzdem aber grüble ich viel zu lange darüber nach. „Ich würde situationsbedingt entscheiden."

„Aha“, erwidert Jason und mustert mich skeptisch. „Aber jetzt mal unter uns: Was ist nun mit diesem Mädchen? Läuft was zwischen euch?“

Oh Gott.

Er klopft mit der flachen Hand auf das Dach meines Wagens und schüttelt ungläubig den Kopf. „Du bist wirklich ein schlimmer Finger, wie Dad sagen würde.“

„Dad hält mich auch für verantwortungsbewusst. Er hat mich vorhin sogar gelobt. Dabei bin ich nichts weiter als ein jämmerliches Stück Scheiße, das seinen Schwanz nicht unter Kontrolle halten kann.“

„Das stimmt“, erwidert Jason teuflisch grinsend. „Aber du solltest dir auch Dads Ideale nicht zu sehr zum Vorbild nehmen, Ben. Als ich erfuhr, dass er Björk und die Beach Boys hört, konnte ich ihn nicht mehr ernst nehmen.“

„Du darfst Green Day nicht vergessen.“ Die hört er vermutlich aber nur, weil er seine altbackenen Ansichten reinwaschen und mit jugendlichem Punk-Stil auf die Straßen schleudern möchte.

Jason rümpft die Nase. „Stell dir vor, du stirbst, und jemand spielt auf deiner Beerdigung ‚*Time of Your Life*‘“

„Das klingt wie der absolute Untergang.“

„Das ist es auch.“

Wir sehen uns kameradschaftlich grinsend an, und es ist, als hätte mir Jason mit seinem blöden Witz über Dad die Last, die mir das Lob selbigen aufgebürdet hat, genommen. Es stimmt wohl, dass ich mich nicht zu sehr darauf versteifen sollte, was andere von mir erwarten, sondern was gut für mich ist. Was ich will. Und irgendetwas in mir gesteht mir dieses Recht voll und ganz zu. „Sie leben getrennt“, gehe ich dem Bedürfnis nach, meinem Bruder die wohl wichtigste Info zu meiner Situation zu geben. „Ja, sie sind zwar noch verheiratet, aber nur auf dem Papier. Ich denke nicht, dass Joanna zu ihrem Mann zurückgeht.“

„Hmm. Hättest du trotzdem etwas mit ihr angefangen?“

„Du meinst, selbst wenn die geringste Wahrscheinlichkeit bestünde, dass sie zu ihm zurückgeht?“ Jason nickt.

„Nein. So einer bin ich nicht.“

„Und sie? Wäre sie *so eine?*“

„Nein.“

Mein Bruder zuckt kurz mit den Schultern. „Dann ist ja alles gut. Oder auch wieder nicht, denn Großmutter würde dich vermutlich töten, und ich würde mich gezwungen sehen, tatsächlich Green

Day auf deiner Beerdigung zu spielen, weil du eine Ehe zerstört hast – das heiligste aller Güter.“

Das findet er doch wohl nicht wirklich!? Mein Bruder ist ja genauso umtriebig wie ich, und selbst wenn unsere Eltern uns am liebsten längst verheiratet wüssten, schert sich Jason um diesen Wunsch sogar noch viel weniger als ich. Und das, obwohl er in unmittelbarer Nähe von Mum lebt, die ihm fast jede Woche irgendeine Tochter einer Frau, die sie kennengelernt hat, vorstellt.

„Aber du hast es dir verdient, Mann. Ehrlich.“

Das mag aus Jasons Sicht durchaus stimmen, doch ich frage mich, ob nicht eine andere Frau passender wäre; eine, mit der ich nicht zusammenarbeite, und die von meiner Großmutter nicht derart ins Herz geschlossen wurde. „Es fühlt sich richtig und falsch zugleich an“, höre ich mich nachdenklich sagen. „Joanna wird schon nicht zu Großmutter laufen und mich verpetzen – zumal sie ja selbst mit drinsteckt. Trotzdem erscheint mir das, was sich zwischen uns entwickelt hat, wie ein Tanz auf dem Vulkan.“

„Du sitzt aber auf dem längeren Ast, Ben. Wenn sie Probleme macht, säg ihren ab“, rät mir Jason und klingt dabei wie das Musterexemplar eines Arschlochs.

„Sie feuern?“, frage ich ungläubig. „Weißt du, damit habe ich ihr im Affekt sogar einmal gedroht, nachdem wir zum ersten Mal miteinander in der Kiste gewesen waren. Aber das könnte ich nicht machen.“

„Warum?“

„Weil … sie lebt für Cliveden. Wahrscheinlich verkörpert sie die Familie und das Schloss mehr wie ich oder du zusammen.“

„Okay“, sagt er. „Dann, mein Freund, steckst du wirklich in der Scheiße. Ich wusste ja gleich, dass du auf dem Land durchdrehen wirst.“

Und während er um meinen Wagen herum zu seinem Auto geht, trällert er den Refrain von ‚*Time of Your Life*‘. Arschloch.

Zu dem jämmerlichen Song, der mir die vergangene halbe Stunde wie ein böses Omen durch den Kopf geistert, biege ich in die Zufahrt ein und stelle den Motor meines Wagens ab. Ich habe gehofft und gebetet, dass ich kein Licht im Fenster sehen werde. Aber hey, vermutlich habe ich mit der Beleidigung von Björk das Schicksal herausgefordert, und nun muss ich da wohl durch.

Ich könnte wieder fahren. Nach Hause. Dahin, wo ich eigentlich hingehöre. Doch ich steige aus und blicke mich kurz in der Nachbarschaft um. Ich betrachte das Haus, das sie mit ihrem Mann gekauft hat. Hier wollten sie eine verdammte Familie gründen, und jetzt steige ich die Stufen vor ihrer Haustür hoch, um die Klingel zu betätigen. Während ich darauf warte, dass sie öffnet, frage ich mich, wie es dieser egoistische Teil in mir geschafft hat, mich dazu zu zwingen, einen Umweg zu nehmen und hierherzufahren. Wie jämmerlich ist das, bitte?!

Was, wenn ihr Mann hier ist? Sie hat zwar heute nichts dergleichen zu mir gesagt. Ja, weil sie mir keine verdammte Rechenschaft schuldig ist. Sie ist mit diesem schwanzlosen Kyle verheiratet. Sie liebt ihn. Ich bin drauf und dran, kalte Füße zu kriegen, als die Tür aufgeht und Joanna in nichts als einem hellblauen Bademantel vor mir steht. Die Haare hat sie zu einem Dutt auf ihrem Kopf gebunden. Sie sieht so ungestylt und schön aus wie noch nie zuvor. Ihr Anblick ist wie ein Einblick ins Innere der echten Joanna. In ihr Leben abseits von Cliveden und mir. Mir wird klar, wie vermessen es von mir war zu glauben, ich hätte auch nur einen Hauch eines Anspruchs auf sie.

Deshalb fällt es mir auch so schwer, etwas zu sagen. Ich betrachte daher ihr Gesicht, während sie mich entgeistert ansieht.

„Ben", sagt sie schließlich und scannt mich von oben bis unten.

„Hey", drücke ich herum und versuche zwanghaft, ein Lächeln aufzusetzen. „Ich war in London bei meinen Eltern."

„Ich weiß. Das hast du heute angekündigt, als Ron da war."

„Stimmt", gehe ich auf ihre Feststellung ein und tippe mir mit dem Zeigefinger zuerst gegen die Schläfe, ehe ich ihn in die Luft strecke, als wäre mir besagte Tatsache eben erst aufgegangen. „Aber jetzt wollte ich dich sehen."

„Okay", meint sie vorsichtig und betrachtet mich abermals.

Wenn sie es zweimal macht, kann ich es wohl einmal machen. Daher weite ich mein Blickfeld aus – von ihrem Gesicht zu dem Streifen Haut, der zwischen den beiden Enden des Bademantels am Hals sichtbar ist. Der Bademantel reicht bis zu ihren Knien, darunter sind ihre Füße nackt. Ich wusste zwar bis gerade vorhin nicht, dass mich Frauen in Bademäntel scharfmachen, und wenn sie mich jetzt nicht reinlässt, muss ich mir mit diesem Bild vor Augen später wohl noch einen runterholen.

„Ist er da?", frage ich und blicke ihr wieder in die Augen.

„Wer?"

Ich schlucke. „Dein Mann."

„Nein", erwidert sie eine Spur spöttischer, als ich erwartet habe. „Hier drin sind nur ich, meine Badewanne und eine Creme, die babyglatte Haut verspricht."

Es kostet mich sehr, sehr, sehr viel Kraft, sie nicht sofort rückwärts ins Haus zu schieben, gegen die nächstbeste Wand zu drücken und stürmisch zu vögeln. Der Gedanke ist regelrecht verlockend.

„Möchtest du mir an meiner Haustür nun einen Staubsauger verkaufen, oder kommst du rein?"

Ja. Ja. Ja. „Willst du das denn?"

Gott, bin ich blöd! Warum verunsichere ich sie? Die Frage war doch, ob *ich* es möchte. Und ja, ich will es.

„Klar. Warum nicht?"

Sie tritt zur Seite und lässt mich in ihren Flur treten. Hier drin riecht es nach dem vertrauten Joanna-Duft: süßlich-herb. Vermutlich liegt es aber an ihrem Shampoo oder dem Weichspüler, den sie benutzt. Ich bin in meinem Leben bei vielen Frauen zu Hause gewesen, manchmal auch mitten in der Nacht nach einem Barbesuch. Meist war ich etwas betrunken, und daher hielt ich es für eine große Zeitverschwendung, zu viel zu reden. Doch niemals war ich vor Nervosität so stumm wie jetzt.

Das scheint auch Joanna zu spüren, da sie die Arme vor ihrer Brust verschränkt, als suche sie Schutz. „Alles in Ordnung mit dir? Du bist irgendwie so … ruhig."

„Während der Fahrt hierher bildete ich mir ein, es wäre eine tolle Idee, zu dir zu fahren. Jetzt, da ich hier bin, frage ich mich, ob ich nicht vielleicht zu weit gegangen bin."

Meine Ehrlichkeit scheint sie zu beeindrucken, da der Ausdruck auf ihrem Gesicht etwas sanfter wird. „Wenn du nicht vorhast, mich mit einer meiner Hanteln zu erschlagen, mich zu zerstückeln und in meiner Gefriertruhe zu verstauen, dann kann sich dein Besuch bei mir ja nur zum Positiven entwickeln. Ich freue mich", erklärt sie mir über ihre Schulter sprechend, während sie mich in ihre Küche führt. „Möchtest du etwas trinken?"

„Ja, bitte."

„Wasser? Kaffee? Alkohol?", fragt sie und wackelt mit ihren Augenbrauen.

„Wasser", antworte ich und sehe ihr dabei zu, wie sie ein Glas aus einem Hängeschrank holt und es befüllt. „Du hast Hanteln?"

Sie grinst, als sie sich umdreht und mir das Glas reicht. „Kyle hat welche. Die liegen noch oben in seinem vermeintlichen Fitnessraum, den er vielleicht ganze zweimal betreten hat. Ein gutes Alibi ist alles."

Ich nehme einen Schluck und versuche sie mir hier mit ihrem Mann vorzustellen. Ich kenne Kyle zwar nicht, doch ich stelle ihn mir ziemlich gradlinig und langweilig vor. Ein Loser, der sein Glück nicht zu schätzen wusste und eine andere flachlegte. „Du hast mal gesagt, dass du ihn mit einer anderen Frau erwischt hast; war das hier?"

Sofort bereue ich es, sie danach gefragt zu haben. Joanna nickt und sagt: „Genau hier in diesem Raum. Darum fühle ich mich jetzt richtig gut, dass du hier bist. Als ob ich ihm damit etwas heimzahlen kann."

Diese Aussage lässt so viel Spielraum offen. Plötzlich benötige ich das Wasser nicht mehr, um meinen Durst zu löschen, sondern um das lodernde Feuer in mir drin etwas im Zaum zu halten.

„Wie war die Feier deiner Mum?", will sie wissen und lehnt sich mit ihrer Hüfte gegen das Spülbecken.

„Unterhaltsam."

„Und Ellie – war sie nicht mit?"

„Sie fühlte sich nicht so gut."

„Oh."

„Nichts Schlimmes", beruhige ich sie schnell und leere das Glas. „Vielleicht hatte sie auch einfach keine Lust." Obwohl das nicht die Art meiner Großmutter ist.

Ich gebe ihr das Glas zurück und verneine ihre Frage, ob ich noch etwas Wasser möchte. Selten habe ich mich so dämlich aufgeführt. Ich meine, ich bin hergekommen, aus einem bestimmten Grund, und nun stehe ich hier, als wäre sie eine völlig Fremde für mich. Selbst beim besten Willen mag mir nichts Oberflächliches oder Small-Talk-Würdiges einfallen. Aber vielleicht will ich ja auch gar nicht oberflächlich sein? Vielleicht möchte ich alles erfahren; über sie, über ihr Leben hier und ihre Vergangenheit. Bis jetzt weiß ich nur über Kyle Bescheid; das uninteressanteste Kapitel.

„Mir frieren langsam die Füße ab", gesteht sie plötzlich und wackelt lächelnd mit ihren Zehen.

„Ja, natürlich. Ich fahre wieder. Ist ja schließlich noch ein langer Weg."

„Nein", erwidert sie hastig und streckt ihren Arm nach mir aus. „Ich will, dass du noch bleibst." Sie tritt näher, bis der Gürtel ihres Bademantels gegen meinen Bauch drückt. Dann sieht sie zu mir und mustert mich genau. „Komm mit hinauf“, flüstert sie und nimmt mich bei der Hand.

Ich zucke kurz zusammen. Wenn ich mit ihr mitgehe, wird es unweigerlich darauf hinauslaufen, dass ich sie in ihrem Haus vögele. Jetzt mag es ihr gefallen, doch ich befürchte, dass sie mich irgendwann dafür hassen wird. Denn das Haus wird endgültig entweiht – zuerst die Frau, mit der ihr Mann sie betrogen hat, und nun ich mit ihr; der Mann, mit dem sie ihren Ehemann betrügt.

„Das ist *euer* Haus, Joanna“, sage ich mit etwas mehr Nachdruck als beabsichtigt.

Sie zuckt jedoch bloß die Schultern. „Das ist mir egal. Es bedeutet mir nichts mehr. Außerdem ist es inzwischen *mein* Haus.“

Wie gerne würde ich wissen, ob ihre Aussage der Wahrheit entspricht. Doch eigentlich ist es unwichtig, weil ich ihr einfach glauben muss, was sie sagt. Und genau das will ich doch auch. Mit Joanna scheint so vieles so einfach. Sie sagt, was sie will. Ich kann ihr trauen. Ich weiß selbst nicht genau, was ich von ihr möchte – wie kann ich da voreilige Schlüsse über sie ziehen?

Sie scheint meinen inneren Kampf zu spüren, da sie die Hände auf meine Brust legt und sanft lächelt. „Ich will es, Ben“, will sie mir meine Zweifel nehmen.

Wie soll ich da widerstehen, verdammt? Seit Tagen kann ich an nichts anderes als an Joanna denken. Wenn ich arbeite. Wenn ich esse. Doch noch nie kam von ihr eine so deutliche Einladung. Und damit trifft sie zielgenau ins Schwarze.

„Komm“, fordert sie mich auf und zieht mich an der Hand zurück ins Treppenhaus. Sie steigt vor mir Treppe hoch. Schritt für Schritt, passend zu meinem Pulsschlag.

Ihre Hüften befinden sich dicht vor mir, und am liebsten würde ich sie packen und hier mitten auf der Treppe ficken. Doch Joanna scheint andere Pläne zu haben, da ich geradewegs in ihrem Schlafzimmer lande.

Der Fernseher läuft, und auf dem Boden vor dem Bett liegen ihre Schuhe, die sie vorhin vergessen hat anzuziehen. Doch alles, wirklich alles gerät beim Anblick des Bettes in den Hintergrund. Es fühlt sich verdammt noch einmal so an, als würde ihr Mann direkt neben uns stehen.

Gut, ich war, hatte ich einmal ein Ziel vor Auge, schon immer etwas skrupellos, doch ich bin kein jämmerlicher Wichser, der verheiratete Frauen in deren Ehebetten vögelt.

„Joanna“, sage ich und suche Augenkontakt zu ihr, „ich hätte nicht herkommen sollen.“

Sie stellt den Fernseher aus und steigt auf den Teppich vor ihrem Bett. „Das sagtest du schon, und trotzdem bist du hier."

„Ich weiß. Aber du wirst mich hassen, wenn ich … wenn wir das hier tun." Ich mache eine Geste, die uns beide sowie den gesamten Raum miteinbezieht.

„Das Bett ist neu", erklärt sie. „Ich konnte nicht mehr in dem Bett schlafen, in dem Kyle und ich …"

Sex hatten, beende ich ihren Satz gedanklich.

„Warum sollte ich dich hassen?"

Ich fahre mir durch die Haare und versuche, ruhiger zu werden. „Kaufst du dir ein neues Bett, wenn du deinen Mann wieder zurücknimmst, weil du mit mir darin gevögelt hast? Oder schläfst du mit ihm dann in diesem Bett?"

„Lass das mal meine Sorge sein", erwidert sie, versichert mir dadurch aber nicht hundertprozentig, dass sie ihren Mann nicht doch wieder eines Tages hier wird einziehen lassen.

Das macht mich wahnsinnig. Vor allem deshalb, weil ich meinem Bruder vorhin noch weismachen wollte, dass sie genug von ihrem Mann hat. Und jetzt stehe ich hier in ihrem Schlafzimmer und frage mich, wann sie wieder zu Verstand kommen und mich davonjagen wird.

Als sie nach dem Gürtel an ihrem Bademantel greift und ihn löst, ist es, als hätte in meinem Kopf jemand eine Rakete losgelassen und damit sämtliche Gedanken getilgt. Ich bilde mir ein, sogar ein leises Dröhnen zu hören. Doch vermutlich liegt das am Blut, dass wie wahnsinnig durch meinen Körper rauscht. Sie sieht mich an, lässt ihren Bademantel zu Boden gleiten und steht plötzlich in all ihrer nackten Vollkommenheit vor mir. Ich will mir nicht eingestehen müssen, dass ich einer dieser Männer bin, die sich vom Anblick nackter Titten vollständig aus dem Konzept bringen lassen. Doch wahrscheinlich liegt es an Joannas nackten Titten sowie ihren langen Beinen, weshalb ich zu fast sabbern beginne.

„Hier", sagt sie und wirft mir eine weiß-gelbe Tube zu. „Als du vorhin geläutet hast, war ich ja gerade dabei, mich einzucremen. Das kannst jetzt du übernehmen."

Ich betrachte die Verpackung in meinen Händen, schraube sie allerdings relativ schnell auf und trete näher an Joanna heran. Versuchshalber quetsche ich mir etwas von dem weißen Zeug, das nach Kamille riecht, auf die Handfläche. Ich verteile es zwischen meinen Händen, um die Creme etwas anzuwärmen. Dann strecke ich die Arme aus und fange bei Joannas Schultern zu schmieren an. Sie atmet einmal kurz ein, lässt mich aber sonst gewähren.

Ich umrunde sie und widme mich ihren Schulterblättern, ihrer Wirbelsäule und ihrem Nacken.

„Das machst du gut", lobt sie mich mit einem Blick über ihre Schulter.

Ich lächele und knete ihren Nacken. „Danke. Aber bist du dir sicher, dass das Versprechen der Creme nicht eher ‚*Riecht wie Oma*' lauten sollte?"

Ihre Schultern zucken, als sie kichert. „Ich verwende sie schon seit Jahren, und ob du es glaubst oder nicht, Leute machen mir Komplimente wegen meiner weichen Haut."

Weil mit ‚Leute' durchaus auch ihr Mann gemeint sein könnte, verteile ich einen weiteren Klecks der Creme intensiver als nötig auf ihrem Arsch, der tatsächlich verdammt weich und einladend ist – Creme hin oder her. „Warum bist du plötzlich so zahm?"

Sie seufzt und lässt ihre Schultern etwas kreisen. „Du meinst wohl eher, warum ich auf einmal so nett bin zu dir? Im Vergleich zum Anfang unserer Bekanntschaft kann ich dich mittlerweile ganz gut leiden."

„Und das konntest du vorher nicht?"

„Nein. Kein bisschen. Du standst ganz oben auf meiner Antipathieliste."

Das wundert mich nicht. Ich habe mich wirklich wie ein Arsch benommen. Und das aber, weil ich von Anfang an scharf auf sie war.

„Dass ich dich mittlerweile mag, liegt natürlich auch nur an den sexuellen Gefälligkeiten, denn menschlich gesehen bist du nach wie vor ein Versager", konkretisiert sie, doch ich kann sie spöttisch lächeln sehen, während ich ihre rechte Schulter küsse.

Ich drehe sie ruckartig zu mir um und sehe sie böse an, während ich etwas von der Creme auf ihren Brüsten verteile. „Du machst mich wahnsinnig", gestehe ich unverhofft. Schuld an diesem Schritt ist die Art, wie sich ihr Bauch schneller hebt und senkt, als ich mit meinen Fingerkuppen über ihre Nippel streiche.

„Das ist der Plan, weißt du. Dich verrückt zu machen und dadurch aus dem Weg zu räumen."

Ich grinse und betrachte ihre nun hart gewordenen Nippel. „Dir würde ich das zutrauen. Aber im Augenblick ist es wohl eher dein eigener Körper, der *dich* aus dem Weg räumt. Spürst du die Berührung denn bis in deinen Kitzler?"

Sie schluckt und pustet die Luft aus. „Mein Gott, ja."

Fuck, wie sehr ich es mag, wenn sie ihre Schutzhülle fallen lässt. Ich will immer wieder Neues bei ihr entdecken. Ich will mehr und mehr – und zugleich habe Angst ich, weil ich nicht weiß, wohin uns diese Begierde führen könnte.

Und obwohl ich die mahnende Präsenz ihres Ehemannes spüre, habe ich das Bedürfnis, eine gemeinsame Erinnerung hier in ihrem Haus zu lassen. Deshalb überlege ich nicht mehr länger und schiebe sie rückwärts aufs Bett. Sie soll sich daran erinnern, was wir gemacht haben, wenn sie hier reinkommt,. Gott, ja, dieser Gedanke ist sogar noch stärker als das Drängen meines Schwanzes. Ich drücke sie an den Schultern nach unten, sodass sie rücklings auf ihr Bett sinkt und mich erwartungsvoll mustert.

Ich beuge mich über sie, küsse sie; zuerst sanft und dann fester, um ihr zu zeigen, wie scharf sie mich macht. Ihre Knie drücken gegen meinen Brustkorb. Ich fasse nach ihnen und schiebe ihre Beine auseinander. Die Creme entdecke ich zu Joannas rechter Seite. Erneut nehme ich die Tube, quetsche einen Klecks heraus und beginne die Creme auf ihrem Bauch, ihren Schenkelaußenseiten und ihren Waden zu verteilen. Still sieht sie mir dabei zu, was ich mache. Doch ihre schnelle Atmung verrät, wie erregt sie ist. Ich zwinge mich, nicht auf ihre Muschi zu starren, doch es fällt mir schwer; verdammt schwer sogar, um ehrlich zu sein.

Ihre Haut ist weich und warm. Ihre Beine sind glatt, ihre Zehennägel rot lackiert. Ich hatte bis jetzt noch nie die Zeit, ihren Körper so intensiv zu studieren, wie ich es jetzt mache. Daher genieße ich das jetzt. Ich giere nach ihren Reaktionen auf meine Hände und halte die Luft an, während ich die Überreste der Creme auf ihrem Venushügel verteile. Ihr lang gezogenes Stöhnen, als ich mich vorbeuge und ihre Schenkel küsse, trifft mich in Mark und Bein.

„Ich muss dich schmecken“, sage ich und teile ihre Schamlippen mit einem Finger.

Sie holt tief Luft und legt den Kopf zurück auf die Matratze.

„Darf ich?“, frage ich etwas dringlicher. Ich weiß, welche große Sache manche Frauen daraus machen. Ja, es ist etwas total Intimes, das stimmt. Und auch ich würde nicht jede Frau beim ersten Mal lecken.

Sie nickt, stützt sich auf ihre Ellenbogen und sieht gespannt zwischen ihre Beine. Ich halte Blickkontakt, küsse mich von ihren Schenkeln zu ihrem Schambein und schließlich auf direktem Weg hinunter zu ihrem Kitzler. Zuerst tupfe ich ihn ein paar Mal mit der Zunge an, dann sauge ich, bis Joanna sich über mir windet. Sie bewegt ihre Hüften parallel zu den Bewegungen meiner Zunge und drückt sich näher und näher. Ich kann sie riechen, schmecken – und es … wow. Absolut Doppelt-Wow.

„Ich mag, wie du bist, Joanna“, sag ich zu ihr und schiebe ganz langsam einen Finger in sie hinein. „Ohne Hemmungen, ohne Scheu.“

Sie lächelt etwas und lässt den Kopf in den Nacken fallen. „Und ich mag, wie du mich mit deiner Zunge fickst, Ben.“

Mein Gott. „Willst du mehr davon?“

„Ja. Sehr, sehr viel mehr.“

Ich grinse und krümme meinen Finger in ihr.

Es fällt mir so erstaunlich leicht, Joanna alles zu geben, was sie möchte. Manche würden wohl sagen, dass sie mich um den Finger gewickelt hat.

Ich gebe alles; bringe sie an den Rand des Orgasmus, aber lasse sie nicht fallen. Sie zieht an meinen Haaren, fickt mein Gesicht. Es ist wahr, sie ist so verdammt offen; sogar offener als ich. Denn ich habe immer noch Probleme damit, jemandem völlig zu vertrauen. Doch sie vertraut mir ganz offensichtlich. Sonst hätte sie mich wohl nicht gebeten, mit ihr nach oben in ihr Schlafzimmer zu gehen. Sie hätte mich einfach wegschicken können. Sie würde alles mit mir machen können. Mir wird klar, dass es mir zum ersten Mal seit Langem nicht mehr darum geht, mir selbst oder einer Frau etwas zu beweisen. Ich will einfach nur fühlen und spüren.

Ich will spüren, wie Joanna die Kontrolle verliert. Ich will dabei sein, wenn sie kommt. Ich will verdammt noch einmal dafür verantwortlich sein. Andersrum möchte ich aber auch, dass sie mir dabei zusieht, wie ich ihr verfalle, nachgebe und nur noch nach meinen Instinkten handle. Das ist vermutlich der Punkt, der für so lange Zeit in solch weiter Ferne für mich lag. Auch wenn Joanna und mich nichts weiter als unsere Arbeit und nun schon zum dritten Mal unser gemeinsamer Sex verbinden, habe ich das Gefühl, ihr näher zu sein als jeder anderen Frau zuvor. Sie ist kein Ersatz oder Trostpflaster für Kim; sie ist etwas völlig Neues. Verrücktes. Gefährliches.

Und ich weigere mich, mir einzugestehen, dass es bloß das Abenteuer ist, das mich so sehr reizt.

DREIZEHN

Joanna

„Die beste Idee, die du je hattest?", murmle ich auf Bens Brust und habe das Gefühl, innerhalb der letzten 20 Minuten mit ihm verwachsen zu sein.

Mein am Tag normalerweise so ordentlich gemachtes Bett ist total zerwühlt. Die Tagesdecke ist zu Boden gerutscht, und die Kissen sind wild um uns verstreut. Der Sex mit Ben war toll. Auch wenn ich zugeben muss, dass ich, als er vorher vor meiner Tür stand, kurz etwas verunsichert war. Ich weiß beim besten Willen nicht, was wir hier machen, und ob das ganze Nur-Sex-Schema nicht schon immense Ausmaße angenommen hat. Ich will niemandem ausgeliefert sein – und schon gar nicht Ben.

Auf gar keinen Fall Ben.

„Meiner Meinung nach: weitestgehend auf Kohlehydrate zu verzichten", beantwortet er meine Frage sehr nüchtern.

„Du meinst, auf gottverdammtes knuspriges Brot, großartige Nudeln mit Tomatensauce und verboten köstliche Chips zu verzichten war die beste Idee deines Lebens? Wie jämmerlich, Ben. Wie wirst du dann satt genug, um dir deine Fußnägel zu lackieren und gemeinsam mit deinen Freunden *Vampire Diaries* zu gucken?"

Er lacht, sodass mich sein Brustkorb vibrieren lässt. „Meine Freunde und ich sind uns einig, dass *Buffy* 'die eindeutig bessere Vampir-Serie ist. Vor allem wegen David Boreanaz."

„Oh mein Gott, ich habe David Boreanaz als Teenager vergöttert. Mein Zimmer war vollgepflastert mit Postern von ihm. Also sag ja nichts Falsches über ihn."

Ich schmiege mich erneut an Ben und frage mich, ob es mit Kyle auch jemals so einfach und unbeschwert war. Die Wahrheit ist aber, dass ich es nicht weiß. Natürlich sind da erst einmal die völlig unterschiedlichen Lebensumstände – Kyle und ich führten lange eine Wochenendbeziehung, und er war nie so direkt wie Ben. Doch auch charakterlich sind beide Männer sehr unterschiedlich. Damals war Kyle derjenige, der zu meinem Leben passte – und heute scheint es fast Ben zu sein. Ich bin mittlerweile in einem Alter, in dem ich durchaus versuchen sollte, jung zu bleiben. Mit Kyle wird mir das, Überraschung, wohl nicht gelingen. Schon alleine wegen seiner Freunde, die so was von langweilig sind, dass ich bis jetzt immer einen über den Durst getrunken habe, wenn sie bei uns zu Besuch waren, um die Gespräche überhaupt zu überstehen.

Und hey, wenn es eine unkonventionelle Fick-Affäre ist, die ich brauche, um mich wohlzufühlen, dann ist das eben so. Diese Selbstbestimmung ist wohl durchaus Ellies Einfluss zuzuschreiben, die schon immer behauptete, es sei das Beste, sich nicht um die Meinung der anderen zu kümmern. Und damit hat sie eindeutig recht.

Unweigerlich muss ich an Kyles erstes Aufeinandertreffen mit Ellie denken – mein Lachen klingt durch Bens Brustkorb etwas gedämpft.

„Erstickst du gerade, oder lachst du?", will dieser wissen und beugt sich vor, um einen Blick auf mein Gesicht zu erhaschen.

„Ich bin putzmunter", erkläre ich noch immer lachend. „Ich musste nur gerade daran denken, was Ellie über Kyle sagte, als er mich eines Tages mal in der Arbeit besuchte."

Wir waren zu dieser Zeit frisch verliebt, und ich war wohl sehr glücklich. Jedenfalls war das ein Stadium unserer Beziehung, in dem ich dachte, Kyle wäre der beste, perfekteste und hübscheste Mann dieser Erde. Als ich ihn Ellie vorstellte, strahlte ich wohl bis über beide Ohren und würde mich heute dafür selbst geißeln. Aber damals war es so – Gott, ich klinge wie eine alte Schachtel, die aus ihrer Jugendzeit erzählt.

„Ellie sagte am nächsten Tag zu mir, dass er ja ganz nett wäre, sie aber bezweifle, ob er wisse, was er mit dem Ding in seiner Hose anstellen solle." Ich rappele mich hoch, um Ben ansehen zu können. „Sie meinte: *Meine Liebe, irgendwann wird der Tag kommen, an dem du einen Mann willst, der dich zu 100 Prozent befriedigt, und zwar so, wie du es möchtest. Und Kyle ist ein Schlappschwanz, so leid es mir tut . Der muss erst lernen, wie er sich alleine die Schuhe zubindet.*"

Es gab einen kurzen Moment, da habe ich Ellie für ihre Unverblümtheit gehasst. Vor allem, weil ich so in meiner rosaroten Welt gefangen war und mir von nichts und niemandem Kyle schlecht-machen lassen wollte. Doch im Grunde genommen hat es Ellie damals schon richtig gespürt; ob aufgrund ihrer Erfahrung oder ihre Menschenkenntnis sei dahingestellt. Sie behielt ja recht, und von Zeit zu Zeit frage ich mich, was sie jetzt von mir denken wür-de, wenn sie wüsste, dass ich mir ausgerechnet Ben ausgesucht habe, um das zu bekommen, was ich brauche.

„Wie verdammt recht meine Großmutter hatte", höre ich Ben sagen.

„Ob diese Weisheit in der Familie liegt?"

„Und wie."

Ich grinse und küsse Ben genau an der Stelle, unter der sein Herz schlägt. „Ich bin froh, dass du hergekommen bist."

Er sieht mich an, als würde er diese Empfindung nicht teilen. „Ich weiß aber nicht, Joanna, ob ich dir zu 100 Prozent das geben kann, was du brauchst."

„Wir werden es herausfinden müssen. Einen anderen Weg gibt es nicht."

Es wird schwer werden. Nicht nur, weil wir unsere Affäre strikt geheim halten müssen, sondern auch, weil ich mitten in der Schei-dung stecke. Ich will einen sauberen Schnitt zwischen Kyle und mir, doch da gibt es immer noch den Teil in mir, der an unsere Ehe glaubt. Jenen Teil, der mich Ben als Ausrutscher abtun lässt.

„Ich mag unser Geheimnis", sagt er und zwinkert kurz. „Immer wenn ich dich treffe, dann stelle ich mir vor, wie dein Arsch aus-sieht; nackt und hochgereckt. Es gefällt mir, dass nur ich das weiß und keiner deiner Kollegen. Obwohl alle denken, dass wir bloß miteinander arbeiten."

Ich kneife die Augenbrauen zusammen und sehe ihn fordernd an. „Ganz schön schmutzige Gedanken, Mr. York. Woher willst du so genau wissen, dass du der Einzige bisher auf Cliveden bist, der meinen blanken Hintern zu Gesicht bekommen hat?"

„Ich bin mir ziemlich sicher. Ich würde wohl meine Hand dafür ins Feuer legen."

Ich grinse. „Hast du auch an Stanley gedacht?" Stanley Friday ist ein netter Typ, entspricht aber so gar nicht meinem Geschmack mit seinen permanenten Schweißausbrüchen, seiner offensichtli-chen Vorliebe für Fast Food – und wohl alleine aus dem Grund, dass er mein Vater sein könnte.

„Gott, ich wusste ja schon immer, was Stanleys Blicke zu be-deuten haben", scherzt er und kneift mich in meinen Hintern.

Ich kichere wie ein kleines. Zum Glück sieht Ben sehr bald von seiner Attacke ab, und ich falle zurück aufs Bett. Erneut macht sich Schweigen zwischen uns breit, doch es ist nicht unangenehm, sondern sogar vielmehr beruhigend. So kann ich mich ganz auf Bens Nähe konzentrieren.

Wird es ein nächstes Mal geben?

Wenn ich mein derzeitiges Ben-Bedürfnis betrachte, dann stehen die Chancen dazu sehr gut. Denn Ben ist wie einer dieser Schokoriegel in meiner Küche. Während ich mich zwinge, mich zusammenzureißen und Diät zu halten, lacht mich dieser verdammte Riegel die ganze Zeit an. Ich kann nur an diesen Schokoriegel denken, egal, was ich mache. Ich stelle mir vor, wie köstlich er ist, rufe mir aber auch ins Gedächtnis, wie schlecht ich mich hinterher fühlen werde. So ähnlich läuft es in Bens Fall ab. Denn während ich mich eigentlich um meine Ehe kümmern sollte, verschlinge ich eine Ben-Dosis nach der nächsten und gewöhne mich immer mehr an das seltsame, wenn auch zunehmend gute Gefühl danach.

Ich döse langsam ein und merke gerade noch, wie Ben sich über mich beugt, die Nachttischlampe ausknipst und mich enger an sich zieht. Danach fühle ich mich nur noch von Wärme und Ben umgeben. Es ist die erste Nacht seit einem halben Jahr, in der ich wieder einmal neben jemandem einschlafe. Dabei fällt mir ein, dass Ben und ich uns darüber noch nie unterhalten haben.

Was soll's.

Wie an unzähligen Morgen in meinem Leben klingelt auch diesmal der Wecker. Und wie schon so oft zuvor wehre ich mich gegen das Unausweichliche. Ich vergrabe meine Nase unter der warmen Decke, kneife die Augen fester zu und schicke ein kurzes Stoßgebet nach oben, in dem ich um etwas mehr Gnade bitte. Doch alles bleibt zwecklos; auch zwei Minuten später schrillt das lärmende Ding auf meinem Nachttisch unbarmherzig und laut.

Doch als ich die Augen nun zum zweiten Mal an diesem Morgen öffne, um dem lästigen Ding einen Stoß mit meiner Handfläche zu versetzen, wird mir bewusst, dass dieser Morgen so gar nicht ident mit allen anderen ist. Denn es ist der Morgen, an dem ich neben Ben aufwache. Der Morgen, nachdem Ben bei mir geschlafen hat.

Als hätte mir jemand einen Eimer mit eiskaltem Wasser über den Kopf gegossen, setze ich mich ruckartig auf.

Ich schaffe das; rede ich mir zumindest selbst ein, während ich die Decke fester gegen meine nackte Brust drücke und mit Hitzewallungen der besonderen Art zu kämpfen habe.

Ben scheint meinen Wecker entweder nicht gehört zu haben oder verschafft sich Zeit, indem er still liegen bleibt.

Wir machen das schon. Ja, das werden wir.

Ich schwinge seufzend die Beine aus dem Bett und taste mit meinen nackten Füßen nach meinen Hausschuhen, die irgendwo neben dem Bett liegen müssten. Als ich sie gefunden habe, strecke ich mich, um an den Bademantel nur wenige Zentimeter davon entfernt zu gelangen. Mit etwas Stoff am Körper fühle ich mich tatsächlich sicherer. Sicher genug zumindest, um aufzustehen und das Risiko in Kauf zu nehmen, Ben mit meinen Bewegungen zu wecken.

Ich tapse ins Bad, springe schnell unter die Dusche, kann mich aber nicht so richtig entspannen, weil ich mich fühle, als hätte ich etwas sehr, sehr Verbotenes in meinem Schlafzimmer versteckt. Wieder draußen aus der Dusche, verpasse ich meinem Äußeren den gewohnten Look – etwas Make-up, eine gezielte Dosis Haarspray und ein paar Spritzer Parfum. Ich weiß, dass ich nicht durchdrehen sollte; auch wenn ich kurz davorstehe.

Ben und ich … wir haben nun nicht zum ersten Mal miteinander geschlafen. Doch was viel wichtiger ist: Ich weiß, dass er die Nacht nicht anders bewertet als ich. Wir sind kein Paar, auch kein mögliches, und keine Freunde. Wir hatten Sex. Punkt. Schnellen, unkomplizierten Sex. Punkt.

Und heute, da werden wir genauso weitermachen wie die Tage zuvor. So ist das eben. Das machen viele. Mein Gott, keine Ahnung wie viele, aber bestimmt sehr viele.

Vielleicht sollte ich mich zu dem Thema mal im Internet schlaumachen.

So sehr in Gedanken versunken, pralle ich plötzlich gegen etwas Hartes, das sich als Bens Brust entpuppt. Ich gebe einen erschrockenen Laut von mir und entschuldige mich hastig.

Ben grinst etwas verschlafen. Er sieht an diesem Morgen noch immer besser aus als so mancher Kerl nach seinem aufwendigen Styling. „Hey! Na, gut geschlafen?", fragt er, und seine Stimme klingt … aah, rau und derb. Sofort meldet sich ein bestimmender Ort zwischen meinen Beinen zu Wort.

Ich nicke, um ein Stöhnen oder sonstige Aktionen zu verhindern.

„Dein Wecker ist ganz schön penetrant. Ich hätte das Ding schon längst gegen die Wand geschmissen."

Ich grinse, weil mir plötzlich klar wird, dass er vollkommen nackt ist. Es kostet mich ungeheure Kraft, nicht auf sein bestes Stück zwischen uns zu starren. „Nur so werde ich wach", erkläre ich schließlich und ziehe das Ende meines Badetuchs, in das ich mich gewickelt habe, enger.

Wir sehen uns gegenseitig an, aber viel zu lange. Und während ich Ben so ansehe, berechne ich die Zeit, die ich hätte, um ihn hier in meinem Bad zu einem Quickie zu verführen. Könnte verdammt knapp werden.

Doch ähnlich laut wie mein Wecker schreit in mir eine Stimme: ‚Er ist nackt! Er ist nackt!' Ich atme tief ein, sehr tief. Plötzlich zittere ich, wie ich es nur aus Filmen kenne, kurz bevor die Frau in Ohnmacht fällt.

„Hier ist das Bad", sage ich sinnloserweise. „Die Dusche, und da drüben sind Handtücher."

„Okay", erwidert Ben und kneift sein linkes Auge zu, als würde er abschätzen, wie kurz davor ich stehe durchzudrehen. Vielleicht macht es ihm auch Spaß, mich mit seiner Nacktheit dermaßen aus der Reserve zu locken. „Du könntest ja mitkommen und mir zeigen, wie man den Wasserhahn aufdreht."

Nun lache ich doch, wenn auch weit nicht so locker wie sonst. „Das kriegst du schon hin. Ich bin spät dran. Ebenso wie du. Fuck, wir sind spät dran." Immer wieder blicke ich auf mein Handgelenk, auf dem ich sonst meine Uhr trage. Und ohne sie jetzt zu tragen, weiß ich, dass wir beide zu spät kommen werden.

Gott im Himmel, ich bin am Arsch.

„Hey, ganz ruhig", versucht er mich zu beruhigen und greift nach meinen Schultern.

„Ganz ruhig?", wiederhole ich etwas bissiger, als ich wollte. „Du machst mich wahnsinnig, Ben, mit deiner Ruhe, deinen Händen, deinem nackten Penis da unten. Du bringst mich total aus dem Konzept!"

Anstatt zumindest ein wenig Reue zu zeigen, grinst er und wirft einen kurzen Blick an sich hinab auf besagten Körperteil. „Du hast ihn heute ja noch nicht mal richtig begrüßt."

Gott, dieser Kerl! „Ben."

„Joanna", imitiert er meinen entsetzten Tonfall.

„Was erzählst du ihnen, wenn wir beide zu spät kommen? Oder willst du in geschlossener Formation vor Cliveden vorfahren, um jegliche Spekulationen gleich aus dem Weg zu räumen?"

„Ich habe mir darüber noch keinerlei Gedanken gemacht“, stellt er nüchtern klar.

Ich hingegen kaue wieder einmal jedes mögliche Szenario, das denkbar wäre, durch.

„Joanna“, meint er ganz sanft und bückt sich, um mir in die Augen sehen zu können, „mach dir keinen Kopf. Wirklich nicht. Ich gehe duschen, ziehe mich an und fahre zurück. Keiner wird etwas merken.“

Ich seufze, fühle mich aber hin- und hergerissen. „Ich will dich ja gar nicht loswerden. Es ist nur … ich möchte Ellie nicht enttäuschen. Darum geht es. Und sie wäre fürchterlich enttäuscht, wenn sie herausbekommt, was wir hier treiben.“

Er nickt und küsst mich dann ganz schnell auf die Stirn. Wie lindernd und beruhigend ein solch einfacher Kuss sein kann. „Zieh dich an“, sagt er und stupst meine Nase mit seinem Zeigefinger an.

Danach dreht er das Wasser in der Dusche auf und zwinkert mir zu, während er wartet, dass es die richtige Temperatur bekommt.

„Möchtest du Kaffee?“, frage ich und hoffe, dass er sich nicht über meine Nervosität lustig macht .

Er nickt kurz. „Du kannst ihn mir ja in einen Thermobecher füllen, wenn du einen hast.“

Natürlich habe ich einen verdammten Thermobecher. Nicht nur einen, sondern 20. Und das auch nur, weil Kyle sich morgens nie die Zeit nahm, mit mir zu frühstücken, sondern seinen Kaffee im Auto trank. Auf eine gewisse Art missfällt es mir, dass Ben sich genauso wie mein Mann verhält. Doch weil ich Ben nicht mehr länger mit Kyle vergleichen möchte (weil das in jedem Fall unfair wäre), gehe ich rüber ins Schlafzimmer und ziehe mich an. Unten in der Küche mache ich uns Kaffee, stecke zwei Scheiben Toast in den Toaster und bestreiche sie anschließend mit Nutella. Ich weiß ja nicht einmal, was Ben frühstückt, da er mit so etwas eigentlich nicht essen darf, will er seinem Low-Carb-Lebensstil treu bleiben.

Doch als er in die Küche kommt und den Toast sieht, reibt er sich grinsend den Bauch und nimmt sich eine Scheibe. „Mmh“, sagt er nach dem ersten Bissen, legt einen Arm um meine Taille und küsst meine Schläfe.

Ihm scheint gar nicht bewusst zu sein, wie vertraut diese Geste ist – als würden wir schon jahrelang hier gemeinsam wohnen. Und tatsächlich hat dieser Gedanke etwas. Denn Ben ist ein toller Mann; ehrlich, liebevoll und rattenscharf. Wir spielen hier ein Spiel, schon klar. Eines steht jedoch fest: Ich werde niemals die Frau sein, die jeden Morgen mit ihm frühstückt, der er einen solchen Kuss gibt, dass mir die Knie nur so schlottern. Ich werde, wenn wir uns einmal nicht mehr treffen, bloß die Tussi aus Cliveden sein, die er in ihrer Ehepause gevögelt hat

Dieser Gedanke ist bitter. Doch auch ich habe nicht vor, anders zu agieren. Es ist eben ein Spiel und sonst nichts. Ben und ich – daraus wird nie mehr werden.

Selbst dann nicht, wenn er noch so niedlich aussieht, wie er Toast in meiner Küche isst und sich die Fingerspitzen leckt.

Auf gar keinen Fall, Süße. Schlag dir den Mann schleunigst aus dem Kopf!

„Es war schön, Joanna", sagt er im nächsten Moment und beutelt die Krümel vom Hemd. „Wir sehen uns später."

„Ja, das werden wir."

Er grinst, zieht mich an sich und küsst mich. „Ich verspreche dir, dass dir niemand ansehen wird, was ich heute Nacht mit dir angestellt habe", erklärt er zwinkernd, schnappt sich seinen Thermobecher und verschwindet.

Verdammter Idiot. Verdammter scharfer Idiot!

Und tatsächlich hat sich nichts verändert. Niemand sieht mich schief an. Niemand tuschelt, während ich vorbeigehe. Meine Aufregung war wohl wieder einmal umsonst.

Trotzdem zittern meine Knie etwas, als ich nach Ellie sehe und diese mich auf eine Tasse Tee einlädt. Ich weiß auch nicht, aber eine ganze Nacht mit Ben verbracht zu haben macht die Sache noch etwas ernster. Doch Ellie ist in Plauderlaune. Sie erzählt mir von ihrem Kleid, das sie sich für die Eröffnung der Ausstellung nächsten Mittwoch hat schneidern lassen. Außerdem berichtet sie – wieder einmal – über ihren Masseur, den sie vermutlich schon mehrmals sexuell belästigt hat, wobei sie immer behauptet, ihre Berührung geschehen ganz unabsichtlich.

„Irgendwann wird er Sie verklagen, Ellie", scherze ich und trinke einen Schluck Tee.

Sie macht eine wegwerfende Handbewegung. „Diesem Scheißer fehlen doch die Beweismittel. Außerdem bin ich eine alte, freundliche Lady. Nicht wahr?"

„Auf jeden Fall", meine ich lachend. „Sie sind der Prototyp einer alten Lady."

Ellie lächelt zwar ebenfalls, doch irgendetwas an ihrem Blick kommt mir seltsam vor. Sie mag vielleicht eine humorvolle Frau sein, war aber immer schon eine miserable Lügnerin. Die Ehrlichkeit ist ihr sozusagen angeboren. Darum fühle ich mich etwas verunsichert.

Ich runzele die Stirn und lege den Kopf etwas schräg. „Ist irgendetwas, Ellie?"

„Wie gefällt dir denn Benjamin?"

Heilige Scheiße. Beinahe hätte ich meine Tasse fallen lassen, denn diese Frage bringt mich völlig aus dem Konzept.

„Er ist … ähm … nett. Er hat sich für Cliveden eingesetzt, und das weiß ich zu schätzen", stammele ich vor mich hin und spüre, wie knallrot mein Gesicht ist.

„Du kommst gut mit ihm aus?"

Was soll das? Sie interessiert sich doch nicht wirklich dafür, ob ich beruflich mit ihm auskomme. Oder doch? „Alles bestens."

„Hm", meint sie, und dieses eine Wort reicht aus, um mich in absolute Alarmbereitschaft zu versetzen.

Ich frage mich, ob ich selbst denn eine bessere Lügnerin als Ellie bin. Kennt sie mich auch schon zu gut, um festzustellen, ob ich die Wahrheit sage oder nicht?

Sie spitzt ihre Lippen und schaut mich prüfend an. „Und wie gefällt er dir?"

Ich schlucke. Einmal, zweimal. „Das sagte ich doch schon; er ist ein engagierter Mann."

Mann! Mann? Sehr gut, dass ich dieses ultrawichtige Detail durch meine brüchige Stimme noch einmal extra hervorhebe. Sehr gut.

Doch Ellie schnaubt ungeduldig. „Das meinte ich nicht, Liebes. Ich will wissen, wie er dir optisch gefällt."

Ich räuspere mich und wetze auf dem gepolsterten Stuhl herum, als würde die Sitzfläche in Flammen stehen. „Darauf habe ich ehrlich gesagt noch nicht geachtet."

Ellie bricht auf meine Aussage hin in schallendes Gelächter aus. Sie wirft den Kopf in den Nacken, schüttelt den Kopf und greift sogar nach einem Taschentuch, mit dem sie sich eine Träne von der Wange wischt. „Ja, genau", prustet sie.

„Ellie, ich muss langsam los, weil ich noch einiges zu tun habe", versuche ich, mich so elegant wie möglich aus ihrem schrägen Verhör zu winden, und blicke auf meine Uhr.

Sie atmet ein paar Mal tief durch und wischt sich schließlich die letzten Tränen aus den Augenwinkeln. „Benjamin ist ein attraktiver Mann, Liebes. Ich sage das nicht nur, weil ich seine Großmutter bin, sondern eine Frau. Und ich weiß, welche Wirkung Männer wie er auf uns Frauen haben können. Lass dir gesagt sein: Ich bin die

Letzte, die ihm oder dir Vorhaltungen machen würde. Es ist schließlich eure Entscheidung. Nicht wahr?"

Ich betrachte sie stutzig und versuche die Bedeutung hinter ihren Worten zu entschlüsseln. Entweder heißt das, sie weiß über Ben und mich Bescheid, oder sie stellt bloß Vermutungen an. Beides wäre durchaus denkbar.

Ellie nimmt mir die Entscheidung hinsichtlich meines nun passenden Verhaltens ab, indem sie lächelnd nach meiner Hand greift. „Liebes, es geht nie darum, anderen gerecht zu werden – sondern nur darum, sich selbst treu zu bleiben. Niemand ist irgendwem verpflichtet, nur weil er eine Unterschrift unter einen Vertrag gesetzt hat. Und damit meine ich auch die Ehe. Ich sehe dich aufblühen, seit du dich von deinem Mann getrennt hast, und das gefällt mir. Mehr möchte ich dazu nicht sagen."

Aber vermutlich sagt ihr schelmisches Zwinkern viel mehr als jegliche Worte.

Ganz langsam entziehe ich ihr meine Hand und knete sie dann zwischen meinen Oberschenkeln, als hätte ich sie fast verloren. Ellie ist eine verdammt gute Betrachterin. Und ich habe keine Ahnung, was Ben gesagt hat, wenn sie mit ihm auch schon das Gleiche angestellt hat. Vielleicht hat er ja alles zugegeben. Ihn scheint es ja ohnehin nicht so sehr zu kümmern, was die anderen über uns denken. Klar, Ellies lockere Einstellung nimmt mir ein wenig von der Angst, die mich befallen hat. Ihre Reaktion verdeutlicht mir aber auch, was ich hier tue.

Ich spiele ein zwar köstliches, aber sehr gefährliches Spiel. Ellie mag es egal sein, was aus Kyle wird. Für mich aber hat er immer noch einen hohen Stellenwert. Er gehört zu meinem Leben. Er ist mein Mann. Und ich fürchte, ich werde Ellies romantische Vorstellungen sehr bald über den Haufen werfen müssen.

VIERZEHN

Benjamin

Obwohl die Woche vor der Eröffnung der Ausstellung stressig ist, finden Joanna und ich die Zeit, uns auch mal abseits des Trubels zu sehen. Wir entwickeln eine ganz angenehme Routine, bestehend aus Arbeit und unseren gemeinsamen Abenden und Nächten. Vielleicht ist der Stress während des Tages gut, damit ich mir keine Gedanken darüber machen kann, was da überhaupt zwischen uns läuft.

Denn irgendetwas ist da. Etwas sehr viel Tieferes und Vertrauteres als bei so vielen Frauen vor Joanna.

Bei ihr fühle ich mich angekommen, und doch weiß ich, dass sie unerreichbarer ist für mich als jede andere. Denn es gibt noch immer ihre Ehe und den Ausdruck auf ihrem Gesicht, der mir deutlich zeigt, dass sie dann und wann an ihren Mann denkt. Das schlechte Gewissen plagt sie, und darum baut sie eine Mauer um sich auf, durch die ich nicht zu ihr vordringen kann. Ich kann ihr meinen Körper bieten, meine Gesellschaft, doch ich weiß, dass alles darauf auslaufen wird, dass sie irgendwann doch zu ihm zurückgeht. Und dieses Wissen bereitet mir tierische Angst und einen Schmerz. Es ist wie ein starker Druck auf meiner Brust. Mit jedem Tag wird er stärker und stärker.

Und egal, wie sehr ich mich abrackere, sie wird mich immer mit ihm messen. Und obwohl er sie betrogen hat, weiß ich, dass ich mit diesem Kyle nicht mithalten kann, weil ich ihr so vieles, das er ihr gegeben hat, nicht bieten kann.

Ich wünschte aber, ich könnte.

Ich werde mich wohl oder übel mit dem Gedanken abfinden müssen, das sie nicht Kim ist. Denn mir wird immer klarer, dass ich versuche, Joanna zu Kim zu machen. Ich suche nach Parallelen, nach Charaktereigenschaften, die sie verbindet. Und das ist krank. Das ist unfair. Aber vor allem ist es nicht unbedingt dienlich, um einen kühlen Kopf zu behalten.

Die Tür meines Büros öffnet sich, und ausgerechnet meine ahnungs- und sorglose Großmutter tritt ein. Sie lächelt mir entgegen, tritt vor mich und streicht mit ihren Handflächen über das Reverse meines Jacketts.

„Ein großer Tag, Benjamin", sagt sie, was wie ein Lob klingt. Ein Lob dafür, was ich in den letzten Wochen geleistet habe.

Ich gestehe, ich freue mich darüber. Daher teile ich ihr Lächeln und lasse mir von ihr die letzten Falten meines Hemdes glatt streichen.

„Bist du nervös?", fragt sie.

„Ja, das bin ich", gestehe ich.

Ich konnte die letzte Nacht kaum schlafen. Die Vernissage ist ausschlaggebend für den weiteren Weg. Wenn ich mit der Ausstellung versage, stehe ich nicht nur vor mir, meiner Großmutter und der gesamten Belegschaft schlecht da, sondern auch vor Joanna. Sie war ja von Anfang an skeptisch. Sie hat dann zwar nachgegeben, doch noch immer etwas misstrauisch zu sein, dass die Bilder hier gut hinpassen.

Daher kann ich nur hoffen, dass Rons Kunst mit Begeisterung von den Besuchern angenommen werden wird. Wir haben Vertreter der lokalen Presse eingeladen, damit auch nach dem heutigen Tag zahlreiche Besucher angelockt werden. Außerdem finden sich auf der Gästeliste wichtige Persönlichkeiten aus der Gegend: der Bürgermeister der Stadt, Gönner von Cliveden, Politiker und Vertreter der Oberschicht. Meine Großmutter ist gewohnt, mit dieser Gesellschaft beruflich umzugehen; ich bin es nicht. Für mich ist das alles neu, und wenn ich an die Rede, die ich in einer guten halben Stunde halten muss, denke, bekomme ich leichtes Herzrasen.

„Wir kriegen das schon hin, mein Junge", fährt meine Großmutter fort. „Ich selbst hasse es wohl wie kein anderer, Reden zu halten. Vor allem vor diesen scheinheiligen Trotteln, diesem Mr. Patricks, der sich Cliveden seit Jahren schon für seine Gemeinde unter den Nagel reißen will. Aber, Benjamin, in solchen Situationen stelle ich mir die Leute immer in Unterwäsche vor."

Ich runzele die Stirn, kann mir ein Lachen aber nicht verkneifen. „Das ist widerlich."

„Ich weiß. Daher mache ich es auch."

Ein paar Mal streicht sie mir noch über mein Jackett, dann sieht sie sanft zu mir hoch. „Ich werde mein Bestes geben, mir Mr. Patricks in einer Unterhose mit einem Elefantenrüssel vorne dran vorzustellen“, erkläre ich trocken, bevor die Tür ein weiteres Mal auffliegt und mein Bruder, gefolgt von meinen Eltern, hereinkommt.

„Na, Schweinebacke, hast du die Hosen voll?“, fragt er und stellt klirrend einen Korb auf meinen Schreibtisch.

„Jason“, höre ich ihn meine Mutter ermahnen, während diese ihre eigene Mutter umarmt und auf jede Wange küsst.

Mein Bruder hat sich äußerlich ins Zeug gelegt und trägt zur Feier des Tages sogar einen adretten Anzug. Doch selbst seine Aufmachung kann über seine charmant-ungehobelte Art nicht hinwegtäuschen. Vor allem deshalb nicht, weil er eine Flasche Whisky und mehrere Gläser aus dem Korb holt und uns beiden einschenkt. Meine Mum zeigt sich entrüstet darüber und tritt neben uns.

„Was soll das werden?“, fragt sie in strengem Tonfall.

„Ich verabreiche diesem *Mädchen* nur ein paar Tropfen Mut, Mum. Ich werde *sie* schon nicht abfüllen.“

Uns allen ist klar, wen er mit ‚*sie*‘ meint, da mein Bruder mich seit Jahren liebend gerne in weiblicher Form anspricht. Ich frage mich nur, was ich als großer Bruder falsch gemacht habe, um praktisch unter ihm zu stehen.

„Eine gute Idee, Jason. Ich nehme auch ein Glas“, mischt sich da meine Großmutter ein und wird mit dem gleichen Blick meiner Mutter wie Jason und ich bedacht.

„Mum“, sagt diese auch prompt und sieht hilfesuchend zu Dad, der wohl nichts lieber täte, als ebenfalls einen Schluck zu nehmen. Doch ich weiß, wie eng seine Fesseln liegen. Der arme Mann hat überhaupt gar nichts zu melden.

„Also, ich denke nicht, dass es von Vorteil ist, sich zu betrinken, wenn da draußen eine Menge Leute herumwuselt.“

„Wir haben auch nicht vor, uns zu betrinken, Mum, sondern bloß ein, zwei Gläser zu trinken“, erkläre ich und beobachte Jason, wie er Großmutters Glas füllt.

„Rein zum Genuss“, sagt er in diesem Ton, der so scheinheilig-brav klingt, dass ich am liebsten laut losgelacht hätte.

Meine Mum murmelt irgendetwas vor sich hin, während wir drei anstoßen und ich mir das Zeug in die Kehle schütte, als würde sich dadurch schlagartig alles in Wohlgefallen auflösen. Ich fühle mich zwar etwas gechillter, doch das mag wohl eher der Anwesenheit meiner Familie verschuldet sein.

„Hübsches Kleid, *Benjamina.* Ich frage mich nur, wen du damit beeindrucken möchtest."

Ich funkle meinen Bruder mit zusammengekniffenen Augen an. Wenn er jetzt noch etwas Falsches sagt, könnte es durchaus sein, dass ich die Nerven verliere.

Doch er scheint zu kapieren, wie weit er gehen kann, da er die Arme auf Ohrenhöhe anhebt und entschuldigend grinst. „Mach dich nicht ins Höschen, *Hübsche.* Sie werden sich ohnehin von deinem Gesicht, den Möpsen auf den Bildern und deinem Ausschnitt ablenken lassen."

Mein Dad, Großmutter und ich brechen gleichzeitig in schallendes Gelächter aus. Ich boxe Jason gegen die Schulter.

Lediglich meine Mutter hat für die frivole Aussage meines Bruders nicht mehr als ein mildes Lächeln übrig. Genau genommen zieht sie für die Dauer einer halben Sekunde den linken Mundwinkel nach oben. Dann schiebt sie Jason tadelnd zur Seite und nimmt mir zugleich das Glas weg, um es zurück in den Korb zu stellen. „Du machst das schon. Ich bin sehr stolz auf dich, Benjamin. Du hast dich so aufopfernd für deine Familie eingesetzt, und ich bin mir sicher, du wirst sie alle überzeugen können."

„Danke", murmele ich und merke, wie klamm sich meine Finger anfühlen.

Und noch ehe es peinlich wird, taucht Jasons Gesicht zwischen mir und meiner Mum auf. „Entschuldigung", sagt er und schnieft theatralisch, „hat von euch jemand ein Taschentuch dabei? Diese Szene hier drückt direkt auf meine Tränendrüse."

Ich lache, drehe mich um und sammle die Karten, auf denen ich meine Rede notiert habe, ein, um sie in der Innentasche meines Jacketts zu verstauen. „Wollen wir?", richte ich mich an die vier, wobei ich erstaunt feststelle, dass Jason einen Arm um unsere Mum gelegt hat und sie schmunzelnd an sich drückt.

Allesamt nicken, sodass ich, gefolgt von ihnen, mein Büro verlasse und mich auf in Richtung Saal mache. Dort ist tatsächlich schon eine Menge los. In den nächsten Minuten besteht meine Aufgabe darin, unzählige Hände zu schütteln. Der heutige Abend ist nicht nur der Beginn der Ausstellung, sondern zugleich meine offizielle Vorstellung als rechte Hand meiner Großmutter. Die Leute sind neugierig, aber sie sind nett und machen es mir einfach, mit ihnen ins Gespräch zu kommen.

Geplant ist, dass die Bilder bis zum Ende meiner Eröffnungsrede verhüllt bleiben. Dazu haben wir im hinteren Bereich des Saals, in dem die Bilder ausgestellt werden, einen roten Vorhang angebracht, den Ron, meine Großmutter und ich anschließend zur Seite ziehen werden. Bis es jedoch so weit ist, werden die Gäste nun mit Häppchen und Getränken versorgt und vertiefen sich in Gespräche. So ist im Raum gerade ein gleichmäßiges Murmeln zu vernehmen.

Ich bahne mir den Weg zwischen den Stehtischen hindurch, nicke und lächele einigen Menschen höflich zu. In den vergangenen Tagen habe ich mich sehr ausgiebig mit der Gästeliste beschäftigt. Ich habe Namen auswendig gelernt und mir die Berufe der wichtigsten Personen eingeprägt. Ich bin gut vorbereitet, und dennoch fühle ich mich total unsicher. Es hängt so verdammt viel davon ab, wie der Abend verläuft. Und dabei steht so wenig in meiner Macht. Den ausschlaggebendsten Faktor werden Rons Bilder bilden. Aber auch die Atmosphäre ist wichtig. Da ich Ron jedoch nirgendwo entdecke, steuere ich nun direkt den Halbkreis, den meine Familie bildet, an. Erst als ich neben meinen Dad trete, bemerke ich, dass sich Joanna in den Fängen meines Bruders befindet. Irgendetwas, das er sagt, bringt sie so sehr zum Lachen, dass ihr Gesicht ganz rot wird.

Stumm beobachte ich die beiden. Ich gebe mir Mühe, nicht allzu lüstern zu wirken. Immerhin weiß ich ja, dass ich derjenige war, der Joanna vorhin beim Anziehen des roten Kleids mit den dünnen Trägern behilflich war. Sie hat sich in meiner Wohnung umgezogen – und dieser Gedanke, ja, der befriedigt mich ungemein. Nur ich weiß, wie geil sie aussah, als sie nur in ihrem schwarzen Slip in meinem Schlafzimmer stand, in das Kleid stieg und, mit dem Rücken zu mir stehend, ihre Brüste in dem Kleid verstaute. Daran zu denken macht mich nervös. Ich steige von einem Bein aufs andere. Nun stelle ich mir vor, wie es sich anfühlen wird, sie später wieder auszuziehen. Wie ihre Lippen wohl schmecken, wenn sie ein paar Gläser Champagner getrunken hat?

Während ich mit meinem sich aufrichtenden Schwanz in meiner Hose kämpfe – gedanklich zumindest –, blicken die beiden zu mir, als hätten sie sich gerade über mich unterhalten. Was mag ihr mein Bruder wohl erzählt haben?

Ich halte Blickkontakt und gebe mich gelassen, auch wenn mich Jasons wissendes Lächeln völlig aus dem Konzept bringt. Joanna hingegen versucht sehr angestrengt, ebenso locker zu wirken. Zwischen uns dreien findet eine erstklassige nonverbale Konversation statt. Während mein Bruder meint: *‚Hey, das ist ja eine verdammt heiße Braut!‘* – Gott, ich kann seine Stimme regelrecht hören –, vermitteln mir Joannas Blicke: *‚Mach ja keinen Fehler. Das hier* *ist brandheißer Boden. Sieh dir bitte mal deinen Bruder an, wie er mich angafft!*'

Und indem ich meinem Vater und meiner Großmutter zuhöre, wird mir klar, dass ich in einem Alter bin, in dem es nicht mehr ausschließlich zählt, wie gut der Sex mit einer Frau ist, sondern wie tiefgründig sich das, was darüber hinaus stattfindet, anfühlt. Das Drumherum. Die Zugehörigkeit. Und plötzlich fühle ich mich, als würde ich zu Joanna gehören. Als wäre es völlig normal, sie im Kreis meiner Familie zu wissen. Sie gehört einfach hierhin. Und nicht wegen ihres Jobs bei uns, sondern weil ich es so will.

Erst jetzt fällt mir auf, dass sich meine Mum aus der Unterhaltung völlig raushält und neugierig von mir zu Joanna sieht. Als unsere Augen sich treffen, seufzt sie tief auf, presst die Lippen aufeinander und richtet ihre Aufmerksamkeit auf den Stiehl ihres Glases.

Ich dachte, ich würde meine Mum gut kennen, doch dieses Verhalten kann ich nicht eindeutig zuordnen. Ich bilde mir ein, etwas Unmut ihrerseits gespürt zu haben. Das könnte natürlich auch mit Jasons Witzen und seinem Verhalten zusammenhängen. Sie könnte sich aber auch Sorgen machen, dass ich einen Fehler begangen habe. Einen Fehler, weil ich mich mit einer Angestellten eingelassen habe. Und dank der Sache mit Kim wissen meine Eltern ziemlich genau über meinen Lebenswandel Bescheid, sodass ihre Sorge nicht unbegründet wäre.

Doch als ich mich gerade besinne, ruhig zu bleiben, erkenne ich eine ziemlich krasse Veränderung in Joannas Gesicht. Sie sieht zwar in meine Richtung, jedoch nicht direkt zu mir, sondern vielmehr zu etwas oder jemandem hinter mir. Ihr Lächeln ist erstorben, und eine tiefe Falte hat sich auf ihrer Stirn gebildet. Alles in allem wirkt sie so, als würde sie gleich lautstark losschreien wollen. Ihre Augen scheinen sich aber nicht auf einen fixierten Punkt geheftet zu haben, sondern sie wandern umher; von meiner rechten Schulter zu meiner linken, dann über meinen Dad hinweg und schließlich in Richtung meiner Großmutter. Ich imitiere ihre Geste und weiß sofort, was Sache ist, als ein Kerl, den ich bestenfalls als Sunny Boy im negativen Sinne beschreiben würde, neben sie tritt und ihr ein ziemlich betörendes Lächeln schenkt. Joannas Gesicht wirkt allerdings so gar nicht verzaubert. Sie sieht diesen Kerl aus großen Augen an und zuckt sichtbar zusammen, als er einen Arm um sie legt und ihre linke Wange küsst.

Der Kerl, bei dem es sich mit absoluter Sicherheit um Kyle, ihren verfickten, treulosen Ehemann, handelt, hat eine aufdringlicharrogante Art an sich, bei der sich meine Nackenhaare sofort aufrichten. Ich weiß nicht einmal, was der Typ hier will. Hat Joanna ihn vielleicht eingeladen? Wenn ja, dann frage ich mich, was sie damit bezwecken möchte.

Ich muss zugeben, dass eine riesige Wut in mir aufsteigt. Auf dieses Arschloch. Aber auch auf Joanna; sollte sie tatsächlich ihren Ehemann eingeladen haben. Doch warum macht sie dann so ein erstauntes Gesicht? Bestimmt dachte diese Schmalzfliege, er überrascht sie und zeigt ihr somit seinen Willen zur Besserung.

Dass ich nicht lache.

Nun wendet sich meine Großmutter an die beiden; vermutlich aber nur deshalb, weil Joanna kein Wort rausbringt und keiner von uns – ich auf jeden Fall mit hundertprozentiger Sicherheit – das Grinsen des Kerls nicht mehr länger aushält. „Oh, Mr. Douglas, welch Überraschung", grüßt sie ihn mit jener Stimme, die sie nur bei Menschen einsetzt, für die sie nichts übrig hat. „Haben Sie vor, Ihre Frau zu unterstützen?"

Ihre Frau – würg. Sie ist nicht mehr Kyles Frau. Das passt einfach nicht mehr. Ich bin zwar mehr oder minder direkt betroffen, aber es ist unübersehbar, wie unwohl sie sich in seiner Gegenwart fühlt. Was also glaubt sie, da noch retten zu wollen? Ich fürchte, Joanna hält wohl vielmehr an der Idee der Ehe als an ihrer eigenen verlorenen fest. Kyle? Um den geht es ihr ja gar nicht mehr.

„Ja, ich möchte Joanna gerne unterstützen, denn ich weiß, wie wichtig dieser Tag heute für sie ist."

Ach ja, woher denn? Wenn er wüsste, was wirklich wichtig ist, hätte er sie niemals betrogen. Das hieße allerdings wiederum, dass ich Joanna nie besser kennengelernt hätte.

„Das ist doch großartig. Nicht wahr, Joanna?", richtet sich meine Großmutter an Joanna, die sich mit aller Macht ein Lächeln abringt.

„Sehr", erwidert sie und blickt für den Bruchteil einer Sekunde zu mir herüber.

Obwohl ich die nächsten Minuten, in denen sich nun meine Mum mit Kyle unterhält, äußerlich ruhig bin, tobt in mir drin ein gewaltiger Sturm. Wenn ich könnte, würde ich ihm bei jedem Wort, das er von sich gibt, meine Faust in den Bauch rammen. Der Typ hat so viel Feingefühl wie ein russischer Panzer. Für ihn mag es logisch erscheinen, dass Joanna ihn doch noch zurücknimmt, deshalb hat er auch keine Schwierigkeiten dabei, meiner Mum zu erklären, wie sehr er Joanna schätzt.

An dem Punkt, da er ihr einen unvermittelten Kuss gibt, leere ich mein Glas, räuspere mich und mache ohne jegliche Entschuldigung davon.

Ich muss hier weg.

Ich entdecke zum Glück Ron, der, umringt von einigen Leuten, direkt neben der improvisierten Bar steht. Er grinst mir entgegen, als ich mich der Gruppe anschließe und dann eine Weile stumm zuhöre.

„Ich bräuchte jetzt dringend einen Zug einer Zigarette. Hast du eine dabei?", frage ich ihn leise und deute mit meinem Kinn kurz auf die drei Glastüren, die ins Freie führen.

Ron sieht mich mit hochgezogenen Augenbrauen an, ehe er prüfend in seine Jacketttasche fasst und nickt. „Hab ich. Na dann los."

Wir entschuldigen uns bei den Leuten, und als ich wenig später den ersten tiefen Zug inhaliere, fühle ich mich weitaus entspannter als gerade vorhin im Schloss.

Ron bläst eine kleine Rauchschwade aus und runzelt die Stirn. „Nicht, dass ich mich über deine Gesellschaft nicht freuen würde. Aber … ist irgendetwas?"

Ich habe Ron natürlich längst von Joanna und mir erzählt. Er ist einer meiner besten Kumpel, und ich weiß, dass ich ihm vertrauen und auf seine Meinung zählen kann. Daher wird er nicht allzu überrascht sein, dass Joanna der Grund für meine aufgeregte Gefühlslage ist. „Ihr Mann ist hier, und ich halte es einfach keine einzige Sekunde mehr neben diesem schmierigen Wichser aus."

Ron grinst und schüttelt sanft den Kopf. „Ich habe dir ja schon gesagt, dass ich nicht verstehe, was du mit ihr machst. Aber das, Ben, nimmt völlig neue Dimensionen an."

„Was ‚*das*'?"

„Dass du glaubst, einen Anspruch auf sie zu haben. Du weißt, dass sie verheiratet ist."

„Natürlich weiß ich das", erwidere ich und klinge nicht nur gereizt, sondern bin es auch. „Es geht auch nicht um Joanna, sondern um ihren Mann – ich verstehe nicht, wieso sie sich das gefallen lässt."

Es ist kühl heute Abend, weil es den ganzen Tag geregnet hat. Die Luft ist noch immer recht feucht, doch vermischt mit dem Rauch der Zigarette entsteht ein herrlicher, befreiender Geruch.

„Du musst das auch nicht verstehen, Ben, weil es dich nichts angeht."

Das hat er mir schon vor ein paar Tagen gesagt. Ron ist in seiner Betrachtungsweise natürlich viel nüchterner, als ich es jetzt sein könnte. Er scheint ohnehin der Einzige zu sein, der das, was Joanna und mich verbindet, noch im Auge behalten hat. Damit ist er mir eindeutig einen Schritt voraus.

„Du wirst dich daran gewöhnen müssen, auf diese Art mit ihr zusammenzuarbeiten. Denn irgendwann wird das, was gerade zwischen euch abläuft, zu Ende sein, und dann …“ Er beendet seinen Satz mit einer vielsagenden Geste.

Ich seufze, nehme erneut einen Zug und dämpfe die Zigarette im Aschenbecher aus.

„Es ist ihr Leben, Mann. Und wenn sie mit diesem Kerl verheiratet sein möchte, dann bist du der Letzte, der dabei irgendetwas zu melden hat. Lass uns jetzt reingehen, immerhin ist heute ein besonderer Abend für mich.“

Ich deute ihm, dass ich gleich nachkommen werde, und lehne mich, als er weg ist, an die steinerne Brüstung, die die Terrasse vom Garten abtrennt.

Ich lasse Rons Worte in Kombination mit dem Wissen, dass Joannas Mann da drinnen ist, auf mich wirken. Seit heute hat der Mensch, der für mich bisher bloß eine Randfigur war, ein Gesicht. Und plötzlich ist die Bedrohung, die von ihm ausgeht, zum Greifen nahe. Ich weiß, dass es wichtig ist, mir vorher darüber im Klaren sein zu müssen, was ich von Joanna möchte, bevor ich in den Krieg gegen Kyle ziehe. Denn er ist ihr Mann, und dadurch hat er einen Status, den ich bei Weitem noch nicht erreicht habe. Er bedeutet ihr etwas, und ich weiß nicht, ob sie ihn immer noch liebt, aber sie hat es zumindest irgendwann mal getan. Daher wird sie bereit sein, ihm eher zu verzeihen als jemandem wie mir zum Beispiel. Ich bin für sie letztendlich bloß eine Ablenkung.

Oder?

Joannas Gefühle mir gegenüber sind so unergründlich, als befänden sie sich hinter einer meterhohen Mauer.

Da mir langsam kalt wird, reibe ich meine Hände aneinander und drehe mich in Richtung der Glastür um. Diese öffnet sich jedoch gerade, und ein vertrautes Gesicht blickt in meines.

„Du erkältest dich hier draußen“, sage ich mit strenger Stimme, mache ihr jedoch Platz auf der Terrasse.

Sie lächelt zwar achselzuckend, wirkt aber völlig unentspannt. „Ich habe dich schon gesucht. Wir müssen dann langsam anfangen.“

„Ich weiß", antworte ich und lehne mich erneut gegen die Brüstung.

Joanna blickt hinaus in die Dunkelheit, die nur schwach von den kleinen Lampen im Garten durchbrochen wird. Ihre Miene ist hart, und ich sehe ihr an, dass sie um Worte ringt. Doch was auch immer sie sagen möchte, es scheint ihr einfach nicht zu gelingen, sodass sie schließlich seufzend den Kopf senkt.

Ich betrachte ihre Gestalt – den langen Nacken, den ich im Moment so gerne küssen würde. Auf ihren Armen hat sich eine Gänsehaut gebildet, und ich wette, dass ihre Nippel steinhart sind.

„Ich habe ihn nicht eingeladen", höre ich sie in Richtung der Steinplatten zu ihren Füßen hinab murmeln.

„Das habe ich mir gedacht."

Sie sieht kurz zu mir auf, und erneut schenkt sie mir dieses fast schon distanzierte Lächeln. „Er meinte, ich würde mich freuen, ihn hier an meiner Seite zu wissen."

„Und? Tust du das?"

Vermutlich klinge ich wie ein kleiner, hoffnungslos verliebter Junge. Doch das ist mir momentan egal.

„Keine Ahnung", gesteht sie laut seufzend. „Aber es ist immerhin ein Anfang."

Wovon?', frage ich mich insgeheim. Vom Ende? Vom Neuanfang?

Jedoch halte ich die Klappe und sehe sie so neutral wie möglich an. „Ich weiß, dass es im Augenblick schwierig ist", beginne ich und trete dichter an sie heran; einzig, um das bisschen Nähe in vollen Zügen auszukosten. „Aber egal, was du machst, Joanna, du schuldest mir keine Rechenschaft. Es ist deine Entscheidung, das weißt du."

Obwohl ich mir Erleichterung in ihrem Gesicht erwartet habe, wirkt sie nun noch mehr in sich gekehrt als zuvor. Ihre Augen sind so furchtbar traurig, dass ich nichts lieber täte, als sie an mich zu ziehen und zu versuchen, irgendwie zu ihr durchzukommen. Sie muss dem Mistkerl doch keine Chance geben, wenn sich so schon alles in ihr dagegen sträubt. Sie kann mich haben. Sie kann aber auch alleine bleiben. Doch ich weiß, dass wir keinen Schritt weiterkommen, solange Kyle in ihrem Blickfeld ist.

Diese Einsicht ist ernüchternd, und erneut macht sich in mir der Wunsch breit, diesen Trottel so schnell wie möglich aus dem Weg zu räumen. Einzig um Joannas Gunst, versteht sich.

„Gehen wir rein", sage ich, lege meinen Arm um ihre Taille und erlaube mir sogar, ihr einen kurzen Kuss auf den Scheitel zu drücken. Ihr Körper fühlt sich so gut an. Ich wünschte, sie gehörte zu mir. Ich wünschte, wir müssten uns nicht verstecken.

Doch ein Blick über die Schulter zeigt mir die grausame Realität. Da drinnen sind wir wieder zwei ganz normale Menschen, die lediglich miteinander arbeiten – die eine verheiratet und der andere dank seiner Vergangenheit völlig am Arsch.

Ich möchte schreien und fluchen. Ich möchte sie schnappen und in meine Wohnung bringen; mit ihr alleine sein. Weg von Kyle kommen.

Als ich meine Hände von ihr nehme und ihr zurück in den Saal folge, steigt mir der Geruch von kaltem Rauch in die Nase. Ich rümpfe besagtes Körperteil und schnüffele an meinen Händen. „Ich bin gleich bei euch", wende ich mich an Joanna und greife nach ihrer Schulter. „Trommel schon mal Ron und meine Großmutter zusammen. Okay?"

Sie nickt und sieht mich noch immer auf diese traurige Art an, die mir fast den Atem raubt. Doch ich muss mich nun ganz auf meine Professionalität konzentrieren und meine Aufgabe erledigen. Das hier ist immens wichtig; vielleicht sogar wichtiger als mein Privatleben. Die Erhaltung unserer Familie steht auf dem Spiel. Ich wette, das keiner meiner Vorfahren je so unverantwortlich war wie ich jetzt, wenn es um den Besitz der Familie ging.

Das spricht nicht gerade für mich, überlege ich, als ich die Toilette erreiche und meine Hände gründlich mit Seife wasche.

Hier, etwas abseits des ganzen Trubels, ist es angenehm still. Ich sauge die Ruhe in mich auf, spritze mir etwas Wasser ins Gesicht und trockene Hände und Gesicht ab. Während ich die Papierhandtücher in den Mülleimer werfe, geht die Tür auf – und Kyle betritt den Raum. Er macht ein Gesicht, als würde er mich nicht zufällig hier antreffen.

Ich wollte auf keinen Fall neben ihm drüben im Saal stehen, aber schon gar nicht will ich hier alleine mit ihm sein.

Ich nicke ihm zu, richte meine Krawatte mit übertriebener Sorgfalt und will mich gerade an ihm vorbeischieben, als er seine Augen zusammenpresst und das Wort an mich richtet. „Ben, nicht wahr?", fragt er.

Erneut nicke ich nur und versuche, absolut desinteressiert an einem Gespräch mit ihm zu wirken.

Es gefällt mir festzustellen, dass er gut einen halben Kopf kleiner als ich ist.

„Joanna hat über Sie gesprochen", fährt er fort. Ich kann seine Stimmung indes nicht so recht einschätzen.

„Das mag daran liegen, dass wir miteinander arbeiten“, gebe ich mich höflich. „Und genau das ist mein Stichwort. Ich muss leider los … die Eröffnungsrede halten.“

Erneut wende ich mich ab, werde aber von dem Idioten am Ellenbogen festgehalten. Ich drehe mich zu ihm um und werfe ihm einen zornfunkelnden Blick zu, den er zu meiner Überraschung jedoch erwidert.

„Gefällt es Ihnen, sich an eine verheiratete Frau heranzumachen? So jämmerlich sind Sie, Ben?“

Gott, alleine dafür, wie spöttisch er meinen Namen ausspricht, sollte ich ihm eine knallen.

„Ich weiß nicht einmal, weshalb ich mich auf dein lächerliches Niveau herablasse, Kyle. Aber mal ganz unter uns gesagt, bist bestimmt nicht du derjenige, der über das richtige oder falsche Verhalten von einem von uns urteilen sollte.“

Er gibt ein entrüstetes Schnauben von sich und fixiert mich weiterhin. „Oh, sie hat dir also erzählt, wie böse ich zu ihr war. Und du bist natürlich sofort zur Stelle, um eine traurige Frau zu trösten. *Meine* Frau“, betont er erneut, und ich fletsche die Zähne.

Ich fühle mich wirklich, als sei ich im falschen Film. Ich muss aber auch zugeben, dass ich Kyle niemals zugetraut hätte, mich offen auf mein Verhältnis mit – wie er ehrlich recht hat – seiner Frau anzusprechen.

Doch meine Anerkennung von Kyles Mut legt sich schnell, als ich die siegessichere Miene in seinem Gesicht bemerke. „Du verschwendest meine Zeit, und darauf habe ich keinen Bock. Also“, winke ich ab und reiße meinen Arm von ihm los.

„Ich schwöre dir, Ben, wenn du meine Frau noch ein einziges Mal anfasst, werde ich dir deine jämmerliche Visage zu Brei schlagen. Und es wird mir eine Freude sein.“

Es kostet mich viel Kraft, nicht in ungehaltenes Lachen auszubrechen. „Ich wünschte, das könnte ich sehen. Aber weißt du was, Kyle, es geht dich einen verdammten Scheißdreck an, was Joanna und ich machen!“

„Du behandelst sie wie eine Hure – ja, das tust du. Und das werde ich nicht zulassen.“

Hört sich der Kerl selbst zu?!

Ich trete einen Schritt näher und blicke ihn böse an. „Es war ja auch schließlich sehr respektvoll, wie du sie mit irgendeiner anderen Frau betrogen und außerdem belogen hast. Ich muss wirklich sagen, Kyle, dass du ein noch jämmerlicher Idiot bist, als mir Joanna dich beschrieben hat.“

Ich wusste, dass diese heftige Aussage eine noch viel heftigere Reaktion auslösen würde. Jedoch habe ich nicht damit gerechnet, von Kyle gegen die Wand gestoßen und seine pralle Faust gegen meinen rechten Kiefer gerammt zu bekommen. Es erscheint mir ziemlich dumm, mich noch in meinem Alter zu prügeln. Ausgerechnet wegen einer Frau, die mir, sollte sie davon erfahren, zum Dank wohl ebenfalls eins über den Schädel ziehen würde. Ich versuche auch nicht Joannas guten Ruf oder sie vor Kyle zu verteidigen. Ich lasse mir einfach nicht die Frechheit dieses Kerls bieten. Punkt.

Daher hole ich mit doppelter Kraft aus, stoße Kyle von mir und zeige ihm, wie es sich anfühlt, eine Faust ins Gesicht zu bekommen. Er stöhnt, fängt sich aber relativ schnell wieder und grinst mich teuflisch an, während sich rund um seinen Mund ein feines Rinnsal aus Blut bildet.

„Jämmerlich, was?", meint er und hebt beide Hände wie bei einem Boxkampf vor die Brust.

„Krieg dich ein, Mann", versuche ich ihn meinerseits etwas zu beruhigen, bevor das bloße Geplänkel, das wir jetzt gerade haben, in eine handfeste Schlägerei mündet.

Nichts wäre so entwürdigend für Cliveden wie meine Verwicklung in eine Schlägerei mit dem Ehemann einer Angestellten, die ich in meiner Freizeit vögele. Aus diesem Grund muss ich verhindern, dass Kyles und meine Hormone noch mehr hochkochen.

„Lass uns zurückgehen und das Ganze hier vergessen", schlage ich daher ruhig vor.

Kyle jedoch kneift lediglich die Augenbrauen zusammen und spuckt Blut ins Waschbecken. „Du nennst mich jämmerlich – ziehst aber selbst den Schwanz ein, wenn es richtig zur Sache geht. Hast du Angst? Hm?"

Klar, er versucht mich zu provozieren, und hätte ich nicht eine solch immense Abneigung ihm gegenüber, würde er auf Granit stoßen. So jedoch schürt er die Wut nur umso mehr.

„Ich freue mich schon darauf, dein blödes Gesicht zu sehen, wenn sie dich sitzen lässt, um zu mir zurückzukommen." Noch ehe er seine Aussage beendet hat, holt er aus und platziert seine rechte Faust zielgenau auf mein rechtes Auge.

Der Schmerz zuckt durch meinen gesamten Körper, als hätte mich ein Stromschlag getroffen. Für einen Moment tanzen funkelnde Sterne vor meinen Augen, und ich muss mich an der Wand hinter mir abstützen, um nicht umzufallen. Der Kerl hat Pulver. Entweder prügelt er sich öfter so sinnlos, oder er hatte bloß Glück.

Die Stelle, an der er mich getroffen hat, pocht wie wild, während ich die Augen wieder öffne und ihn diabolisch anfunkele.

„Wenn du dich nicht von ihr fernhältst, bekommst du noch viel, sehr viel mehr davon, York“, droht er mir mit ausgestrecktem Zeigefinger.

Ich sehe ihm dabei zu, wie er sein Jackett richtet, mit dem Daumen probehalber über seine Unterlippe streicht und den Daumen prüfend anblickt, ob sie noch blutet. Was er tut, wie ich erfreut feststelle. Danach grinst er so widerlich selbstsicher, dass ich meinen guten Vorsatz in Sekundenschnelle begrabe, aushole und ihn mit voller Wucht auf der Nase treffe. Augenblicklich sackt er zusammen und krümmt sich zu einem U auf dem Boden.

Von oben herab betrachte ich ihn und bete, dass seine Nase nicht gebrochen ist. Immerhin ist der Kerl Anwalt und so, wie es aussieht, einer von der widerlichen Sorte, dem jedes Mittel recht ist.

Trotzdem kann ich mir ein triumphierendes Lächeln nicht verkneifen, als ich die Toilette verlasse und mich nun gedanklich völlig auf meine Rede einstelle.

FÜNFZEHN

Joanna

Nur langsam hat sich mein Pulsschlag, der in der letzten Stunde gesundheitsgefährdende Höhen erreicht hat, wieder erholt. Mit Kyles Auftauchen platzte die Seifenblase, die ich mir zu meinem eigenen Schutz geschaffen habe.

Wenn mich vor einer Woche jemand gefragt hätte, was das Schlimmste sei, das ich mir vorstellen könnte, dann wohl jener Gedanke: Kyle und Ben im gleichen Raum zu wissen. Dann aber auch noch zwischen ihnen zu stehen und sie zu einem unmittelbaren Vergleich vor mir zu haben hat mir nun den Rest gegeben.

Aber alles wird gut, rede ich mir tief einatmend ein, während ich neben Ellie stehe und auf Ben warte. Ben hat vorhin den Rückzug angetreten, was wohl als sehr vernünftige Entscheidung zu bezeichnen ist. Im Vergleich zu mir, die so unvernünftig dachte, wie toll es wäre, ihm auf die Terrasse zu folgen, um mit ihm alleine zu sein.

Ich meine, was habe ich mir schon groß erwartet?

Wenn ich vorhabe – und das sollte ich –, eine Entscheidung zu treffen, ob für oder gegen Kyle, dann muss ich selbst bestimmen. Ich darf mich nicht von Bens möglichen Empfindungen leiten lassen. Ich muss tun, was das Richtige für *mich* ist. Das, bei dem ich mich besser fühle.

Aber was ist das?

Fest steht, dass es so nicht weitergehen kann.

Gott, wie oft habe ich das in den letzten Tagen gesagt, und wie viel öfter habe ich die Entscheidung beiseitegeschoben. Ich bin wirklich ein feiges Huhn.

Am heutigen Tage sollte ich aber versuchen abzuschalten und mich auf meinen Job konzentrieren. Denn egal, wie stark mein berufliches und privates Leben dank Ben nun ineinander verwoben sind, heute steht mehr auf dem Spiel als mein Herz. Es geht um Cliveden und vielleicht sogar um eine Zukunftsentscheidung. Ich sollte dankbar sein, dabei sein zu dürfen, und wer weiß, vielleicht sichere ich mir damit sogar einen Eintrag in der Familienhistorie. Es kann also nur besser werden. Bergauf gehen.

Alles wird gut, sage ich mir innerlich vor und ringe mir sogar ein leichtes Lächeln ab, als ich Bens Scheitel in der Masse auftauchen sehe. Er wird jetzt die Rede halten, danach werden wir gemeinsam die Bilder enthüllen und, so hoffe ich, dann werden die Gäste begeistert Beifall klatschen. Alles sollte nach Plan laufen.

Doch als Ben an mir vorbeigeht und vor den Vorhang tritt, seine Kärtchen aus der Innentasche seines Jacketts zieht und einen kurzen Blick darauf wirft, erstirbt das Lächeln in meinem Gesicht.

So geht es nicht nur mir, sondern auch unter den Besuchern macht sich ein Raunen aufgrund der Verblüffung bemerkbar. Ich reiße die Augen auf, als Ben kurzatmig die Gäste begrüßt und ganz so tut, als würde niemand das rot-bläulich geschwollene Auge bemerken. Als ich ihn genauer betrachte, ist es gar nicht nur sein Auge, das seltsam aussieht, sondern auch sein Mundwinkel wirkt etwas … in Mitleidenschaft gezogen.

Was hat der Kerl nur angestellt?!

„Mein Gott“, flüstert Ellie neben mir und fängt an, ihre Fingerknöchel äußerst heftig zu kneten.

Kyle – wo ist er geblieben?

Der Gedanke kommt so plötzlich, dass ich gar nicht merke, wie auffällig suchend ich den Kopf hin- und herdrehe. Doch es scheint ohnehin keiner der Umstehenden zu bemerken, da sie alle auf Ben starren. Nicht, weil seine Rede so fesselnd ist, sondern weil es wohl selten vorkommt, dass jemand in dieser Aufmachung eine Rede hält, noch dazu in so einem Ambiente. Ab und an wird getuschelt, gekichert oder bestürzt von jemandem der Kopf geschüttelt. Währenddessen ist von Kyle weit und breit keine Spur. Ich wette all mein Erspartes, dass Kyle irgendetwas mit Bens Aussehen zu tun hat, und daher frage ich mich unmittelbar, wie wohl Kyles Gesicht aussehen mag.

Mein Fokus richtet sich gerade auf den Teil des Saals, aus dem Ben vorhin kam, als ich dort tatsächlich Kyle entdecke. Wenn ich noch ein wenig Farbe im Gesicht hatte, dann ist diese nun wohl endgültig beim Anblick meines Ehemannes verschwunden. Seine

Nase sieht äußerst schmerzhaft entstellt aus: rot und blutverschmiert. Auch sein Mundwinkel wirkt, als hätte jemand eine Faust dagegen geknallt.

Für einen Moment schließe ich die Augen, um mich zu sammeln und zu Atem zu kommen.

Was sagte ich vorhin noch? Alles wird gut?! Ja, alles wird gut.

Vielleicht merkt es ja keiner. Vielleicht bilde ich mir das alles bloß nur ein, und vielleicht, ja ganz vielleicht lasse ich einen von ihnen leben, wenn ich sie später in die Finger bekomme.

Ich meine, ich bin eine Frau in ihren Dreißigern und kein 15-jähriges Mädchen, das es toll findet, wenn sich zwei Jungs ihretwegen auf dem Pausenhof prügeln. Ich brauche niemanden, der meine Ehre oder mich verteidigt – oder gar Ansprüche auf mich stellt. Ich will keinen Mann, der glaubt, seinen Besitzanspruch auf mich mit Fäusten regeln zu müssen. Je länger und je intensiver ich darüber nachdenke, desto mehr steigert sich meine Wut auf die beiden. Der erste Schock ist also verdaut.

Kyle erwidert meinen Blick und kommt schnell näher. Ganz sachte schüttele ich den Kopf, doch er respektiert meine Geste nicht, sondern kommt zu mir und packt mich am Ellenbogen. Bens Rede gerät ins Stocken; vermutlich weil er sieht, wie Kyle mich weg von den versammelten Gästen in Richtung Flur zieht.

Ich gebe mir allergrößte Mühe, nicht auf sein demoliertes Gesicht zu starren, sondern so zu tun, als sehe er aus wie gewöhnlich. „Was zum Teufel hast du getrieben?", frage ich ihn dennoch scharf und verschränke die Arme vor der Brust.

Kyles Verhalten erschreckt mich deshalb so sehr, weil er stets der Gefasstere von uns beiden war. Er hat niemals auch nur die Stimme erhoben und meine Ausbrüche stets in aller Seelenruhe ertragen. Selbst in meinen kühnsten Träumen hätte ich mir nicht vorstellen können, wie es wohl wäre, wenn er sich wegen mir prügelt.

Entweder hat er irgendeinen Kurs besucht, der ihm Selbstbewusstsein verliehen hat, oder der Idiot ist völlig zugedröhnt. Denn anstatt auf meine Frage einzugehen, wie er es immer getan hat, beugt er sich vor und kneift die Augen böse zusammen. „Dann ist dieser York also der Kerl, mit dem du was hattest? Der Enkel deiner Chefin?! Was ist nur los mit dir, Joanna? Muss ich mir Sorgen machen?"

Gott, seine Fragerei treibt mich in den Wahnsinn. Am liebsten würde ich schreien, doch ich fürchte, dann wäre der Abend endgültig ruiniert. „Du magst Recht haben. Okay, das gebe ich offen und ehrlich zu – das war mit ihm. Aber Kyle, gibt dir mein Verhalten die Erlaubnis, dich mit Ben zu prügeln? Was zum verfickten Teufel habt ihr euch dabei nur gedacht?!"

Kurz sieht er betroffen zu Boden, als scheine er erst jetzt zu realisieren, was in den letzten Minuten tatsächlich passiert ist. Doch dann erlangt er seine Fassung wieder, die mich einen Schritt zurückweichen lässt.

„Ich habe dich verteidigt, Joanna."

„Oh, musstest du das?"

„Ja."

Ich seufze und sehe schnell rüber zu Ellie und Ben, wobei nun Erstere das Wort ergriffen hat.

„Ich liebe dich, das weißt du", fängt er wieder damit an und vervierfacht damit meine Wut schlagartig. „Ich habe dir versprochen, um unsere Ehe zu kämpfen. Aber als ich heute bemerkte, wie York dich ansieht, wie er dich behandelt und wie vertraut ihr miteinander wirkt, da ... ich habe eine solche Angst, dich schon längst verloren zu haben, Joanna."

Mein Mund wird staubtrocken. Kyles Worte, so unbeholfen sie wirken mögen, treffen genau den Punkt, der am empfänglichsten für sie ist.

„Er hat über dich gesprochen, als seist du bloß irgendeine Nutte, für die er bezahlt hat, und die er daher für die Dauer dieser Leistung alleine für sich beanspruchen kann. Aber York kennt nicht die Frau, die du wirklich bist – die, die in diesem wunderschönen Kleid am Tag unserer Hochzeit auf mich zugeschritten kam; die es nicht lassen kann, mich mit dem Gartenschlauch anzuspritzen, wenn sie Blumen gießt und ich zufällig vorbeikomme. Er weiß nicht, wie du aussiehst, wenn du mit voll bepackten Händen nach Hause kommst und eine akrobatische Meisterleistung hinlegst und mit deinem Fuß die Klingel betätigst, damit ich dir aufmache."

Ich merke, wie ich schniefend den Kampf gegen meine Tränen aufgebe, und habe keine Ahnung, was Kyles Worte und meine Reaktion zu bedeuten haben.

Doch Kyle geht einen Schritt weiter und streicht eine einzelne Träne mit der Kuppe seines Daumens von meiner Wange. „Er kennt deine komödiantischen Einlagen nicht, wenn du ein paar Gläser Wein zu viel getrunken hast, und weiß nicht, wie deine Wangen dann immer knallrot werden. Was ich sagen will, Joanna, ist, dass York vorhin getan hat, als würde er dich besser kennen als ich, weswegen er überhaupt nicht verstand, warum ich hier bin. Du gehörst doch zu mir, Schatz. Du bist meine zweite Hälfte."

Am liebsten würde ich mich hinsetzen, doch da dafür keine Möglichkeit besteht, richte ich mich auf und versuche Kyles Worte irgendwie zu verstehen. Was auch immer passiert ist zwischen uns, tief in mir spüre ich diese ureigene Zugehörigkeit zu ihm. Nicht, weil er mein Mann ist, sondern weil genau das, was er gesagt hat, zutrifft. Zu 100 Prozent zutrifft. Uns verbindet so viel mehr miteinander als nur unsere Ehe. Wir waren immer eins, und ich spüre, dass wir das nach wie vor sind. Die vergangenen Monate kann man wohl eindeutig als Entgleisung bezeichnen.

Ben ist eine Ablenkung, und Kyle … ist er alles? Gewohnheit?

„Ich hatte Sex mit ihm“, melde ich mich zögerlich zu Wort und empfinde meine plötzliche Ehrlichkeit als absolute Erleichterung.

Kyles Reaktion überrascht mich, weil er nur nickt und kurz seufzt. „Das habe ich mir schon gedacht. Aber es ist okay, Joanna.“

Noch nicht, denke ich und hole tief Luft. „Er war bei uns zu Hause. Ich dachte, ich würde bei ihm irgendetwas finden, das mich tröstet oder ablenkt. Ich weiß wirklich nicht, ob das zwischen dir und mir noch Sinn hat, aber es fühlt sich jedenfalls richtig an. Und ich sage das nicht, bloß weil wir verheiratet sind, sondern weil du es bist, der mich ausmacht. Die vergangenen Monate fühlte ich mich unvollständig und leer.“

Ob es an der gesamten Stimmung des heutigen Abend liegen mag oder bloß an dem Fight der beiden Männer, der mich direkt auf das Eindeutige hingewiesen hat, kann ich nicht sagen. Doch ich bin mir ziemlich sicher, dass Kyles Worte und die Gefühle, die jene in mir auslösen, der Wink des Schicksals ist, den ich zu meiner Entscheidungsfindung benötigt habe. Klar war ich im ersten Moment geschockt, ihn hier zu sehen. Jedoch hat mich seine Anwesenheit auch beruhigt. Kyle hat mit dieser Geste mehr bewiesen als Mut; er hat mir gezeigt, dass ich ihm wichtig bin – und das, obwohl ich ihn seit mehr als einem halben Jahr zappeln lasse. Ich werde ihm zwar niemals verzeihen können, dass er mich betrogen hat.

Und Ben? Was wird er sagen, wenn ich zu Kyle zurückginge?

Ihm und mir war zwar von Anfang an klar, dass es nur Sex sein würde, doch ihn einfach so, zack, zack, abzuservieren, erscheint mir nicht unbedingt fair. Denn er hat mir etwas bedeutet. Ben ist ein toller Mann; nur eben nicht der richtige für mich.

„Ich wünschte, ich könnte alles rückgängig machen. Ich frage mich, ob ich mich nur auf ihn eingelassen habe, um dir insgeheim eins auszuwischen. Dabei habe ich mich die ganze Zeit über jämmerlich gefühlt.“

Ich spüre es eher, dass wir nicht mehr alleine sind, als dass ich es höre. Spätestens das Räuspern zu meiner Rechten lässt mich verstummen. Für kurze Zeit habe ich völlig vergessen, wo wir sind. Ich habe so viel geredet, so frei wie schon lange nicht mehr, und dabei habe ich weit übers Ziel hinausgeschossen. Denn es ist Ben, der neben uns steht und mich mit einem Blick ansieht, der mir durch Mark und Bein geht. Selbstverständlich hat er gehört, was ich gesagt habe, und der Ausdruck auf seinem Gesicht trifft mich mehr, als ich angenommen hätte.

Hin- und hergerissen zwischen Kyle und Ben, atme ich konzentriert ein. Ich versuche auf mein innerstes Gefühl zu hören. Was empfinde ich? Reue Ben gegenüber? Oder ist er mir vielleicht wirklich so gleichgültig, wie ich Kyle soeben verklickert habe?

„Wir warten auf deine Erscheinung, Joanna", erklärt Ben und zieht seine linke Augenbraue hoch.

Seine Haltung kommt fast der gleich, mit der er vor einigen Wochen zum ersten Mal mein Büro betrat.

Mein Gott, ich habe ihn tatsächlich verletzt. Und wie.

Schnell lasse ich in meinem Kopf meine Worte Revue passieren, und Stück für Stück wird mir übler. Ich meine, ich sagte, er würde mir nichts bedeuten und ein schlimmer Fehler sein ... wie würde ich wohl reagieren, wenn Ben so etwas über mich behaupten würde – und ich es hören würde?

Ich mache einen Schritt vor und versuche stumm mit ihm zu kommunizieren. Doch er blockt ab, kneift die Augen zusammen und deutet über seine Schulter hinweg zum Hauptpunkt des Abends – der Ausstellung.

„Meine Großmutter möchte, dass du dabei bist, wenn sie den Vorhang entfernen. Vielleicht kannst du ein wenig deiner wertvollen Zeit opfern."

Da war sie also, die erste, jetzt noch höflich verpackte Spitze, die er mir verpasst. Daran sollte ich mich wohl gewöhnen.

Ich gebe schließlich aber meinem Pflichtgefühl nach, wende mich kurz an Kyle, dem ich mit einem gezwungenen Grinsen über den Oberarm streiche, um dann Ben zu folgen. Mir brennen Tränen in den Augen, als ich bei Ellie ankomme und diese meine Hand nimmt und sachte drückt. Da Ellie ihre Aufmerksamkeit überall zugleich hat, hat sie natürlich schon von all dem, was rund um die Eröffnung passiert ist, Wind bekommen. Doch sie scheint es mir erst einmal nicht übel zu nehmen. Und ihre Geste wirkt Wunder. Sie bestärkt mich auf eine Art, die ich nicht erwartet hätte.

Als ich meinen Blick durch die Runde schweifen lasse und bei Ron hängenbleibe, wird mir deutlich, wie egoistisch ich mich verhalten habe. Es ist sein Abend und in gewisser Weise auch Ellies Abend. Sie und auch Ben und ich, wir alle haben unser Bestes gegeben, um diese Ausstellung auf die Beine zu stellen. Dagegen erscheinen mir Bens und meine Diskrepanzen nebensächlich, so sehr sie mich im Augenblick auch belasten mögen. Hier geht es um viel mehr als mein Herz, das von einem zum anderen hüpft und sich nicht entscheiden kann. Hier geht es um Cliveden; um Ellies Lebenstraum. Und selbst wenn sie mich jetzt anlächelt und zu mir hält, würde sie mir nie verzeihen, wenn ich diesen Moment ruiniere.

Deshalb straffe ich die Schultern und falle in das allgemeine Klatschen ein, als Ellie, Ben und Ron den Vorhang lüften und Rons Bilder zum Vorschein kommen. Interessiert bewegen sich die Leute vorwärts. Ron steht ihnen Rede und Antwort, und je länger die Gemälde betrachtet werden, desto faszinierender scheinen sie auf die Besucher zu wirken. Ich halte mich im Hintergrund, lächele und nicke höflich. Diese Fassade, die ich den Leuten gerade zeige, tut mir gut, denn sie beruhigt mich auch selbst. Es ist, als würde die Flut noch hinter einem Damm ruhen und nur darauf warten, über mich hereinzubrechen.

Nirgends in der Menge kann ich Kyle entdecken. Er scheint sich zurückgezogen zu haben. Für ihn war sein Auftauchen in gewisser Weise erfolgreich. Schließlich hat er die Chance ergriffen, mich an einem sehr verwundbaren Punkt zu treffen. Kyle mag verschwunden sein, doch Ben ist noch da, und während ich mit meinem Sektglas in der Hand etwas abseits des Trubels stehe, befindet er sich mittendrin. Ich beobachte ihn ohne Hintergedanken und lasse alle Empfindungen, die er in mir auslöst, zu. Ich kann nur von Glück sprechen, dass die Schwellung an seinem Auge nachgelassen hat.

Doch diese Veränderung seines Aussehens mag wohl nicht so schlimm wirken, wenn man bedenkt, was ich über Ben gesagt habe. Das war ziemlich verletzend, auch wenn uns beiden von Anfang an klar war, dass wir uns nicht emotional aufeinander einlassen. Trotzdem löste gerade Ben etwas in mir aus, das ich einfach nur genoss. Klar, Ben war eine Kehrtwende in meinem sonst so durchstrukturierten Leben. Er stellte das Verbotene dar, und selbst jetzt, da dieser Vorfall der beiden zwischen uns steht und ich seine Abwehrhaltung deutlich registriere, ist da mehr als nur gegenseitige Sympathie oder Lust. Es hat lange gedauert, bis ich begriffen habe, dass Ben einer von den Guten ist, auch wenn er das nicht immer offen zeigt. Er hat mich so genommen, wie ich war. Und er hat verstanden, dass ich mich entscheiden muss – zwischen ihm und Kyle.

Die Frage ist nur, ob ich nicht bereits vorhin, als mich meine Gefühle völlig übermannten, unbewusst eine Entscheidung getroffen habe.

Ich seufze und nehme einen Schluck, als Ben sich von der Gruppe löst, sein Blick den meinen trifft und ich einen zögerlichen Schritt auf ihn zu mache. Zu meiner großen Erleichterung geht er weder einfach weg, noch mustert er mich erneut mit seinem strengen Blick. Er steht nur da und scheint, so wie ich, alle Leute um uns herum ausgeblendet zu haben.

Wäre es nicht so kompliziert, könnten Ben und ich eine wirklich tolle Zeit mit gutem Sex haben. Nicht zum ersten Mal frage ich mich, ob ich die Definition von Ehe nicht völlig falsch verstanden habe. Was, wenn sie kein Segen, sondern vielmehr eine Fessel ist, die einen an etwas bindet, von dem man eigentlich loskommen möchte?

„Die Bilder kommen gut an“, beginne ich zurückhaltend und drehe den dünnen Goldring an meinem Finger.

Er nickt zwar etwas, erwidert jedoch nichts darauf.

„Niemand ist umgefallen; das war meine größte Angst.“ Von uns beiden bleibe ich die Einzige, die über den versuchten Witz lacht. Ben scheint überhaupt nicht zu verstehen, was es im Augenblick Lustiges zwischen uns zu sagen gibt. Und auch mir wird klar, wie feige mein Ausweichmanöver ist; dabei gelte ich normalerweise nicht einmal als Feigling. „Wie geht es deinem Gesicht?“, frage ich und wage mich doch langsam an das Thema heran.

Ben streicht mit seiner Handfläche über sein Kinn und bewegt seinen Kiefer nach links und rechts. „Gut. Er hat ja wie ein Mädchen zugeschlagen.“

Gott, wie großkotzig. So können wohl auch nur Männer sein. „Oh, ja. Vielleicht könnt ihr euren Kampf bei Gelegenheit ja wiederholen“, scherze ich, auch wenn ich am liebsten mit dem Fuß auf dem Boden aufstampfen würde. „Was habt ihr euch eigentlich dabei gedacht? Vor allem du, Ben, wo du heute das Ansehen deiner Familie zu vertreten hast?“

Meine Frage ringt ihm ein müdes Lächeln ab. Er blickt kurz über seine Schulter und deutet dann mit dem Kinn in Richtung Tür, die zum Raum neben dem Saal führt, der heute als Lagerraum für zusätzliche Tische, Tischdecken, Gläser und Stühle benutzt wird. Ich folge still.

„Du gehst zu ihm zurück, nicht wahr?", fragt er, nachdem er eine stumme Runde durchs Zimmer gedreht hat.

Seine Tonlage verrät nichts, rein gar nichts über das, was er darüber denkt oder fühlt. Es ist eine Feststellung oder vielmehr eine Vermutung seinerseits, die er nun durch lediglich bestätigt haben möchte. Doch ich weigere mich zu glauben, dass er so cool ist, wie er sich gibt.

„Ich …"

„Vergessen wir mal, dass er sich mir gegenüber wie der größte Wichser der Nation verhalten hat und ich einfach nicht widerstehen konnte. Er hat regelrecht um meine Faust in seinem Gesicht gebettelt. Doch was viel wichtiger ist, Joanna, ist, dass ich enttäuscht von dir bin."

„Von mir?", frage ich erstaunt und deute mit meinem Zeigefinger auf mich.

Ben nickt eilig und holt tief Luft. „Du wirst zu ihm zurückgehen, nicht weil du es willst, sondern weil es dir dein Pflichtbewusstsein anordnet. Kyle hat nun einmal das einmalige Glück, eine Frau geheiratet zu haben, die ihr eigenes Leben für ihn opfert, nur weil sein Ring an ihrem Finger steckt."

Ich weiß, dass Ben im Grunde genommen recht hat, doch ich weigere mich, diese Tatsache vor ihm zuzugeben.

Bens Blick wird im nächsten Moment einen Tick härter, und er kommt etwas näher. „Ich habe euch vorhin reden gehört", gesteht er, aber natürlich war mir das längst klar. „Du hast gesagt, dich auf mich einzulassen wäre ein Fehler gewesen. Aber was, wenn nicht ich der Fehler bin, sondern Kyle? Hast du dir darüber schon einmal Gedanken gemacht?"

Nein.

Ich habe mir unzählige Gedanken gemacht zu der Situation; aber nie habe ich mich gefragt, ob nicht vielleicht Kyle der Teil ist, der fehl am Platz erscheint.

Von meinem Gesicht scheint Ben meine Gefühle ablesen zu können, da er wissend nickt. „Siehst du", sagt er. „Dein Mann hat dich betrogen, Joanna, und das war ein riesiger Vertrauensbruch – in diesem Punkt sind wir uns einig. Aber auch wenn er sich jetzt bemüht, heute hergekommen ist und sich mit mir angelegt hat, bleibt er ein Betrüger. Genauso wie du", schließt er.

Vermutlich hat er recht. Vollkommen recht. Es geht nicht darum, wer wen zuerst betrogen hat. Vielmehr zählt wohl die Tatsache, dass ich es ebenfalls getan habe; verletztes Herz hin oder her. Ich habe Ben in mein Leben gelassen, eine Verbindung zu ihm aufgebaut.

Aber unsere Ehe, ruft eine dringliche Stimme in mir, die wohl nicht so schnell zu besänftigen sein wird.

Ich fühle mich wie ein Pingpong-Ball, der von einer Seite zur anderen geschlagen wird, und jeder Aufprall raubt mir ein Stück meiner soliden Substanz. Ich werde zerfallen – nur wie und wann, das ist noch die Frage.

„Ich bin vorhin durchgedreht, Joanna, weil mich dein Mann provoziert hat, und das, obwohl ich mich eigentlich nicht so leicht provozieren lasse. Aber egal", versucht er die Sache abzutun und kratzt sich am Kinn. „Ich habe mich nicht geprügelt, um dir irgendetwas zu beweisen oder dich zu verteidigen – das kannst du selbst sehr viel besser –, sondern weil dieser Wichser das, was zwischen uns ist, als etwas Widerwärtiges dargestellt hat."

„Und ist es das denn nicht?", frage ich, unterbreche mich aber schließlich selbst noch einmal. „Vielleicht nicht widerwärtig – aber falsch?!"

„Fühlt es sich für dich so an?"

Ich halte inne und sehe zu Ben, an dem mir in Wahrheit so gar nichts falsch erscheint. Aber was ist dann mit der Verbindung, die ich vorhin bei Kyle gespürt habe? War das nur Gewohnheit? Als wenn man nach Jahren in seine alte Schule kommt und sofort wieder vertraut mit seinem ehemaligen Klassenzimmer und jedem Gang ist?

„Nicht unbedingt falsch, aber ich bin mir der Konsequenzen bewusst", beantworte ich Bens Frage und zucke die Achseln.

„Die Scheidung deiner Ehe? Deine Freiheit? Ich kann mich mit der Tragödie dieser Dinge gar nicht anfreunden", scherzt er zaghaft.

„Wie fühlt es sich denn für dich an?", will ich von Ben wissen, weil mir die Aussicht auf Scheidung tatsächlich schrecklich erscheint.

„Gut. Richtig."

„Das liegt daran, weil für dich keine Ehe auf dem Spiel steht, Ben."

Er macht ein verkniffenes Gesicht und sieht auf seine Schuhe. „Deine Ehe ist nicht mehr viel mehr als ein scheinbares Idealbild, das du dir geschaffen hast. Sie ist längst tot, aber solange du das nicht verstehen und akzeptieren willst, brauche ich mich mit dir nicht mehr darüber zu unterhalten."

Ich ignoriere seinen harschen, bissigen Tonfall und gebe mich nach außen, als würde Ben das alles gar nichts angehen.

„Ich fahre morgen Abend mit meinem Bruder für ein paar Tage zu Freunden", erklärt er wieder etwas sachlicher. „Ich möchte, dass du in dieser Zeit eine Entscheidung triffst – entweder ich oder dein Mann. Denn ich habe keine Lust mehr, mich von dir verarschen zu lassen, Joanna."

Ich schlucke heftig, weil ich das Gefühl habe, irgendetwas hätte sich in meiner Kehle festgesetzt und würde mir die Luftzufuhr abschnüren. Mir ist zwar klar, dass Ben mich zu keiner Entscheidung zwingen kann. Doch sollte es mir in den nächsten Tagen nicht gelingen, verliere ich zuallererst Ben. Und danach vielleicht auch noch Kyle. Das würde bedeuten, dass ich in jenem Szenario, vor dem ich die letzten sechs Monate Angst hatte, angekommen wäre – ich wäre alleine und einsam.

Wahrscheinlich erregt meine schlaffe Gestalt Bens Mitleid, da er näherkommt und vorsichtig eine Hand nach meiner Taille ausstreckt. Mit Kyles Auftauchen hier hat sich Ben und mein Umgang miteinander deutlich verändert. Wir sind befangener, als würde mein Mann irgendwo in einer dunklen Ecke stehen und uns beobachten. „Du weißt, dass du mir etwas bedeutest, aber für mich funktioniert es nicht unter diesen Bedingungen. Nicht, wenn ich das fünfte Rad am Wagen bin."

„Das möchte ich auch gar nicht", beeile ich mich, ihm verständlich zu machen, und wage eine vorsichtige Umarmung. Als sein Körper sich um meinen schmiegt, fällt etwas von der Bedrücktheit des Abends ab. Ich fühle mich sicherer. Als würde die Zeit kurz stillstehen und uns so die Möglichkeit bieten, uns zu sammeln.

Er streckt sein Gesicht dem meinen entgegen und lässt einen zärtlichen Kuss folgen. „Wir sollten wieder rausgehen. Okay?"

Ich nicke und inhaliere vielleicht zum letzten Mal seinen Duft. „Ich komme gleich nach."

„Gut." Er lächelt, als er sich von mir löst und festen Schrittes das Zimmer verlässt.

Ich atme tief ein, als ich alleine bin, und lehne mich mit dem Rücken an die Wand. Mit geschlossenen Augen versuche ich die Zeit, meine Sorgen und all die widersprüchlichen Gefühle in meinem Inneren auszublenden. Das Blatt scheint sich gewendet zu haben. Denn was sonst sollten Bens Worte, dass ich ihm etwas bedeute, meinen? Aber was empfinde ich für Ben? Sexuelle Anziehung? Vielleicht sogar Zuneigung?

Die Frage, die ich mir jetzt aber stelle, ist, wie stabil kann eine Ehe sein, die auf Betrug aufgebaut wurde? Kyle hat mich betrogen und ich ihn. Wir mögen vielleicht Verbündete sein, aber sind wir denn auch noch Liebende? Kann ich mir vorstellen, mit Kyle auch noch in zehn Jahren verheiratet zu sein? Kinder zu haben?

Kann ich ihm je wieder vertrauen?

Zur Beantwortung dieser Fragen bleibt mir jedoch keine Zeit mehr, da die Tür aufgeht. Ich rechne damit, dass Ben noch einmal eintritt. Doch es ist nicht Ben, der den Raum betritt, sondern ein anderer Mann. Ellie hat mir diesen seltsamen Kerl vorhin als ihren Schwager vorgestellt. Sie selbst murmelte etwas in der Art, was er hier überhaupt wolle. Ich mag zwar für Ellie arbeiten, bin mit den tieferen emotionalen Strukturen ihrer Familie jedoch nicht allzu sehr vertraut. Trotzdem aber hat dieser Mann etwas an sich, das meine Nackenhaare dazu bewegt, sich der Stuckdecke zu nähern.

Automatisch straffe ich die Schultern, als wolle ich damit Eindruck und Stärke vermitteln. Doch im Gesicht des Mannes ist nichts zu sehen, abgesehen von seinem schiefen Grinsen. Ich schätze ihn auf Anfang bis Mitte 60. Er ist groß, und sein Haar ist an den Schläfen ergraut, während der Rest tiefschwarz glänzt. Seine Augen sind von einem kalten Blau durchzogen. Alles in allem muss ich gestehen, dass ich mich in der Gegenwart dieses Mannes nicht wohlfühle, auch wenn seine Geste, mit der er mir eins der beiden Weingläser aus seiner Hand reicht, durchaus als charmant zu bezeichnen ist.

„Ich habe Sie vorhin mit Benjamin hier hereingehen sehen und wollte mich schon den ganzen Abend mit Ihnen unterhalten. Sie verzeihen, dass ich die Chance dazu jetzt genutzt habe“, erklärt er und prostet mir grinsend zu.

Ich mache es ihm mit einer mechanischen Bewegung gleich und nehme einen Schluck.

„Wir wurden einander noch gar nicht vorgestellt“, fährt er fort und reicht mir seine rechte Hand. „Xanther Maine; Eleonores Schwager.“

Gott, was für ein seltsamer Name. Aber irgendwie passend. Xanthers Eltern scheinen gewusst zu haben, was für einen schmierigen Typen sie da in die Welt gesetzt haben. „Freut mich“, erwidere ich und löse mit Bestimmtheit meine Hand. „Meinen Namen kennen Sie ja offensichtlich, da Sie speziell nach mir gesucht haben.“

Ein kurzes Nicken seinerseits folgt. „Sie arbeiten schon lange für unsere Familie, wie ich gehört habe.“

„Ja, das tue ich.“

„Eleonore schwärmt in den höchsten Tönen von Ihnen. Sie hat Ihre ganz besondere Art gelobt, Ihren Einsatz, Ihre Willenskraft.“ Ich warte, was auf diese Einleitung folgen mag, und ignoriere seinen Blick, mit dem er mich von oben bis unten mustert. „Sie sind verheiratet, richtig?“

Xanther nimmt einen Schluck, und ich versuche mich zusammenzureißen, um weiterhin nett und freundlich zu bleiben. Was sich schwierig gestaltet. „Das bin ich, ja.“

„Es ist, nun ja … ich habe mir nur Sorgen gemacht, was zwischen Benjamin und Ihrem Mann heute vorgefallen sein mag. Alle Leute reden darüber.“

„Und Sie denken, Ihnen wäre die Aufgabe, mich über Hintergrundwissen auszufragen, zuteil worden?“, setze ich an und betrachte ihn herablassend.

„Sie täuschen sich, Mrs. Douglas, wenn Sie glauben, ich wäre sensationslüstern. Ich mache mir Sorgen um meinen Neffen. Mir liegt sehr viel an Benjamin, und es tut mir leid, ihn zwischen den Stühlen zu sehen.“

Am Arsch, denke ich. Ich glaube diesem Kerl kein Wort. Was auch immer er von mir möchte, soll er es doch direkt sagen. Dieses Herumgedruckse nervt mich.

„Lassen Sie sich den Abend nicht von völlig unbegründeten Sorgen zerstören, Mr. Maine. Genehmigen Sie sich doch noch ein Glas Wein, und sehen Sie sich die Bilder an, ja?“, versuche ich die Situation diplomatisch zu lösen.

Maine aber streckt seine Pranke nach meinem Handgelenk aus und hindert mich dadurch am Gehen. „Sie ahnen gar nicht, was Sie sich selbst antun, Schätzchen“, erklärt er und grinst mich dreckig an. „Sie sollten lieber etwas netter zu mir sein, wer weiß, wann und wie Ihnen ihr Verhalten vielleicht noch zugutekommt.“

„Ich bin angesichts unserer momentanen Unterhaltung sogar eindeutig mehr als nett zu Ihnen“, entgegne ich angewidert mit fester Stimme.

Seine Hand ist feucht, sein Parfum penetrant. Es ist viel zu herb, oder vielleicht liegt es auch nur an der übertriebenen Menge, zu der er gegriffen hat. Jede Pore scheint vollgesogen zu sein.

Er kommt mit seinem Gesicht näher an meines. „Das Gute ist, dass wir beide bald herausfinden werden, wie viel Sie ihm bedeuten. Und ich freue mich schon jetzt darauf, Sie das nächste Mal wieder hier zu treffen.“

Damit lässt er mich los, leert sein Glas und stellt es auf die Fensterbank. Ich vermeide jeglichen Blickkontakt, als er sich entfernt.

Was zum Teufel war das, bitte?!

Habe ich die Hauptrolle im schlechtesten Film aller Zeiten ergattert?

Für mich ergibt mehr als die Hälfte dessen, was der Kerl da eben geredet hat, überhaupt keinen Sinn. Und ich meine, hätte Ben eine solche Bindung zu Maine, dann hätte er das bestimmt längst erwähnt. Ich wusste bis heute nicht einmal, dass der Mann überhaupt existiert, geschweige denn, dass er sich Sorgen um Ben macht. Als wäre ich eine verdammte Serienkiller, und der mit Weitblick gesegnete Xanther Maine wäre sich dieser Tatsache bewusst. Doch dann soll er zu Ben laufen und ihn vollquatschen.

Echt verrückt.

Ich bin ehrlich gesagt noch immer nicht ganz über das Gespräch mit Maine hinweg, als ich wieder zurück in den Saal gehe und mir einen Überblick über die Lage zu verschaffen versuche. Es ist schwer zu sagen, wie lange ich weg war. Doch die Leute wirken immer noch entspannt und gefesselt in Anbetracht der Kunstwerke an den Wänden. Wenigstens etwas, das nach Plan läuft, denke ich und seufze heimlich.

Während ich durch den Raum schlendere, fühle ich mich, als würde mich Maine die ganze Zeit beobachten. Ich kann ihn nicht einmal als Perversling beschimpfen, weil ich letzten Endes nicht das Gefühl hatte, er sähe mich auf diese explizite Art an. Er wirkte eher hintertrieben, total egoistisch und kaltblütig. Und scheinbar habe ich irgendetwas getan, das seinen Zorn auf mich geweckt hat. Als ich Ben entdecke, bin ich mehr als erleichtert.

Ich gehe zu ihm und berühre ihn sanft am Ellbogen. „Kann es möglich sein, dass dein Onkel ein Verrückter ist?", frage ich und bemühe mich so leise zu sprechen, dass nur er mich hören kann.

Ben runzelt die Stirn und blickt mich an. „Wer?"

„Xanther", erwidere ich und werfe einen Blick über eine Schulter. „Er kam zu mir, nachdem du vorhin gegangen warst, und hat mich ins Gebet genommen. Aber ich habe keinen Schimmer, was er eigentlich wollte."

Bens Mund kraust sich angewidert. „Der Typ ist ein totaler Idiot. Niemand kann ihn leiden. Vermutlich dachte er, er kann bei dir etwas Eindruck schinden."

Diese Erklärung genügt mir aber ganz und gar nicht. Mein Unmut scheint auch Ben aufgefallen zu sein, da er den Kopf etwas schräg legt und lächelt. „Du darfst ihn nicht ernst nehmen. Er hat es sich zur Aufgabe gemacht, bei jeder sich ihm bietenden Gelegenheit negativ aufzufallen. Wahrscheinlich ist er außerdem sturzbesoffen.“

Na gut, ist er also ein Freak und hat mich ausgewählt – ich hab's verstanden. Der Kerl scheint wohl das schwarze Schaf der Familie zu sein, mit dem niemand so recht etwas zu tun haben möchte. Was auch immer seine Intention gewesen sein mag, ich sollte mich nicht mehr länger darum kümmern.

„Bleib heute bei mir“, bietet mich Ben und sieht mich an, als fürchte er, es könne unsere letzte gemeinsame Nacht werden.

Darum ist er wahrscheinlich auch so direkt. Und weil ich dieselbe Befürchtung habe, willige ich zaghaft nickend ein. Wenn ich schon untergehe, dann eben wenigstens erst morgen und davor sollte ich noch ein wenig Spaß haben.

SECHZEHN

Benjamin

Hinter ihr stehend, schamponiere ich ihr Haar. Laut seufzend dreht sie ihren Nacken von links nach rechts und scheint damit ein Signal an meinen Schwanz zu senden, der alles tut, um ihre strammen Arschbacken zu erreichen.

„Das ist so verdammt angenehm", murmelt sie. „Der beste Abschluss eines gelungenen Abends."

„Mit all seinen Höhen und Tiefen", ergänze ich und versuche probehalber meinen Unterkiefer zu bewegen.

Ich habe versucht, den Schmerz durch Alkohol zu betäuben, doch er ist noch da, in all seiner grausam-pochenden Härte. Mein gesamter Schädel fühlt sich an, als wäre ein Zug dagegen gedonnert. Doch auf eine bestialische Weise erfüllt es mich mit Stolz, dass vermutlich auch Kyle mit seinem Schädel ähnliche Schmerzphasen durchsteht. Allerdings steht er jetzt alleine unter der Dusche, während ich von seiner Ehefrau begleitet werde.

„Ron hat bereits einige Interessenten für seine Bilder gefunden", erzähle ich, um mich selbst auf andere Gedanken zu bringen.

Ich sollte außerdem rasch meine Siegerpose aufgeben, weil ich noch keine Ahnung habe, wie Joanna sich entscheiden wird. Also für wen.

Das alles steht noch in den Sternen. Im Gegensatz zu den Plänen des Abends, die ich bereits deutlich vor Augen habe. Kleidung ist darin nicht vorgesehen, dafür umso mehr Sex und all der schmutzige Kram, nach dem ich mich den ganzen Tag über schon gesehnt habe.

Joanna seufzt erneut wohlig, als ich meine Massage auf ihre Schulterblätter ausdehne. „Ich freue mich für ihn. Ich gebe ja zu, dass ich am Anfang etwas skeptisch war, aber Ron ist ein großartiger Kerl. Er lebt für seine Sache und hat den Erfolgt verdient."

„Ich lasse ihm das auf ein T-Shirt drucken. Denn glaub mir – er hatte eine Scheißangst vor dir."

Ihre Schultern beben etwas, was vermutlich von ihrem Lachen kommt. „Das ist deine Schuld. Du schaffst es, all meine schlechten Seiten an die Oberfläche zu bringen."

„Schon möglich, aber nur, weil ich deine strenge, knallharte Seite liebe." Die letzten Silben nuschele ich gegen ihren Nacken. Die Mischung aus Shampoo, Wasser und Joannas eigenem Geschmack breitet sich auf meinen Lippen aus. Ich verringere den Abstand zwischen unseren nackten Körpern und ignoriere ihr Keuchen, als sie meinen Ständer zu spüren bekommt.

„Um dein Ego wiederherzustellen, muss ich sagen, dass auch du eine sehr, sehr harte Seite hast."

Ich grinse gegen ihre Haut gepresst und knabbere einmal, zweimal an ihrem Ohrläppchen, ehe ich meine rechte Hand zu ihrer Brust schiebe. Diesmal bin ich es, der stöhnt, wobei mein Laut eher einem Brummen gleichkommt. „Denkst du da an eine bestimme Stelle?"

„Ja", antwortet sie und formt ein leicht angedeutetes Hohlkreuz, wodurch ihr Hintern höher in die Luft ragt und sich einladend vor mir aufbaut. „An eine ganz bestimmte Stelle."

Sie dreht sich um, schlingt nun ihre Arme um meine Schultern und legt den Kopf in den Nacken, sodass das Wasser das restliche Shampoo aus ihren Haaren wäscht. Dieses Bild könnte zu meiner allerliebsten Vorstellung von Joanna werden. Ich muss mich wirklich zusammenreißen, um das wilde Tier in mir im Zaum zu halten. Blinzelnd stellt sie sich wieder aufrecht hin. „Du bist kein Fehler, Ben. So etwas hätte ich nicht sagen sollen."

Es hat verdammt wehgetan, sie mit ihrem Mann zusammen zu sehen. Doch noch viel schmerzhafter war es tatsächlich, dass sie mich einen Fehltritt bezeichnete. „Ist schon okay, Joanna."

„Nein, wirklich. Es war der falsche Ansatz", beharrt sie darauf, mir die Situation zu erklären.

„Ich glaube dir doch, und damit ist die Sache geritzt." Vorläufig. Denn wie ich mich verhalten werde, wenn sie sich wirklich für ihren Mann entscheidet, steht noch in den Sternen. So richtig bildlich ausmalen möchte ich es mir noch gar nicht. Viel lieber blicke ich da auf meine momentanen Aussichten in Form von Joannas nackten Brüsten; nass, rund und voll, direkt vor mir.

Ich beuge mich vor, schiebe Joanna gegen die Wand meiner Dusche und bedecke ihren Mund mit meinem. Sofort öffnet sich ihr gesamter Körper. Sie ist zwar äußerlich eine harte Nuss, doch wenn sie etwas haben will, dann voll und ganz und gänzlich kompromisslos.

Da wir beide nass sind, fühlt sich unser Hautkontakt noch viel intensiver an. Meine Hände gleiten geschmeidig über Joannas Körper; über ihre Brüste, ihren Hintern, ihre Unterlippe. Sie zieht mich an meiner Hüfte näher, greift nach meinem Schwanz – und da weiß ich, dass sie es genauso stürmisch erleben möchte wie ich. Es gibt Tage, da mag ich es, sie langsam zu erkunden, doch heute habe ich das Gefühl, als liefe schon längst die Zeit gegen uns, sodass ich so schnell wie möglich in ihr sein möchte.

Daher hebe ich ihr rechtes Bein an, dränge mich näher an sie und ertaste mit meinem Daumen ihre Schamlippen. An der Stelle, an der sie sich teilen, übe ich mehr Druck aus und registriere, wie intensiv Joannas gesamter Körper darauf reagiert. Ihr Rücken biegt sich erneut durch, und als sie nach meinem Handgelenk greift und meine Hand genau zu jener Stelle führt, an der sie es gerade wohl am meisten braucht, breitet sich auf meinen Lippen ein Grinsen aus. Erneut küsse ich sie, und es ist erschreckend, wie vertraut mir Joanna schon ist. Irgendwann entwickelt sich der erste Kuss zum zweiten Kuss, dann zum dritten und so weiter. Ich möchte nicht behaupten, dass Küssen irgendwann langweilig wird. Viel eher wird man mit jedem Kuss mehr und mehr zu einem großen Ganzen. Mittlerweile bin ich in der Lage, Joannas Gefühlslage anhand der Intensität ihrer Küsse abzuschätzen. Verrückt, ja, aber es fühlt sich verdammt gut an.

Jetzt zum Beispiel schreit ihr sexueller Hunger in ihrem Inneren. Jede Faser ihres Seins will mich. Immer wenn wir Sex haben, vergisst sie, wie korrekt und bieder sie eigentlich normalerweise ist. Wie kühl und unnahbar sie gerne sein möchte.

Ich presse meine Stirn gegen ihre, nehme meine Hand von ihrem Körper und dringe schnell und kraftvoll in sie.

„Mein Gott, ja“, raunt sie, als ich die ersten tiefen Stöße mache.

Sie nimmt sich, was sie braucht. Und heute scheint sie eine Menge davon zu benötigen. Ihre Gefühlswelt muss in Schutt und Asche liegen, doch erstaunlicherweise ist sie nicht nach Hause gefahren, sondern hat sich entschieden, bei mir zu bleiben – zumindest für diese eine Nacht. Sie sucht Ablenkung, und ich bin bereit, ihr diese zu bieten. Ich wäre zu viel, viel mehr bereit, doch ich weiß, dass ich ihr erst einmal Zeit geben muss, damit sie ihre Entscheidungen treffen kann. Es bringt nichts, sie zu drängen.

Fakt ist: Ihr Mann bewegt etwas in ihr, das ich ihr wohl noch nicht geben kann. Ich kann ihr das hier bieten – Sex, Ablenkung und Zügellosigkeit. Aber als ich heute Abend sah, welche Reaktionen Kyle mit nur einem Blick, einer einzigen Berührung auslöst, da lief es mir kalt den Rücken hinab.

Die Vorstellung, er könne diese wundervolle Frau zurückbekommen und in den Genuss all dessen, was ich gerade mit ihr erlebe, kommen, lässt mich noch drängender in sie pumpen. Ich kralle meine Fingerkuppen in ihre Oberschenkel und küsse sie, um nicht vor Wut auf einen anderen Mann die Zähne zu fletschen. Selten habe ich mich so machtlos gefühlt. Mein Leben lang hatte ich über so ziemlich alles die Kontrolle – bis auf jene eine Sache, die mich zu dem Mann gemacht hat, der ich heute bin. Und damals habe ich mir geschworen, nie, nie wieder blauäugig oder unvoreingenommen an etwas heranzugehen. Vor allem bei Menschen, die ich neu kennenlerne, und zu denen noch keine Vertrauensbasis besteht. Ich wollte alles in der Hand haben. Doch in Joannas Fall habe ich überhaupt keine Macht. Ich bin ihr und ihrem vermutlich bald folgenden Entschluss ausgeliefert.

Was, wenn sie mir jetzt bloß einen netten Abschlussfick spendiert, damit ich besänftigt bin?

Der Gedanke, sie möglicherweise ein letztes Mal zu berühren, ist zermürbend. Wie Ron sagte, sollte ich mich ganz bewusst mit dieser Möglichkeit beschäftigen, doch ich bin dazu schlichtweg nicht in der Lage. Nicht, wenn Joanna sich mit beiden Händen an mich klammert, mich küsst und mir ihr Becken auf diese ungezügelte Art entgegenschiebt.

„Ich habe keine Ahnung, was wir hier machen, Joanna. Aber es ist mir egal, weil es sich so geil anfühlt", presse ich hervor und grinse sie an.

„Meinst du mit *hier* hier im örtlichen Sinne oder hier in Form unserer Affäre, die uns entgleist?"

„Ich meinte alles, das ganze Zeug, das wir uns erlaubt haben", erkläre ich und verlagere mein Gewicht, um sie noch fester gegen die Wand zu drängen. „Aber ich kriege nicht genug von dir."

Sie küsst mich lächelnd, legt dann den Kopf in den Nacken und streichelt meine linke Wange. „Ich auch nicht, Ben. Mir ist es aber im Augenblick ziemlich egal, was noch alles auf uns zukommt. Weißt du, was ich möchte?", fragt sie und sieht mich wieder an. „Bring es zu Ende. Ben, bitte."

Und obwohl ich stundenlang so weitermachen könnte, intensiviere ich meine Stöße und treibe Joanna Stück für Stück auf den Gipfel. Sie besitzt die einmalige Fähigkeit, ihren Körper dem meinen anzupassen. Und als wir einen gemeinsamen Rhythmus gefunden haben, beginnen sich ihre inneren Muskeln um meinen Schwanz zu krampfen. Ich explodiere mit ihr, als sie meinen Namen in den feucht-heißen Dampf schreit, der uns umgibt wie eine Glaskuppel. Ihre Leidenschaft ist so verdammt ansteckend, so süchtig machend. Und noch während ich versuche, wieder Atem zu schöpfen, und sie ihr Bein, das ich die ganze Zeit hochgehalten habe, absetzt, will ich mehr und mehr von dem Erlebten.

Doch ich werde nicht betteln, wie ich mir hoch und heilig vornehme, und greife nach einem Handtuch. Ich drehe die Dusche ab, wickele das Handtuch um Joannas Körper und schnappe mir noch eines. Sie gräbt sich darin ein und kommt näher, um mich stumm zu umarmen. Ihre Umarmung hat nichts Trauriges an sich. Sie ist eine von Herzen kommende Berührung, die ich erwidere.

„Deine Eltern und dein Bruder sind nett“, höre ich ihre gedämpfte Stimme an meiner Brust. „Denkst du, sie ahnen etwas von dem, was zwischen uns ist?“

Kurz überlege ich, ob ich ihr von dem Geburtstagsessen erzählen soll, entscheide mich dann aber dagegen. „Vor meiner Auseinandersetzung mit deinem Mann bestimmt nicht, danach durfte ich mir aber die ein oder andere Rüge meines Bruders anhören“, erwidere ich.

Ich wollte Kyle nicht erwähnen, doch vermutlich lässt sich das Thema ohnehin nur schwer beiseiteschieben.

„Dein Bruder ist jünger als du“, meinte sie, woraufhin ich ein nickendes Brummen als Antwort von mir gebe. „Hab ihr euch schon immer so gut wie jetzt verstanden?“

„Ich denke schon. Natürlich gab es in unserer Kindheit sinnlose Fights, aber mittlerweile ist er einer meiner besten Kumpel.“

„Wäre er nicht bereit gewesen, Ellie hier in Cliveden zu unterstützen?“

Er beuge mich ein Stück nach hinten und sehe sie an. „Wieso? Wäre es dir denn lieber gewesen, ihn hier zu haben? Ich fürchte, er ist viel zu jung für dich, du alte Schachtel.“

Ich kitzele sie etwas, woraufhin Joanna sich aus meinen Armen windet und schließlich ganz von mir löst. Grinsend lehnt sie sich gegen das Waschbecken. „Weißt du, dass ich seit meinem 30. Geburtstag Komplexe wegen meines Alters habe? Die hast du gerade deutlich geschürt.“

Während ich entschuldigend die Arme hebe und nach meiner Zahnbürste greife, versuche ich zu erkunden, wie viel Ernst hinter ihrem vermeintlichen Problem stecken mag. „Das Alter ist doch bloß irgendeine Zahl", erkläre ich und stecke mir die Zahnbürste in den Mund.

„Klar, das kann nur ein Mann sagen. Männer werden schließlich auch reifer, wir Frauen hingegen älter, faltiger und hängetittiger. Aber ich wette, dein Sack hat irgendwann auch seine besten Jahre hinter sich."

Ich grinse meinem Spiegelbild entgegen und versuche mit meinem Bein Joannas Arsch zu erwischen, als diese sich eine Zahnbürste aus dem Schrank holt und ebenfalls ihre Zähne zu putzen beginnt. Sie wehrt mich gekonnt ab und verpasst nun mir einen Tritt mit ihrer Ferse. Wir prusten beide wie kleine, verrückte Kinder, die zu viel Red Bull intus haben, und sehen es als unsere nächste Herausforderung, den anderen beim Ausspülen mit Wasser zu bespritzen.

„Ich wusste gar nicht, das jemand wie du sich von seinem Alter in die Knie zwingen lässt", meine ich und schlendere ins Schlafzimmer.

Joanna folgt mir und wirft sich aufs Bett, während ich meinen Koffer aus dem Schrank hole und anfange, ihn zu befüllen.

„Ich lasse mich auch nicht in die Knie zwingen, sondern habe mich damit abgefunden. Es ist wohl vielmehr das, was unsere Gesellschaft aus Frauen und Männern gemacht hat. Frauen haben es nun einmal schwerer, je älter sie werden; in vielerlei Hinsicht."

Es mag stimmen, dass Frauen mehr abverlangt wird als uns Männern. Sei es im Job, hinsichtlich der Familienplanung sowie auch rein optisch. Ich versuche mir zu überlegen, wie ich mich in der Vergangenheit mit diesem Thema auseinandergesetzt habe. Ich komme jedoch zu dem Schluss, dass ich meines Erachtens immer fair war. Bei der Firma, bei der ich bis vor Kurzem noch gearbeitet habe, hatten wir eine Menge Mütter in Teilzeit. Ich habe sie unterstützt, wie ich nur konnte.

„Mir ist es ziemlich egal, wie alt du bist, solange du weiterhin genau in der Weise auf meinem Bett liegen bleibst", sage ich und falte eine Hose, um sie in den Koffer zu packen.

„Wohin fährst du eigentlich?", fragt sie und sieht mir beim Packen zu, als wäre es die interessanteste Tätigkeit der Menschheitsgeschichte.

„Nach Marseille. Ein Freund von mir hat Jason und mich zu seinem Geburtstag eingeladen – um wieder bei dem Thema Älterwerden zu sein.“

„Eine wilde Party also“, kommentiert sie, und ich bilde mir ein, für den Bruchteil einer Sekunde so etwas wie Eifersucht oder Missbilligung über ihr Gesicht huschen gesehen zu haben.

Klar, theoretisch bin ich ein freier Mann und könnte mal wieder so richtig die Sau rauslassen. Yanis’ Partys sind berühmt dafür. Bis vor gar nicht allzu langer Zeit habe ich das auch getan – einfach weil es der einzige Sinn in meinem Leben war. Ich habe getrunken, irgendwelche Weiber abgeschleppt und gedacht, das sei das Gelbe vom Ei. Doch jetzt, da ich Joanna auf meinem Bett liegen sehe, vor allem die Art, wie sie ihre nackten Beine bewegt, kann ich mir keine einzige Sekunde vorstellen, mit einer anderen zu schlafen.

„Mal sehen“, bemerke ich. „Für meinen Bruder wird es auf alle Fälle wild. Das ist sozusagen sein Spezialgebiet, deswegen würde er sich, um auf deine Frage von vorhin zurückzukommen, hier in Cliveden auch zu Tode langweilen. Meine Großmutter liebt den Kerl zwar, sie hatte aber niemals genug Vertrauen in ihn, um ihm diese Aufgabe zu überlassen.“

Joanna legt den Kopf auf ihre Hand und mustert mich stirnrunzelnd. „Bei allem Respekt, den ich vor dir habe, aber das, was ich über dich gehört habe, ließ mich einst Ähnliches vermuten.“

Ich grinse und verstaue den Stapel Shirts. „Möglich. Aber ich habe dazu beigetragen, Cliveden zu retten. Das sollte selbst dem härtesten meiner Kritiker zu Ohren gekommen sein.“

„Du hattest genau den richtigen Riecher, das stimmt. Ich bin stolz auf dich“, verkündet sie plötzlich und lässt mich mitten in der Bewegung innehalten. „Was? Sieh mich nicht so erschüttert an. Ich habe immer gesagt, dass ich mich gerne vom Gegenteil meiner Ansichten überzeugen lasse.“

„Zu wem hast du das gesagt? Zu deinem Kühlschrank? Davon habe ich nie etwas gehört. Die ganze Zeit dachte ich, du killst mich, wenn der Plan nicht aufgeht und die Ausstellung ein totaler Reinfall wird.“

Joanna war von Anfang an tatsächlich immer sehr kritisch. Sie ist kein Mensch, der jemandem sinnlos Honig ums Maul schmiert – und mal abgesehen davon, dass man damit längerfristig auch nicht weiterkommt, halte ich davon genauso wenig.

„Das hätte ich auch getan. Mit Ellies Hilfe natürlich“, ergänzt sie und zieht belustigt ihre Augenbrauen hoch.

Ich zische und werfe das Lederetui, in dem mein Pass steckt, nach ihr. „Irgendwann werdet ihr beide vor meiner Genialität niederknien", sage ich und grinse in Richtung Matratze.

„Oh, sieh einer an", höre ich einen Ausruf von meinem Bett kommend. „Benjamin John Arthur York – mehr Namen sind deinen Eltern nicht eingefallen? Herwald zum Beispiel!"

Abfällig die Stirn gerunzelt, entreiße ich ihr meinen Pass und verstaue ihn schnell. „Das ist die Tradition in unserer Familie. Selbst schuld, wenn ihr keine habt."

„Weißt du", fährt sie fort und dreht sich auf den Rücken, „ich dachte immer, dass Männer, die so viele Namen benötigen, einen Mini-Mini-Schniedel haben."

Gott, diese Frau. „Zum Glück hast du mich kennengelernt, damit ich dich vom Gegenteil überzeugen kann. Jeder Name steht für zehn Zentimeter pure Mannskraft."

Während sie so herzhaft lacht, laufen ihr sogar Tränen aus den Augenwinkeln über ihre Wangen und prallen schließlich auf meiner Bettdecke ab.

Ich klappe, ebenfalls lachend, den Koffer zu und stelle ihn vor das Bett. Danach werfe ich mich neben sie, strecke meine Hand nach ihrer Hüfte aus und beuge mich vor, um sie, während sie noch immer lacht, zu küssen. „Ich werde dich vermissen", höre ich mich sagen, noch bevor ich über meine Worte nachdenken kann. „Die nächsten Tage, in denen ich weg bin", ergänze ich, während mir das Blut in die Wangen steigt.

Joanna streckt ihren Arm nach meiner Schulter aus. „Ich dich auch."

Doch es ist der Ausdruck, der wohl in meinem Gesicht ähnlich vorhanden ist wie in Joannas, der jegliche Komik vertreibt. Denn wenn ich zurückkomme, dann wird sich etwas geändert haben. Entweder gehört sie dann zu mir oder, sie geht zu ihrem Mann zurück.

„Ben", beginnt sie mit dieser Stimme, auf die nur etwas Beschwichtigendes folgen kann.

Doch das möchte ich nicht hören. Sie schuldet mir außerdem gar keine Entschuldigung. Ich will das, was ich noch habe, genießen. Daher beuge ich mich zu ihr hinab, verschließe ihren Mund mit meinem und ziehe ihr das Badetuch vom Körper. Von Joannas Seite erklingt kein Einwand. Sie schlingt die Arme um mich, zieht mich zu sich herab und befördert auch mein Badetuch in eine andere Ecke.

Ich richte mich auf, beende jedoch unseren Kuss nicht und schiebe mich zwischen ihre angewinkelten Beine. Eine Gänsehaut hat sich auf ihrem gesamten Körper ausgebreitet. Und auch ich schwanke zwischen der Kälte des Zimmers und der noch vorhandenen Wärme der Dusche. Viel wichtiger scheint aber zu sein, mich auf das Hier und Jetzt einzulassen. Sollte ich diese Frau verlieren, wird es etwas mit mir anstellen. Ich werde mich verändern; so viel steht fest. Denn auf einmal fühle ich mich, als wäre ich ihr von Anfang an verfallen gewesen. Sie hat ab der ersten Sekunde eine Gier in mir geweckt – und ich hasse es zu verlieren.

Joanna an ihren Mann zu verlieren.

Je öfter ich mir unsere verfahrende Situation in Erinnerung rufe, desto unleidlicher fühle ich mich.

Es ist zwar nicht so, dass ich Joanna einhundertprozentig versprechen kann, dass ich nicht auch ein solcher Versager wie Kyle bin. Immerhin besteht die Möglichkeit, dass ich sie enttäusche, sie verletze oder mich das Unglück erneut einholt. Aber ich bilde mir ein, dass ich es zumindest versuchen sollte. Denn seit sehr, sehr langer Zeit bin ich wieder zufrieden mit mir und meinem Leben – und bei Gott, dorthin es war ein schwerer Weg.

SIEBZEHN

Joanna

Wie sich herausstellt, ist Rons Ausstellung in vielerlei Hinsicht ein voller Erfolg. Schon am nächsten Tag tauchen die ersten Kunstinteressierten auf und loben die Verknüpfung der modernen Bilder und den alten Gemäuern. Ich ertappe mich dabei, wie ich mit vor Stolz geschwellter Brust durch die Gänge laufe – und ja, ich spüre es; diese Umbruchsstimmung. Neuer Elan hat Einzug in unsere Gemüter gefunden. Der alte Staub wurde abgeklopft, und als ich meine Mitarbeiter zu einem morgendlichen Meeting zusammentrommele, versuche ich diese Hochstimmung zu nutzen.

Wir sind zwar alle noch etwas verkatert vom gestrigen Abend, doch der Motivation tut das keinen Abbruch. Als ich wenig später alleine in meinem Büro sitze und alle Gedanken erst einmal beseiteschiebe, ertappe ich mich dabei, wie ich mit einer Mischung aus Zuneigung und Sorge an Ben denke. Ben, der gerade in Marseille ist, um Party zu feiern. Ich würde lügen, wenn ich behauptete, dass es mir egal sei, was er dort macht. Gleichzeitig weiß ich, wie anmaßend ich mich verhalte. Irgendetwas ist aber gestern Nacht zwischen uns passiert. Vielleicht liegt es an Kyles Auftauchen oder dem Ultimatum, das Ben mir gestellt hat. Doch als ich die Nacht bei ihm war, da hatte ich das dumpfe Gefühl, dass mein Herz viel entscheidungsfreudiger ist als mein Verstand.

Oder ist es mein Verstand, der auf Bens Seite steht, während mich mein Pflichtgefühl zu Kyle drängt?

Es ist schwer. Verdammt schwer. Und gewissermaßen überdeckt meine private Not den beruflichen Erfolg. Und während ich den restlichen Tag eifrig damit beschäftigt bin, Ellie aus dem Weg zu gehen, und mich öfter ermahne, nicht an Ben zu denken, frage ich mich, ob sich eine Entscheidung wie meine überhaupt sachlich und sinnvoll treffen lässt. Sollte ich nicht viel lieber in mich gehen und auf meinen Instinkt hören?

Ich erinnere mich zum Beispiel sehr gut an eine Situation kurz vor meiner Hochzeit. Mein Kleid war praktisch fertig, ich fuhr ein letztes Mal zur Anprobe, weil ich vor lauter Stress zu essen aufgehört hatte und ständig abnahm. Doch das Kleid passte perfekt. Die Schneiderin meinte, ich könnte es bereits mitnehmen, immerhin waren es nur noch wenige Tage bis zur Hochzeit. Ich jedoch zögerte, stand in dem Laden und dachte, ich müsste mich übergeben. Mir wurde schlagartig bewusst, was ich hier eigentlich tat. Aus der aberwitzigen Idee zu heiraten, einem Jungmädchentraum, wurde plötzlich wirklich Realität. Ich begann zu schwitzen, und Fragen schossen mir quer durch den Kopf. Ist Kyle der Richtige? Kann ich das überhaupt? Eine Ehe! Das ist kein Spaziergang, sondern Arbeit, Ernst – und verdammt noch mal eine richtige Ehe auf dem Papier. Plötzlich würde ich nicht mehr Joanna Philips, sondern Mrs. Douglas sein. Ich fühlte mich total überfordert. Ich rief Susy an, die mir gut zuredete, doch ich schlief die ganze Nacht kaum, sondern starrte Kyle neben mir in unserem Bett an und fragte mich, ob er der Mann ist, mit dem ich mein gesamtes restliches Leben verbringen wollte. Und ein gesamtes restliches Leben konnte lang werden, wenn man Ende 20 war und nicht vorhatte, in den nächsten Jahren das Handtuch zu schmeißen.

In meiner Verzweiflung versuchte ich zu eruieren, wie viele Jahre das werden könnten. Kyle war immer gesund gewesen, seine Familie ebenso. Daher kamen locker um die 60, vielleicht sogar 70 Jahre raus.

Ein und derselbe Mann!

Nie wieder würde ich einen anderen küssen, nie wieder das Kribbeln des ersten Kennenlernens spüren. Es war, als würde jemand einen Strick um meinen Hals winden. Ich hielt mir Kyles Defizite vor Augen. Er war ein mieser Koch, brachte mir nie Kaffee ans Bett, nie Blumen mit nach Hause. Außerdem hatte er die Angewohnheit, seine Wäsche neben den Wäschekorb und nicht gleich hineinzuwerfen. Klar, das waren Kleinigkeiten, doch wenn ich die Anzahl der Wäschestücke, die ich noch für ihn aufsammeln und in den Schmutzwäschekorb werfen sollte, auf 60 Jahre hochrechnete, dann war das keine Kleinigkeit mehr. Es war ein Monstrum an Berg aus Wäsche, der mich bereits gedanklich verschlang.

Heute frage ich mich, ob ich bloß in Panik aufgrund der bevorstehenden Veränderung geriet, oder ob Kyle tatsächlich einfach nicht der Richtige ist. Vielleicht war er damals bloß zur richtigen Zeit am richtigen Ort. Ich habe ihn möglicherweise nur geheiratet, weil er dachte, dass ich das wollte. So hat er mich gefragt, und ich habe Ja gesagt, weil ich ihn nicht durch eine Abfuhr verletzen wollte. Vielleicht war das also alles ein riesiges Missverständnis.

Und das wiederum zeigt einen erheblichen Unterschied zu einer Heirat aus Liebe. Bedenkt man außerdem, dass von unseren möglichen 60 gemeinsamen Jahren gerade einmal eins vorbei ist und wir uns in dieser kurzen Zeit bereits tausend Mal gestritten und uns gegenseitig betrogen haben und eben auch auseinandergezogen sind. Aufgerechnet auf 60 Jahre bleibt da nicht viel an Ehejahren übrig, die, wenn die Stimmung hochkocht, durchaus in Mord und Todschlag enden könnte.

Und ist es nicht schon Zeichen genug, dass ich mir als frisch verheiratete Frau bereits über solche Dinge Gedanken gemacht habe? Andere planen in diesem Stadium noch ihre lange andauernde Zukunft – gemeinsam, wohlgemerkt. Sie verreisen gemeinsam, bekommen irgendwann Kinder, feiern ihren Jahrestag und versorgen alle Welt mit Bildern aus ihrem Leben in den sozialen Netzwerken. Entweder bin ich ein totaler Loser, der sein Glück nicht annehmen kann, oder aber in meiner Ehe ist von Anfang an doch so einiges mehr als schiefgelaufen. Und sollte Letzteres wirklich zutreffen, frage ich mich, was für einen Sinn es noch hat, um ein solch gebrechliches Gefüge zu kämpfen.

Ich fahre etwas früher nach Hause, erledige schnell einige Einkäufe und genehmige mir schließlich ein Bad. Ich genehmige mir das volle Programm – Kerzen, Wein, extra viel Schaum und Musik. Meine geschundene Seele scheint es mir zu danken, da ich augenblicklich in einen völligen Ruhezustand sinke. Als jedoch mein Handy neben mir vibriert, öffne ich die Augen, greife danach und registriere mit einem Lächeln, dass es Ben ist, der mir eine Nachricht geschrieben hat.

Wir haben uns – wie mir klar wird, als ich die Nachricht öffne – bisher ja noch nie geschrieben. Zumindest nicht in unserer Freizeit und auf dem Handy.

Ein Gefühl, das sich wie Stolz anfühlt, breitet sich in meiner Brust aus, während ich tief einatme und zu lesen beginne.

Hey, ich wollte mich nur kurz melden. Bin gut angekommen. Wie war's heute?

Okay, bloß eine vorsichtige Anfrage.

Hey. Es war toll. Die Ausstellung spricht sich herum. Wie ist das Wetter?

Das Wetter? Das Wetter! Wie alt bin ich? 70?

Schön. Und bei dir?

Auch schön. Und die Party?

Das kommt meinem wahren Interesse schon sehr viel näher. Wobei ich nicht glaube, dass Ben mir schreiben würde: ,*Cool, wirklich heiße Frauen hier.*'

Ganz okay. Wäre aber lieber bei dir ...

Ich erschrecke mich so sehr, so etwas zu lesen, dass ich mit meinen Schultern am Wannenrand abrutsche und mein Gesicht unter Wasser gleitet. Zum Glück habe ich das Handy geistesgegenwärtig in die Luft gestreckt. Als ich wieder auftauche, atme ich erneut tief durch und frage mich, ob er vielleicht betrunken ist. Bestimmt ist er sturzhagelvoll.

Ich ... wow. Um ehrlich zu sein, wäre ich jetzt auch lieber in Marseille auf einer Party als hier im laaaangweiligen Hayes.

Was machst du gerade?

Prüfend blicke ich an mir hinab und wackele mit den Zehen, während Ed Sheeran eine seiner schnulzigsten Nummern zum Besten gibt.

Ich bade. Schlicht und ergreifend.

Wenn du dabei nur annähernd so scharf aussiehst wie gestern unter meiner Dusche, dann wäre ich tatsächlich lieber im laaaangweiligen Hayes als hier auf dieser Party.

Oh, fuck. Sind wir nicht schon etwas zu alt für diese Art von Nachrichten? Drauf gepfiffen, verteidige ich mich vor mir selbst und kaue auf meinem Daumennagel.

Wusstest du eigentlich, dass das Waschen der eigenen Person, was Baden ja ist, eine weitverbreitete Tätigkeit, ähnlich wie Kochen, Putzen, Schlafen oder Essen, ist? Gar nicht mal so spannend.

Ich bezweifele, dass du bei den anderen weitverbreiteten Tätigkeiten ebenfalls nackt bist. Deshalb ist es sehr wohl sehr viel spannender.

Doch, doch. Ich koche immer nackt. Du nicht?

Grinsend nehme ich einen Schluck Wein und lehne meinen Kopf an das festsaugbare Kissen, das Kyle mir einmal mitgebracht hat. Aber nur deshalb, weil ich es ihm aufgetragen hatte.

Ich wollte dich sowieso schon längst einmal fragen, ob ich zum Essen zu dir kommen kann. Gut, dass du mich erinnerst.

Klar, morgen hätte ich Zeit. Aber hey, da bist du ja in Marseille, um Party zu machen.

Keine Ahnung, woher mein angepisster Unterton kommt. Doch ich muss zugeben, dass es mich ziemlich beunruhigt, mir vorstellen zu müssen, was nach diesem Hin- und Herschreiben in Marseille passieren mag. Ich werde ja ins Bett gehen. Aber Ben?
Was ist los mit mir? Warum bin ich eine so dumme Zicke?

Bitte mich darum, und ich setze mich in den nächsten Flieger zurück nach England.

Ein Versuch wäre es wert, doch eigentlich bin ich aus dem Alter draußen, in dem ich trotzig reagiere.

No way! Hier bei mir ist es, wie gesagt, sehr laaaangweilig. In Marseille gibt es bestimmt jemanden, der – oder die – dich bei Laune hält und vielleicht sogar nackt für dich kocht.

Ich frage mich, ob ich mich mit meiner Nachricht, die vor Eifersucht nur so strotzt, zu weit aus dem Fenster gelehnt habe, als Sekunde um Sekunde vergeht und keine Antwort kommt. Yep, ich habe ihn beleidigt. Wie konnte ich auch denken, dass es irgendwie lustig, sinnvoll oder förderlich wäre, ihn als Schwerenöter zu behandeln?!

Gott, Joanna, krieg dein Leben auf die Reihe, du doofe Nuss.

Ich formuliere gedanklich bereits eine weitere, entschuldigende Nachricht, als mein Handy in meiner Hand klingelt. Die Nummer ist unbekannt und nicht sichtbar, doch ich hebe stirnrunzelnd ab.

„Hallo?", frage ich mit einer natürlichen Vorsicht, die wohl jeder in so einem Fall an den Tag legt.

Am anderen Ende ist bis auf ein deutliches Atmen und leises Knistern jedoch weiterhin nichts zu hören. Deshalb versuche ich es Sekunden später mit einem nochmaligen „Hallo?", doch nichts passiert. Rein gar nichts.

Ich bezweifele, dass es sich bei dem Anrufer um Ben handelt. Selbst wenn er auf mich beleidigt ist, wäre das nicht seine Art. Er würde bestimmt direkt mit mir reden und mir keinen unlustigen Telefonstreich spielen.

„Wer ist da? Hallo, können Sie mich hören?"

Und gerade als ich die Geduld langsam verliere, legt dieser Jemand am anderen Ende auf.

„Arschloch", murmele ich, lege das Handy auf das Regal neben der Wanne und lasse mich wieder tiefer ins Wasser sinken.

Auch bis zum nächsten Morgen habe ich kein weiteres Lebenszeichen von Ben erhalten. Ich sitze mit meinem Kaffee in meiner Küche und starre auf mein Handy. Mehrmals beginne ich zu tippen, verwerfe die Nachricht jedoch wieder und fange dann erneut von vorne an.

Schließlich ringe ich mich, kurz bevor ich los muss, doch durch und sende das Geschriebene ab.

Hey, tut mir leid, wenn ich gestern irgendetwas Falsches geschrieben habe. War nicht so gemeint. Ich scheine die einzigartige Fähigkeit zu besitzen, immer in der falschen Situation einen Blödsinn zu sagen. Hab noch einen schönen Tag. Vielleicht sehen wir uns ja morgen, wenn du wieder nach Hause kommst. Bis bald!

Morgen, wenn er wieder zurück ist, werde ich ihm meine Entscheidung mitteilen müssen. Wenn er sie denn dann auch noch hören will. Ich bilde mir ein, die Uhr ticken zu hören, als ich zur Arbeit fahre.

Heute bin ich völlig unentspannt und überhaupt nicht so aufgedreht wie gestern. Ich kann mich nur schwer konzentrieren und blicke alle paar Minuten prüfend auf mein Handy. Mittags stelle ich fest, dass mich Bens Psychokacke wirklich fertigmacht. Ich bin am Ende, stehe kurz davor, ihm erneut zu schreiben, als mich Kyle anruft.

Zögernd nehme ich ab. Wir haben seit Ewigkeiten nicht mehr miteinander telefoniert. Ein weiterer Punkt auf der Liste der Dinge, die in einer funktionierenden Ehe nicht normal sind. Er besitzt nicht einmal eine Kurzwahltaste in meinem Telefon. Ich habe mir sagen lassen, dass der eigene Ehemann immer die Nummer eins sein sollte.

„Hey, Kyle“, begrüße ich ihn und male mit meinem Kuli unförmige Kreise auf ein Stück Papier, das vor mir liegt.

„Hey. Störe ich?“

Ja, ist meine erste innerliche Eingabe. Jedoch ringe ich mich zu einem fröhlich klingenden „Nein, überhaupt nicht“ durch. „Was gibt's?“

Er zögert, was, wenn er mal angefangen hat zu sprechen, nie ein gutes Zeichen ist. „Nun ja, nach dem Abend vorgestern dachte ich, du würdest dich mal melden.“

Ich räuspere mich und rutsche in meinem Sessel hin und her. „Ich hatte viel um die Ohren, weil sich alles nun einmal um die derzeitige Ausstellung dreht. Das war ja auch der eigentliche Grund für die Veranstaltung.“

„Joanna“, sagt er mit gedehnter Stimme, und es klingt fast so, als würde mich mein Dad wegen irgendetwas tadeln. „Tut mir leid, wegen dem … du weißt schon.“

„Weil du ein Familienmitglied meiner Chefin angegriffen hast, meinst du, oder? Was war nur los mit dir? Außerdem: Hättest du dich nicht auch melden können, anstatt mir nun Vorwürfe zu machen?“

Wir dürfen nicht streiten. Wir dürfen nicht streiten!

Kyles Art aber macht es mir schwer, diesem Grundsatz zu folgen.

Vor allem, als er brummt und ich ihn bildlich vor mir sehe, wie er die Stirn kraust und sich aufrichtet. „Wenn ich ehrlich bin, möchte ich das Thema rund um diesen … Idioten nicht mehr aufwärmen. Ich hätte mich besser unter Kontrolle haben müssen, das stimmt. Hast du eine Idee, wie es weitergehen soll?“

Habe ich den Stein der Weisen, oder wie? „Ich habe keine Ahnung“, antworte ich. „Vielleicht brauche ich einfach noch etwas Zeit.“

Kyle schnaubt abfällig. „Zeit? Die brauchst du schon seit einem halben Jahr, in dem du dich scheinbar prächtig mit York amüsiert hast. Hast du Gefühle für den Kerl?“

„Ich weiß es nicht“, gestehe ich.

Mein Diensttelefon klingelt, weshalb ich Kyle unterbreche. „Kyle, ich muss wieder an die Arbeit. Lass uns … lass uns heute Abend reden. Okay? Komm einfach bei mir vorbei.“

„Gut. Bis dann.“

„Ja.“

Er legt auf, und während ich das nächste Telefon ans Ohr drücke, frage ich mich, ob ich mich mit Kyle überhaupt treffen und die Möglichkeit, dass mich ähnliche Gefühle wie bei der Eröffnung übermannen, zulassen will.

ACHTZEHN

Joanna

Da Kyle und ich keine fixe Zeit ausgemacht haben, irre ich unruhig durchs Haus, während ich auf ihn warte. Ich habe gekocht – nicht nackt, sondern angezogen –, die Wäsche gemacht und die Küche aufgewischt. Als es halb neun wird, beginne ich langsam unzufrieden mit der Gesamtsituation zu werden. Nicht nur, dass Kyle nicht auftaucht, wo er heute ausnahmsweise einmal soll, auch von Ben habe ich seit gestern Abend kein einziges Lebenszeichen erhalten. Aber ich zwinge mich stur, mir keine Sorgen zu machen.

Soll er in seinem Sud schmoren. Wenn er meine Entschuldigung nicht annimmt, kann ich ihm auch nicht helfen.

Viertel vor neun klingelt es endlich an der Tür. Ich hole tief Luft, denn ich weiß, dass ich heute eine wichtige Entscheidung treffen werde. Eine, die meine Zukunft bestimmt und endgültig ist. Eine, die mich und mein gesamtes Leben verändert. Doch ich werde zu dieser Entscheidung stehen, wie ich es bisher immer getan habe. Kyle hatte auf eine gewisse Art recht – ich habe ein halbes Jahr gewartet, und das ist eindeutig zu lang.

Ich öffne die Tür und setze mein sicherstes Lächeln auf – welches jedoch sofort wieder erstirbt. Wie ein paar Tage zuvor richten sich meine Nackenhaare auf, und mir wird heiß und kalt zugleich.

„Was wollen *Sie* hier?", frage ich ungläubig und irritiert und blicke in diese starren, kalten, blauen Augen.

„Schätzchen", begrüßt er mich kühl lächelnd. „Ich möchte mich gerne mit dir unterhalten."

„Kein Bedarf", sage ich und gebe der Tür einen Schubs, um sie diesem widerlichen Xanther Maine vor der Nase zuzuschlagen.

Doch er fängt sie mit einem Arm auf, stellt seinen Fuß zwischen Tür und Türstock und schiebt sie mit Bestimmtheit auf. „Ich denke, dass du sehr wohl Bedarf hast. Lass mich rein!"

„Verschwinden Sie. Auf der Stelle."

Als würde es ihm leidtun, pfeift er und schüttelt den Kopf. „Das, meine Liebe, habe ich eindeutig nicht vor."

Ich taste in meiner Hosentasche nach meinem Handy, das jedoch drin auf dem Küchentisch liegt, wie mir in dem Moment einfällt. Verdammt. Irgendetwas an Maines Auftreten sagt mir, dass er nichts Gutes im Schilde führt. Er wirkt so bedrohlich und angsteinflößend, dass es mich regelrecht lähmt. Aus diesem Grund gelingt es ihm, sich tatsächlich in den Flur zu schieben, die Tür zu verriegeln und mich anschließend diabolisch anzugrinsen.

„Ins Wohnzimmer. Los."

Wie erstarrt betrachte ich ihn, und selbst wenn ich wollte, meine Beine bewegen sich nicht. Ich bin wie festgewurzelt und sehe alles durch einen dumpfen Schleier. Ich kann mein Herz lautstark schlagen hören. Es pocht vermutlich so laut, dass es wohl selbst Maine nicht verborgen bleibt.

„Rede ich Spanisch?", schnauzt er mich an, packt mich am Ellenbogen und schiebt mich ins nächstbeste Zimmer. Wir landen in der Küche, und ich fokussiere intuitiv den Messerblock neben der Spüle. Doch selbst wenn es mir gelingen sollte, mich von ihm loszureißen, wäre er vermutlich schneller wieder bei mir, als ich nach einem Messer greifen und es ihm in den Bauch rammen könnte. Außerdem erscheint es mir taktisch wenig sinnvoll zu sein, auf Angriff zu gehen. Der Kerl ist ohnehin schon bedrohlich genug. Ich sollte Zeit schinden und darauf hoffen, das Kyle doch noch kommt.

Ja, er ist jetzt meine einzige Rettung.

„Was wollen Sie von mir?", knurre ich und umklammere mit meinen Händen die Tischplatte hinter mir.

„Zuerst einmal will ich dein Handy – her damit!" Fordernd streckt er seine Hand nach mir aus. Ich zögere, weiß aber, dass mir keine andere Wahl bleibt.

Aber will ich kampflos aufgeben? Mich ihm beugen? Nein, verdammt. Der Kerl steht in meinem Haus. Ich bin keine Frau, die sich von ein paar harschen Worten einschüchtern lässt.

Ich straffe die Schultern und setze den eisigsten Blick auf, den ich auf Lager habe. „Sie können mich mal", meine ich hämisch, bin aber nicht auf die Ohrfeige vorbereitet, die ich mir mit durch meine Bemerkung einfange.

Meine Wange kribbelt, als wären unzählige Nadeln hineinge-rammt worden. Mein Kiefer pocht, und meine Augen tränen. Ich greife mir mit der Hand an die Nase, doch zum Glück entdecke ich kein Blut.

„So läuft das, Schätzchen. Wenn du nicht spurst, gibt es eine Bestrafung. Hast du es kapiert?"

Obwohl es mich innerlich zerreißt, nicke ich und reiche ihm mein Telefon. Es ist wohl besser zu kooperieren, als ihn noch mehr zu reizen. Seine Toleranzgrenze scheint ohnehin sehr niedrig zu sein.

Hässlich lächelnd schiebt er mein Handy in seine Hosentasche und kommt bis auf wenige Zentimeter an mich heran. „Gut. Sehr brav. Du wolltest wissen, was ich hier will", spricht er mit hartem Tonfall, lächelt jedoch plötzlich, als könne er kein Wässerchen trüben. „Wir beide werden in mein Auto steigen, das draußen steht, und ein Stückchen fahren."

Nie im Leben steige ich mit dem Kerl in ein Auto. Doch was habe ich für Alternativen? Mein Hirn rattert auf Hochtouren. Viel-leicht gelingt es mir ja, dass ich, wenn wir rausgehen, weglaufen kann. Zum nächsten Nachbarn. Einfach weg.

Das wäre immerhin eine Chance.

Denn Fakt ist: Wenn ich in Maines Auto steige, bringe ich mich in eine noch viel ausweglosere Lage als hier in meiner Küche.

„Und dann?", will ich wissen.

Er hält inne, sieht sich schnell in meiner Küche um. „Dann werden wir sehen, wie viel du ihm bedeutest. Das ist ja eigentlich auch dein Problem, Schätzchen. Ich habe euch beobachtet", erklärt er, geht zum Fenster und reißt den Vorhang lautstark herab. „Am Anfang dachte ich, du bist bloß wieder eine von denen, die er ein paar Tage lang flachlegt – der Junge hat wirklich nie was anbren-nen lassen. Doch wie sich herausgestellt hat, liegt ihm sehr viel an dir. Wie heißt es so schön? Zur falschen Zeit am falschen Ort."

Alles, was er sagt, ergibt überhaupt keinen Sinn für mich. Selbst wenn Ben etwas an mir liegen sollte, wie will Maine das für sich nützen?

… Oh, Scheiße.

„Sie wollen mich entführen?", stelle ich eine rhetorische Frage und hoffe, dass ich mich irre.

Klar, Ben erzählte etwas, dass Maine pleite sei und mit den vie-len Misserfolgen in seinem Leben nicht klarkäme. Doch wäre er in der Lage, mich zu entführen, mir etwas anzutun?

„Zuerst einmal. Dann werden wir sehen, wie kooperativ Benjamin ist und wie sich die Sache entwickelt. Ich hoffe für dich, Schätzchen, dass er dich für wertvoll genug hält, um auf meine Forderungen einzugehen. Ansonsten …“, beginnt er und beendet den Satz nur mit einem ungerührten Achselzucken.

Er fängt an, den Vorhang in kleine Streifen zu zerreißen. Mit einem davon kommt er zu mir zurück. Er fordert mich auf, meine Hände auszustrecken, aber geschockt, wie ich bin, leiste ich keinerlei Widerstand. Er verschnürt meine Hände vor meinem Körper, womit nun auch meine letzte Chance, ihn doch noch irgendwie zu überwältigen, dahin ist.

„Du sollst wissen, dass ich keinerlei Skrupel habe“, verkündet er sichtlich stolz und zieht einen zweiten Knoten.

Der Stoff schnürt in meine Haut und zieht an den feinen Härchen an meinen Unterarmen. „Sie wissen hoffentlich, dass Sie dafür ins Gefängnis kommen.“

Er verzieht seinen Mund, zerrt probehalber an dem Knoten und lässt meine Hände zu Boden fallen. „Schätzchen, wenn ich für so etwas ins Gefängnis kommen würde, dann säße ich jetzt schon dort und würde nicht in deiner Küche stehen.“

Ich komme nicht mehr dazu, näher auf seine Aussage einzugehen. Sinnvoll übersetzt würde sie wohl bedeuten, dass er schon einmal – oder sogar öfter? – jemanden entführt hat. Doch was ist aus dieser Person geworden? Das Geld, das er für diese Freilassung, wenn sie denn auch stattfand, bekam, scheint er ausgegeben zu haben. Daher muss neues her. Und ich bin die Außerwählte für seinen Geldbeschaffungsplan.

„Ich mag keine Spielchen“, wendet er sich an mich. „Wir sind ein Team. Du und ich.“

Ich lege so viel Verachtung, wie ich aufbringen kann, in meinen Blick und rümpfe die Nase, als Maine nach meinen Händen greift. „Mir war von Anfang an klar, dass Sie ein widerliches Arschloch sind“, fauche ich, weil ich mich nicht mehr länger zügeln kann.

„Das bin ich vielleicht, ja. Du bist aber auch keine Heilige, Schätzchen. Verheiratet – und treibt es mit einem anderen, noch dazu dem Enkel der Arbeitgeberin. Tja, das sieht in deinem Lebenslauf nicht sonderlich professionell aus, was?“

Maine zerrt mich in den Flur, wo er stehen bleibt und nach einer meine Jacke greift. Er wirft sie mir vorne über meine gefesselten Hände, so dass es so aussehen muss, als würde ich bloß die Jacke tragen. Niemand wird meine Fesseln auf den ersten Blick erkennen. Ich seufze innerlich resigniert auf, ermahne mich aber gleich darauf, nicht den Kopf in den Sand zu stecken. Es ist noch nicht zu spät. Kyle könnte doch noch kommen. Ich könnte trotz der Fessel weglaufen.

„Mein Auto steht in der Einfahrt", wendet Maine sich an mich und betrachtet mich auf eine Art, als habe er meine Gedanken gelesen. „Wir gehen hin, du setzt dich rein, und ich will keinen Mucks hören. Solltest du versuchen wegzulaufen, wird jeweils links als auch rechts neben deinem Haus jemand auf dich warten, der sich freut, dir ein Messer vor die Nase zu halten. So eines zum Beispiel."

Aus seiner Jackentasche zieht er ein langes, aufklappbares Messer, mit dem er mir direkt vor meinem Gesicht herumfuchteln, als würde schon der Geruch des kalten Metalls ausreichen, um mich gefügig zu machen. Die Klinge sieht aber in der Tat verdammt scharf aus. Dieses Messer in Maines Händen reicht aus, dass ich gehorsam nicke und ihm stumm aus meinem Haus folge.

„Gut, Schätzchen", raunt er mir von hinten ins Ohr, während er mich an meinem linken Ellbogen die Treppe vor meinem Haus hinabführt.

In der Einfahrt steht ein schwarzer Jeep. Maine geleitet mich zur Beifahrerseite, öffnet mir die Tür und lächelt beinahe höflich. Die ganze Zeit bin ich mir darüber bewusst, dass er das Messer hinter meinem Rücken hält. Eine falsche Bewegung, und das Ding steckt zwischen meinen Rippen.

Er öffnet die Tür, doch noch während ich mich unbeholfen in den Wagen zu setzen versuche, werde ich von Maines Arm um meinen Hals daran gehindert.

„Ganz ruhig", flüstert er, und die Feuchtigkeit seines Atems setzt sich wie Nebel auf meinem Ohr ab.

Es ist zu dunkel, um etwas zu erkennen. Doch Maine scheint durch irgendeine Veränderung in der Umgebung plötzlich in Alarmbereitschaft versetzt worden zu sein. Er atmet schwer, und der Druck seines Armes um meinen Hals nimmt zu.

„Sie lassen die Waffe fallen, und nehmen Ihre Hände von Mrs. Douglas", ertönt hinter uns eine Stimme, die sich sehr nahe bei uns anhört. Ich versuche angestrengt, die Stimme einer mir bekannten Person zuzuordnen. Doch ich habe kein passendes Gesicht vor mir. Wer auch immer das ist, der Mann scheint auf meiner Seite zu stehen, denn er kennt meinen Namen und drängt darauf, mich aus Maines Umklammerung zu befreien.

Maine jedoch stößt ein tiefes, abfälliges Grollen aus und dreht sich ruckartig mit mir gemeinsam um. „Eine falsche Bewegung,

Mann, und die Kleine macht Bekanntschaft mit meinem Messer. Sie wäre nicht die Erste, die einen gemütlichen Abend mit mir in einem schwarzen Leichensack beendet."

Maines Worte lassen mich einen flehenden Blick zu dem Unbekannten werfen. Die ganze Zeit hatte ich das Gefühl, ich wäre meinem Schicksal völlig ergeben. Nun aber muss ich darauf vertrauen, dass dieser Kerl vor mir das Richtige tut.

Dieser zeigt sich von Maines Drohung erstaunlich unbeeindruckt und fuchtelt mit etwas, das sich bei genauerer Betrachtung als Schusswaffe entpuppt, in Richtung Straße. „Ich fürchte, ich muss Ihnen den Spaß diesmal verderben. Wir haben Sie. Überlegen Sie doch mal: Wenn Sie ihr etwas antun, machen Sie es für sich doch nur noch schlimmer. Lassen Sie sie gehen!"

Für mich ewig lange, bange Sekunden gibt Maine keinen Mucks von sich. Er bewegt sich nicht mal. Ich spüre lediglich das spitze Ende des Messers und kneife die Augen in Erwartung eines schmerzhaften Stiches zusammen.

„Eine Frage", wendet sich Maine an den Mann vor uns. „Hat Benjamin Sie geschickt?"

„Ja, das hat er. Wir haben Sie schon länger auf dem Schirm."

Maine pustet die Luft lautstark aus seinen Lungen, während ich mir einen Reim auf das Gesagte zu machen versuche. Warum zur Hölle sollte Ben jemanden schicken, der mich rettet? Woher bitte sollte er wissen, dass ich möglicherweise in Gefahr schwebte?

Das alles ergibt so überhaupt keinen Sinn für mich. Ich bin auf einmal sehr misstrauisch, denn selbst wenn Bens Gesandter zu meiner Rettung geeilt ist, zweifle ich, ob ich diesem auch wirklich vertrauen kann.

„Sie erhalten einen fairen Prozess, wenn Sie Mrs. Douglas jetzt auf der Stelle gehen lassen. Darauf gebe ich Ihnen mein Wort."

Nach einem erneuten, kurzen Zögern verschwindet nun aber der starke Druck des Messers an meinem Rücken. Ich atme tief ein – zum ersten Mal seit Minuten ohne Angst. Maine verpasst mir einen groben Schubs, sodass ich nach vorne taumele, in Richtung des Mannes mit der Waffe.

Er fängt mich ab, da sich die Fesseln um meine Hände deutlich auf mein Gleichgewicht auswirken. „Laufen Sie los. Vor ihrer Einfahrt steht ein Wagen. Steigen Sie ein. Vertrauen Sie mir", setzt er nach, da ich ihn zitternd ansehe.

Noch immer hat er die Waffe auf Maine gerichtet, der sich keinen Zentimeter bewegt. Vermutlich aus Angst, sich eine Kugel einzufangen.

Es mag vielleicht an dem beruhigenden Unterton in der Stimme des Mannes liegen, weshalb ich meine Beine in die Hand nehme und wie von Sinnen meine Auffahrt hinunterlaufe. An der Biegung zur Straße steht tatsächlich ein Wagen. Ich greife umständlich nach dem Türgriff, steige ein und sacke wild schnaufend auf der Rückbank zusammen.

Ich vertraue ihm. Dem Mann und auch Ben. Ich vertraue ihnen. Sie sind die Guten. Zumindest rede ich mir das ein, als sich der Wagen in Bewegung setzt. Ich bin völlig erschöpft, als wäre ich unzählige Kilometer gelaufen. Mein Herz klopft immer noch wie wild, und mein Kopf versucht die Bilder zu verarbeiten. Vermutlich befinde ich mich in einem tiefen Schockzustand. Mir ist kalt und heiß zugleich, außerdem habe ich Angst, mich jeden Augenblick übergeben zu müssen. Der Wagen donnert über die Straße. Ich bin nicht einmal angeschnallt und krache daher in der nächsten Kurve mit meiner Schulter gegen die Scheibe.

Schnell gurte ich mich fest und schließe die Augen.

Was zum Teufel war das eben?

Wo bin ich da nur hineingeraten?

In mir kämpfen Wut und Verzweiflung, weil ich es hasse, Dinge über mich ergehen lassen zu müssen. Meine Fahrt ins Ungewisse zum Beispiel. Bens Rolle in meiner vereitelten Entführung. Alles ergibt nur wenig Sinn – oder vielleicht liegt es auch nur an meinem vollständig überforderten Verstand. Ich fühle mich, als hätte mich jemand aus dem Schlaf gerissen, und ich würde noch überlegen, ob ich bloß schlecht geträumt habe oder das alles gerade wirklich passiert ist.

Als der Wagen jedoch anhält, richte ich mich auf, schnalle mich ab und blicke prüfend aus dem Fenster. Bis auf ein paar Lichter kann ich nichts erkennen. Der Fahrer steigt aus, und die Hintertür wird geöffnet. Vor mir steht Mr. Grassi, der zwar nervös wirkt, dessen Anwesenheit mich aber ungemein beruhigt.

„Mrs. Douglas, steigen Sie aus. Sie sind in Cliveden. In Sicherheit", erklärt er ruhig und langsam und streckt mir seine Hand entgegen.

Ich betrachte seine Hand, ihn und schließlich die Umgebung, die sich nun deutlicher erkennen lässt.

Cliveden.

Erst jetzt scheint er zu bemerken, dass meine Hände gefesselt sind, da er umgehend mit zu Schlitzen zugepressten Augen an dem Knoten zu zerren beginnt. Ich bin wie geschockt und völlig bewegungslos.

Hier in Cliveden zu sein bedeutet eine ungeheure Erleichterung für mich. Allerdings brennt in mir die Frage nach Bens Rolle in diesem *Spie'*, das sicher keines ist. Wenn Ben denn überhaupt hier ist. Theoretisch würde er ja erst morgen wieder zurückkommen, doch wenn er wirklich jemanden zu meinem Haus geschickt hat, um mich zu beschützen oder sogar zu retten, wie in diesem Fall, dann muss bei ihm die Alarmleuchte ja schon länger auf Rot gewesen sein. Vielleicht hat er mir nur nicht geantwortet, weil er im Flieger saß?

„Tut Ihnen irgendetwas weh? Soll ich vielleicht einen Arzt kommen lassen?"

Grassi überhäuft mich mit Fragen, die mir noch mehr Kopfschmerzen verursachen. Doch ich schüttele den Kopf und atme auf, als ich die Fesseln endlich los bin.

„Kommen Sie", sagt er mit tiefstem Mitgefühl. Er nimmt meine Hand in seine, und ich fühle mich prompt getröstet, sicher und verstanden. Ich folge ihm durch den Seiteneingang ins Gebäude. Es ist still, auch wenn ich das Gefühl habe, als wäre die gesamte Welt in Aufruhr.

Grassi geht mit großen, zielsicheren Schritten knapp vor mir. Doch er hält die ganze Zeit über meine Hand, während ich wie ein verirrtes Reh hinter ihm her torkele. Im Haus brennen nur wenige Lichter, und unsere Schritte hallen lautstark durch die alten Gemäuer. Wir steuern den Verwaltungsbereich des Hauses an, in dem jeweils mein Büro, Bens und die der anderen Angestellten liegen. Mr. Grassi führt mich in Bens Büro, und kaum darin angekommen, werde ich von einer mit Nachthemd und Hausmantel bekleideten Ellie laut aufatmend in Empfang genommen.

Sie eilt zu mir und schlingt die Arme und mich. Als ich mich in der Wärme dieser Umarmung wiederfinde, brechen alle meine Dämme. Ich lasse mich schluchzend fallen, weiß, dass ich, egal, was jetzt noch kommen mag, sicher bin. Ich habe gerade noch einmal riesiges Glück gehabt.

„Geht es dir gut?", fragt sie und löst sich kurz von mir, um mir prüfend ins Gesicht zu blicken.

Ich bringe ein zaghaftes Nicken zustande und atme schniefend ein.

„Setz dich", sagt sie und schiebt mich zum nächstbesten Stuhl.

Es ist Bens Schreibtischstuhl, der mir gleich noch einmal mehr Trost spendet. Dann wird mir eine Tasse Tee gereicht, an der ich jedoch nur widerwillig nippe, weil mein Magen noch zu sehr in Aufruhr ist.

„Ben wird jeden Augenblick hier sein", erklärt mir Ellie, die sich zu mir beugt.

Sie sieht blass aus, wie mir auffällt, als ich in ihr vertrautes Gesicht blicke. Nicht müde-blass, sondern ungesund-blass. Doch selbst wenn ich müsste, ich brächte kein Wort heraus, so schlapp und überfordert fühle ich mich.

Grassi kehrt zurück, sagt etwas zu dem Mann, der wie ein Fels neben der Tür steht und mit einem stummen Nicken antwortet. Ich betrachte unterdessen die Bewegungen der Leute im Zimmer. Sie versuchen sich ruhig und gefasst zu verhalten, doch alle scheinen in absoluter Alarmbereitschaft. Auch wenn ich denke, dass von Maine nicht mehr allzu viel Gefahr ausgehen sollte, weiß ich beim besten Willen nicht, ob er möglicherweise Komplizen haben könnte.

Daher sitze ich da, rühre total überfordert in meinem Tee. Das Zittern verschwindet kaum, und schließlich legt mir Ellie eine Decke über die Schultern. Ich blicke müde lächelnd zu ihr hoch.

Nur verschwommen nehme ich wahr, wie erneut jemand ins Zimmer kommt, mir die Tasse aus der Hand genommen wird und sich dieser jemand vor mich hinkniet.

Ben.

Es ist Ben, der mich mit weit aufgerissenen Augen ansieht. „Joanna", sagt er und schaut noch bestürzter drein. „Wie geht es dir?"

Ich merke, wie sehr er auf eine Antwort brennt, doch ich schaffe es nicht, etwas zu sagen. Stattdessen blicke ich auf zu Ellie, die seitlich neben Ben steht. Dann wende ich mich an Grassi, der sich höflich im Hintergrund gehalten hat.

„Sie sagte vorhin, sie habe keine Schmerzen. Es sah auch nicht danach aus, als wäre etwas … passiert."

Ben schluckt und knetet wie besessen meine Hände. Dann entdeckt er die roten Streifen an meinen Handgelenken, an denen Maine die Fesseln so straff gezogen hat, dass die Haut teilweise aufgescheuert wurde. Sein Blick verhärtet sich merklich, und seine Schultern spannen sich an.

„Und Maine? Wo ist er?", fragt er mit tiefer Stimme, während sein Daumen vorsichtig über meine Handgelenke streicht.

„Hoover hat ihn", antwortet Grassi. „Sollen wir ihn noch ein wenig behalten?"

Auf Bens Gesicht erscheint ein Ausdruck, den ich noch nie an ihm gesehen habe. Er wirkt gewissermaßen mordlustig und zu allem bereit. Sollte Grassi Maine *behalten*, wie er sagte, dann hieße das wahrscheinlich, dass Ben mit ihm tun könnte, was er wolle – zumindest für eine gewisse Zeit.

Dies scheint auch Ellie zu begreifen, da sie ihre Hand auf Bens Schulter legt. „Ben, Rache ist nie der richtige Weg. Sie wird dir keine Genugtuung bringen."

„Ich habe die letzten Jahre auf genau diesen Moment hingearbeitet", erklärt er deutlich entrüstet und steht auf, um ziellos im Raum umherzugehen.

„Das weiß ich doch. Trotzdem. Er ist es nicht wert."

Grassi entschuldigt sich und verlässt das Zimmer. Mir erschließt sich das alles zwar nur wenig, doch ich beobachte Ben und Ellie. Ben, der immer noch durchs Zimmer irrt und deutlich aufgebrachter als bei seinem Eintreffen wirkt. Daneben Ellie, die wie immer einen kühlen Kopf bewahrt und beruhigend auf Ben einredet.

„Er wird reden, da bin ich mir sicher", sagt sie und zieht beide Augenbrauen hoch. „Ben, du solltest damit abschließen und sie nach Hause kommen lassen, damit sie und du endlich zur Ruhe kommen. All die Jahre hast du wie besessen nach ihr gesucht, und nun endlich hast du die Chance, endgültig abzuschließen. Das sollte es sein, das dich bewegt – nicht dieser Widerling, der es nicht wert ist."

Während Ellie spricht, verändert sich Bens Verhalten. Er bleibt stehen, stützt sich mit den Armen auf seinem Schreibtisch ab und blickt mit gesenktem Kopf zu Boden. Erst als Ellie einen Arm um ihn legt, wird mir bewusst, dass er weint. Mein Herz zerbricht in tausend Teile. Kurz vergesse ich, was gerade passiert ist, und richte mich auf, um ebenso zu ihm zu eilen. Doch ich zögere, weil ich das Gefühl habe, mich womöglich in etwas einzumischen, das mich nichts angeht.

Ich fühle mich plötzlich wie ein Eindringling und versuche, mich auf meinem Stuhl kleiner zu machen. Doch als Ben zu mir sieht und sanft den Kopf schüttelt, weiß ich, dass er mich braucht. Jetzt in diesem Augenblick.

„Es tut mir leid", sagt er zu mir.

Ich schüttele verwirrt darüber, ob er damit seine Tränen oder meine Entführung meint, den Kopf.

„Er … dein Onkel", beginne ich mit kratziger Stimme. „Er wollte Geld?"

„Ja", antwortet Ben, richtet sich auf und scheint offensichtlich bereit zu sein, mir Rede und Antwort zu stehen.

„Und … ähm, das hat er schon einmal getan?"

„Ja, das hat er." Bens Stimme schwankt, verliert an Festigkeit, und ich sehe ihm an, wie viel Kraft es ihm kostet, sich mir und meinen Fragen zu stellen.

Doch da ich in eine Sache involviert wurde, mit dem ich mich nie und nimmer zuvor auseinandergesetzt hatte, denke ich, dass es mir tatsächlich zusteht, aufgeklärt zu werden. Denn irgendetwas scheint zwischen Ben und seinem Onkel schon einmal passiert zu sein. Etwas, das mich nun in Gefahr gebracht hat –und ziemlich offensichtlich auch eine andere Person vor mir.

„Was ist passiert?", wende ich mich vorsichtig an Ben, der tief einatmet und auf Ellies Nicken hin anfängt zu sprechen.

„Ich hatte keine Ahnung, dass es mein Onkel war, der … der meine Verlobte umgebracht hat."

Ben bricht ab, und weil er diese Bestätigung erst gerade vorhin erhielt, konnte er sie bisher noch weder richtig verdauen, noch sich mit ihr auseinandersetzen.

„Ihr Name war Kim", fährt er fort. „Wir lebten in London, wollten heiraten; alles war längst geplant. Ich habe sie in Rons Atelier kennengelernt. Sie war eines seiner Modelle."

„Die Frau auf dem Bild, das in deinem Wohnzimmer hängt?", will ich wissen und nehme keine Rücksicht auf unsere Geheimnistuerei, da es dafür längst zu spät ist.

Er nickt. „Genau. Es fing langsam an. Zuerst spionierte er sie wohl erst einmal aus. Er sah in ihr vermutlich das perfekte Opfer, weil er wusste, dass ich alles für sie tun würde. Und ich vermute, dass es nicht einmal sein Plan war, dass ihr etwas passiert."

Ich höre ihm zu, gedanklich das Bild der Frau in seinem Wohnzimmer vor Augen. Ich erinnere mich, wie seltsam er reagierte, als er sah, wie ich davor stand und es betrachtete. Kim ist eine tiefe Wunde in Bens Seele. Er hat sie geliebt, und sie wurde ihm grausam entrissen. Ich empfinde großes Mitgefühl für ihn und auch für Kim, doch ein unreifer Teil in mir spürt so etwas wie Eifersucht auf das Glück, das die beiden miteinander einst hatten. Und wegen der Liebe, die Ben dieser Frau gegeben hat und die er offensichtlich noch immer für sie empfindet.

„Sie bekam anonyme Anrufe, bei denen sich niemand meldete, und das ging so eine Weile. Wir dachten uns nichts dabei. Irgendwann aber erzählte sie mir, dass, als sie einmal früher nach Hause gekommen war, ein Mann vor unserer Tür stand und sich seltsam verhielt. Er war nervös und redete wirres Zeug, ehe er verschwand. Vielleicht war er einer von Xanthers Spitzeln."

„Wenn jemand Kontakt zu zwielichtigen Gesellen hat, dann wohl Xanther", meldet sich Ellie zu Wort. „Er war schon immer seltsam und drehte immer irgendwelche krummen Dinge, doch keiner von uns hätte sich träumen lassen, dass er zu so etwas fähig sein könne."

Er war auch mir ziemlich ungeheuer, doch ich muss zugeben, ich kann mir sehr wohl vorstellen, dass er zu allem Möglichen fähig ist.

„Der Tag, an dem sie verschwand …", beginnt Ben nun wieder, bricht aber ab, um eine schweigende Runde im Raum zu drehen. „Es war ein Dienstag. Ich kam abends nach Hause, und sie war nicht da. Das war zwar merkwürdig, doch ich dachte mir nichts dabei, bis ich kurz darauf einen Anruf erhielt. Zuerst sprach eine verzerrte Stimme zu mir, dann wurde das Telefon an sie weitergereicht. Bis heute ergab alles, was sie sagte, keinen Sinn. Sie meinte etwas wegen Ostern – völlig wirr. Und nun weiß ich endlich, dass sie mir einen Hinweis geben wollte. Wir hatten unsere letzten gemeinsamen Feiertage an der Küste in einem Ferienhaus verbracht. Das war *in Maine,* in den USA. Bis heute bin ich nicht darauf gekommen, dass sie mich so auf meinen Onkel hatte hinweisen wollen", sagt er und fasst sich kopfschüttelnd an die Stirn.

Das zu hören ist schrecklich. Doch aufgrund meiner eigenen Erlebnisse, die erst kurze Zeit zurückliegen, erscheint mir alles völlig unwirklich. Nur eine Sekunde länger, und ich hätte möglicherweise Kims Schicksal geteilt.

Ein banges Gefühl breitet sich in mir aus, und ich ziehe die Schultern ein, um mich gegen die mich erfassende Kälte zu schützen.

„Mein Onkel verlangte Bargeld, das ich an einem bestimmten Ort ablegen sollte. Nur unter diesen Voraussetzungen würde ich Kim wieder heil zu Gesicht bekommen. Er gab mir zwölf Stunden Zeit. In diesen zwölf Stunden trieb ich das Geld auf, schaltete ein Sicherheitsteam ein, und gemeinsam positionierten wir das Geld am vorgesehenen Ort. Doch Kim … sie tauchte nicht auf."

Stille breitet sich aus, während Ben auf einen unbestimmten Punkt an der Wand blickt.

„Was ist mit ihr passiert?", frage ich vorsichtig.

„Mein Onkel hatte zwar einiges über Kims und meine Lebensumstände herausbekommen, jedoch übersah er offensichtlich, dass sie Diabetikerin war. Sie hatte ihre Medikamente nicht dabei – und weil sie kein Insulin zur Hand hatte, war es wohl schnell vorbei …"

So war es bloß ein Fehler Maines gewesen, der Kim das Leben gekostet hat. Wie muss es dieser mir unbekannten Frau in Maines Fängen ergangen sein? Er hatte wohl auch das gleiche Spiel mit ihr abgezogen, sie in seinen Wagen getrieben und dann fortgebracht. Mich hätte er möglicherweise an denselben Ort wie sie damals gebracht. Ihm war es egal, was aus Kim werden würde; ebenso wie es ihm gleichgültig war, ob mir etwas zustoßen würde. Er hatte immer einzig sein Ziel vor Augen – Geld. Und dafür musste eine junge Frau sterben.

„Ich denke nicht, dass er ihr mutwillig etwas angetan hat oder überhaupt dazu in der Lage wäre", erklärt Ellie und verschafft Ben damit eine kurze Verschnaufpause. „Xanther ist zwar mit allen Wassern gewaschen, doch einen Mord – nein, das hätte er nicht riskiert. Schon alleine wegen der Spuren und der möglichen Konsequenzen."

„Aber er hat sich mir vorhin und auf der Eröffnungsfeier zu erkennen gegeben", murmele ich und runzele die Stirn, weil mir plötzlich selbst klar wird, dass es ihm völlig egal war, ob ich ihn erkenne oder nicht. „Wäre sein Plan aufgegangen, hätte er mich nicht wieder laufen lassen können. Ich hätte ihn doch erkannt."

Ben sieht mich mit hartem Ausdruck an, der allerdings nicht mir, sondern dieser Information gilt. „Dir wäre nichts passiert", sagt er.

„Das weißt du doch gar nicht", fahre ich ihn an, weil es mir so absurd erscheint, bei etwas, das man nicht selbst bestimmen kann, so sicher zu sein.

„Seit Kim verschwunden ist, habe ich all meine Energie darin investiert, nach ihrem Entführer zu suchen. Es war mein Lebensinhalt; alles, wofür ich lebte. Ich beauftragte die besten Leute, und diese lieferten mir erst in den vergangenen Tagen erstaunliche Informationen. Mein Onkel war, nachdem er sich bei der Eröffnungsfeier dir und auch anderen gegenüber seltsam verhalten hatte, stark negativ aufgefallen – und wie sich herausstellte, führten tatsächlich einige Spuren zu ihm."

„Warum war dann dieser Mann vor meinem Haus?"

„Weil ich … ich wollte dich in Sicherheit wissen", gesteht Ben, und Ellies Mundwinkel zucken für den Bruchteil einer Sekunde. „Grassi rief mich gestern Abend, nachdem wir uns geschrieben hatten, an, dass er meinen Onkel in der Nähe deines Hauses ausfindig gemacht hatte. Ich setzte mich sofort in den nächsten Flieger, um hier sein zu können, falls etwas passieren sollte."

Was ja auch der Fall war.

Welch weise Voraussicht.

„Warum hast du mir nichts gesagt?", will ich nun wissen, weil ich Bens Einsatz zwar dankend anerkenne, ich mich aber gleichzeitig nicht damit zufriedengeben mag.

„Ich wollte dich nicht beunruhigen."

„So ein Blödsinn, Ben", unterbreche ich ihn und fixiere ihn mit festem Blick. „Ich wäre vorsichtiger gewesen. Aufmerksamer. Ich verstehe dich, und es tut mir leid, was dir passiert ist. Einen Menschen, den man liebt, verlieren zu müssen, noch dazu auf so tragische Weise, ist wohl für immer ein Schatten auf der eigenen Seele. Aber du wolltest mich nicht in deine tiefsten Abgründe blicken lassen. Wieso nicht?"

Er zögert – was nie ein gutes Zeichen ist. „Kim ist meine Sache, kaum jemand weiß von ihr und ihrem Ende."

Zumindest nur diejenigen, die ihm etwas bedeuten, ergänze ich innerlich.

Wir starren einander sekundenlang stumm an, und alles, wirklich alles, was ich nun sagen könnte, wäre unfair, selbstzerstörerisch oder beleidigend. Daher schweige ich, und das so lange, bis Ellie sich stumm zurückzieht und uns alleine unsere Aussprache fortsetzen lässt.

„Du bist die erste Frau, seit ich Kim verloren habe, die mir etwas bedeutet, Joanna. Ich hätte dir von ihr erzählt, nur noch nicht jetzt. Nicht, bevor du dich nicht entschieden hättest."

Ich grinse und reibe über die roten Striemen an meinem Handgelenk. „Ich habe ihm die Tür geöffnet. Ich selbst. Er … dein Onkel, Ben, hat mir eine runtergehauen, mich bedroht und wollte mich in seinen Wagen schleppen. Ich weiß ziemlich genau, wie sich Verzweiflung anfühlt. Doch dass du mir Dinge verschweigst, die direkt mit meiner Sicherheit zu tun haben, nur weil ich mich nicht für dich entscheiden könnte, ist einfach nur unfair. Hättest du denn das Lösegeld bezahlt?"

„Natürlich", kommt es wie aus der Pistole geschossen.

Tränen laufen erneut über mein Gesicht, und mit jeder davon schwindet meine Kraft ein Stückchen mehr. „Das bedeutet es doch aber, was du meintest. Solange du nicht als Gewinner aus Kyles und deiner Schlacht hervorgehst, bin ich nichts – meine Sicherheit steht zwar auf dem Spiel, aber egal."

Ich zittere am ganzen Körper, doch ich richte mich wieder auf.

„All die vergangenen Wochen waren völlig strapazierend für mich. Aber ich dachte, ich könne mir einer Sache sicher sein: deiner Aufrichtigkeit. Ich weiß auch nicht, Ben … das heute, es ist nicht deine Schuld, schon klar. Es ist nur schwer für mich, sehr schwer sogar, mit dieser Angst, die ich hatte, umzugehen.“

„Ich bin hier“, sagt er milde. „Ich … hätte deine Sicherheit nicht von deiner Entscheidung abhängig gemacht. Niemals. Joanna, wie kannst du nur so etwas denken?“

„Er muss uns beobachtet haben. Hast du schon mal überlegt, ob er nicht vielleicht sogar einen Spitzel hier in Cliveden hat?“, ignoriere ich seine Frage und schlinge die Arme um meine Mitte.

Ben nickt. Das hat er bestimmt auch schon überlegt. „Meine Männer prüfen diese Möglichkeit gerade.“

„Das ist alles einfach so unwirklich“, stöhne ich und setze mich, weil ich fürchte, dass meine Beine jeden Augenblick einknicken.

„Joanna“, beginnt er und kniet sich erneut vor mich, „du kannst dir nicht vorstellen, wie es war, diesen Anruf von Hoover zu erhalten. Ich dachte, ich würde auch dich verlieren, und dass es immer wieder und wieder von vorne anfängt. Seit ich Kim verloren habe, wollte ich alles um mich herum kontrollieren. Ich war und bin vielleicht auch immer noch besessen von der absoluten Kontrolle über alles, was um mich herum passiert.“

Ich blicke hinab zu unseren Händen, die ineinander verschlungen in meinem Schoß ruhen. Doch ich kann beim besten Willen nicht sagen, wie sich diese Berührung für mich anfühlt.

„Kyle“, fällt dieser mir schlagartig ein. „Er wollte zu mir kommen. Ich muss ihn anrufen.“

Ben kneift die Augen zusammen, fängt sich jedoch wieder und zieht sein Handy aus seiner Hosentasche. „Ich mach das für dich und sag ihm, was passiert ist. Du solltest dich etwas ausruhen. Geh duschen. Ich lege dir ein paar Sachen von mir aufs Bett. Joanna, du wirst dieses Haus heute unter keinen Umständen verlassen“, schärft er mir ein, als ich bereits zum ersten Einwand ansetzen will.

„Okay. Von mir aus.“ Ben zieht mich hoch, wickelt die Decke um meinen Körper und führt mich an der Hand in seine Wohnung. „Mein Kopf fühlt sich an, als würde er gleich explodieren“, erkläre ich ihm auf dem Weg dorthin.

„Willst du eine Tablette?“

„Ja, bitte.“

„Ich lege sie dir zu den Sachen“, sagt er, als wir vor seiner Badezimmertür stehen.

„Bleibst du in der Nähe?“

Er nickt und umarmt mich kurz. „Ich bin hier. Alles ist gut.“

Ich stehe vermutlich immer noch unter Schock, wie mir klar wird, als ich alleine im Bad bin und mein Spiegelbild betrachte. Ich kann keinen klaren Gedanken fassen.

Ich sehe zwar müde aus, doch ich bin immer noch Joanna. Mein Herz pocht wie wild gegen meinen Brustkorb, und irgendwo in mir drin kann ich Zweifel fühlen, eine Enttäuschung über Bens Verhalten. Das ist doch lächerlich, setze ich diesen Empfindungen entgegen. Hier geht es doch nicht um einen Vertrauensbeweis, sondern es ging – um das blanke Überleben. Ben hat mich gerettet, und da ist es ja ganz egal, worin ich zuvor verstrickt war.

Es ist falsch, Ben die Schuld zu geben oder eifersüchtig auf Kim zu sein. Eine Frau, die tot ist. Die aber immer noch diesen einen Platz in seinem Herzen hat, den wohl weder ich noch irgendeine andere Frau je wird einnehmen können.

Sie ist ein Teil von ihm, und wenn ich seine heutige Reaktion genauer überlege, so denke ich, dass er sich fühlt, als habe er sie betrogen, weil er scheinbar doch etwas für mich empfindet.

Wow. Ja, das muss es sein.

Er hat mir nichts von ihr erzählt, um die Erinnerung an ihre Beziehung aufzubewahren. Für ihn ist Kim immer noch seine Verlobte, die ihm auf brutale Weise entrissen wurde. Ich mag mir den Schmerz, den er empfunden hat, gar nicht ausmalen.

Gott, wie kann man so etwas nur überstehen?

Er ist noch nicht bereit für etwas Neues. Nicht, solange Kim noch diesen Stellenwert hat. Ich würde nie und nimmer verlangen, dass er sie vergisst. Doch er hat ihren Tod noch lange nicht verarbeitet. Das ist Fakt.

NEUNZEHN

Benjamin

Es ist schwer zu beschreiben, wie ich mich fühle, als ich nun, kurz nachdem Joanna ins Bett gegangen ist, vor dem Bild in meinem Wohnzimmer sitze und zu Kim aufblicke.

Ich sollte fürchterlich erleichtert sein, nach all den Jahren der Suche endlich Antworten erhalten zu haben. Doch ich fühle mich vollkommen leer und ausgelaugt. Mein Verstand will nicht glauben, dass es ausgerechnet mein Onkel gewesen sein soll, der Kim all das angetan hat. Ich erinnere mich, dass sie sich sogar einmal getroffen haben. Es war am Geburtstag meiner Großmutter gewesen. Möglich, dass sie da in sein Visier geriet. Er wusste wohl genau, dass, selbst wenn ich das Geld nicht gehabt hätte, mir meine Familie geholfen hätte. Genauso wie sie Joanna geholfen hätten. Seine Zorn aufgrund seiner Geldnot richtete sich wohl auf unsere Familie, die in dem Glück stand, das Anwesen, samt all seiner Ländereien geerbt zu haben.

Wütend, traurig, aber auch erleichtert lege ich meine Hände auf mein Gesicht. Ich habe mir in der Vergangenheit solche Vorwürfe gemacht, warum auch immer. Ich dachte, ich hätte etwas übersehen, bei der Lösegeldübergabe einen Fehler begangen. Maine bestand darauf, dass niemand am Ort der Geldübergabe wäre.

In den darauf folgenden Wochen und Monaten tauchten nirgendwo die notierten Seriennummern der Scheine auf. Die nächste Spur, die im Sand verlief. Wir wussten weder, wo er sie festhielt, noch, wie viele Täter es waren.

Ich werde Antworten bekommen, rede ich mir ein und kämpfe gegen den ungeheuren Zerstörungsdrang in mir an.

Nichts wird mir Kim zurückbringen, doch ich weiß, dass ihr mein Seelenfrieden wohl genau so viel bedeuten würde wie die Tatsache, ihre sterblichen Überreste zu finden und sie endlich zur Ruhe kommen zu lassen. Das ist alles, was ich noch für die Frau, die ich heiraten wollte, tun kann. Die Zeit der Machtlosigkeit ist vorüber. Ich werde mir meinen Onkel vornehmen, ganz egal, was dann passiert. Ich will in sein Gesicht blicken, wenn er mir erzählt, was er Kim angetan hat, und wie ihre letzten Stunden verliefen.

Ich kann nur froh sein, dass Grassi und sein Team so gut gearbeitet haben, um zumindest Joanna ein ähnliches Schicksal zu ersparen. Doch ich weiß beim besten Willen nicht, ob sie mir je wird verzeihen können. Klar habe ich mit ihrer Entführung nichts zu tun, doch ich habe sie im Unklaren gelassen, selbst dann noch, als sich bereits die Vorwürfe gegenüber Maine verhärtet hatten. Wissentlich habe ich sie zum Opfer gemacht, anstatt. Das war nie meine Absicht. Ich hielt es bloß für unklug, meine Arbeit, die über Jahre im Verborgenem gelegen war, einfach so jemandem zu erzählen.

Fuck, jemandem – sie ist nicht bloß jemand, sie ist die Frau, die mir etwas bedeutet und die mir beinahe ebenso entrissen wurde.

Am liebsten würde ich die ganze Nacht neben dem Bett stehen, um sicherzugehen, dass alles in Ordnung ist. Doch ich gebe ihr Zeit, mit den Erlebnissen und den Informationen klarzukommen. Sie hat darauf bestanden, und ich akzeptiere ihren Wunsch nach dem Alleinsein. Auch wenn es mich fast umbringt, hier im Wohnzimmer zu verharren, wohlwissend, dass sie im Moment seelische Höllenqualen durchleiden könnte. Sie ist zwar stark, und ich denke, dass sie gut über die Sache hinwegkommen wir. Nur weiß ich nicht, wie sich die Geschehnisse auf die Beziehung, die wir möglicherweise haben könnten, auswirken werden.

Was, wenn sie daran zerbricht? Scheitert?

Was, wenn ich sie verliere? Ich habe doch schon Kim verloren., Joanna würde natürlich nichts passieren, aber sie könnte mich willentlich verlassen.

Mein Onkel versteht es wohl wirklich gut, mein Leben zu zerstören.

Ich seufze, trinke den Whisky aus und stelle das Glas in die Küche. Es ist ruhiger geworden im Haus. Doch ich weiß, das Grassi auf Hochtouren arbeitet, mittlerweile gemeinsam mit der Polizei, die morgen vorbeikommen wird, um mit Joanna und mir zu sprechen.

Es wird ein langer Tag werden, aber als ich das Gästezimmer betrete, mich ausziehe und mich ins Bett lege, gelingt es mir einfach nicht einzuschlafen. Meine Augenlider springen immer wieder auf, und ich starre in die Dunkelheit. Die Ereignisse der letzten Stunden formen sich im Tiefschwarz der Nacht zu einem wirren Knäuel bestehend aus unscharfen Bildern, Worten und Tönen. Unweigerlich denke ich an Kim. Seit Ewigkeiten hat mir die Wunde, die ihr Tod in meiner Seele hinterlassen hat, nicht mehr so wehgetan wie heute. Ich erinnere mich an unsere letzte Berührung, an den letzten Kuss, der so gewöhnlich und flüchtig war, dass ich ihn, wäre er nicht der letzte gewesen, schon einen Tag danach vergessen hätte.

Kim und ich waren drei Jahre zusammen gewesen, ehe ich ihr einen Antrag machte. Wir hatten uns durch Ron kennengelernt. Sie war Studentin und verdiente sich mit Modeljobs etwas Taschengeld. Durch einen Zufall traf sie Ron, und weil sie aufgeschlossen und locker drauf war, willigte sie ein, für eines seiner Bilder Modell zu stehen. Ich war eines Tages zufällig in der Nähe von Rons Wohnung und entschloss mich spontan, ihm einen Besuch abzustatten, als ich mitten ins Shooting platzte. Doch Kim nahm es locker. Und ich war von der ersten Sekunde an von ihrer Art, ihrem Aussehen und ihrem Lachen verzaubert.

Ich tat alles, um ein einziges Date mit ihr zu bekommen, doch sie ließ mich zig Male abblitzen und sagte, sie hätte keine Zeit für Männer, sondern wollte sich ganz ihrem Studium widmen. Doch ich blieb hartnäckig, weil ich sie unbedingt treffen wollte. Irgendwann gelang es mir doch endlich, sie zu überreden. Wir gingen essen, und ich wusste sofort, dass ich diese Frau liebte. Sie verdrehte mir völlig den Kopf, wie ich es nie für möglich gehalten hätte. Ich war damals ein zielloser, arbeitssüchtiger Yuppie, der dachte, alle Welt hätte nur auf ihn gewartet. Doch Kim zeigte mir, wie toll es sein kann, einen Tag einfach mal im Bett zu liegen und nichts zu tun. Sie brachte Schwung in mein Leben.

Heute in der Vergangenheitsform von ihr sprechen zu müssen und dabei dieses lebensfrohe Lachen vor Augen zu haben ist mehr, als ich wohl je in meinem Leben ertragen kann.

Denn wie oft habe ich mich gefragt, wie viel besser es für Kim gewesen wäre, wenn ich an diesem Tag nicht bei Ron vorbeigeschaut hätte. Wenn ich weitergefahren und mir irgendwo unterwegs einen Kaffee gekauft hätte. Sie würde heute noch leben. Und dieser Gedanke, der mich seit zwei Jahren verfolgt, ist wohl jene Art von Folter, die mich zerstört.

Joanna aber ist es wundersamerweise gelungen, diese Lücke, die Kim hinterließ, zu füllen. Erstaunlich gut und souverän. Wenn ich bei ihr bin, dann denke ich viel weniger zerstörerisch, bin viel bewusster und kann Kim loslassen. Manche Leute würden mich als verbitterten, gebrochenen Mann bezeichnen. Das war ich ja auch. Nach Kims Tod brachte ich mich fast selbst ums Eck, indem ich soff wie ein Schwein, Tabletten nahm, um schlafen zu können, Tabletten nahm, um aufstehen zu können. Ich war in einem metertiefen Loch und wusste, dass ich da nicht wieder rauskomme. Meine Familie stand hinter mir, ja, aber ich wollte nur eine – Kim. Daher verbrachte ich meine gesamte Zeit in Bars, um nach jemandem zu suchen, der Kim auch nur ein bisschen ähnlich sah. Meine Auswahlkriterien verloren mit jedem Schluck Whisky an Strenge. Ich wollte nur nicht wieder alleine heimgehen und die Bilder vor meinen Augen ertragen müssen, die mich in der Einsamkeit meines Schlafzimmers überfielen. Ein halbes Jahr versuchte ich mich langsam umzubringen, doch wie sich herausstellte, hatte mein Körper seinen eigenen Willen.

Ich kam wieder zu Sinnen, weil ich begriff, Kim würde wollen, dass ich weitermache.

Und das tat ich, indem ich mich von allen gefährlichen Verlockungen wie Alkohol, Tabletten und Frauen fernhielt. Da kam mir das Angebot meiner Großmutter nur gelegen. Und ein weiteres halbes Jahr, nachdem ich völlig abstinent gelebt hatte, traf ich Joanna – erneut durch einen Zufall; oder war es Schicksal?

Bei ihr wusste ich, dass sie nicht ein weiterer Kim-Ersatz werden sollte. Sie erschien mir als etwas Besonderes, von Anfang an, und lockte mich mit ganz neuen Reizen. Durch ihren Lebensmut und ihre Kraft habe ich nun gelernt, dass es etwas gibt, für das es sich auch nach allem Bösen und Tragischen zu leben lohnt. Das war es wohl, was Kim für mich gewollt hätte – meinen Frieden zu finden und neu anzufangen. Kim wird immer ein Teil von mir bleiben, und immer wieder werde ich wohl darüber sinnieren, was in unserem Leben alles passiert wäre, wenn mein Onkel sie mir nicht genommen hätte. Doch ich weiß, dass ich Joanna und mir eine Chance geben muss, wenn ich nicht zulassen will, dieses Glück zu verlieren. Ich werde für sie da sein. Immer und bedingungslos.

Ja, ich werde ihr zeigen, dass es nichts, rein gar nichts gibt, das zwischen uns steht. Ganz egal, was passiert ist.

Am nächsten Morgen, nach einer ziemlich schlaflosen Nacht, muss ich feststellen, dass Joanna ihre eigenen Pläne geschmiedet hat. Ich entdecke sie weder in meinem Schlafzimmer noch an einem anderen Ort in meiner Wohnung. Das beunruhigt mich, doch ich versuche mich nicht verrückt machen zu lassen.

Ich verlasse meine Wohnung und steuere den Verwaltungsteil des Gebäudes an. Tatsächlich treffe ich auf sie, als sie gerade aus ihrem Büro kommt. Sie zuckt zusammen und presst ihre Handfläche gegen ihre Brust.

„Ich wollte dich nicht erschrecken", sage ich und berühre ganz vorsichtig ihren Arm. „Ich habe die ganze Wohnung nach dir abgesucht, konnte dich aber nicht finden."

„Ja", erwidert sie und versucht den Augenkontakt mit mir zu vermeiden. „Ich konnte nicht schlafen, stand schon früh auf und war vorhin schon bei Ellie."

„Wie geht es dir?", unterbreche ich sie.

Sie holt mehrmals tief Luft, doch ich kann sehen, wie bereits die ersten Tränen in ihren Augen schimmern.

Wie sollte es ihr auch gehen so kurz nach diesem schrecklichen Ereignis?

„Ben … ich brauche eine Auszeit von allem hier. Darüber habe ich gerade mit Ellie gesprochen. Ich habe mit ihr vereinbart, eine berufliche Pause zu nehmen, das Erlebte zu verarbeiten."

Mein Herz beginnt wie wild zu pochen, als sie das sagt. Eine Auszeit heißt, dass sie Abstand von mir möchte. Das war's dann wohl, denke ich und höre nicht mehr richtig zu, während sie mich mit inhaltlosen Floskeln zu besänftigen versucht.

Ich habe sie verloren, hallt es in mir. Ein Ton, der mir Kopfschmerzen bereitet, und den ich aber nicht abstellen kann. Doch ich nicke und tue so, als würde ich sie verstehen. „Wenn du mich brauchst, werde ich für dich da sein, Joanna. Du darfst dich aber nicht einsperren, das ist der falsche Weg – ich spreche aus Erfahrung."

Ihr Blick verrät Mitgefühl und bugstiert mich in eine Opferrolle, von der ich mich schon längst befreit habe. „Das …"

Von niemand Geringerem als ihrem Ehemann, der in dem Moment um die Ecke biegt und sich uns mit ausdrucksloser Miene nähert, wird sie unterbrochen.

Er reicht mir kollegial die Hand und bedankt sich für meinen Anruf gestern Abend. Da hat er mir ja noch erklärt, dass er selbst vor Ort gewesen, dann aber abgehauen war, nachdem er den schwarzen Jeep in Joannas Einfahrt stehen gesehen und gedacht hatte, es handelte sich dabei um meinen Wagen. Was für ein blöder Zufall.

Nun widmet er sich umgehend seiner Frau, die ihm weinend um den Hals fällt. Ich kann Joanna verstehen, wie sie sich über ein vertrautes Gesicht freut, es schmerzt mich aber ungemein, sie so in seinen Armen zu sehen.

„Alles wird gut", redet er immer wieder im gleichen beruhigenden Ton auf sie ein, während Joannas Schultern zucken.

Ich stehe mit geballten Fäusten daneben – ich bin ja der Verlierer – und muss mich sehr zusammenreißen, um Kyle nicht zur Seite zu schleudern. Der Platz neben ihr gebührt doch mir.

Oder nicht?!

„Schsch, Schatz. Komm, fahren wir nach Hause", nuschelt er gegen ihren Scheitel, während er mich ganz kurz, jedoch äußerst abfällig ansieht.

Klar, er hält mich für den Schuldigen. Gäbe es mich nicht, wäre Joanna das alles nicht zugestoßen. Mach mich nur fertig!

Schniefend löst sie sich von Kyle, und auch sie sieht nun zu mir. „Ich komme gleich nach. Okay?", richtet sie das Wort an Kyle, der zögert, dann jedoch nickt und seine verfickte Hand von ihrer Hüfte nimmt.

Ohne ein weiteres Wort zieht er sich zurück. Doch sein Blick, der mich beinahe aufschlitzt und ausweidet, sagt wohl mehr, als es tausend Worte vermögen.

Als Joanna und ich alleine sind und ich meinen Arm nach ihr ausstrecken will, weil ich es nicht ertrage, sie weinend und so alleine vor mir stehen zu sehen, tritt sie jedoch zurück und schüttelt den Kopf. „Nein, bitte nicht."

Mein Arm hängt schlaff in der Luft, bis ich ihn fallen lasse.

„Es tut mir alles so leid, Ben", beginnt sie. „Für dich und Kim, meine ich. Ich kann mir den Schmerz, den du empfindest, gar nicht vorstellen. Du hast sie geliebt und liebst sie immer noch, und das ist gut. Es zeigt mir aber auch, dass du noch nicht in der Verfassung bist, etwas Neues anzufangen. Das soll ja kein Vorwurf sein."

Jedes Wort fühlt sich wie ein Schlag für mich an. Und sie bestätigen meine schlimmsten Befürchtungen.

„Dieses traurige Ereignis hat mir gezeigt, dass das Leben nicht auf einen wartet, sondern dass man selbst aktiv werden muss; es genießen und anerkennen muss. Du brauchst deine Zeit, um abzuschließen, und ich brauchte meine Zeit, um zu verstehen, was ich habe und dass ich das, was ich bekommen habe, nicht einfach so wegwerfen sollte."

„Du meinst deine Ehe“, sage ich und bemühe mich, meine Enttäuschung zu verbergen.

„Ben, ich will dich nicht verlassen, weil ich mich für Kyle entscheide, sondern weil ich dir Raum lassen will. Ich hatte mich längst für dich entschieden, doch das war, bevor ich wusste … Ich kann niemals ihren Platz einnehmen. Du wärst nur enttäuscht, wenn du dir das irgendwann eingestehen müsstest.“

Nun ist es sie, die vortritt und mich vorsichtig mustert. Ich fühle mich, als wäre das alles nur ein böser Traum.

„Ich … wenn du mich brauchst, Ben, dann bin ich für dich da. Ich möchte nicht, dass du denkst, ich würde dir das, was passiert ist, übel nehmen. Du kannst weder für das, was mir wiederfahren ist, etwas, noch hattest du Kims Schicksal in der Hand. Wir alle müssen unsere Wege gehen, so ist das nun einmal.“

„Und du gehst deinen Weg mit ihm?“, frage ich.

„Ich weiß nicht, ob es sicher klappen wird, aber zumindest werde ich es versuchen“, antwortet sie, sieht mich zerknirscht an und umarmt mich.

Ihre Wange legt sie gegen meine Brust, wie es schon einige Male zuvor geschehen ist. Doch dieses Mal weint sie. Dieses Mal ist es ein Abschied. Ein letztes Mal. Ich wage nicht einmal daran zu denken, wie es mir ohne sie ergehen wird.

Einem Impuls folgend, blicke ich auf sie, als sie sich von mir löst. Scheinbar ist der Kuss, den sie mir plötzlich gibt, auch etwas, das sie nun braucht, um abschließen zu können. Ich kann hören, wie sie tief einatmet. Dann tritt sie einen Schritt zurück, wischt sich die Tränen von den Wangen und geht.

Ihrem Mann hinterher und in ein Leben, das ihr mehr Sicherheit bietet.

Ich hingegen bin wieder an einem Punkt angelangt, bei dem ich nicht noch einmal landen wollte: völlig alleine und von Schuldgefühlen geplagt. Ihre beschwichtigenden Worte spuken mir im Kopf herum, als ich kehrtmache und in meine Wohnung gehe, um mich meinem Schmerz hinzugeben.

Mir wird klar, dass Kims letzter Kuss damals und Joannas Kuss gerade eben eines gemeinsam haben – sie waren ein Abschied für immer. Das Letzte, das mir von ihnen beiden geblieben ist.

ZWANZIG

Benjamin

In den nächsten Tagen sehe ich mich mit meiner Vergangenheit so stark wie nie zuvor konfrontiert. Ich durchlebe dank der Gespräche mit der Polizei jeden Moment von Kims Entführung wieder und wieder. Es geht mir dreckig und ich leide.

Abends bin ich schlichtweg am Ende – physisch wie auch psychisch.

Ich erhalte Unterstützung von allen Seiten – meine Freunde und auch meine Familie sind für mich da. Doch niemand von ihnen kann Joanna ersetzen. Niemand kann verstehen, wie es ist, ganz alleine zu sein.

Ich habe Joanna nicht nur für mich verloren, sondern gleich an einen anderen abgeben müssen. An einen Mann, der sie betrogen und verletzt hat. Ich weiß, dass er sie nicht glücklich machen kann. Niemals wird Kyle in der Lage sein, seinen Vertrauensbruch wiedergutzumachen. Doch sie ist wohl bei ihm, weil er ihr ein Gefühl von Vollständigkeit und Rückhalt gibt.

Mein Onkel … zumindest ist der Mistkerl geständig. Er stellt zwar fantastische Bedingungen für seine künftige Haftstrafe, doch er verspricht, den Ort zu verraten, wo Kims Leiche liegt, wenn ein Teil seiner Forderungen erfüllt wird. Dieses Verhandeln hat ihm sein Anwalt eingeredet und dabei wohl an verkürzte Haft und bessere Haftbedingungen im Allgemeinen gedacht.

Er will bestimmt auf das Argument ,*ohne Leiche kein nachgewiesener Mord*‘ hinarbeiten.

Doch zwei Wochen nach seiner Festnahme scheinen sich die Ermittler sowie Xanther und sein Anwalt geeinigt zu haben, da Grassi in mein Büro kommt, um mir mitzuteilen, dass man die Leiche gefunden habe.

„Er gab zu, eine kleine Hütte in Mark Cross in Crowborough unter falschem Namen und unter dem Vorwand, wandern zu gehen, gemietet zu haben. Sie waren schon dort und haben die Stelle, an der er sie vergraben hat, ausgehoben."

Eigentlich sollte man annehmen, man würde sich an Ausnahmesituationen irgendwann gewöhnen. Doch sie bleiben erschreckend und lähmend. Ich lausche Grassi zwar, doch in meinem Kopf tauchen nur Bilder von Kim auf, wie man ihren Körper oder zumindest das, was davon übrig ist, ausgräbt.

„Es wurde tatsächlich eine Leiche gefunden", fährt Grassi fort und zeigt sich bestürzt. „Die weiteren Tests werden zeigen, ob es sich um Kim handelt."

„Was sagt er zu ihrem Tod?" Meine Stimme klingt messerscharf und eiskalt.

„Maine sagt, es war ein Unfall. Sie, also Kim, hätte ihm zwar immer wieder zu erklären versucht, dass sie ihre Medikamente bräuchte, doch er hatte es für Taktik gehalten und war nicht weiter darauf eingegangen, bis sie … nun ja, bis sie das Bewusstsein verloren hatte."

In meinem Kopf bilde ich mir ein, Kim flehen zu hören. Sie wusste wie, schnell und dramatisch sich ihr Zustand verändern konnte, wenn sie, besonders in Stresssituationen, kein Insulin bekam.

Was muss sie gefühlt haben, als sie langsam schwächer wurde? Dachte sie an mich? Flehte sie mich in Gedanken an, ihr zu Hilfe zu kommen?

Ich halte die Kante meines Schreibtisches so fest umklammert, dass das Holz schmerzhaft in meine Haut einschneidet. „Wird sie nach London überstellt?"

„Ja, sie erwarten sie noch heute Nachmittag in der Gerichtsmedizin."

Sie kehrt zurück. Nach Hause.

Es ist zwei Jahre her, dass sie in London war, nun kehrt sie in einem Sarg zurück.

„Halten Sie mich bitte auf dem Laufenden."

„Sehr wohl, Sir."

Grassi verabschiedet sich, und als er weg ist, tue ich etwas, das mir in den letzten Tagen als einziges Mittel zum Überleben richtig erscheint – ich betrinke mich.

Ich gebe meinen Protest wegen der Störung meines Schlafes durch ein lautstarkes Brummen kund. Doch es wird weiterhin an meiner Schulter geruckelt, bis ich glaube, ich müsse mich übergeben.

Jemand ruft immer wieder meinen Namen, doch ich presse die Augen zu, weil ich einfach meine Ruhe haben möchte.

Ich bin völlig am Ende. Können mich die Leute nicht ganz für mich alleine dahinvegetieren lassen?

„Benjamin, du musst aufwachen. Los jetzt!"

Eindeutig die Stimme meiner Großmutter. Für ihre Statur schafft sie es aber spielend, mich in eine aufrechte Position zu bringen.

Erst als ich nun die Augen langsam öffne und mich wundere, wieso meine Stirn so wehtut, wird mir klar, dass ich auf meinem Schreibtisch geschlafen habe. Es ist hell draußen, und ich brumme in Richtung Fenster.

„Stört es dich, wenn ich das Fenster kurz öffne? Hier stinkt es wie einer billigen Spelunke."

Ich kichere völlig benebelt von dem Alkohol, der wohl nach wie vor Herr über meinen Körper ist. Meine Großmutter hantiert beim Fenster herum, öffnet es schließlich und beäugt misstrauisch, zurück an meinem Schreibtisch, die Flasche, die vor mir steht.

„Einen Schluck?", biete ich ihr an und schwenke das halb leere Glas in meiner Hand.

„Du weißt, ich habe nichts dagegen, mal einen über den Durst zu trinken. Aber denkst du, dass dein aktueller Zustand irgendeines deiner Probleme besser löst?"

„Ist mir egal", antworte ich und nippe an dem Glas.

Meine Großmutter nimmt es mir allerdings weg und seufzt dramatisch. „Ich mache mir Sorgen um dich", sagt sie und setzt sich auf die Kante meines Schreibtisches.

Ich spüre, wie sie mich ansieht und wie in ihrem Inneren längst irgendwelche Pläne zu meiner Rehabilitation geschmiedet werden.

„Sie haben sie gefunden", verkünde ich.

„Ich habe davon gehört. Mr. Grassi hat es mir erzählt."

Kim war sehr beliebt in meiner Familie, was wohl daran lag, dass sie ein sehr offener, freundlicher Mensch war. Alle waren völlig außer sich, als unser Unglück geschah.

„Das ist doch eine erlösende Neuigkeit. Immerhin hast du die letzten zwei Jahre darauf gewartet, endlich Klarheit zu erhalten."

„Ja, besser wäre es aber, wenn sie leben würde."

„Das steht ja auch nicht zur Debatte", erwidert meine Großmutter und lächelt mitfühlend. „Und zwischen dir und Joanna – um im Hier und Jetzt anzukommen –, konntet ihr euch einigen?"

Einigen ist wohl das falsche Wort. Abserviert würde da schon viel besser passen.

„Es gibt keine Einigung. Sie ist wieder bei dem Arschloch, und ich bin allein“, knurre ich und reibe meine schmerzende Stirn – eine Erinnerung an meinen erholsamen Nachtschlaf auf meiner Tischkante.

„Weißt du, Ben, ihr jungen Leute lasst so viel Zeit unnötigerweise verstreichen. Ihr werdet nie wieder die Möglichkeit haben, diese Zeit nachzuholen. Sie ist weg und verloren – für immer.“ Meine Großmutter steht auf, klemmt sich aber noch rasch die Flasche unter den Arm. „Sie bedeutet dir ganz offensichtlich etwas, und vor allem ist sie am Leben, Benjamin. Ich glaube ja, Joanna hat die gleichen Gefühle für dich. Es ist wohl nur so, dass die Erinnerung an Kim zwischen euch getreten ist. Sie hat Angst davor, deiner Bürde, die Kims Tod mit sich gebracht hat, nicht gewachsen zu sein, deshalb sucht sie Trost bei ihrem Mann. Doch in Wahrheit wäre sie lieber bei dir. Wäre ich du, würde ich keinen einzigen Tag vergehen lassen und mich alleine betrinken, sondern ich würde um sie kämpfen und ihr zeigen, wie viel sie mir bedeutet.“

Diese Ansage sitzt. Ich merke, wie ich meine alkoholisierte Trance verlasse und auch mein Verstand beginnt wieder zu arbeiten beginnt.

„Kim ist deine Vergangenheit, ja. Sie gehört zu dir, ja. Wir alle wünschen uns, dass es anders verlaufen wäre und ihr heute ein kleine Familie wärt. Doch Vergangenes kann man nicht ändern. Ben, ich spreche aus Erfahrung. Sieh mich nur an! Joanna ist deine Zukunft. Pass auf, dass du sie nicht aus den Augen verlierst.“

Zum Abschied nickt sie mir zu und verschwindet mit den letzten in Reichweite befindlichen alkoholischen Resten.

EINUNDZWANZIG

Joanna

ch werde das Haus verkaufen", verkünde ich, schiebe mir eine Weintraube in den Mund und warte gespannt auf die Reaktion meiner Schwester.

Diese hat es sich neben mir auf meiner Couch gemütlich gemacht. Gemeinsam sehen wir uns irgendwelche Fernsehsendungen an, einfach weil ich es sehr amüsant finde, Susy zu dabei zuzusehen, wie sie bei allem, was sie nicht glauben kann, *„Ich fasse es nicht. Hast du dir darüber schon einmal Gedanken gemacht?"* ruft.

„Was?", frage ich, weil sie mit erstaunt ansieht. „Es ist ja nicht so, als hätten Kyle und ich es mit eigenen Händen aufgebaut. Es bedeutet mir nichts mehr. Hier drin ist in letzter Zeit rein gar nichts passiert, das ich mir in irgendeiner Form in Erinnerung behalten möchte."

Sie macht zwar immer noch ein etwas schockiertes Gesicht, scheint aber über meine Argumente nachzudenken. „Wo willst du hinziehen? Doch nicht etwa zurück nach London?"

Ich zucke die Achseln und nehme mir eine weitere Weintraube. „Keine Ahnung. Vielleicht doch."

Es ist ein seltsames Gefühl, frei zu sein. Ich war zwar gewissermaßen im vergangenen Jahr frei, doch meine Sorgen rund um meine Ehe haben sich nun, da ich offiziell von Kyle geschieden bin, in Luft aufgelöst.

Unsere endgültige Trennung verlief sauber und ohne Drama. Kyle hat wohl begriffen, dass ich mich verändert habe. Ich bin weitergezogen, und irgendwo auf dieser Wegstrecke haben wir unsere Gemeinsamkeiten verloren. Wir sind Freunde, ja, aber kein Paar mehr.

Kurz nach dem Vorfall mit Maine und nachdem Kyle mich hier so nett umsorgt hatte, sprach ich das Unvermeidliche an. Ich war und bin gefühlstechnisch nicht mehr bei ihm. Das zu begreifen, anzunehmen und durchzuziehen war ein wichtiger Schritt, um raus aus meiner Schockstarre zu kommen. Gerade weil Kyle mit Verständnis reagierte, war die Scheidung einfach und schnell. Es gab keinen Rosenkrieg, keine Beleidigungen und auch keine Tränen. Das war ein Kapitel meines Lebens, das nun endgültig zu Ende ist.

„Hauptsache, dir geht es gut", meint Susy und nippt an ihrem Wein.

„Hast du vor, hier zu schlafen, oder ist dir dein Führerschein lästig geworden?"

Sie grinst und hebt das Weinglas – ihr drittes – prüfend hoch. „Ich dachte, ich kann hier pennen."

„Und das wird dein Schnuckiputz auch verkraften?"

„Haha", kommentiert sie und rümpft die Nase. „Daniel ist heute auch nicht da. Er musste mal wieder raus."

„Dein Klammern ist ja wirklich abartig. Hat der Kerl denn eigentlich schon Wunden am Arsch vom vielen Herumliegen mit dir?"

Ich lache, ernte jedoch von Susys Seite einen gezielten Boxer gegen meine rechte Schulter.

„Aua, Mensch!", beschwere ich mich immer noch lachend und reibe mein Gelenk. „Schon gut. Okay. Warum macht dich das so agro?"

„Weil … nach allem, was zwischen dir und Kyle passiert ist, da habe ich einfach Angst, dass ich … keine Ahnung, ihm nicht mehr genüge, und er, wenn er weg ist, sieht, dass es andere, vielleicht normalere Frauen als mich gibt."

Die Beziehung mit Daniel ist Susys erste. Sie hat keine Vergleichsmöglichkeiten oder Erfahrungen, die ihr das Gefühl von Sicherheit oder Richtigkeit geben können. Sie muss sich auf ihr Bauchgefühl verlassen – und seien wir uns ehrlich, um das ist es nicht gerade gut bestellt. Sie war bei vielen Dingen schon immer völlig unsicher, und gerade weil sie Daniel so liebt, hat sie Angst vor der möglichen Verletzung, die sie sich durch eine Trennung zuziehen könnte.

„Ihr seid das wohl glücklichste und verliebteste Paar, das ich je gesehen habe. Daniel ist besessen von dir, und glaub mir, da draußen gibt es keine Frau, die es mit dir aufnehmen kann."

Obwohl sie grinst, wirkt sie, als hege sie noch immer Zweifel. „Jetzt, ja. Aber was ist in fünf, zehn oder zwanzig Jahren? Wie wird sich das alles entwickeln?"

„Das kannst du nie sagen. Eine Beziehung bedeutet immer auch, an sich zu arbeiten, weil Menschen sich im Laufe der Zeit entwickeln. In einer Beziehung sollte man sich gemeinsam entwickeln."

„Und das war bei Kyle und dir nicht der Fall?"

Ich ließ Susy an allem, was nach der Trennung von Kyle vor einem knappen Jahr passiert ist, teilhaben. Doch nie haben wir über so etwas Vielschichtiges wie die Entwicklungsphasen meiner Ehe gesprochen. Das Reden über Gefühle liegt mir so oder so nicht gut.

Doch ich ringe mich durch und starte einen Erklärungsversuch. „Kyle ist ein netter, zuvorkommender und geduldiger Mann. Heute muss ich aber zugeben, dass ich nie dieselbe Leidenschaft für ihn empfunden habe, wie du und Daniel sie füreinander aufbringt."

„Warum hast du ihn dann geheiratet?"

Ich schlucke den Kloß nach unten und fühle mich schon jetzt jämmerlich. „Weil er irgendwie da war zu dieser Zeit. Ich hatte wohl innerlich den Drang, zu meinem 30. Geburtstag verheiratet zu sein. Total doof, ich weiß."

Susy lächelt milde. „Überhaupt nicht. Fehler gehören dazu."

„Ja, nur dass dieser Fehler teuer, nervenaufreibend und unnötig war. Die ganze Ehe war ein einziges Chaos, und nun bin ich über 30, geschieden, Single und dabei, wieder von vorne anzufangen."

Ein weiterer Grund, den ich Susy allerdings nicht verrate, ist, dass ich meinen Wohnort mit meiner beruflichen Entscheidung abstimmen muss. Denn ich weiß nicht, ob ich weiterhin in Cliveden arbeiten werde und kann. Ich habe Ben zwar selbst eine Freundschaft angeboten, doch die vergangenen drei Wochen, in denen ich Ben werder gesehen noch gesprochen habe, zeigten mir, dass ich dazu wohl nicht fähig bin. Vielleicht aus dem ganz einfachen Grund, weil ich ihn liebe. Weil mein Herz gebrochen ist. Weil ich Angst habe, zwischen uns könnte sich erneut eine Kluft entwickeln.

Ich weiß nicht, ob ich bereit bin, Bens Schicksal zu tragen und zu teilen. Es mag feige von mir gewesen sein wegzulaufen, doch im Augenblick habe ich das Gefühl, meine eigenen Probleme würden mich bereits erdrücken. Dabei sind Bens Probleme viel enormer und tiefsitzender.

„Wenn ich eines gelernt habe, dann das: dass es nie zu spät ist, seinen Lebensplan über den Haufen zu werfen und neu anzufangen. Wer weiß, vielleicht entschließe ich mich dazu, ein Jahr um die Welt zu reisen."

„Niemals", stellt Susy mit zusammengekniffenen Augen klar. „Dafür bist du eine viel zu große Luxus-Bitch."

„Überhaupt nicht", verteidige ich meinen Abenteurergeist, der irgendwo in mir schlummern muss.

„Klar! Du wolltest ja früher nicht mal zelten, weil du ein richtiges Bett zum Schlafen brauchst. Außerdem bist du unausstehlich, wenn du kein vollwertiges Frühstück bekommst. Lass es lieber – du würdest auf deiner Reise nur jemanden umbringen."

„Das war ja nur eine Idee", murmele ich in mein Weinglas.

„Die du schnell wieder verwerfen solltest."

„Mimimimi."

Grinsend sieht Susy wieder auf den Fernseher, und wie sich herausstellt, scheint die Erklärung eines Physikers, wie man das Weltall in kürzester Zeit durch sogenannte Mäuselöcher durchqueren kann, ihre ganze Aufmerksamkeit einzunehmen. Das Thema ist ja cool, löst jedoch eine enorme Müdigkeit bei mir aus. Ich lasse mich tiefer in die Couch zurücksinken und unterdrücke mein Gähnen.

„Ich fasse es nicht. Unglaublich", murmelt Susy neben mir und lullt mich mit ihren Worten besser ein, als es ein Schlaflied könnte.

Innerhalb kürzester Zeit drifte ich in den Schlaf ab, bis mein Kopf auf Susys Schulter landet und sie mich auffordert, sie nicht anzusabbern – während ich jedoch leise murmelnd weiterschlafe.

Nachdem Susy am Samstag nach Hause gefahren ist, setze ich mich mit einer Tasse Kaffee ins Büro, um mir im Internet zum Verkauf stehende Häuser anzusehen. Da ich ortstechnisch ungebunden bin, gibt es eine ganze Menge Häuser, die ich mir leisten könnte. Einige fallen aufgrund ihres Zustandes durch, andere sind viel zu groß, während wiederum andere keinen Charme bieten.

Ich markiere einige von ihnen und nehme mir vor, gleich am Montag einen Termin mit dem Makler zu vereinbaren. Ich muss Nägel mit Köpfen machen. Ich habe viel zu lange gewartet, um mein Leben wieder in sichere Bahnen zu lenken.

Ich nippe gerade an meinem Kaffee, als mein Handy klingelt und Ellies Name sowie ein Bild, das ich von ihr in ihrer Küche geschossen habe, auf dem Display aufscheinen.

Ellie hat mich in den vergangenen Wochen nicht aus den Augen gelassen und war wirklich immer für mich da. Sie zeigte Verständnis – beruflich wie auch privat. Trotzdem fühle ich mich im Kontakt mit ihr unsicher, weil, da nun klar ist, was zwischen Ben und mir lief, eine völlig neue Basis entstand. Ich weiß zwar, dass ich in ihrer Gunst nicht gesunken bin, sie sieht in mir nun jedoch die Frau, die ihren Enkel fallen ließ und ihn dadurch verletzt hat.

„Hey, Ellie", begrüße ich sie und bemühe mich um einen lockeren Tonfall. „Schön, von Ihnen zu hören."

„Hallo, Liebes. Ich störe doch hoffentlich nicht?"

„Nein, ganz und gar nicht", erwidere ich und stehe auf, um ans Fenster zu gehen und nach draußen zu blicken.

Es ist warm und sonnig. Doch ich habe mich in den vergangenen Wochen bei jedem noch so guten Wetter zu Hause vergraben, um meine innere Balance wiederzufinden. Gelungen ist mir das bis heute noch nicht.

„Wie geht es dir?", fragt sie mit ihrer gewohnt einfühlsamen Stimme.

„Ganz gut. Ich schlage meine Dämonen schon zu Boden. Sie kennen mich ja."

Ich kann sie lächeln hören, doch schnell endet ihr Lächeln und weicht einem tiefen Seufzen. „Der Grund, warum ich anrufe, Liebes, ist, dass ich deine Hilfe brauche."

„Sehr gerne", sage ich.

„Es geht um Benjamin", verkündet sie und gibt mir Zeit, diese Information zu verarbeiten.

Ich habe Ben seit drei Wochen nicht gesehen. Drei Wochen, in denen ich jeden Tag an ihn denken musste. Nicht nur wegen der Entwicklungen im Fall Kim, sondern mich beschäftigte auch die Frage, wie es ihm nach meinen Worten wohl ergehen mochte.

Ich vermisse ihn, ja. Jeden Tag ein wenig mehr.

Mittlerweile würde ich alles tun, um seine Stimme zu hören, ihn nur ein einziges Mal zu sehen. Doch ich weiß gleichzeitig, dass es nicht vernünftig wäre und wir den Abstand wohl dringend brauchen.

„Sie haben Kims Leiche vor etwa zwei Wochen gefunden. Sie wurde nach London in die Gerichtsmedizin überstellt und nun ihrer Familie übergeben. Heute Vormittag fand eine kleine Trauerfeier statt, bei der Ben natürlich anwesend war. Es … nun ja, es geht ihm nicht gut. Verständlicherweise."

„Das tut mir leid", sage ich und streiche mit dem Finger über die Kante der Fensterbank. „Aber wie soll ich da helfen, Ellie?"

Ich wäre gerne für ihn da, aber ich weiß nicht, ob es eine gute Idee wäre, oder ob ich es denn überhaupt könnte.

„Joanna, du bedeutest ihm sehr viel. Ihm geht es, seit du dir die Auszeit genommen hast, wirklich schlecht. Er leidet, und ich weiß, dass auch du leidest. Er ist heute auf eine Art wieder in seine Vergangenheit eingetaucht, die wohl ziemlich vernichtend für ihn gewesen sein muss. Ich denke einfach, dass du ihn aus dem Loch rausholen kannst, weil du der einzige Mensch bist, der seine Zukunft bedeuten könnte."

Gott, Ben.

Alleine mir vorzustellen, wie sehr er leidet, zerreißt mein Herz in tausend Stücke. Ich sollte für ihn da sein, ich weiß. Ich sollte an seiner Seite stehen und ihm sagen, dass alles gut wird. Doch ich habe Angst. Ich bin feig. Ich fürchte mich vor dem Schatten, den Kim in Bens Seele hinterlassen hat, und dass ich neben diesem nicht bestehen kann. Ich habe Angst, dass er mich immer mit ihr vergleichen könnte, immer sie in mir sehen könnte. Ich habe Angst, wieder betrogen und verletzt zu werden.

Aber war das nicht genau das, was ich gestern erst zu Susy sagte? Dass eine Beziehung Arbeit bedeutet und Leidenschaft und Vertrauen? Ich weiß, dass ich für Ben eine Leidenschaft empfinde wie für keinen anderen zuvor. Bei ihm zu sein ist, wie mich selbst zu finden. Und gerade deswegen fühle ich mich wohl in den letzten Wochen wie durch den Fleischwolf gedreht.

„Er braucht dich, Joanna", fährt Ellie fort und legt einen bestimmten Unterton in ihre Stimme. „Und du brauchst ihn. Es bereitet mir solche Kopfschmerzen, euch so zu sehen und gleichzeitig zu wissen, dass die Lösung doch ganz einfach wäre."

„Nichts ist einfach, Ellie", erkläre ich. „Ich vermisse ihn, ja. Aber ich habe … Angst."

„Ich weiß gar nicht, ob ich dir jemals erzählt habe, wie mein Mann und ich uns kennengelernt haben", beginnt sie daraufhin im Plauderton zu erzählen. Doch in all den Jahren mit Ellie habe ich gelernt, dass bei ihr wirklich alles, was sie sagt, eine tiefere Bedeutung hat. Deshalb lausche ich gespannt.

„Ich traf ihn, da war ich 15. Stell dir das mal vor – ein Kind! Ich sah ihn – er spielte gerade mit anderen Jungs Fußball – und wusste, dass er der Mann ist, den ich heiraten wollte. Liebe auf den ersten Blick, kann man sagen. Doch ich hatte auch Angst; genauso wie du, Joanna. Ich hatte Angst, mein Leben einem einzigen Mann zu widmen, obwohl es doch gerade erst begonnen hatte. Da gab es ja schließlich noch so vieles anderes zu entdecken. Deshalb entschied ich mich gegen ihn. Wir versprachen uns, dass wir Freunde bleiben würden, doch mit der Zeit verloren wir uns aus den Augen."

Ich habe Ben auch versprochen, für ihn als Freundin da zu sein. Doch in den vergangenen drei Wochen war ich eine miese Freundin.

„Die Jahre vergingen, und ich machte meine Erfahrungen – gute und schlechte, die ich zwar nicht missen möchte, da sie mich zum dem Menschen machten, der ich heute bin. Doch tief in mir wusste ich über all die Jahre, dass ich meine Zeit vergeude. Ich hatte ihn verloren, weil ich gedacht hatte, mein Ziel zu erreichen, sei langweiliger, als nach einem anderen Ziel zu suchen – während ich es nicht einmal finden wollte. Ich war 21, als wir uns wiedertrafen. Und dann ließ ich ihn nie wieder los. Heute, da mein Mann tot ist und ich nur noch Erinnerungen von ihm habe, bereue ich es, diese sechs Jahre damals verschwendet zu haben, nur weil ich Angst hatte, etwas zu versäumen. Man kann jedoch nichts falsch machen, Joanna, wenn man seinen Gefühlen vertraut, sondern nur, wenn man sich dagegen wehrt."

Tränen laufen über meine Wangen über die Fensterscheibe, an die ich meinen Kopf gelegt habe.

Ellie hat so verdammt recht.

Ich habe nicht nur mein Leben mit einer unglücklichen Ehe verschwendet, ich bin auch zu dumm, den richtigen Weg zu erkennen, wo er sich mir doch direkt vor meiner Nase zeigt. Mir wird klar, dass ich keine Angst vor Kim habe, sondern vor mir selbst. Davor, wieder die Frau, die ich an Kyles Seite war, zu werden. Denn das war nicht ich.

„Du gibst ihm alles, was er braucht, und du brauchst keine Angst zu haben, Liebes. Hör auf deine Gefühle, ja?"

Ich bin angespannt, als ich eine Stunde später in Cliveden vorfahre. Drei Wochen nicht hier gewesen zu sein ist seltsam, doch ich bin sofort wieder mit allem vertraut. Cliveden ist vielleicht sogar mehr mein Zuhause, als mein Haus in Hayes es je war.

Es ist später Nachmittag, und hier und dort begegne ich noch ein paar Touristen, die sich Rons Ausstellung und das Gebäude ansehen. Doch es sind nicht die Touristen, denen ich folge, sondern es ist mein Gespür, welches mich zielsicher rund ums Haus lotst. Ich entdecke Ben im abgetrennten Privatbereich. Ich bleibe stehen und nehme mir die Zeit, mich zu sammeln.

Er ist gerade dabei, sein Auto zu putzen. Eigentlich dachte ich, er macht das nicht selbst. Doch nach einem Vormittag wie diesem heute kommt ihm vermutlich jede Art der Ablenkung gelegen.

Langsam setze ich meinen Weg über die Kiesfläche fort. Meine Hände fühlen sich heiß und kalt zugleich an, mein Herz schlägt, als würde ich Ben zum ersten Mal begegnen.

Als mich das Knarren des Kieses verrät, blickt er auf, doch sein Gesichtsausdruck verrät mir nichts über seine Gefühlslage.

Er sieht jedoch dünner und sehr blass aus. Sein Bart ist noch länger als sonst, seine sind Augen von schlaflosen Nächten gezeichnet. Ich fühle mich sofort schuldig, weil ich ihn alleine gelassen habe, und weiß nicht so recht, wie ich das Gespräch anfangen soll, ohne selbst losweinen zu müssen.

Er hat heute seine Verlobte begraben – was mache ich eigentlich hier?

Ich helfe ihm, rede ich mir ein und lächle vorsichtig. „Hey, wurdest du nun schon zu solch niederen Arbeiten verurteilt?", versuche ich es mit einem lockeren Scherz, zumal mir so etwas immer leichter von den Lippen geht als irgendwelche Gefühlsbekundungen.

Ben taucht den gelben Schwamm in den Eimer und wischt über die Heckscheibe. „Sieht so aus. Weißt du, seit du weg bist, geht hier alles drunter und drüber. Erst gestern habe ich sämtliche Toiletten im Haus geputzt."

„Ich komme bald wieder und verspreche dir, dich aus deiner Knechtschaft zu befreien", erwidere ich und lehne mich an eine noch unbearbeitete Stelle an seinem Wagen.

Eine Weile sehe ich stumm zu, wie er das Auto sorgfältig wäscht. Es tut verdammt gut, in seiner Nähe zu sein. Wovor hatte ich bitte Angst?!

„Und wie komme ich zu der Ehre deiner Anwesenheit?", fragt er und sieht mich von der anderen Seite aus über den Wagen hinweg an.

„Ich war gerade hier, und da dachte ich, ich sehe mal nach, was Ben so treibt. Vielleicht hat er ja Lust, mit mir essen zu gehen."

Kurz kneift er die Augen zu, als schiene er meinen spontanen Ausflug hierher ernsthaft zu bezweifeln. „Ja, können wir machen."

„Und versprichst du mir, auf deine kohlenhydratfreie Ernährung für einen Abend lang zu pfeifen und mit mir einen Burger und Pommes zu essen?"

„Abends?", gibt er sich entrüstet und wischt über den linken Seitenspiegel.

„Ein einziges Mal, nur ausnahmsweise.“

„Von mir aus.“

Es wird, denke ich und halte die Luft an, als er das Auto umrundet und direkt neben mir stehen bleibt.

„Freut mich, dich zu sehen“, sagt er da völlig unerwartet.

„Ich freue mich auch, dich zu sehen.“

Tausend Gedanken schwirren durch meinen Kopf. Ich kann sie weder allesamt aussprechen noch sortieren. Ich muss sie wohl einfach auf mich wirken lassen.

„Du kommst also wieder zurück, um die Herrschaft über uns alle zu übernehmen?“ Hoffnung liegt in seiner Stimme – genau das, was Ellie meinte. Ich kann ihm eine positive Aussicht auf seine Zukunft geben – und er mir.

Schnell nicke ich und streiche mir meine Haare, die der Wind hin und her weht, aus dem Gesicht. „Ich peile Montag an, weil mir zu Hause langsam die Decke auf den Kopf fällt.“

„Die Leute vermissen dich“, sagt er, geht aber nicht weiter darauf ein, ob auch er ähnlich fühlt.

„Noch sagen sie das. Warte erst einmal, bis ich wieder hier bin und alles wieder in Ordnung bringe.“

Er grinst zum ersten Mal, seit ich ihn aufgesucht habe, und kratzt sich an der Schläfe. „Wie geht es dir?“, fragt er dann und bringt mich damit ein wenig aus dem Gleichgewicht.

„Gut“, beeile ich mich zu sagen. „Ich bin ein starker Fels; mich kann so leicht nichts erschüttern.“

Er reagiert nicht sofort darauf, sondern geht an mir vorbei zu dem Wassereimer, in den er den Schwamm taucht. Danach kehrt er zurück und wäscht den anderen Seitenspiegel. „Das ist wahrscheinlich die Antwort, die du allen anderen gibst. Mir kannst du so eine aber nicht geben – ich glaube dir nicht“, sagt er und betrachtet mich wissend.

Ich seufze und verwerfe den Versuch, ihn ein weiteres Mal zu täuschen. „Ich habe mich von Kyle scheiden lassen. Es ging einfach nicht mehr.“

Er sieht mich erstaunt an. Wahrscheinlich dachte er, ich würde bei Kyle bleiben.

„Ich komme darüber hinweg … eigentlich bin ich das schon längst. Es ist nur, na ja, das Haus und alles. Ich fühle mich nicht mehr wohl, weil ich jedes Mal, wenn es an der Tür klingelt, sofort in Panik gerate.“

Susy habe ich längst einen Schlüssel gegeben, da sie mich nun noch viel öfter besucht als vor der Sache mit Maine. Und ich ertrage es wirklich nicht, wenn es klingelt und ich diesem kurzen Moment der Ungewissheit ausgesetzt bin. Vor allem abends fühle ich mich sehr unwohl. Obwohl ich weiß, dass Maine im Gefängnis sitzt, verfolgt er mich in Gedanken jeden Tag.

„Er kann dir nichts mehr tun", beruhigt mich Ben.

„Ich weiß. Trotzdem ist es seltsam. Das dauert wohl noch ein wenig, bis ich wieder ganz die Alte bin."

Ben entfernt sich kurz, um den Eimer und den Schwamm wegzubringen. Als er zurückkommt, deutet er mit einem Kopfnicken in Richtung Haus. „Ich finde deinen Plan zwar toll, aber was hältst du davon, wenn wir hier essen? Ich habe mir für heute Abend Steaks bestellt, die müssten eigentlich bald fertig sein. Eine Nachspeise inklusive", ergänzt er und nickt mir zu.

Ich wäre furchtbar gerne mit ihm alleine, weiß aber nicht, wie es mir ergehen wird, wieder in seiner Wohnung zu stehen. Doch vermutlich hat Ben nach den Ereignissen des Tages keine Lust, sich in irgendein fremdes Restaurant zu setzen. Er braucht Ruhe.

Aber braucht er auch mich?

„Wir können unser Essen auch verschieben. Das war nur so eine Idee."

„Nein, ich würde gerne mit dir essen, Joanna", stellt er mit entschlossener Stimme klar. „Sehr gerne sogar."

Ich sehe zum Haus und dann zu Ben zurück. Schließlich nicke ich und folge ihm durch den Seiteneingang.

ZWEIUNDZWANZIG

Benjamin

Wir haben uns entschlossen, das Dessert auf der Couch zu essen, weswegen ich jetzt mit einem Teller in der Hand neben Joanna sitze und ihr zuhöre, wie sie über die vergangenen Tage, an denen wir uns nicht gesehen haben, erzählt.

Sie nun neben mir zu wissen bereitet diesem Tag zumindest noch einen schönen Ausgang, was ich mir noch heute Morgen nicht gedacht hätte. Ich hatte eine Scheißangst vor der kleinen Trauerfeier, die Kims Eltern organisiert haben. Ich wusste, dass ich mich auf eine Weise den Dämonen meiner Vergangenheit stellen musste, die ich nicht so einfach ertragen kann. Ich konnte es schaffen, ja. Aber ich war mir auch bewusst, dass es ein steiniger Weg werden würde.

Doch jetzt ist sie da. Sie leistet mir auf angenehme Art Gesellschaft. Sie unterhält mich mit ihren Erzählungen, und ich weiß, dass sie sich alle Mühe gibt, ruhig zu wirken. Dabei habe ich ihr gleich angesehen, wie nervös sie war, als sie vorhin in den Hof kam.

Und sie ist geschieden, heilige Scheiße!

Es wäre wohl übertrieben, sie vor Freude zu umarmen.

„Wie kommst du mit allem klar?", fragt sie ganz vorsichtig, nachdem wir einige Augenblicke stumm unseren Kuchen verputzt haben.

Diese Frage stelle ich mir schon seit zwei Jahren. Vermutlich entwickelt man einen Schutzpanzer, der einen Dinge, vor allem schreckliche Dinge, vergessen oder verdrängen lässt. Zu wissen, dass Kim nun aber endlich ihre letzte Ruhestätte gefunden hat, erleichtert mich. Ich habe nicht mehr den Drang, sie zu rächen. Die

Geschichte hat in vielerlei Hinsicht ein Ende gefunden. Es fällt mir jedoch schwer zu sagen, was genau dieses Ende für mich bedeutet.

„Es wird", antworte ich auf Joannas Frage. „Ich bin fürchterlich wütend auf meinen Onkel, weiß aber, dass er seine Strafe bekommt."

„Du hast ihr Bild abgenommen", stellt Joanna fest und deutet mit einem Finger kurz hinüber zu der Stelle, an der nun nichts mehr als die Wand zu sehen ist.

Ich beuge mich vor, um den Teller auf den Couchtisch zu stellen. „Ja, weil mir klar wurde, dass ich sie nicht länger krampfhaft in meinem Leben behalten sollte. Ich mich gehasst, alle Welt gehasst; doch eigentlich hat es mir nichts gebracht."

„Das ist ein mutiger Schritt, Ben", erwidert sie und lächelt mir aufmunternd zu. „Sie wird immer in deiner Erinnerung bleiben."

„Das stimmt. Nur wird sie nun nie mehr eine Bedrohung für jemanden sein", versichere ich und meine damit explizit Joanna, die mir noch vor ein paar Wochen sagte, sie habe Angst, Kim würde für immer wie eine Felswand zwischen uns stehen.

Ihr Bild abzunehmen bedeutet auch, meine Freiheit wiederzubekommen und zu begreifen, dass Kim es mir wünschen würde, eine andere Frau zu lieben.

Joanna schluckt kräftig, legt ihre Gabel auf den Teller und stellt ihn auf meinen.

„Ich liebe dich", sage ich, weil ich Joannas geknickte Haltung nicht mehr länger ertrage. Sie blickt auf und reißt ihre Augen auf. „Ich weiß zwar nicht, ob du das Gleiche fühlst oder nicht. Ich will nur, dass du begreifst, dass ich dir Kim nicht verschwiegen habe, weil du mir nichts bedeutet hast, sondern weil du mir im Gegenteil mehr bedeutest, als ich verkraften kann. Ich hatte Angst, dass es noch zu früh wäre, eine solche Geschichte zwischen uns zu bringen. Verstehst du mich?"

Sie zögert, nickt dann aber und fängt an, ihre Finger zu kneten. „Ich verstehe dich. Aber steht nicht viel mehr als nur Kim zwischen uns?"

„Was denn?"

„Ich … keine Ahnung."

Ich seufze, greife nach ihrer Hand und bin mir sicher, dass sie einfach nur eine Scheißangst davor hat, sich wieder für den falschen Mann zu entscheiden. „Das Einzige, das zwischen uns steht, ist deine Angst, Joanna. Ich habe so lange versucht, vor meiner Zukunft wegzulaufen, weil auch ich Angst hatte – vor der Ungewissheit, vor der Einsamkeit und dem Schmerz, der auf mich wartet. Doch als ich hierherkam, dich sah, dich kennenlernte, da begriff ich, dass es sich lohnt, wieder neu anzufangen. Du hast mich zu einem ganz neuen Menschen gemacht."

Sie schließt die Augen, öffnet sie wieder und blickt hinab auf unsere Hände. „Ich fühle genau das Gleiche", sagt sie mit zittriger Stimme. „Wäre ich dir nicht begegnet, hätte ich Kyle bestimmt zurückgenommen und würde mein Leben mit einem Mann verbringen, den ich nicht liebe und der mich betrügt. Deshalb kann auch ich sagen, dass du mich genauso zu einem neuen Menschen gemacht hast."

Wenn ich mir vorstelle, dass sie ihm tatsächlich verziehen hätte – ob aus Vernunft oder Mitgefühl, sei dahingestellt - , merke ich, wie wenig ich für den Kerl übrighabe. Er hat es verdient, sie zu verlieren. Joanna ist stark und selbstsicher, doch dass er sie betrogen hat, hat sogar ihr einen herben Dämpfer verpasst.

Ich hoffe, ich werde ihr Vertrauen besser schützen als er – wenn sie mir die Chance dazu gibt.

„Deine Großmutter war es, die mich heute angerufen hat und meinte, ich solle zu dir fahren. Sie erzählte mir, wie sie deinen Großvater kennenlernte, ihn aus den Augen verlor und wie sehr sie es heute noch bereue, diese Zeit, die sie zusätzlich gehabt hätten, einfach vergeudet zu haben. Sie hat recht, Ben. Du hast dich deinen Ängsten gestellt – und ich sollte das auch tun. Ich darf nicht mehr länger weglaufen."

War ja klar, dass meine Großmutter ihre Finger im Spiel hatte. Sie steht eben auf Lovestorys.

Ich streiche grinsend über ihre Handfläche. „Zum Glück ist sie ihm wieder begegnet."

Auch Joanna grinst. „Ja, zum Glück. Nichts ist perfekt, Ben, aber wir beide, das zwischen uns, meine ich, kommt dem sehr nahe", meint sie, krabbelt auf der Couch zu mir herüber und setzt sich direkt auf meinen Schoß. „Weißt du, es ist mir egal, was alle über meine gescheiterte Ehe und den Umstand, wie wir uns kennenlernten denken und reden werden. Es ist mir egal, weil ich dich habe. Ich werde immer für dich da sein."

Sie beugt sich zu mir, küsst mich, und meine Arme fühlen sich an, als wären bisher Gewichte an ihnen befestigt gewesen, die nun in diesem Augenblick abfallen. Ich nehme mir so viel Joanna-Dosis, wie ich kriegen kann, einfach weil es viel zu lange her ist, seit ich sie das letzte Mal geküsst habe.

Als ich dachte, es sei das letzte Mal.

Dabei war es bloß einer von tausend, die noch folgen werden, und ich hoffe, dass ich mich an jeden einzelnen davon später noch erinnern kann, weil Joanna für mich meine Mitte und mein Leben bedeutet.

Und endlich habe ich auch mich wiedergefunden.

ENDE

Danke, dass Sie sich für dieses Buch entschieden haben. Ich hoffe, dieser Titel hat Ihnen gefallen. Folgen Sie mir doch einfach auf Facebook, um regelmäßig über Neuerscheinungen informiert zu werden.

Herstellung und Verlag:
BoD - Books on Demand, Norderstedt
ISBN 978-3-7448-2116-2